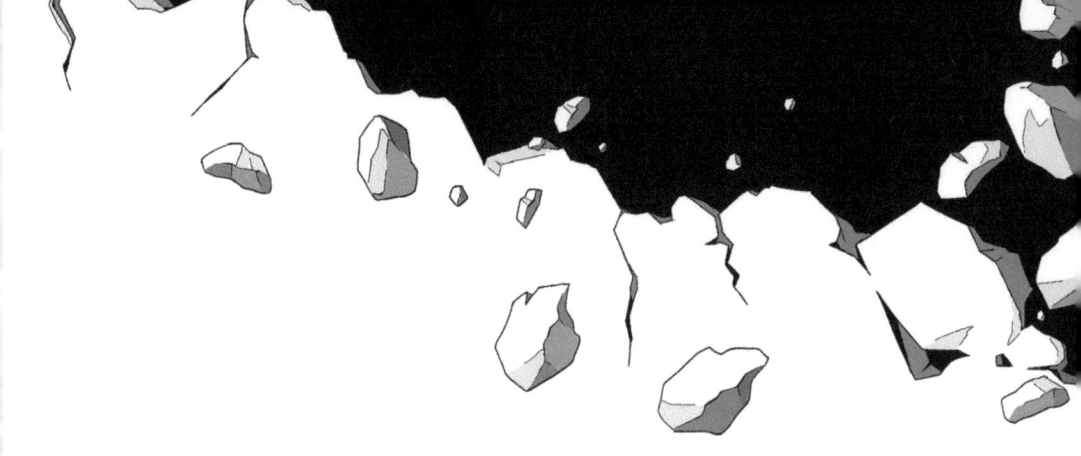

TRANSCENDANCE

Sophie Rossier

© 2025, Sophie Rossier
Tous droits réservés.

Couverture : Sophie Rossier
Illustrations : Sophie Rossier (en-tête chapitres), Ma. L. Gautier (dernière page)

Relecture : Alix Kane, Emily Mary, Cyril Destoky, Stéphanie Manitta, Julie Montoisy, Alicia Lambert, Manon Dubé
Correction : Emendora correction – Marina Lombardi
Mise en page : Sophie Rossier

Édition : BoD · Books on Demand, 31 avenue Saint-Rémy, 57600 Forbach, bod@bod.fr
Impression : Libri Plureos GmbH, Friedensallee 273, 22763 Hamburg (Allemagne)

ISBN : 978-2-8106-0401-2
Dépôt légal : mars 2025

Avertissement

« **Transcendance** » est le spin-off de mon autre roman, « **Souvenirs enfouis** ». Bien que les deux romans peuvent se lire indépendamment l'un de l'autre, je conseille aux personnes qui souhaiteraient les découvrir les deux de commencer par « Souvenirs enfouis » afin de ne pas se gâcher la surprise de certaines révélations.

Cette histoire traite de sujets susceptibles de choquer la sensibilité de certaines personnes *(queerphobie, agressions, mutilations, relations toxiques…)*. Certains propos peuvent être offensants selon la vulnérabilité de chacun *(queerphobie, sexisme, vulgarité…)*.

Chaque parcours est unique, l'histoire présentée ici n'est pas à prendre comme le reflet d'une réalité générale. Toutes les personnes queers ont un vécu différent et personnel et vivent des expériences qui leur sont propres.

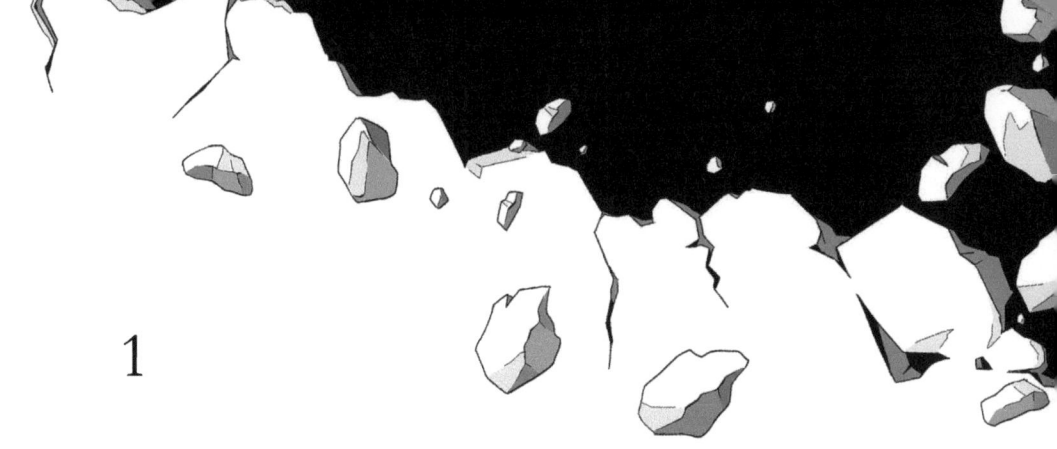

1

~ Février ~

Assis au bord du lit, Laurent tourna légèrement la tête du côté de Lola, étendue nue derrière lui ; une nuit de plus passée chez elle, vaine tentative de prolonger ce moment où il pouvait être lui-même.

Le réveil indiquait un peu plus de dix heures, pourtant, il faisait sombre dans le studio.

Il frotta d'une main fatiguée ses cheveux bruns encore hirsutes et attrapa son paquet de cigarettes. Il en alluma une, puis souffla une volute de fumée à travers le rayon de soleil qui filtrait entre les rideaux fermés. Il était l'heure de renfiler le masque.

La jeune femme remua.

— T'es déjà réveillé ?

Laurent tira une nouvelle fois sur sa cigarette, puis se gratta la barbe du pouce.

— Je réfléchissais.

— À quoi ?

Ne recevant pas de réponse, Lola soupira, mais n'insista pas. Elle se leva sans pudeur et fouilla parmi les habits en vrac sur le sol d'où elle extirpa sa robe de la veille. Elle l'enfila, sans s'encombrer de sous-vêtements, disparut aux toilettes un bref instant, puis en ressortit pour se rendre dans la petite cuisine ouverte.

Le jour où Laurent avait vu le studio de son amie pour la première fois, bien que spacieux, il l'avait trouvé étouffant. Entre les rideaux, les tapis, le canapé et le lit couverts de plaids et de coussins multicolores, il n'y avait aucune cohérence visuelle. Les étagères du salon, chargées de livres, de plantes et de bibelots, semblaient toujours sur le point de s'écrouler. Et les affiches des représentations de danse de Lola ornaient les murs encore visibles.

Mais il avait fini par s'y habituer, et même par s'y sentir bien.

— Je te fais un café ?

Laurent accepta d'un hochement de tête, alors Lola attrapa deux tasses qui séchaient près de l'évier et les glissa l'une après l'autre sous la machine à café. Elle alluma la radio et se mit à onduler doucement au rythme de la musique. Elle paraissait légère, comme poussée par le vent. Magnifique.

Intelligente, belle, attentionnée… Il aurait été facile de tomber amoureux, pourtant, ce n'était pas le cas. Et elle non plus ne l'aimait pas. Pas comme ça. Ils étaient devenus amis au fil du temps, ne se privant pas de coucher ensemble quand la solitude se faisait sentir, sans aucun compte à rendre à personne. L'équilibre parfait.

Laurent enfila un caleçon et un t-shirt. Peu agile dans la pénombre, il ouvrit les rideaux, ainsi que la fenêtre, puis alla s'asseoir vers Lola où sa tasse l'attendait. Il écrasa son mégot dans un petit plat à tajine fleuri et, toujours sans dire un mot, bu une gorgée de café.

Au bout d'un instant, Lola demanda :

— C'est demain que tu vois ton père ?

Laurent acquiesça, le nez plongé dans sa tasse. Il la reposa sur la table sans réussir à retenir un soupir qui en disait long. Lola glissa sa main sur celle de Laurent.

Ils n'en parlaient plus, mais le problème revenait chaque fois qu'ils passaient une soirée à son atelier de danse. Laurent avait du mal à assumer cette passion commune, si bien qu'il en avait fait un secret honteux.

Lola et lui évoluaient dans des sphères bien distinctes ; même ses amis les plus proches ignoraient l'existence de la jeune femme. Elle pour qui la danse constituait l'essence de la vie ne comprenait pas que Laurent garde ce plaisir caché. D'autant qu'il était un partenaire exceptionnel ; il ressentait la musique et bougeait sur le rythme avec une aisance presque instinctive. C'était une des raisons de leur complicité et qui les faisaient se retrouver régulièrement.

Lola représentait un monde à part, un jardin secret où il se sentait libre.

— Tu devrais lâcher prise… souffla-t-elle en récupérant sa main.

— Chaque fois, j'ai l'impression de lui confirmer que son fils est une grosse fiotte, mais ouais, suffit de lâcher prise… !

Avachi sur sa chaise, il tourna sa tasse entre ses doigts, la mâchoire crispée, n'osant pas relever la tête.

— Et tu penses en être une ?

Laurent se redressa et se mit à la dévisager.

— Tu déconnes ? T'as encore besoin de preuves ? déclara-t-il en pointant le lit, juste derrière lui.

Lola leva les yeux au ciel, répondant avec sarcasme :

— J'ai remarqué que tu cherchais à compenser un truc, après la danse, c'est clair.

Elle reçut le regard noir auquel elle s'attendait avant d'enchaîner :

— Ce que je veux dire, c'est que c'est ta vie. Tu n'as aucune obligation de lui en parler. En revanche, tu te dois de la vivre pleinement, sinon tu vas péter un câble.

Laurent haussa les épaules tout en mordillant l'intérieur de ses joues. Il savait que son amie avait raison, mais c'était évidemment bien plus facile à dire qu'à faire.

***

Laurent posa ses clefs sur le meuble de l'entrée, retira ses chaussures sans se baisser, puis sa veste. Manquant de peu le portemanteau au moment de l'y pendre, il consentit enfin à se pencher pour la ramasser et fut surpris de découvrir Nook qui se trouvait en dessous.

— Qu'est-ce que tu fais là, toi ?

Il ne reçut en réponse qu'un miaulement plaintif.

— OK, je te fais à manger, mais après, je file à la douche.

Le chat miaula une nouvelle fois, plus doucement, comme satisfait, alors que Laurent s'activait dans sa cuisine à préparer un bol de pâtée.

Il le déposa au sol et Nook accourut aussitôt pour y plonger ses babines. Les doigts de Laurent glissèrent sur les poils gris du petit chat de gouttière, puis il se redressa, téléphone en main afin de choisir la musique qui l'accompagnerait pendant sa douche. Il opta pour *Floating Through Space* qui venait de sortir et que Lola s'était empressée d'ajouter à sa playlist. Si bien qu'il exécuta les quelques pas qu'il avait répétés la veille avec elle, entraîné par les paroles qui résonnaient étrangement en lui.

Il se déhanchait tout en retirant ses vêtements et alluma l'enceinte qui se trouvait dans sa salle de bain. Pendant tout le temps de sa douche, il ne s'arrêta pas de remuer. Il continua avec quelques pas glissés tout en se séchant. Il s'habilla, se peigna, puis pesta quand la musique fut interrompue par un appel : Damien.

Laurent fronça les sourcils tout en se lavant les mains rapidement afin de pouvoir décrocher sans tartiner son téléphone de pommade coiffante.

— Yep ?

— *Salut, Mylène proposait qu'on aille au King Size ce soir, histoire de changer.*

— Le pub du Flon, à Lausanne ?

— *Celui-là même.*

Laurent fit la grimace. Il n'aimait pas sortir à Lausanne le week-end avec ses amis, craignant à chaque instant de tomber sur Lola. Elle savait qu'il n'avait parlé d'elle à personne, mais elle ne s'attendait certainement pas à être ignorée comme une inconnue dans le but d'éviter des explications gênantes.

— Tu veux vraiment aller si loin ? Je suis crevé…

— *T'es sérieux ? T'as foutu quoi hier ? Tu m'as dit que tu restais chez toi… ? C'est le cap de la trentaine qui te ratatine autant ?*

La réalité était qu'il avait pratiquement fait nuit blanche et que, oui, depuis qu'il avait triplé la dizaine, il avait plus de mal à récupérer. Il avait donc espéré que la soirée serait plus calme pour être en forme le lendemain, et s'abstenir au maximum de tendre la perche qui servirait à le battre pendant le repas de famille.

Mais il ne voulait pas non plus que ses amis le pensent incapable de sortir boire un verre.

— Je rêve ou tu viens d'me traiter d'vieux ?

— *C'est pas moi qui l'ai dit… Mais je remarque que tu commences à apprécier la routine canapé-télé-chat sur les genoux.*

— Nook est pas vraiment du genre à se caler sur les genoux de qui que ce soit, mentit Laurent avant de reprendre. OK, va pour ce soir, on verra lequel des deux tombe le premier.

Il devina sans mal son ami sourire en acceptant le défi, même s'ils savaient aussi bien l'un que l'autre que Damien n'était pas un gros buveur.

***

Assis de travers sur l'une des banquettes en cuir marron du King Size, Laurent évitait de penser à son rôle de cinquième roue de carrosse, alors que les deux couples les plus parfaits de son entourage lui tenaient compagnie.

Damien et Mylène filaient le parfait amour depuis plus de seize ans. Quant à Clément et Maude, ils n'en étaient qu'à leur deuxième année de relation idyllique, mais auraient tout aussi bien pu parader sur le tapis rouge de Cannes sans détonner. Laurent se sentait bien misérable à traîner son célibat depuis huit ans.

— Elle était pas libre pour sortir, ta frangine ? demanda-t-il alors à Clément.

— Pas ces temps, elle a des répétitions tous les soirs.

Laurent grommela. Célibataire comme lui, Charlotte aurait pu rééquilibrer les quotas et il n'aurait pas eu l'impression d'être en trop.

— Elle joue bientôt une pièce ? s'étonna Mylène en ramenant ses longs cheveux blonds derrière ses épaules.

— Oui, dans le courant du mois, elle fera plusieurs représentations de *La Belle et la Bête*, et elle a le rôle principal.

— C'est parce que tu t'sens seul que Charlotte te manque, tout à coup ? devina Damien, sans se retenir de ricaner.

— La solitude est un problème vite réglé, répondit Laurent en lui faisant un clin d'œil.

— Tu n'aurais pas envie d'avoir une relation sérieuse ? interrogea Maude à son tour.

Laurent grimaça tout en fronçant les sourcils.

— Le sérieux, c'est pas mon truc… J'ai besoin de changement.

— C'est ça… lâcha Damien. Ce serait pas plutôt parce que t'es toujours à la recherche d'une nana à la hauteur de Sonia ?

— Ferme-la, j'en ai plus rien à foutre de Sonia. J'ai juste pas envie de me prendre la tête.

— En même temps, vu comment t'en as chié quand elle t'a quittée, je m'doute que t'es pas tenté de revivre un truc pareil.

— C'est jamais agréable de se faire larguer comme une merde. L'égo en a pris un coup, c'est clair, mais j'étais pas non plus au fond du gouffre.

Damien l'observa un instant et remua doucement la tête. Il but une gorgée de bière, sans rien ajouter.

— Et puis, c'est sympa d'imaginer que si j'me trouve une nana, elle finira forcément par me plaquer, bougonna Laurent en dévisageant son ami.

— Je ne pense pas qu'il l'ait exprimé comme une fatalité, précisa Clément en ricanant. Mais c'est un risque qui existe quand on s'engage dans une relation sérieuse.

Tandis qu'il disait ça, Maude vint se coller contre lui et il resserra son bras autour de ses épaules, comme pour la rassurer. Il lui adressa un rapide sourire qui disparut sitôt qu'il détourna le regard.

— Ouais, ben moi, je préfère prendre d'autres genres de risques, au chaud sous la couette, si tu vois ce que j'veux dire, lança Laurent avec une petite moue satisfaite.

Mais ce n'était qu'une façade.

Oui, il les enviait, et la raison de son célibat était un peu plus complexe que ses amis le croyaient.

Sonia, ç'avait été une rencontre à une soirée d'anniversaire, l'amie d'un ami… Un week-end avait suffi pour qu'il se sente prêt à tout pour elle, même à tenir tête à son père. Du moins, c'était ce qu'il avait cru, du haut de ses vingt-quatre ans. Il culpabilisait encore de n'avoir rien pu faire pour réparer tout ce que celui-ci avait détruit entre Sonia et lui.

Leur relation avait duré deux ans et ce qu'il avait partagé avec elle avait été si intense qu'il doutait effectivement de pouvoir un jour revivre quoi que ce soit de comparable.

Mais il craignait aussi, et surtout, que son père détruise tout à nouveau s'il avait le malheur de s'attacher à quelqu'un, alors qu'il n'avait aucune emprise sur une femme qui ne faisait que passer dans la vie de son fils. Et les histoires d'une nuit ne faisaient pas mal.

Laurent détourna la tête pour voir s'il ne trouvait pas une femme esseulée. Ses yeux se baladèrent parmi la clientèle du bar. L'ambiance y était chaleureuse et la musique country rock n'était pas assez forte pour les obliger à crier pour se parler.

Alors qu'il hésitait à se recommander à boire, il aperçut une blonde charmante, accoudée au comptoir, dont l'air abattu lui offrait le parfait prétexte pour l'aborder.

— J'vais me chercher une bière, déclara-t-il en se levant.

Le regard fixé sur son objectif, Laurent ne vit pas les gestes de Mylène pour qu'il lui rapporte un soda. Il s'approcha de l'inconnue, passa sa commande et, après un rapide coup d'œil pour vérifier la « marchandise », il lança :

— Salut…

Simple, charmeur.

Elle lui fit face et, sitôt que ses yeux se posèrent sur lui, elle sourit à pleines dents. Dès ce moment, Laurent sut que c'était dans la poche. Elle lui répondit sur le même ton, ils se présentèrent et elle lui lâcha les premières banalités :

— Tu viens souvent dans ce bar ?

— Pas vraiment. Je suis une exclusivité de la soirée, ce serait dommage de pas en profiter.

Seigneur… Il était capable de faire beaucoup mieux ! Cependant, elle gloussa. Il lui offrit à boire, et la jeune femme se laissa avoir par toutes ses techniques de drague les plus clichés. Rapidement, elle s'ouvrit à lui, ravie d'avoir trouvé une oreille pour se plaindre de ses journées de travail interminables, d'un patron indifférent à ses prises d'initiative, des semaines de vacances qu'elle méritait et qu'on lui refusait, de l'ambiance, de ses collègues…

Laurent se fichait éperdument de ses problèmes. Les yeux davantage collés sur son décolleté que sur son visage, il n'écoutait que d'une oreille les histoires qu'elle lui racontait. Il se contenta d'essayer de retenir son prénom, afin de ne pas se tromper. Il jouait le jeu, acquiesçait, relançait, réconfortait, simulant bienveillance et empathie, comme chaque fois.

— Je crois que ton patron ne se rend pas compte de la chance qu'il a de t'avoir.

Cachée derrière sa Margarita, elle pouffa, flattée et intimidée, avant de reposer son verre.

— Tu veux aller ailleurs ? Danser en boîte ?

Laurent but une gorgée de bière avant de répondre :

— J'suis pas trop branché danse… mais on peut changer d'endroit quand même. Tu me proposes quoi d'autre ?

La poitrine en avant, elle rejeta sa chevelure d'un blond cendré presque naturel sur le côté, puis glissa un regard suggestif jusqu'à la braguette de Laurent tout en se léchant délicatement les lèvres. N'ayant aucun doute sur les intentions de la jeune femme, il feignit la surprise, puis lui lança une œillade complice qui la fit rire une nouvelle fois.

Laurent n'aurait plus grand-chose à faire pour atteindre son but, et elle le lui confirma en proposant :

— Tu veux passer chez moi ?

Il ne s'était pas attendu à ce qu'elle l'invite. C'était encore mieux ; pas besoin de prétexte pour la mettre dehors. Les yeux plissés, il fit néanmoins semblant d'y réfléchir une seconde, ne souhaitant pas paraître trop empressé, puis il pouffa comme s'il abdiquait.

— Ça, c'est une danse qui se refuse pas.

C'était bien trop facile.

Il termina sa bière d'une traite et la suivit. En passant à côté de ses amis, il leur adressa un petit geste d'excuse discret, puis pointa la jeune femme, comme si elle justifiait son abandon. Il fit un dernier signe à Damien et articula sans bruit :

— On s'appelle.

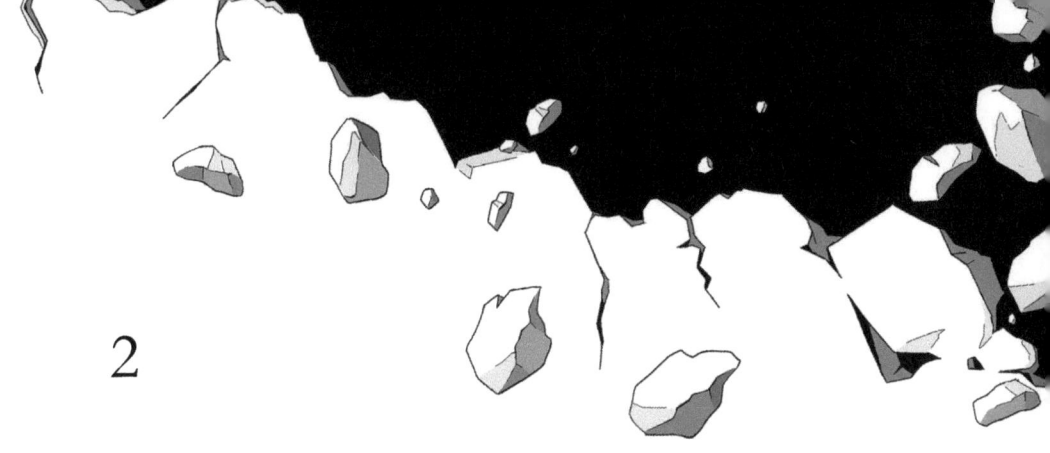

2

Laurent se réveilla chez sa conquête quelque peu courbaturé. Il n'avait pas l'habitude de porter ses partenaires. Et, à bientôt trente-trois ans, sa vigueur commençait à faiblir, malgré sa bonne forme physique entretenue par son travail sur les chantiers et la danse. Pourtant, il ne s'était pas vu refuser quand, d'une voix essoufflée par leurs baisers, la blonde lui avait susurré de la prendre contre le mur. Il l'avait aussitôt saisie sous les cuisses, l'avait soulevée avec énergie et plaquée contre la paroi. Mais quelques coups de reins plus tard, il ne tenait déjà plus. Alors, il l'avait serrée contre lui, agrippant ses hanches pour l'emmener sur le canapé, à deux pas de là.

En partant, il lui dit qu'il la rappellerait, tout en sachant qu'il n'en ferait rien. Elle le comprit dès qu'elle le vit enregistrer ses coordonnées.

— Moi, c'est Éloïse…
— Pardon ?
— Tu as écrit « *Élodie* » au-dessus de mon numéro…

Laurent ne perdit pas pour autant son flegme, il trouva une excuse, et s'en alla en ne lui adressant qu'un salut de la main qui témoignait de son désintérêt.

Elle allait probablement lui en vouloir.

Tant pis.

***

Laurent était passé à son appartement en vitesse, afin de prendre une douche, se raser, se changer, bref, être présentable pour se rendre chez son grand frère, Frédéric.

Une cigarette entre les lèvres et un pack de bières sous le bras, il vérifia que sa voiture était bien verrouillée, puis avança jusqu'au lotissement. Il ne tourna même pas la tête avant de traverser la route, tant le village de Montpreveyres était calme.

On était loin de l'agitation du centre-ville de Vevey où Laurent vivait, entre l'école primaire et le parc Doret, toujours très animé. Ici, entouré de champs et de forêts, seuls les gamins jouant dans les rues et une tondeuse au loin offraient leur lot de décibels.

Frédéric et sa femme, Vanessa, avaient trouvé l'endroit parfait pour venir s'installer avec leurs enfants, et cette tranquillité lui faisait du bien chaque fois qu'il leur rendait visite. Comme quoi, il y avait au moins un point positif à ces repas de famille.

Laurent tira encore sur sa cigarette et aperçut son frère et leurs parents discuter dans le jardin, visible depuis la chaussée. Il pesta intérieurement ; il était légèrement en retard, cela n'allait pas manquer d'être signalé. Il trottina afin d'accélérer le pas et contourna le bâtiment pour atteindre l'entrée de l'appartement. Une fois là, il écrasa son mégot dans l'un des cendriers accrochés au mur, puis sonna.

Vanessa vint lui ouvrir. Avant que Laurent ne prononce le moindre mot, Anna, sa nièce de huit ans, arriva en courant et lui sauta dessus.

— Tonton !

Il la souleva de son bras libre et tendit les bières à sa belle-sœur. Elle lui adressa un sourire tendre en le remerciant, puis l'invita à entrer. Laurent fut étonné de voir son neveu, Tristan, jouer avec une voiture télécommandée au milieu du salon. Bien qu'il ait une fois de plus une manette en main, il n'était au moins pas collé à la télévision.

— Salut bonhomme. Elle est neuve ?

L'adolescent fit une grimace alors qu'il manquait de peu de perdre le contrôle du petit bolide et répondit :

— Ouais, c'est Bernard et Colette qui me l'ont *offert*.

Bernard et Colette... Laurent avait toujours trouvé très austère d'obliger des enfants à appeler leurs grands-parents par leurs prénoms pour ne pas qu'ils se sentent vieux.

— Cool.

Il reposa Anna au sol, alors que Vanessa corrigeait son fils – « On dit "offerte", mon ange... » –, puis sortit de sa poche un œuf en chocolat et le tendit à sa nièce.

— Tiens, Pimprenelle, j'ai pensé à toi en les voyant. C'est bien ces petits chiens que tu aimes ?

La fillette le saisit, les yeux pleins d'étoiles, en découvrant le personnage représenté sur l'emballage et dont elle était fan depuis plusieurs mois.

— Oui ! Elle, c'est Stella[1], elle fait des tourbillons pour s'envoler, avec ses pouvoirs !

Vanessa, attendrie, observa la scène de loin tout en terminant de préparer son plat, puis déclara :

— Tu vas le mettre au frigo ? Tu pourras le manger après le repas.

— Tu mets le chocolat au frigo, toi ? s'étonna Laurent.

— Ça fond moins vite une fois entre les mains d'un enfant, expliqua sa belle-sœur en lui adressant un sourire pincé qui en disait long.

Laurent lui rendit un regard navré pendant qu'Anna plaçait l'œuf au réfrigérateur avant de disparaître dans sa chambre en sautillant.

— Merci, souffla Vanessa tout en continuant à s'affairer aux fourneaux.

— Bah, c'est pas grand-chose.

— Tu penses à elle, c'est déjà beaucoup.

Elle avait dit ça en lançant un coup d'œil vers l'extérieur, où se trouvaient ses beaux-parents.

— Je vais aller les saluer, avant que– …

Il n'eut pas le temps de terminer sa phrase que la porte-fenêtre de la terrasse s'ouvrit.

---

[1] Personnage du dessin animé *PAW Patrol* : *La Pat'Patrouille*.

— Eh bien, tu es là ? s'exclama son père. Tu comptais venir nous dire bonjour ou tu t'es senti appelé par le travail en cuisine ?

— Bonjour P'pa. Je discutais avec Vanessa et les enfants.

Laurent s'approcha de sa mère et lui fit une accolade.

— Mh, tu sens la fumée... grimaça-t-elle.

Laurent soupira sans répondre : ça commençait. Il tendit ensuite sa main à son père qui la saisit distraitement.

— Tu n'as rien à boire ? remarqua son frère après l'avoir salué à son tour.

— Pas encore, j'ai apporté de la bière.

— Vanessa, servez-lui donc à boire, voulez-vous ?

Cela ressemblait à un ordre, mais la jeune femme ne s'étonnait plus du ton employé par sa belle-mère et s'exécuta, demandant à Laurent ce qu'il souhaitait.

— Laisse, j'me sers, merci, dit-il en attrapant une canette dans le pack qu'il avait apporté.

— Le repas est prêt dans cinq minutes, annonça Vanessa. Vous pouvez déjà vous installer. Tristan, tu peux aller chercher ta sœur, s'il te plait ?

Le garçon bougonna un instant, mais finit par obéir, envoyant la manette de son jouet sur le canapé. Laurent s'assit en dernier et se retrouva à l'opposé de ses parents. Parfait.

— Qu'est-ce qui t'a mis en retard cette fois ? lança son père de l'autre bout de la table.

— Ça roulait mal.

— Le dimanche, rien de tel que le train, ponctua Colette, le regard éternellement fuyant.

— Ça coûte cher, ça me double mon temps de trajet, et puis y a mille changements à faire entre Vevey et ici.

— Ce n'est pas comme si tu étais très occupé, souffla Bernard.

— Et puis, Vanessa est gentiment venue nous chercher à la gare…

— J'ai une voiture, M'man. J'ai pas besoin qu'elle fasse le taxi pour moi.

— Ça ne me gêne pas, précisa la concernée.

— Moi, si !

— Bon, eh bien, n'en parlons pas plus, coupa son père. Nous ferons avec tes retards. Comme d'habitude.

Laurent roula des yeux sans rien ajouter, croisa le regard navré de sa belle-sœur et celui, plus crispé, de son frère qui semblait le supplier de faire un effort. Sauf que Laurent ne faisait que ça. Le simple fait de se contenir pendant tout le temps du repas serait une épreuve qui allait rapidement l'épuiser.

Vanessa posa la cocotte fumante au centre de la table, en retira le couvercle et fit apparaître son ragoût.

— Colette, Bernard, vous m'en direz des nouvelles !

— Elle cuisine depuis ce matin, précisa Tristan d'un ton las.

— Mmh ! Ça sent trop bon, Maman !

Vanessa sourit à sa fille et la remercia alors que sa belle-mère enchaînait :

— La sauce me semble un peu liquide…

— Je mange pas assez souvent de ragoût pour juger, il a l'air parfait, ajouta Laurent.

— Maman nous en préparait tous les mercredis. Ne me dis pas que tu te rappelles pas, lui fit remarquer Frédéric, une main posée sur celle de Colette.

Voyant cette dernière se lancer dans une parfaite interprétation de victime peinée, Laurent abdiqua et concéda :

— Bien sûr que j'm'en souviens.

Avant d'ajouter :

— Mais c'était y a longtemps, donc la texture de la sauce, c'est pas mon souvenir le plus précis.

Vanessa servit sa belle-mère et proposa :

— Vous me donnerez votre avis, Colette, et vos astuces, si vous pensez que cela peut être amélioré.

— Je n'y manquerai pas.

Elle goûta pendant que Vanessa servait tout le monde et dut admettre que ce n'était pas mauvais, même plutôt réussi. Tous l'imitèrent et Frédéric s'autorisa enfin à faire un compliment à sa femme.

— Et toi, Laurent ? Tu manges bien chez toi ?

Laurent releva les yeux vers sa mère, craignant le piège. Il jeta un coup d'œil à son père, puis son frère, avant de répondre :

— Pas trop mal, ouais.

— Je parie que tu ne manges que des plats surgelés, je n'appelle pas ça manger correctement. On s'inquiète pour toi, tu sais ? Il serait temps que tu te trouves une femme qui puisse un peu s'occuper de toi.

— Et ce n'est pas en ratissant les bars que tu en trouveras une digne de ce nom, renchérit Bernard.

Frédéric se racla la gorge, essayant de faire entendre aux adultes de surveiller leurs propos. Si Anna n'y comprenait probablement pas grand-chose, il n'était pas utile que Tristan soit informé du comportement volage de son oncle.

— J'ai pas besoin d'une femme pour me faire à manger. Je sais cuisiner.

— Dans ce cas… dis-nous donc ce que tu t'es préparé hier.

Laurent réfléchit un instant et grogna en réalisant qu'il était passé au fast-food juste après avoir quitté Lola.

— Hier, j'étais pas chez moi. Et j'ai pas de comptes à rendre.

Il faisait tout son possible pour garder un ton calme, ne serait-ce que pour les enfants. Ceux-ci avaient bien trop souvent été témoins des conflits qui pouvaient animer leur famille, il ne voulait pas que cela se reproduise.

— Je suis sûr qu'il mange très bien ! Et qu'il trouvera rapidement quelqu'un avec qui il aura plaisir à partager ses repas, tempéra Frédéric. En attendant, ne gâchons pas celui-ci.

Laurent serra les dents. Frédéric était le roi pour éviter les disputes. Voilà pourquoi il était rare qu'il le soutienne, de peur de devenir à son tour la cible des critiques de leurs parents. Cependant, il y avait peu de risques que cela arrive, lui qui avait si bien réussi dans la vie : marié à une femme docile, père de deux enfants – dont un fils aîné doué à l'école –, propriétaire d'un grand appartement, ingénieur dans une entreprise de robotique qui lui permettait de ne pas s'inquiéter des fins de mois… Une vie parfaite, telle que *Bernard* le voulait.

Laurent aurait aimé les rendre fiers, lui aussi, et il enviait souvent le succès de son frère. Depuis l'adolescence, il avait pris conscience, de façon plutôt douloureuse, qu'il n'aurait plus droit au moindre faux pas s'il souhaitait ne pas descendre plus bas dans l'estime de son père. Mais au fond, il ne voulait pas de cette vie, de cette routine, ni même d'enfants. Alors ne pas décevoir ses parents était devenu une lutte quasi quotidienne.

— On ne peut plus allumer son poste de télévision sans tomber sur une émission abrutissante, déclara Bernard au bout d'un moment.

— C'est vrai qu'il faut de plus en plus sélectionner, confirma Vanessa. Quoique j'aime assez celle qui présente plusieurs styles d'artistes. La dernière fois, il y avait un peintre chorégraphe qui réalisait une toile en dansant, c'était magnifique, très poétique.

— Il peignait en dansant ? répéta Bernard avec dédain. Eh bien, voilà une superbe démonstration de virilité.

— Le tango est une belle danse, tenta sa belle-fille en se resservant à boire. Qui ne laisse aucune ambiguïté quant à celui qui mène.

— Une danse vulgaire. Meneur ou pas, quand on est un homme, on ne se trémousse pas comme un sodomite en barbouillant des tableaux.

— Papa, hum... s'il te plait, ton langage, signala Fred.

Au bout de la table, Laurent fulminait en silence. Le repas continua ainsi pendant de longues minutes et il évitait au maximum de prendre la parole, restait succinct lorsqu'il y était obligé. Mais tous les sujets de conversation lancés par son père semblaient n'avoir comme objectif que de le mettre en colère. Il en eut la confirmation quand Bernard demanda :

— Comment ça se passe au travail ?

Laurent n'ayant aucune envie d'entrer dans son jeu, il laissa son frère répondre en premier.

— C'est un peu le stress ces jours. On a plusieurs machines à terminer pour la fin du mois, mais on n'arrive pas à se faire livrer certaines pièces. On doit jongler avec les autorisations pour les douanes, tout en évitant au maximum les taxes. Bref, un vrai casse-tête d'ingénieur.

Entendre Frédéric ponctuer sa phrase en rappelant à tous son métier fit pouffer Laurent qui s'éclaircit la voix aussitôt, espérant dissimuler son rire dans une petite toux.

— J'imagine, dit Bernard, compatissant, avant de se tourner vers Laurent. Et de ton côté ? Tout se passe bien avec tes… peintures ?

Le ton condescendant était d'une évidence insultante, mais Laurent préféra ne pas en tenir compte et répondit :

— Bah, disons qu'on connaît aussi notre lot de problèmes. On a eu plusieurs infiltrations d'eau dans les nouveaux immeubles, à cause de la pluie. Y a pas mal de parois et plafonds qui ont ramassé. On a dû faire revenir le chef de chantier et les maçons…

Mais son père ne l'écoutait déjà plus. Il était clair que les aléas d'un peintre en bâtiment étaient moins glorieux que les déboires d'un ingénieur en robotique, architecte en chef. Laurent soupira et s'en retourna à son assiette qu'il termina en silence.

En passant au dessert, Anna réclama son œuf en chocolat.

— Qu'est-ce que c'est que cette histoire d'œuf ? demanda Frédéric, interloqué.

— C'est ton frère qui le lui a donné en arrivant. Je lui ai dit qu'elle pourrait l'avoir après le repas.

— La pauvre va finir avec les hanches plus larges que les portes, commenta Colette.

— Elle n'a que huit ans, Maman, tenta Frédéric.

Bernard lâcha un lourd soupir avant de déclarer :

— Au moins, cette fois-ci, ce ne sont pas des cerises...

Laurent se racla la gorge à l'évocation de ce vieux souvenir. Il n'avait effectivement pas eu idée du danger lorsqu'il avait donné des cerises à manger à sa nièce qui n'avait alors qu'une dizaine de mois et tout juste quatre dents sorties.

— C'était il y a longtemps et heureusement, tout s'est bien terminé.

Vanessa se douta que son soutien n'aurait pas beaucoup de poids, sachant que sur le moment, elle avait été la première à hurler contre l'inconscience de son beau-frère.

— Oui, heureusement ! ponctua Colette.

— Eh bien, je crois que tout ça prouve à quel point j'suis pas fait pour avoir des gosses ! déclara Laurent en se resservant un verre de vin.

Il avait toujours été impensable pour eux de lui confier les enfants, parce qu'il n'était pas dans les devoirs d'un homme de s'en occuper. Et, bien qu'il adorât Tristan et Anna, il devait avouer que, pour une fois, c'était une injonction qui l'arrangeait ; il n'était pas à l'aise lorsqu'il se retrouvait seul avec eux. Il ne savait pas comment les divertir ni comment leur parler, il n'avait aucune envie d'aller se balader au parc, faire des bricolages ou ce genre de choses. Il était d'autant plus perdu face à Tristan, maintenant que celui-ci frôlait l'adolescence et que tout lui semblait barbant.

— Trouve-toi déjà une femme avec qui en faire, déclara son père. Elle se chargera du reste.

Laurent soupira lourdement.

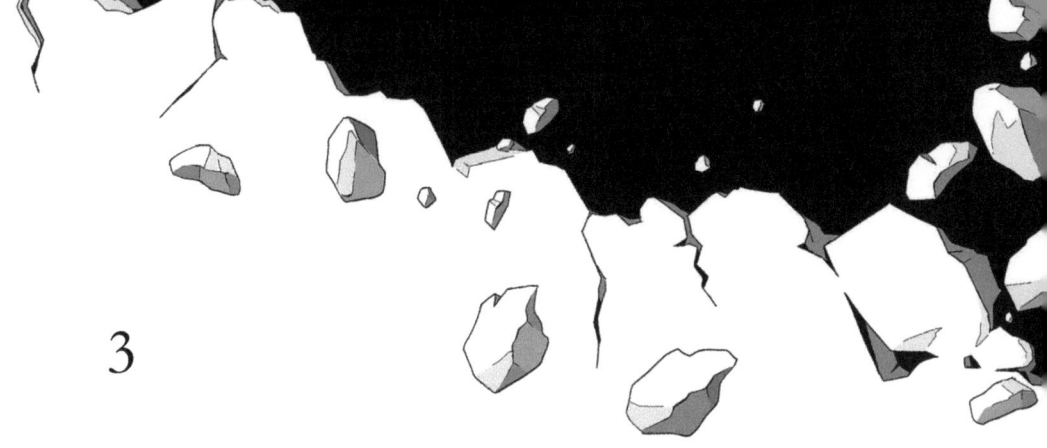

3

Assis à la terrasse du bar Le Bout du Monde, Laurent sirotait sa bière, avachi sur sa chaise. Face à Damien et Mylène, il essayait d'afficher un air détendu qui ne trompait pourtant pas ses amis.

— Qu'est-ce qu'il t'a dit cette fois ?

— Comme d'hab, il est super fier de son fils, ironisa Laurent en tirant sur sa cigarette, ne cherchant même pas à cacher son amertume.

Damien pouffa face à son cynisme. Il connaissait la relation tendue que Laurent entretenait avec son père depuis l'adolescence, même si ce dernier n'en avait jamais expliqué l'origine. Tout ce qu'il savait, c'était qu'un jour, son ami avait terminé à l'hôpital avec une mâchoire fracturée.

— Tu devrais l'envoyer chier.

Laurent releva les sourcils en le regardant, puis renifla.

— Ouais, j'y penserai.

Après une grande gorgée de bière, il lança un coup d'œil à la ronde. Il était là pour se changer les idées, et non pour ressasser.

— Pas grand-chose à se mettre sous la dent ce soir.

— Et si tu te contentais de boire ton verre et de te détendre, pour une fois ? On est en pleine semaine.

— C'est une autre façon de se détendre, lâcha Laurent avant de faire un clin d'œil en souriant.

Damien roula des yeux, abandonnant l'espoir de passer une soirée entière avec son ami.

— T'es exaspérant.

— Et puis, t'es difficile, reprit Mylène en regardant autour d'eux. Ce qui est peut-être une bonne nouvelle pour toutes ces filles, au final.

Laurent aspira encore une fois sur sa cigarette avant de l'éteindre et déclara :

— Disons que je commence à en avoir un peu marre de ces bonnes femmes qui se respectent pas et sautent sur tout c'qui bouge.

— Tu peux parler ! objecta Mylène en sirotant son panaché. Et c'est pas parce qu'elles ont le même objectif que toi qu'elles se respectent pas.

— Non, mais ce week-end, par exemple, j'ai à peine eu le temps de sourire à la nana qu'elle était déjà pendue à ma braguette.

— J'vois pas le rapport avec le respect. Pourquoi elle aurait pas le droit de s'envoyer en l'air avec le premier venu, si ça lui chante ?

— Et puis bon, prétends que ça t'a pas plu ! ajouta Damien.

— J'crois que j'ai besoin d'un peu plus de challenge, ça rendrait la chose plus intéressante aussi.

— Du challenge ? s'étonna Damien. Qu'est-ce que t'entends… ? Parce qu'à partir du moment où l'unique but de la démarche, c'est de tirer un coup, je vois pas pourquoi tu veux te compliquer la tâche…

— C'est un tout… Laisse tomber, t'y connais rien, déclara Laurent en s'appuyant sur le dossier de sa chaise. T'as dragué qu'une seule fois dans ta vie et t'avais quinze ans. Tu peux pas comprendre.

Mylène prit aussitôt la défense de son compagnon :

— Déjà à cette époque, tu faisais fondre les filles ! Et maintenir l'attraction, ça, c'est une sacrée performance de séduction au quotidien !

Damien ricana en secouant la tête et la remercia d'un bisou tendre sur le front. Lorsqu'il releva les yeux vers Laurent, celui-ci regardait fixement une cliente qui s'installa juste à l'entrée du bar.

— Laurent ?

— Je rêve ou il a buggué sur la nana qui vient d'arriver ?

Il fallut une seconde à Laurent pour refaire face à ses amis et bafouiller :

— Hein ? Quoi ? Non, je… Quoi ?

Damien et Mylène gloussèrent, complices, et cette dernière se retourna pour voir la jeune femme en question. Grande, fine, cheveux longs et bruns, démarche assurée, élégante… Elle correspondait en tout point aux goûts de Laurent.

— C'est clair qu'elle est belle, je comprends qu'elle te trouble.

— Me troubler ? s'offusqua Laurent. Tss, c'est pas demain qu'une nana réussira à me déstabiliser.

— J'ai souvenir d'une fois où un jogging un peu moulant avait suffi à te mettre dans tous tes états, précisa innocemment Damien, la bière au bord des lèvres.

Laurent ne put retenir un sourire mal à l'aise.

— C'est pas pour rien que je drague pas dans les salles de sport

— T'inquiète, je me rappelle parfaitement pourquoi on a laissé tomber le fitness.

Intriguée, Mylène demanda :

— C'était pour ça ? Il s'est passé quoi ?

— C'est pas intéressant, tenta Laurent.

Mais Damien n'en tint pas compte et expliqua :

— Notre ami a toujours eu un gros faible pour le look *casual* sportive. Tu sais, le genre « nana sexy avec un vieux jogging et t-shirt de gym »…

— On peut vraiment rien te confier à toi ! râla le concerné.

Damien sourit de plus belle, et poursuivit son histoire :

— Il avait complètement craqué sur l'une des coachs. Sauf que… à force d'abuser du porno fitness, il avait du mal à garder son calme face à elle. Il n'a jamais osé lui adresser la parole et a préféré ne plus y retourner plutôt que de continuer à se payer la honte.

Mylène se tourna vers Laurent, les yeux écarquillés et la bouche ouverte, prête à exploser de rire.

— Oh, ça va, vous faites chier ! lâcha-t-il, vexé, déclenchant l'hilarité de son amie. Et puis ça n'avait rien à voir !

— Ben voyons.

Contrarié de passer pour un idiot, Laurent grimaça. Il n'y avait pas beaucoup de personnes face à qui il laissait paraître ses failles, mais Damien et Mylène faisaient exception. Amis de longue date, ils avaient traversé tant d'épreuves ensemble que, de confidence en confidence, ils pouvaient se vanter d'avoir pu entrevoir ce que Laurent cachait derrière sa carapace.

Ce dernier se détourna légèrement et se massa la nuque d'un geste qui se voulait naturel, mais profita de l'angle pour observer la jeune femme qui lui avait tapé dans l'œil.

— Et si tu allais lui parler ? lui souffla Mylène qui avait suivi son regard.

— Mh ? À qui ?

— Tu nous prends vraiment pour des débiles.

Alors que Laurent relevait les yeux vers son ami, cherchant à contenir son embarras, Damien croisa les bras sur son torse, défiant.

— OK, c'est vrai qu'elle est pas mal, finit par admettre Laurent. Mais… pas ce soir. J'suis crevé.

Damien secoua la tête, dépité, puis Mylène se leva et annonça :

— Bon, eh bien, si tu te lances pas, moi, j'y vais.

— Tu… ? Quoi, non, att– …

Avant que Laurent n'ait le temps de faire le moindre geste pour tenter de la retenir, Mylène s'éloignait d'un pas décidé. Un éclair de panique traversa son regard, aussi vite qu'il retrouva son masque d'assurance habituel.

— Depuis quand ta copine drague des nanas ? dit-il à Damien sur le ton de la plaisanterie, cherchant à dissimuler sa nervosité pourtant palpable.

Damien, de son côté, suivait des yeux Mylène qui s'approchait de l'inconnue. Après une légère tape amicale sur l'épaule, elle engagea la conversation.

— Je sais pas si elle drague, mais elle vient de te pointer du doigt, fit-il remarquer d'un air moqueur.

Laurent se raidit, puis risqua un coup d'œil vers la table où discutaient les deux jeunes femmes. L'inconnue le dévisageait, intriguée, et, croisant son regard, elle le surprit en pleine contemplation. Laurent se retourna brusquement vers Damien, s'efforçant de conserver un minimum de contenance. Venant de lui qui était d'habitude si confiant avec les femmes, son trouble en était d'autant plus savoureux à observer pour Damien qui étouffa un ricanement entre ses lèvres.

Agacé de voir son ami se moquer de lui, Laurent déclara :

— C'est n'importe quoi. Comme si j'avais besoin que ta nana m'arrange des coups. J'suis crevé, c'est tout. J'aurais pu y aller moi-même, sans souci.

— Sans souci, vraiment ? railla Damien.

Laurent lui servit son plus beau sourire avant de confirmer :

— *Easy.*

Mylène rejoignit les garçons au bout de quelques minutes qui semblèrent interminables pour Laurent. Satisfaite, elle se rassit à sa place et lui annonça :

— Elle accepte de faire ta connaissance.

Pantois, Laurent bredouilla malgré lui :

— Qu'est-ce que tu lui as dit ?

— Va lui parler, se contenta-t-elle de répondre.

Laurent serra les dents ; il détestait se retrouver désavantagé pour aborder une femme. Sans parler de l'intimidation qu'il ressentait effectivement, bien qu'il refusât obstinément de l'admettre, et qui l'agaçait au plus haut point. Au moins, l'inconnue leur tournait le dos et ne voyait pas le stress grandissant qui s'emparait de lui et qu'il peinait à dissimuler. C'était déjà ça.

Il s'essuya les paumes sur son jean, puis se leva, le regard rivé sur sa cible. Le pas hésitant et les mains enfoncées dans les poches de son pantalon, il se sentait pitoyable, tiraillé entre excitation et appréhension. Un bref coup d'œil en arrière, et il croisa les visages amusés, malgré tout encourageants, de ses amis.

C'est ça, marrez-vous, bande de crétins...

Prenant une profonde inspiration, il franchit les derniers mètres et se retrouva aux côtés de l'inconnue. Son cœur bondissait dans sa poitrine, mais il ne pouvait plus reculer.

Ravalant sa gêne, il parvint à prononcer d'une voix mal assurée :

— Euh... Salut.

Il souhaitait relever un défi, il était servi.

La jeune femme leva le regard vers lui et la première impression de Laurent fut confirmée : elle était magnifique. Elle avait de grands yeux noisette, un visage anguleux et atypique, mais terriblement séduisant, encadré par de longs cheveux bruns légèrement ondulés, et un sourire charmant qui illuminait ses traits.

— Laurent, c'est ça ?

— Ouais, répondit-il dans un rire gêné.

— Enchantée, moi, c'est Amanda. Assieds-toi.

Il prit place sur la chaise en face d'elle, et tous deux profitèrent du passage du serveur pour lui commander une bière et un verre de vin. Après quoi, Laurent ajouta :

— Désolé pour tout ce cirque, c'est juste que… mon amie s'est mis en tête de nous faire faire connaissance.

— C'est ce qu'elle m'a dit.

Laurent se mordilla la lèvre, cherchant sur quoi enchaîner. Tendu, il prit une inspiration ; il devait se ressaisir. Il se redressa et, retrouvant une pointe d'assurance, lui demanda :

— Et… qu'est-ce qu'elle a dit d'autre ?

Amanda hésita une seconde, amusée par la situation, puis finit par répondre, tout en affichant une petite grimace navrée :

— Elle m'a dit qu'habituellement, tu dragues tout ce qui bouge, et qu'il t'arrivait de, je cite, te « donner des airs de connard ».

Laurent s'étrangla avec sa salive et se tapota le sternum, perdant le peu d'assurance qu'il avait réussi à rassembler.

— La vache, souffla-t-il, la voix éraillée. Je vois qu'elle a mis toutes les chances de mon côté. Et sinon, rien d'autre ?

Sa question trahissait tellement d'espoir qu'Amanda ne put contenir un sourire.

— Effectivement, elle ne s'est pas arrêtée là-dessus… ça m'a intriguée et j'ai eu envie de me faire ma propre opinion.

Laurent l'observa un instant, ne se retenant plus de la dévisager. Visiblement, elle n'en révèlerait pas davantage. Que pouvait bien lui avoir dit Mylène pour qu'elle lui accorde encore de l'intérêt malgré cette description peu avantageuse ? Cette jeune femme était étrange, mais ce n'était pas pour lui déplaire, au contraire. Cela attisait d'autant plus sa curiosité. Il pouffa et se passa nerveusement la langue sur les lèvres avant d'abdiquer :

— OK, bon... Commençons avec ça. « Un connard coureur de jupons », c'est juste ? Super...

Le barman leur apporta leur commande, puis Laurent reprit :

— Bien... maintenant que tu connais mes plus grandes qualités, suis-je autorisé à connaître les tiennes ?

Amanda réfléchit un instant avant d'annoncer, amusée :

— Eh bien, pour ma part, j'ai tendance à faire fuir les hommes.

Étonné par sa réponse, Laurent fut reconnaissant de la voir se mettre sur un pied d'égalité avec lui en abordant un aspect plutôt désavantageux de sa personnalité.

— OK, pas mal... Y a une raison en particulier ou... ?

Elle haussa les épaules sans se départir de son sourire.

— À toi de me le dire...

Amanda n'avait pas perdu en assurance malgré l'aveu qu'elle venait de lui faire, ce qui intrigua d'autant plus Laurent. D'après son expérience, les femmes qui faisaient fuir les hommes appartenaient généralement à deux catégories : les emmerdeuses et celles au caractère bien trempé. Amanda semblait clairement faire partie de la seconde catégorie, et ça ne lui faisait pas peur.

— Et donc... ton amie a pensé qu'on devait se parler... ? demanda-t-elle au moment où le serveur déposait son verre de vin devant elle.

Elle en but une gorgée pendant que Laurent réfléchissait à toute vitesse. Les règles du jeu étaient complètement bouleversées : c'était elle qui menait la danse, et lui tentait du mieux qu'il le pouvait de contenir sa nervosité.

Un coup d'œil du côté de Damien et Mylène lui fit remarquer qu'ils ne l'avaient pas lâché des yeux. Côte à côte, comme au cinéma, le couple lui faisait face en savourant chacun son verre. Il s'éclaircit la voix et s'efforça de prendre une posture plus détachée, de travers sur sa chaise, un coude en appui sur le dossier, et l'autre sur le bord de la table, et, enfin, il répondit :

— Parce qu'elle a remarqué que je t'observais.

Visiblement, cette explication ne lui suffisait pas. Laurent s'y était attendu et but la dernière gorgée de bière qui restait dans la bouteille, afin de gagner quelques secondes pour trouver de meilleurs arguments.

— Disons qu'à la base, on discutait tranquillement, et t'es arrivée. Je t'ai regardée, et elle m'a dit de venir te parler, j'ai refusé, alors c'est elle qui est ven–…

— Tu as refusé ? releva-t-elle, étonnée.

Elle ne semblait pas vexée, juste intriguée par cet enchaînement.

— Hein ? Oui, non, j'ai refusé, c'est pas que j'voulais pas, mais…

Plus il cherchait à se justifier, plus il s'enfonçait, et plus il réalisait qu'il ne s'en sortirait peut-être pas sans avouer la vérité. Il la dévisagea un instant, puis étouffa un rire gêné avant d'admettre :

— J'osais pas.

Tout d'abord flattée, Amanda fronça les sourcils, sceptique.

— J'ai du mal à imaginer l'homme qu'elle m'a décrit, véritable séducteur invétéré, ne pas oser aborder une femme.

Il se passa une main dans les cheveux et, tout en essayant de garder un semblant d'assurance, déclara :

— C'est pas parce qu'on est un séducteur invétéré qu'on est insensible au charisme de certaines femmes.

Il avait terminé sa phrase en plongeant son regard dans celui d'Amanda. Il le soutint un instant, mais fut le premier à baisser les yeux et détourner la tête.

— Fait chaud, d'un coup, non ?

Il avait tenté le ton de la plaisanterie, se ventilant un peu avec le col de son t-shirt, conscient que sa gêne était évidente. Mais il se relâcha en voyant Amanda rire devant son comportement, amusée, et peut-être aussi touchée par le compliment. Il se redressa, remit en place les pans de son veston et demanda :

— Et sinon... tu viens souvent dans ce bar ?

Question cliché, mais qui passait toujours, et elle lui permettait de reprendre le contrôle de la situation en douceur.

— Non, c'est la première fois. J'ai rendez-vous avec quelqu'un.

— Rendez-vous ? s'étonna-t-il. J'dois m'attendre à me faire casser la gueule parce que j'empiète sur des plates-bandes ou... ?

— Eh bien, comme je ne suis pas un potager, je pense que ça devrait bien se passer.

Laurent se mit à rire, surpris par la répartie d'Amanda qui sourit à son tour. Elle but une gorgée de vin, puis répondit plus sérieusement :

— Mais non, tu ne risques absolument rien.

Laurent acquiesça, soulagé de ne pas devoir affronter un prétendant. Cependant, il ne voulait pas s'imposer. Alors qu'il cherchait de quoi écrire dans ses poches, il ne vit pas approcher la personne qu'attendait Amanda.

— Salut Jo, ça va ? J'allais t'envoyer un message…

— Pardon pour le retard. J'ai fini le boulot plus tard que prévu, il fallait encore que je me douche et que je me change, enfin… comme d'hab, TMTC[2].

Jo tourna alors la tête du côté de Laurent, au moment où celui-ci relevait les yeux.

— Salut. Moi, c'est Jo, et toi ?

Perdu dans ses réflexions afin de déterminer s'il faisait face à un homme ou une femme, Laurent mit une seconde à saisir le sens de la question qu'on venait de lui poser, mais il se reprit rapidement :

— Euh, Laurent. Moi, c'est Laurent, pardon, salut.

Jo tira une chaise pour s'asseoir avec eux, fit un signe au serveur tout en continuant à raconter sa journée.

Intrigué, Laurent l'observait, tout en s'efforçant de rester discret. Aucune poitrine visible, son look et sa gestuelle tendaient vers le masculin, cependant, sa taille légèrement marquée, les traits fins de son visage et ses grands yeux lui donnaient un petit côté féminin. Les intonations rauques et profondes de sa voix rendaient difficile de déterminer s'il s'agissait de celles d'un jeune homme ou d'une femme à la tessiture naturellement grave. Une ombre discrète au-dessus de sa lèvre fit hésiter Laurent entre moustache ou simple duvet, mais avant qu'il n'arrive à trancher, Jo remarqua ses tentatives

---

[2] Abréviation de « toi-même tu sais ».

d'observation à la dérobée. Cette attention particulière à son égard sembla l'amuser.

Mal à l'aise et confus, Laurent détourna les yeux, puis se rappela qu'il ne comptait pas s'incruster.

— Bon, je vous dérange pas plus longtemps…

Il se tourna face à Amanda et ajouta :

— C'était un plaisir de faire ta connaissance. Et… si ça te dit…

Il attrapa son sous-bock ainsi qu'un stylo qui traînait dans sa poche, y nota son numéro de téléphone et le tendit à la jeune femme.

— … tu m'appelles quand tu veux.

Elle saisit le carton et l'observa un instant avant de lui sourire. Laurent les salua, recula d'un pas en lui faisant un clin d'œil, puis s'éloigna retrouver Damien et Mylène.

Encore fébrile au moment où il s'assit, il fut aussitôt questionné par Mylène.

— Alors ? Son copain t'a cassé ton coup ?

— Son, euh… ? T'es sûre que c'est un… ? Hum, bref, non, pas du tout, j'les ai juste laissés, j'voulais pas faire mon boulet.

Curieux, ses amis lui demandèrent comment il s'en était sorti et il raconta rapidement leur échange, évitant de mentionner les fois où il était certainement passé pour un imbécile.

— Et donc… qu'est-ce que tu as prévu pour la suite ? T'as son numéro ?

Laurent se gratta la tête et tenta d'esquiver la question avant d'avouer que non.

— Je lui ai pas demandé, c'était pas… C'est moi qui lui ai laissé le mien.

— Attends, quoi ? Je croyais que tu ne laissais jamais ton numéro à une femme ? s'étonna Damien. Comme quoi, c'est s'abaisser à réclamer l'attention de l'autre, je sais plus quoi…

— Belle mentalité, ironisa Mylène.

— Mais non, c'est pas ça ! C'est juste que, bon, déjà, en général, on se rappelle pas. On s'envoie en l'air et ensuite, tchô bonne. Mais c'est surtout que j'ai pas envie de diffuser mon numéro partout.

— Bref, et donc là, elle a ton numéro ? relança Mylène pour revenir au sujet qui l'intéressait. Tu penses qu'elle va te contacter ?

Laurent ne savait pas trop quelle impression il avait faite à Amanda. Si le courant semblait être bien passé, elle n'avait pas non plus laissé transparaître d'intérêt particulier. Il jeta un rapide coup d'œil du côté de l'autre table et vit Amanda pianoter sur son portable ; ensuite, le sien vibra dans sa poche.

Avant de trop se réjouir, il l'attrapa et ouvrit le message qu'il venait de recevoir.

— C'est elle ? demanda Mylène.

Numéro inconnu, 19 h 48 : C'est Amanda.

Laurent se mordilla nerveusement la lèvre afin de contenir la joie qui l'envahissait. Il leva la tête vers Amanda qui lui sourit et se détourna aussitôt pour discuter avec Jo.

— Visiblement, oui, répondit Damien à sa place.

Tenant à prouver sa réussite, Laurent, les épaules droites et le torse bombé, leva l'écran à la hauteur des yeux de ses amis afin qu'ils puissent constater et lire eux-mêmes le message. Après quoi, il enregistra le numéro.

— Je pense qu'on peut dire que tu as largement relevé le défi de la soirée.

Toujours concentré sur les quelques mots qu'il avait reçus, Laurent ne put retenir son sourire plus longtemps, sachant que ces trois mots sous-entendaient qu'ils se reverraient. Puis il replongea son téléphone dans sa poche et refit face au couple.

— Est-ce que tu vas enfin avouer qu'elle te plaît ?

Laurent feignit l'agacement dans un soupir amusé avant d'acquiescer :

— OK, si tu y tiens… Elle me plaît.

— Vraiment ? s'exclama Mylène.

Puis elle reprit plus discrètement :

— C'est pas juste pour coucher avec elle ?

— Ah, j'dis pas non si ça s'présente. Mais… on verra bien.

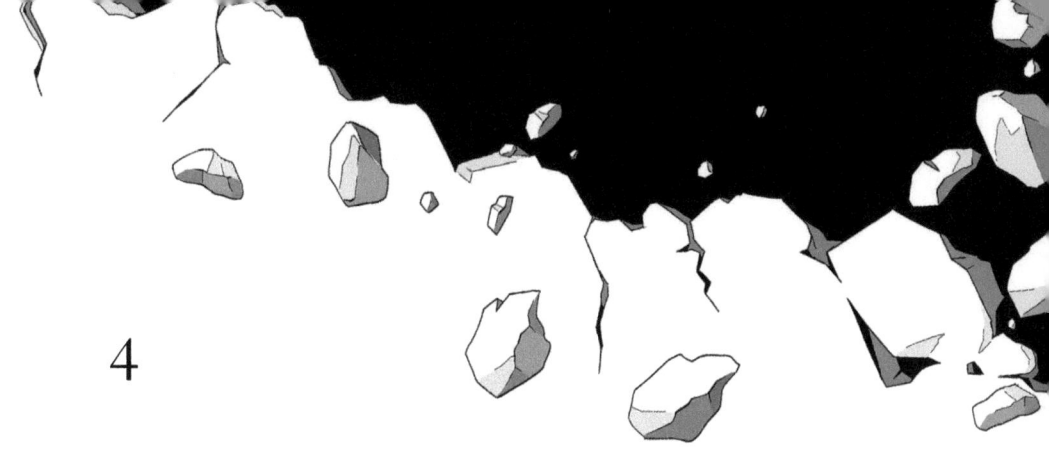

4

Laurent attendit deux jours avant d'envoyer un message à Amanda. Après tout, c'était lui qui avait dit « Tu m'appelles quand tu veux ». Malgré cela, Amanda semblait préférer qu'il fasse le premier pas.

Il attrapa son paquet de cigarettes, en alluma une en sortant sur son balcon, et écrivit :

Laurent, 18 h 27 : Salut ma belle. Tentée par un verre ? Laurent.

Il avait hésité un moment sur la forme. Le surnom n'était-il pas un peu audacieux ? Et devait-il lui rappeler qu'ils s'étaient croisés sur la terrasse du bar Le Bout du Monde à Vevey ? Non, elle ne pouvait pas avoir oublié leur première rencontre improbable. Il avait malgré tout signé son message, au cas où, et l'avait envoyé.

Parmi ses conquêtes, il n'y en avait eu que trois qu'il avait pris la peine de recontacter, dérogeant à ses principes : Sonia, avec qui il avait envisagé une relation sérieuse, avant que les préjugés de son père sur ses origines brésiliennes ne posent problème, et finissent par la faire fuir ; Lola, pour un cours de danse privé, trois semaines après leur rencontre à un festival ; et enfin, Amanda.

Ce simple fait témoignait de l'intérêt qu'il accordait à cette dernière, et de son désir de tenter quelque chose avec elle. Sans parler de ce besoin impératif d'améliorer l'image qu'elle pouvait se faire de lui. D'ordinaire, l'impression qu'il laissait lui importait peu ; il assumait parfaitement l'étiquette du dragueur sans scrupules, blacklisté après une nuit en sa compagnie.

Mais avec Amanda, c'était différent.

Il voulait lui montrer une facette plus flatteuse de sa personnalité, pourtant, tout lui semblait fade et sans intérêt. Son métier de peintre en bâtiment et ses collègues bourrus et vulgaires ne risquaient pas de l'éblouir. Sa famille dysfonctionnelle non plus. Il était évidemment exclu de lui avouer sa passion pour la danse, cependant, ses autres loisirs, que ce soit les soirées chez Damien et Mylène ou les sorties au pub avec ses amis, lui paraissaient horriblement banals. Certes, il excellait dans la préparation de quiches et adorait son chat, mais...

J'vais quand même pas lui parler de Nook ?

Amanda, 18 h 32 : Avec plaisir. Vendredi soir, 18 h, au Passe-Passe de La Tour ?

Une nouvelle fois, la réponse, pourtant courte et directe, fit naître un sourire bienheureux sur le visage de Laurent.

Il écrasa sa cigarette avant de confirmer le rendez-vous. Il était déjà passé devant ce bar, le Passe-Passe, en se baladant le long des rives. Au pied d'un des murs du château de La Tour-de-Peilz, encadré d'arbres, avec une vue imprenable sur le lac Léman, l'ambiance y était effectivement très conviviale.

Un miaulement le ramena à l'instant présent et Laurent baissa les yeux sur la boule de poils gris qui se frottait contre ses jambes en faisant de petits bonds.

— J'arrive, j'arrive…

**

Tout en effectuant une petite pirouette enthousiaste au son de la musique, Laurent terminait de se préparer. Il avait choisi une tenue décontractée, sans non plus manquer de classe. Séduction avant tout, mais sans en avoir l'air. Un coup de peigne dans ses cheveux bruns et pareil pour la barbe. Il vérifia la gamelle d'eau de Nook avant de sortir de chez lui en claquant la porte, puis sauta dans sa voiture.

Il ne lui fallut que trois minutes pour arriver à La Tour-de-Peilz et se garer sur une des places qui longeaient la rive. Il se dirigea vers le château et s'accouda au muret qui en faisait le tour plutôt que de s'installer directement sur la terrasse. La vue sur le lac était magnifique. Le soleil était couché depuis peu, mais sa lumière éclairait encore l'horizon, au-delà des montagnes, dégradant le ciel de tons orange, bleus et obscurs.

Il avait un peu d'avance et en profita pour en griller une. Un temps s'écoula avant qu'il n'entende la voix d'Amanda, à la fois douce et grave, l'appeler et le sortir de ses pensées. Un léger frisson d'excitation fit voltiger quelques papillons au creux de son ventre lorsqu'il se retourna pour lui faire face.

Vêtue d'un pantalon noir et d'un chemisier beige, juste assez ouvert pour laisser deviner ce qu'il cachait, elle était une nouvelle fois superbe, jonglant à merveille entre simplicité, séduction et élégance.

Cela faisait longtemps qu'un rendez-vous n'avait pas autant enthousiasmé Laurent. Il la salua, ne sachant pas s'il pouvait se laisser tenter à lui faire la bise. Remarquant son hésitation, Amanda le devança et l'invita à aller s'installer sur la terrasse du Passe-Passe, illuminée par des guirlandes et des bougies sur les tables.

Laurent la sentait nerveuse, mais il préféra ne pas le signaler. Après tout, lui aussi l'était. Il prit leur commande au bar et revint s'asseoir auprès d'elle. Une fois face à leurs limonade artisanale et bière respectives, Laurent demanda :

— Tu es de la région ?

— Plus ou moins, répondit Amanda après avoir goûté une gorgée de sa limonade. J'habite à Lausanne.

— À Lausanne ? Qu'est-ce qui t'a amenée à Vevey, l'autre soir ?

— Jo vient d'emménager vers l'Entre-deux-Villes, et je suis allée l'aider à défaire ses cartons. On s'est dit que ce serait sympa d'aller boire un verre avant, et Le Bout du Monde n'est pas loin de son appartement.

Laurent l'écouta parler de son amitié avec Jo, de leur collocation passée. Leur relation remontait à loin et c'était apparemment à contrecœur qu'Amanda s'était retrouvée obligée de retourner vivre à Lausanne.

— Ma mère a de petits soucis de santé, rien de grave, mais je lui donne des coups de main pour faire son ménage et ses courses. Elle n'a pas beaucoup de moyens, donc plutôt que de payer une aide à domicile, je me charge du maximum. Et je ne veux pas être trop éloignée en cas d'urgence.

— J'imagine…

— En plus, ça me permet d'être plus proche de l'atelier de couture où je travaille, dit-elle, changeant subtilement de sujet.

— Ah, tu fais de la couture ?

Spécialisée dans les costumes de spectacle, elle était animée d'une passion évidente. Si Laurent n'était pas particulièrement intéressé par la soie, la dentelle et les paillettes, il ne pouvait nier apprécier l'enthousiasme d'Amanda lorsqu'elle en parlait.

— Je confectionne également des tenues pour des amis qui font de la scène.

— Quel genre ?

— Des shows musicaux principalement, de la danse, et plus rarement du stand-up.

Entendre Amanda évoquer la danse attisa d'autant plus sa curiosité et il demanda, le plus naturellement qu'il le put :

— Tu fais aussi des spectacles, toi ? De la danse ou autre ?

— Ça m'est arrivé, oui. Et c'était à chaque fois une expérience merveilleuse. Mais cela fait longtemps que je n'en ai plus eu la possibilité. Bien trop longtemps d'ailleurs. Je dois avouer que ça me manque énormément. Mais à la prochaine occasion, je n'hésiterai pas.

Laurent ne put s'empêcher de sourire en voyant l'engouement d'Amanda lorsqu'elle parlait de danse. N'osant pas rebondir davantage sur ce sujet, il préféra évoquer ses amies, Éline et Charlotte, qui travaillaient également dans le milieu de la scène. La seconde en tant que comédienne, captant d'autant plus l'attention d'Amanda.

— Je crois qu'elle va jouer une pièce prochainement... En tout cas, elle a des répétitions, à ce que son frère m'a dit.

Il avait lâché l'information sans réfléchir, et, vu l'intérêt d'Amanda pour le monde du spectacle, cela aurait pu passer pour un sous-entendu de nouveau rendez-vous. Sauf qu'il n'aimait pas particulièrement le théâtre et ignorait quand avaient lieu les représentations. Et puis, il ne voulait pas sembler trop empressé. C'est donc sans en dire davantage qu'il essaya de noyer son trouble dans sa bière.

— Ça a l'air sympa, dit Amanda avec un sourire retenu, avant de boire à son tour.

Laurent comprit qu'elle n'avait pas manqué son embarras. Il se frotta la nuque et, après s'être éclairci la voix, tenta de changer de sujet :

— Et donc, euh... tu... ?

Mais il fut interrompu par Amanda qui laissa échapper un petit rire. Elle s'excusa aussitôt, ne souhaitant pas le mettre davantage mal à l'aise, et déclara :

— On ne parle que de moi depuis tout à l'heure... Qu'en est-il de toi ?

Bien que contrarié d'avoir été percé à jour, Laurent apprécia la perche tendue et dit avec toute la nonchalance dont il était capable :

— J'ai pas trop l'habitude de parler de moi.

— Tu sers quel baratin aux nanas, d'habitude ?

Laurent étouffa un ricanement gêné. Il n'allait quand même pas lui sortir le grand jeu du dragueur qui espère ne pas passer la nuit seul ? Il éluda donc la question comme il le put :

— D'habitude ? Ce sont plutôt elles qui parlent.

— Tu ne parles jamais de toi ? demanda-t-elle, surprise, avant de plaisanter. Ou peut-être que tu es du genre à t'inventer une vie pour leur dire ce qu'elles veulent entendre ?

— Qu… ? N-Non, j'invente rien, c'est juste que…

Laurent prit une petite inspiration avant de lui adresser un sourire pincé.

— Qu'est-ce que tu veux savoir ? céda-t-il.

— Qui tu es, de manière générale. Ton amie… Mylène ?

Laurent acquiesça pour confirmer.

— … Elle m'a fait comprendre que ton côté dragueur n'est qu'une façade, que derrière ces artifices, il y a une personne tout autre.

Laurent se mordit la lèvre et secoua la tête afin de cacher sa gêne, se disant qu'il valait mieux ne pas défendre son honneur de tombeur.

— J'avoue qu'elle m'a donné envie de gratter un peu, termina Amanda.

— Qui sait, j'pourrais être le ticket gagnant, lâcha-t-il en lui jetant un regard charmeur.

Le manque de subtilité de la blague fit rire la jeune femme qui se reprit néanmoins rapidement et relança :

— En attendant, raconte-moi un peu ta vie, ton boulot, tes amis…

— Y a rien de bien passionnant, en vrai. Je bosse depuis dix ans dans la même entreprise de peinture en bâtiment, je gère une équipe sur les chantiers. Sinon, j'ai un frangin, plus âgé. Il est marié, a deux enfants. Le couple d'amis qui étaient avec moi l'autre soir, je les connais depuis qu'on est en primaire. Et ils sortent ensemble depuis qu'ils sont ados. Avec quelques autres, on est une bande de potes, on a grandi ensemble, on s'est serré les coudes après que…

Laurent marqua une pause. Il avait déballé sa vie en quelques secondes, sans même s'en rendre compte, et glissait lentement vers des confidences plus personnelles.

— Après que quoi ? relança Amanda, intriguée, mais avec douceur.

Laurent but une gorgée de bière et lui sourit nerveusement.

— On a un ami qui s'est suicidé quand on était gamins[3]. Ça allait assez mal dans sa famille… On avait passé la journée à s'amuser au bord du lac. Le genre de journée parfaite quand on a seize ans. Il s'est mis à pleuvoir, alors on est rentrés en courant, chacun de son côté. On s'est dit à demain, comme d'hab, mais…

Le regard plein de compassion, Amanda lâcha d'une voix douce :

— Je suis vraiment désolée.

---

[3] Cf. roman de la même autrice, *Souvenirs enfouis*.

— Bah, c'était y a longtemps. C'est clair que c'est pas joyeux, mais bon. Ça nous a d'autant plus rapprochés.

Il attrapa son paquet de cigarettes, en alluma une et, après avoir recraché un gros nuage de fumée, relança :

— Et sinon, j'ai un chat. J'l'ai trouvé sur un chantier, y a deux ans, mais il ressemble toujours à un chaton. Le véto m'a dit qu'il a dû être mal sevré, j'en sais rien, quoi.

Un sourire attendri fendit le visage d'Amanda.

— Et comment s'appelle la petite boule de poils ?

Laurent souffla, amusé ; en définitive, il lui parlerait de Nook.

L'air commençait à se rafraîchir. Pourtant, Laurent et Amanda, absorbés par leur conversation, n'y prêtaient pas attention. Au bout d'un moment, Laurent revint sur la colocation évoquée plus tôt entre Amanda et Jo.

— On a habité ensemble presque six ans. J'ai adoré cette période, mais il y a aussi du bon à vivre dans son propre appartement. Et puis, je crois que je deviens trop vieille pour supporter l'imprévisibilité de ses horaires. Il faut dire que Jo n'a jamais vraiment eu de boulot fixe et passe d'extra en extra.

Laurent, qui n'avait toujours pas pu définir au travers des histoires d'Amanda si Jo était un homme ou une femme, acquiesça, sans trop savoir comment rebondir. Il se racla la gorge avant d'enfin oser :

— Mais donc Jo, c'est… euh… pardon d'avance pour ma question, mais… c'est une nana ou un mec ?

Amanda sourit et répondit :

— Tu n'as pas l'habitude des gens comme Jo, n'est-ce pas ?
— Des gens comment ?
— En fait… Jo est *gender fluid*.

Voyant Laurent la dévisager avec une expression d'incompréhension, elle poursuivit :

— Ce qui veut dire que son genre oscille entre le masculin et le féminin, ou même parfois le neutre. Ce n'est pas une personne qui ressent un genre en particulier ni de manière figée.

Laurent fronça les sourcils, encore plus perdu, mais il continua à la fixer, essayant de saisir ce concept qui lui échappait.

— C'est un peu difficile à expliquer, et peut-être à concevoir pour quelqu'un qui est aligné avec son genre. Disons simplement que Jo n'entre pas dans les cases hommes-femmes.

— Oui, mais… il peut pas être rien du tout ? D'ailleurs, c'est il ou elle, du coup ?

— C'est Jo. Et selon son ressenti, il ou elle, ou neutre. Ça peut sembler compliqué quand on n'a pas l'habitude, et il peut arriver qu'on se trompe, mais Jo essaie généralement de mettre en avant le genre qui lui correspond sur le moment. Quitte à corriger ; ce n'est pas quelqu'un de susceptible.

— Mais il a du poil au menton, donc c'est un mec, non ?

— Je vois que tu as une vision très binaire des genres, dit-elle avec un sourire patient. Mais je comprends, après tout, c'est comme ça que sont éduqués la plupart des gens. C'est difficile de se déconstruire ensuite. Est-ce que tu côtoies beaucoup de personnes qui font partie de la communauté queer ?

— Tu veux dire les homos, les lesbiennes, tout ça ?

Amanda acquiesça alors qu'elle commençait à se douter de la réponse.

— Non, j'connais personne de ce genre. Faut dire que je traîne pas dans ces milieux. Enfin, je juge pas, hein, j'ai rien contre ces gens, et Jo a l'air très sympa. C'est juste... C'est pas mon univers, quoi.

— Il y a plus de personnes qu'on ne le pense qui font partie de la communauté queer. Pratiquement une sur dix, selon certaines statistiques.

Laurent ne put s'empêcher de lancer un regard circulaire et faire un calcul rapide.

— Une sur dix ? La vache, y en a partout en fait, dit-il en ricanant.

Amanda garda le silence. Elle l'observait, comme si elle cherchait à le sonder. Laurent comprit que c'était un sujet délicat pour elle, d'autant plus si son... sa ? disons *son* meilleur ami était lui-même de cette communauté. Ne souhaitant pas la froisser, Laurent retrouva son sérieux et tenta de s'expliquer :

— Euh, je... Pardon. T'as raison, j'ai pas l'habitude, j'y connais rien. Tu parlais d'éducation avant et...

Il laissa échapper un rire nerveux. Il s'engageait sur un sujet sensible, mais peut-être que cela instaurerait un climat de confiance entre eux. Alors il poursuivit :

— C'est vrai que j'ai grandi avec l'idée qu'une femme, c'est comme ça, un homme comme ci, et que si tu sors des cases, bah...

— « Bah... » quoi ? Tu mérites ce qui t'arrive ?

Une pointe de nervosité s'était installée dans la voix d'Amanda. Après un début de soirée parfait, il la sentait se fermer. Il devait absolument rattraper le coup.

— Non ! Bien sûr que non, personne mérite de…

Il s'interrompit.

De se faire fracturer la mâchoire par son père, par exemple ?

Il lissa sa barbe en repensant à ce mauvais souvenir et déglutit doucement, cherchant quoi dire. Quel était réellement le problème avec le fait de sortir des cases ? Il savait que certaines personnes trouvaient du plaisir à s'en prendre aux autres uniquement en raison de leurs différences, quelles qu'elles soient d'ailleurs. Ça n'était pas normal ou mérité pour autant. Manquant d'arguments, il alluma une nouvelle cigarette et, avant qu'il n'ajoute quoi que ce soit, Amanda raconta :

— Il y a presque un an, une amie a rencontré quelqu'un qui avait l'air ouvert. Le courant passait bien et elle se sentait libre d'être elle-même avec lui. Alors, avant de s'engager davantage, elle s'est confiée et lui a dit qu'elle était trans. Ça n'a pas plu à ce type. Il l'a agressée et frappée si violemment qu'elle a fini à l'hôpital, défigurée par les coups.

Elle fit une pause, le regard perdu dans le vide. Laurent ne la lâchait plus des yeux.

— La vache, c'était un taré… dit-il après une seconde.

— J'ai besoin de savoir si tu es ce genre de type, affirma-t-elle en ancrant à nouveau ses yeux dans ceux de Laurent.

Pris au dépourvu, il l'observa un instant avant de bafouiller :

— J'ai jamais frapp… ! Enfin si, une fois, mon frangin. On s'est battus, mais personne n'a fini à l'hôpital. Et une autre fois, en boîte, avec un gars, on s'est un peu bousculés, mais c'était surtout des insultes. On était les deux bourrés, c'était y a un bail. À part ça, j'ai jamais levé la main sur qui que ce soit.

Amanda le fixait encore, et il se sentit obligé d'ajouter :

— Je m'en prends même pas aux mouches, c'est mon chat qui les bouffe !

La jeune femme ne put retenir un léger rire, ce qui détendit Laurent. Avait-il réussi à la rassurer ? Il but la dernière goutte de mousse de bière qui se trouvait dans son verre et, après une très courte hésitation, il demanda :

— Euh, les trans, c'est bien quand… un mec devient une nana ? Ou l'inverse ?

— En quelque sorte, oui.

— Ouais, voilà, il me semblait bien…

— Et tu en penses quoi, toi ?

Il sentit que son avis était déterminant. Apparemment, Amanda avait plusieurs amis queers, il n'avait donc pas intérêt à s'exprimer de travers. Il prit une seconde pour réfléchir, puis répondit :

— Sincèrement… ? J'arrive même pas à me l'imaginer, ça me dépasse complètement. J'comprends que l'annonce puisse surprendre, ça remet pas mal de choses en question. Mais la réaction du type, là… c'était clairement abusé.

Perdu avec un vieux souvenir, il tira encore sur sa cigarette, puis se frotta la barbe, le regard dans le vide. Il lui fallut une seconde pour relever les yeux vers Amanda. En la voyant se détendre et esquisser un sourire, il comprit qu'il avait trouvé les bons mots.

5

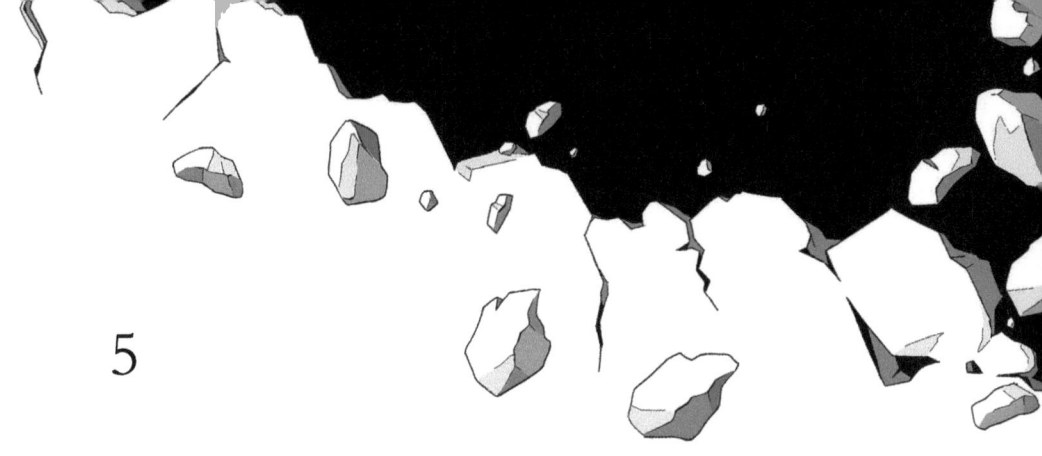

— Même pas un petit bisou ?

Affalé sur le canapé du salon, chez ses amis, Laurent tentait de manger sa part de pizza tout en répondant à l'interrogatoire de Mylène.

— L'occasion s'est pas présentée.

— D'habitude, t'as pas besoin d'une occasion, le titilla la jeune femme en se servant un verre de soda.

— Ouais, hé, ça va bien ! J'leur saute pas dessus non plus ! se défendit-il, la bouche pleine, faisant rire son amie. Et puis, faut savoir ; d'un côté, je suis un goujat qui profite des nanas, et quand je prends le temps, t'es pas contente non plus.

Damien arriva au même moment, les bras chargés d'un plateau sur lequel il avait préparé plusieurs bols remplis de divers sauces et crackers. Mylène se redressa pour faire un peu de place sur la table basse.

— Merci d'avoir tout fait, Damydim, j'avais tellement la flemme.

— Damydim ? s'étonna Laurent en grimaçant. Bordel, tu vas les chercher où tes surnoms ?

— J'en sais rien, ça vient tout seul, répondit-elle en haussant les épaules.

— Et hier, j'ai eu droit à Damster, précisa Damien tout en plongeant une chips dans de la sauce piquante. Sur le coup, j'avoue que j'ai un peu tiqué.

— Vu comment t'engouffres tes chips, ça m'étonne pas qu'elle te file un nom de rongeur, s'esclaffa Laurent.

Mylène pouffa discrètement et se justifia aussitôt :

— Ça n'a rien à voir. C'est juste venu comme ça.

— Bon, et sinon, coupa Damien, sans tenir compte de ce qui se disait sur lui. Tu l'as pas embrassée, mais vous vous êtes rapprochés ? Il s'est passé un truc ?

Laurent laissa monter le suspense sans rien répondre, piochant dans un bol avant de se resservir de la pizza.

— Alors ? le pressa Mylène.

— On a passé une bonne soirée, c'est tout c'qu'y a à savoir. Je l'ai raccompagnée jusqu'à sa voiture, elle a proposé qu'on se revoie samedi prochain. Évidemment, j'ai accepté. Et on s'est écrit toute la journée, donc c'est plutôt bon signe.

— Vous vous êtes écrit ? souligna Damien, étonné.

— Ouais...

— Toute la journée ?

— C'est c'que j'ai dit, non ?

— Mais c'était quel genre de messages ?

— J'en sais rien, « Salut », « Passe une bonne journée », « Bon ap' »… Qu'est-ce que ça peut faire ?

Damien écarquilla les yeux, pendant que Mylène affichait un air choqué, bouche bée.

— Oh bon sang, Mylène ! Ça y est ! J'crois que Laurent est amoureux !

Laurent dévisagea un instant ses amis, dépité.

— Vous êtes lourds, putain ! Voyez, c'est exactement pour ça que j'vous en parle pas ! Tout de suite, vous… vous partez en délire !

— Laurent, commença Damien plus calmement. Premièrement, t'écris jamais à une nana si c'est pas pour lui fixer un rendez-vous et tirer un coup. Ensuite, c'est la deuxième soirée que tu passes avec elle, et tu l'as toujours pas embrassée. À croire que t'as trop peur de la faire fuir. Et enfin… y a pas de honte à être amoureux…

Laurent voulut répliquer, mais il dut se rendre à l'évidence : Amanda était particulière et il espérait sincèrement quelque chose de plus sérieux. Pour autant, pouvait-il déjà parler d'amour ?

Il regarda un instant son ami avant de détourner les yeux.

— T'es chiant. Tu l'sais au moins ?

Face à l'air satisfait qu'affichait Damien, il se leva, un brin vexé, et sortit sur le balcon où il s'alluma une cigarette.

Amoureux… Qu'il est con ! On tombe pas amoureux en une semaine.

En réalité, on peut tomber amoureux bien plus rapidement, et il le savait parfaitement. Il ne lui avait fallu qu'un week-end pour être raide dingue de Sonia, Damien avait littéralement eu un coup de foudre pour Mylène, Frédéric était tombé sous le charme de Vanessa en quelques jours…

Est-ce qu'il était amoureux d'Amanda ?

En même temps, c'est vrai qu'elle est plutôt cool...

Ce dont il était sûr, c'était qu'il aimait ce qui était en train de se passer, et que, bien qu'il la trouvât superbe, il ne pensait pas au sexe. Pas vraiment, du moins. Disons que ce n'était pas son objectif lorsqu'il était avec elle. Et surtout, il ne regardait plus les autres filles.

Une vibration dans sa poche interrompit ses réflexions. Il s'empressa d'attraper son téléphone, persuadé que c'était Amanda qui lui souhaitait une bonne soirée, et ne retint pas sa déception en découvrant l'expéditrice.

Lola, 20 h 42 : Slt. On se fait une danse un de ces quatre ?

Laurent évalua un instant la proposition tout en se grattant la barbe, puis répondit :

Laurent, 20 h 44 : À l'atelier, si tu veux, le week proch. Pour le reste, j'me réserve à une autre cavalière.

Lola, 20 h 46 : Ça marche, rdv à l'atelier, vendredi 20 h. Bise.

Laurent apprécia la simplicité des rapports qu'il entretenait avec elle. Cependant, il ne savait pas comment il pourrait concilier une relation sérieuse et ses rencontres secrètes avec Lola, quand bien même elles devenaient totalement platoniques. Est-ce que l'existence même de Lola ne risquait pas de poser problème dès lors qu'il serait en couple ?

Il rangea son portable, écrasa sa cigarette et rejoignit ses amis à l'intérieur. Il n'en était pas là et aurait tout le temps d'y réfléchir le moment venu.

— Grouille-toi, on va lancer le film, le pressa Damien en s'installant au fond du canapé.

Laurent grogna tout en refermant la porte-fenêtre. Il s'assit à son tour, toujours à la même place, une jambe repliée sous les fesses, un coussin calé sous le bras.

Ces rendez-vous entre amis avaient commencé dès que Damien et Mylène avaient emménagé ensemble, alors qu'ils étaient à peine majeurs. Parfois c'était un film, ou un jeu vidéo, d'autres fois une série, ou des jeux de rôles. Laurent avait suivi le mouvement sans hésiter une seconde, appréciant ces moments conviviaux qui lui permettaient de rompre un peu sa solitude. Il arrivait que les aléas de la vie espacent leurs réunions, mais ils trouvaient toujours une occasion pour en organiser une.

Lorsque Laurent avait recueilli Nook, c'était Damien et Mylène qui s'étaient déplacés chez lui, le temps que le petit chat s'acclimate à son nouvel environnement, mais ils n'avaient pas abandonné leurs traditionnelles soirées.

Ce soir-là, Christopher Nolan était à l'honneur, avec son dernier film : *Tenet*.

Au bout d'une heure et demie de visionnage, le téléphone de Laurent tinta. Alors que d'ordinaire, il n'aurait pas été envisageable de se laisser déconcentrer – surtout avec une histoire aussi alambiquée –, là, Laurent lut aussitôt le message et se mit à pianoter sur son écran tout de suite après pour répondre.

— Je crois que c'est le bon moment pour un entracte, proposa Mylène qui en profita pour filer aux toilettes.

Damien se tourna vers son ami et ironisa :

— Mais à part ça, elle te laisse complètement indifférent…

Laurent grimaça en roulant des yeux et, une fois son message envoyé, répliqua :

— J'ai jamais dit ça. Juste que tu t'avances un peu en parlant d'amour.

— Ouais, ouais, c'est ça. Et vous avez quoi de prévu pour la suite ?

— J'te l'ai dit : on doit se voir samedi prochain, elle a des potes qui organisent une fête.

Mylène revint à ce moment et sauta sur le canapé, entre les deux amis, pour se coller contre Damien.

— Et dis donc, toi, lui lança Laurent. Je peux savoir, maintenant, c'que t'as raconté sur moi à Amanda ?

— Pourquoi ? Elle t'en a parlé ?

— Ben, vaguement, mais pas plus.

— Et ça t'agace ?

Laurent lui jeta un regard de biais afin de l'obliger à avouer. Mylène pinça les lèvres, amusée, avant de répondre :

— Je lui ai dit que même si tu te la joues playboy, tu sais aussi être un homme sensible.

— Ouais, ça, elle… Attends, quoi ? Sensible ? Tu te fous de moi ? En quoi je suis sensible… ?

— Une fois de plus, c'est pas une tare, lâcha Damien entre deux.

— Je continue de croire que tu as pleuré en regardant *Cœur de dragon*, précisa-t-elle en toisant Laurent.

— Tu m'saoules avec ça, je t'ai dit que j'étais crevé, j'ai quand même le droit de me frotter les yeux à deux heures du mat', sans forcément passer pour une chochotte, ou bien ?

Damien pouffa doucement tout en s'ouvrant une bière.

— Un truc à ajouter ? maugréa Laurent.

— Non, rien… Mais tu pleurais, répondit-il en se retenant de rire.

— Vous me faites chier, comptez pas sur moi pour revenir regarder un de vos films de geeks !

Damien et Mylène se mirent à rigoler ensemble en voyant leur ami s'emporter, puis celle-ci reprit :

— T'inquiète pas, je lui ai dit que de belles choses sur toi.

— J'ai horreur du suspense. Déballe.

Mylène chercha un peu de soutien auprès de Damien, mais il leva la main devant lui, signalant qu'il ne voulait pas prendre parti. Elle soupira et confessa :

— Je lui ai dit que tu étais un ami sincère et présent, qu'on pouvait toujours compter sur toi en cas de coup dur, que je n'avais aucun doute sur le fait que tu puisses reporter ces qualités dans une relation de couple, si on t'en donnait l'occasion. Et que tu acceptais de la saisir.

Laurent l'observa un instant, touché par ses mots. Mais il se contenta de pouffer en secouant la tête.

— Tss, eh ben, tu lui as sorti le grand jeu.

Il attrapa sa bière qui traînait sur la table basse et, au moment où il la porta à sa bouche, Mylène ajouta :

— Et... il est possible que je lui aie dit que t'avais complètement flashé sur elle dès son arrivée.

Laurent faillit s'étouffer avant de jeter un regard noir à Mylène qui éclata de rire, loin d'être impressionnée. Alors que Damien s'apprêtait à relancer le film, elle interrompit son geste pour demander :

— Ah ! J'y pense... Charlotte t'a invité à sa première, jeudi ?

— Ouais. Elle doit vraiment avoir peur que la salle soit vide pour m'inviter, plaisanta Laurent.

— T'es bête, t'es aussi son ami, c'est tout.

Laurent haussa les épaules d'un faux air détaché, mais il était sincèrement heureux pour Charlotte. D'après ce qu'il en savait, décrocher le premier rôle, encore plus dans une pièce classique, c'était une sacrée opportunité pour une jeune comédienne noire. Le soutien de ses proches devait donc être particulièrement important pour elle.

— Tu viendras ?

— Mouais... Ça dure combien de temps ?

— Euh, je me rappelle plus... Deux heures, je crois.

Laurent se laissa tomber au fond du canapé en soupirant.

— Deux heures de calvaire...

— Je me disais que tu pourrais inviter Amanda, suggéra Mylène comme si elle venait d'avoir un éclair de génie.

Laurent la regarda du coin de l'œil avant de se gratter la tête et avoua :

— Ben, j'y avais pensé, mais… j'avais pas les infos, sur le moment, et j'me suis dit qu'elle se sentirait peut-être pas à sa place, si on y va tous.

— C'est pas une mauvaise idée, intervint Damien, attrapant la dernière part de pizza. Elle a déjà eu affaire à Mylène, tu risques plus rien. C'est pas Clément ni Maude qui vont te faire du tort, au contraire. Éline est hyper réservée, et Charlotte… elle sera plus du genre à vouloir tout savoir d'Amanda qu'à lui dévoiler tes secrets honteux.

Laurent réfléchit un instant, puis acquiesça.

— C'est pas faux, admit-il. J'vais y penser.

— Bon, on relance le film ? demanda Damien, la bouche pleine.

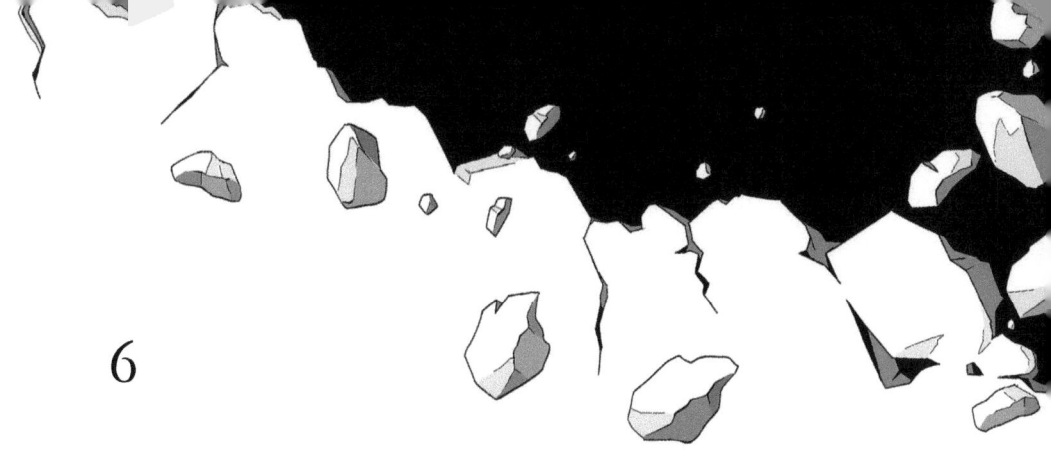

6

Cigarette en bouche, mains dans les poches, Laurent attendait Amanda devant l'entrée du théâtre. Bien qu'il ne laissât rien paraître, son stress était à son comble. Après des années sans avoir manifesté d'intérêt autre que physique pour une quelconque femme, et avoir tenté de persuader tout le monde, lui le premier, qu'il n'en avait rien à faire des relations de couple, s'afficher avec Amanda était un réel défi. Il anticipait déjà les railleries de ses amis, espérant simplement qu'ils auraient le tact de les garder pour plus tard, loin des oreilles d'Amanda.

Le froid était de retour et une légère pluie commençait à tomber. Laurent retirait quelques poils de son chat pris dans le tissu de sa manche quand Clément le rejoignit et l'invita sous son parapluie. Avec sa chemise aux plis parfaits et sa barbe taillée au millimètre, Clément était toujours très à cheval sur son apparence.

— Nerveux ? demanda celui-ci.

Laurent se tourna vers lui en tirant sur sa cigarette. Feignant l'étonnement, il recracha sa fumée en regardant à nouveau du côté de la place du Marché qui leur faisait face.

— Pourquoi j'serais nerveux ?

Clément haussa les épaules.

— Présenter une femme qui compte pour toi à tes amis, ça rend les choses un peu plus sérieuses. C'est lui ouvrir une porte sur ta vie, et sur qui tu es vraiment.

— Mouais, c'est surtout un pas de plus vers le retrait de sa petite culotte.

Il avait parlé en lâchant un sourire complice à Clément qui roula des yeux et soupira face au comportement indélicat de Laurent.

— Évitez juste de m'coller la honte, et tout devrait bien se passer, finit-il en lançant sa cigarette au loin.

Celle-ci atterrit devant une paire d'escarpins qui attira l'attention de Laurent. Longeant du regard les jambes puis la silhouette élégante et féminine qui les surmontaient, il tomba enfin sur le visage d'Amanda.

Celle-ci, protégée par un large parapluie multicolore et un long manteau marron, releva un sourcil et lui adressa une petite moue désapprobatrice, bien que taquine, tout en l'observant. Tendu comme une corde à arc, Laurent ne pouvait plus prétendre ne pas être nerveux et se mit à bafouiller quelques excuses maladroites, ce qui fit ricaner Clément.

— Je vais faire comme si je n'avais rien vu, déclara la jeune femme, amusée.

Elle s'avança jusqu'à eux et salua Laurent qui tentait de retrouver sa désinvolture, mais ne réussit qu'à articuler un « Bonsoir » embarrassé. Clément vola donc à son secours en se présentant :

— Bonsoir, moi, c'est Clément, je suis un vieil ami.

— Et le frère de l'actrice principale de la pièce, si j'ai bien compris ?

— C'est tout à fait ça, confirma celui-ci, épaté par sa perspicacité.

Amanda lui rendit son sourire avant de se tourner vers Laurent qui se grattait la nuque, cherchant désespérément quelque chose à dire pour faire oublier sa maladresse d'un peu plus tôt. Il opta pour le conventionnel :

— Tu es magnifique.

Conventionnel, mais sincère. Les longs cheveux d'Amanda ondulaient sur ses épaules et encadraient son visage subtilement mis en valeur par quelques touches de maquillage. En la voyant si élégante dans son tailleur auburn, Laurent se félicita de n'avoir pas cédé au confort de son vieux jean habituel, et d'avoir fait preuve de plus de goût avec un pantalon de ville sombre et une chemise.

Amanda le remercia timidement, ce qui l'aida à retrouver un peu d'assurance avant de proposer de rejoindre les autres. Comme Amanda s'apprêtait à acheter un billet, Laurent l'informa qu'il avait demandé à Charlotte de l'ajouter sur la liste des invités. Touchée par cette attention, Amanda le suivit donc jusque vers ses amis qui se trouvaient à côté des portes encore fermées de la salle.

Elle reconnut immédiatement Mylène, qui la salua avec enthousiasme, ainsi que Damien, juste à côté d'elle. Une autre femme, vêtue d'une longue robe de soirée vert d'eau, dont les cheveux blonds étaient relevés en un chignon élégant, se tenait près d'eux. Amanda comprit qu'il s'agissait de la compagne de Clément lorsque celle-ci l'embrassa à son retour.

Une fois à leur hauteur, elle les salua avec un large sourire. Bien qu'elle ne les connût pas encore, elle semblait étonnamment à l'aise. Laurent s'avança également et lui fit de rapides présentations, à sa façon :

— Tu connais déjà Mylène, et Clem que t'as vu dehors. Ensuite, Damien, petit ami de Mylène, et Maude, petite amie de Clément.

Il se tourna vers la caisse et ajouta :

— La vendeuse de billets, c'est Éline, et reste plus que Charlotte que tu découvriras sur scène.

Amanda acquiesça, attentive aux informations qui lui étaient partagées.

— Tu es déjà venue au théâtre du Reflet ? questionna Maude.

— Une seule fois, il y a quelques années, j'étais venue voir une réécriture des *Habits neufs de l'empereur*. Mais je vais régulièrement au théâtre, à Lausanne, avec des amis ou avec ma mère.

Au fil de la conversation, Amanda expliqua avoir participé à quelques représentations avec une troupe de danse. Laurent apprécia la curiosité de Mylène qui posa les questions qu'il n'osait poser lui-même, craignant que son intérêt soudain pour cette discipline ne paraisse suspect.

Puis les portes de la salle s'ouvrirent enfin. On leur signala que leurs places se trouvaient sur le balcon où ils s'installèrent sur la première rangée de fauteuils. De là, ils pouvaient voir l'intégralité de la scène.

Au moment de s'asseoir, Laurent effleura la taille d'Amanda avant de ramener sa main vers lui. Comme pris en faute, il balbutia un « Désolé » maladroit.

— Je ne suis pas en porcelaine, tu as le droit de me toucher, le rassura-t-elle d'une voix douce.

Sans trop savoir pourquoi il s'était excusé, Laurent acquiesça, mal à l'aise. Il capta le regard de Mylène, deux sièges plus loin, qui l'observait d'un air réjoui, ce qui ne l'aida pas à se détendre. Désireux de bien faire, il réalisait que ses techniques de séduction habituelles ne lui serviraient à rien. Outre le fait qu'on ne draguait pas au théâtre comme dans une boîte de nuit, Amanda était également une femme à part. Il ne comptait pas se laisser intimider, pour autant, il ne pouvait s'empêcher de craindre le faux pas.

Les lumières se tamisèrent et les trois coups de brigadier résonnèrent dans la salle, imposant un silence. Le rideau écarlate se leva, dévoilant un décor champêtre : un arrière-plan peint qui représentait la campagne et des façades de maisons en trompe-l'œil, aux pierres d'un réalisme saisissant.

À chaque entrée en scène, le public saluait les acteurs par des applaudissements. Lorsque vint le tour de Charlotte, ses amis redoublèrent d'enthousiasme, manifestant bruyamment leur soutien et leur présence.

La première fois que Laurent avait vu Charlotte se produire sur les planches remontait à bien des années en arrière et il ne put manquer les progrès qu'elle avait faits. Elle avait un charisme incroyable, et récitait ses lignes avec naturel et clarté. La scène lui appartenait.

Laurent jeta un coup d'œil furtif du côté d'Amanda, jusqu'à ses mains qu'elle gardait sur ses genoux. Constatant l'absence évidente d'ouverture pour tenter un rapprochement subtil, il abandonna l'idée et se résigna à se concentrer sur la pièce.

À sa propre surprise, il y prenait beaucoup de plaisir, en grande partie grâce à l'interprétation remarquable que Charlotte faisait de Belle. Laurent se laissa rapidement captiver par l'histoire. Lui qui ne connaissait que la version de Disney redécouvrait le classique sous un nouveau jour, appréciant la profondeur dramatique bien plus élaborée de cette adaptation théâtrale.

Au terme de plus de deux heures et demie de représentation, les applaudissements retentirent dans la salle, tandis que les comédiens s'inclinaient pour leur salut final.

C'était un véritable succès.

— C'était magnifique ! lâcha Mylène tandis que le groupe d'amis quittait la salle. Et Charlotte était incroyable !

Tous étaient d'accord sur ce point. Alors qu'ils continuaient à partager leurs avis sur la pièce, Éline les rejoignit et les informa :

— Ils ont ouvert le champagne dans les loges. Charlotte boit sa coupe, se change et elle arrive. Elle m'a dit qu'elle en avait pour cinq minutes.

— Et on sait tous que cinq minutes, pour une nana, c'est une demi-heure en temps réel, ajouta Laurent sans réfléchir.

Tous les regards se posèrent sur lui avant de jongler entre lui et Amanda. Celle-ci se mordilla la lèvre pour se retenir de rire et se pencha vers lui pour répliquer d'une voix douce :

— Est-ce que ce ne serait pas plutôt tes préjugés qui mettent du temps à évoluer ?

Pris au dépourvu, Laurent ne sut quoi répondre et perdit une fois de plus son aplomb, faisant ricaner ses amis.

— Je crois bien que c'est la première fois qu'une femme arrive à lui clouer le bec, releva Mylène.

— Tu n'as pas intérêt à être trop susceptible avec lui, ajouta Maude. Il en a plein des comme ça.

Alors que Laurent s'apprêtait à se défendre, Amanda lui lança un regard tendre et le devança :

— Il paraît, oui. Mylène m'a déjà fait un topo de quelques-unes de ses pires facettes.

Et ce fut au tour de Mylène d'être dévisagée.

— C'est une longue histoire, se contenta-t-elle de répondre, accompagnant ses propos d'un geste évasif de la main.

Accoudé au comptoir du Sunset Bar, qui se trouvait de l'autre côté de la place du Marché, Laurent guettait sa bière et le verre de vin d'Amanda. Charlotte le rejoignit, posant une main sur son dos pour l'avertir de sa présence.

— Je l'aime beaucoup, déclara-t-elle.

— Qui ?

— Amanda, bien sûr. Elle est classe, intelligente, drôle… C'est à se demander ce qu'elle fait avec toi, taquina-t-elle.

— T'es une marrante, toi.

Charlotte fit une petite moue amusée en haussant les épaules et s'assit sur le tabouret à côté de lui en attendant de pouvoir passer commande.

— Ça me fait plaisir que tu sois venu ce soir, continua-t-elle, même si je me doute que c'était surtout une excuse pour voir Amanda. Mes meilleurs amis étaient présents, ça compte beaucoup pour moi.

— C'est vrai que le théâtre, c'est pas trop mon truc. Mais j'dois quand même avouer que tu m'as impressionné.

— Merci.

Un silence s'installa. Pas un silence embarrassant – ils se connaissaient depuis suffisamment longtemps pour savoir se taire sans être mal à l'aise –, mais plutôt un silence où chacun pèse les mots de l'autre. Après un bref instant, Laurent relança :

— Par contre, c'est quoi ce bouffon qu'on t'a collé pour jouer la Bête ?

— Ah, Patrick... M'en parle pas, un vrai phénomène. Il a été insupportable du début à la fin de la mise en scène, toujours à vouloir tout modifier pour qu'on le voie mieux. J'ai même failli le gifler !

— Sérieux ? ricana Laurent.

Charlotte acquiesça et confirma :

— Mouais, mais bon... Faut que je fasse un peu le poing dans ma poche maintenant, on est partis pour une dizaine de représentations sur les trois prochaines semaines.

— Tu vas assurer, lui dit-il alors que le serveur lui apportait ses boissons.

Charlotte le remercia et profita de la présence du barman pour passer commande. Alors que Laurent s'apprêtait à retourner vers les autres, assis au fond du pub, elle le retint par le bras et, tout en faisant un mouvement de tête en direction de leurs amis, elle lui souffla :

— Toi aussi.

Touché, Laurent lui sourit et détourna rapidement le visage avant de rejoindre leur table. Une fois à leur hauteur, il entendit la voix Mylène :

— Il a littéralement réorganisé sa vie quand elle a débarqué, elle passait avant tout.

Damien lui donna un petit coup de coude, lui signalant la présence de Laurent. Elle s'interrompit brusquement tandis que les autres réprimaient un rire. Amanda leva les yeux vers lui et prit le verre de vin que Laurent lui tendait. Puis il s'assit à côté d'elle et ne put s'empêcher de demander :

— Qu'est-ce que je dois pas entendre ?

— Hein ? Quoi ? Rien… répondit maladroitement Mylène.

— Elle expliquait à Amanda à quel point Nook a chamboulé ton quotidien, avoua Maude.

— Vous avez rien de mieux à raconter, franchement ? bougonna Laurent, cherchant à contenir son embarras et sa contrariété.

Ses amis lui adressèrent une petite moue aussi coupable qu'amusée, conscients d'avoir dépassé les limites des confidences, alors qu'ils savaient à quel point Laurent tenait à son image d'homme endurci.

Charlotte les rejoignit avec une grande caïpirinha. Il n'en fallut pas davantage pour que la conversation reparte sur quelque chose de plus léger. Au travers de leurs échanges, Amanda eut le plaisir d'en découvrir un peu plus sur chacun, en commençant par Charlotte.

— Pour le moment, c'est mon boulot de coiffeuse qui paie les factures, mais j'espère décrocher d'autres rôles et enfin me consacrer à cent pour cent au théâtre.

Puis sur Damien…

— On pourrait penser que c'est bien d'avoir un chef cuistot comme petit ami, mais à la fin de la journée, j'en ai tellement marre de cuisiner, qu'une fois à la maison, je laisse Mylène s'y coller !

Ensuite, Maude et Clément…

— Non, je travaille comme assistante médicale dans un cabinet privé, donc je n'ai aucune urgence à superviser. Mais je suis obligée d'assurer un week-end par mois. Alors on essaie de faire en sorte que ça tombe en même temps, quand Clément bosse le samedi à la librairie.

— Et je peux facilement changer d'horaires en cas de besoin, ajouta ce dernier. Ma gérante m'adore, elle me connaît depuis que je suis ado.

Et Éline…

— J'ai toujours été fascinée par le monde du spectacle, mais je n'ose pas monter sur scène. Vendre les billets d'entrée me permet d'en profiter sans prise de risque.

Pour finir avec Mylène…

— Je suis pas non plus totalement geek. D'accord, j'ai souvent le nez collé à un ordi, que ce soit pour mes mandats de graphisme ou dans un jeu vidéo, mais j'aime aussi lire et faire de la photo !

Il était étonnant de penser que ces personnes, qui semblaient ne rien avoir en commun, pouvaient malgré tout être si proches. Laurent n'avait aucun doute quant au fait qu'Amanda trouverait sa place parmi eux.

Alors que tout le monde se souhaitait une bonne nuit, Laurent se tourna vers Amanda et lui proposa, un brin charmeur :

— Ça te dit, un dernier verre, en tête à tête ?

Amanda baissa les yeux, hésitante. Laurent comprit rapidement ce qu'elle avait dû interpréter et précisa aussitôt :

— C'est pas une ruse pour t'attirer chez moi ou un truc du genre, t'inquiète. C'est vraiment juste… un verre, quoi. Si tu veux.

Elle sembla se détendre et lui sourit, acceptant d'un hochement de tête. Face à leurs boissons, Laurent la sentait un peu plus nerveuse. Ce deuxième rendez-vous aurait pu laisser présager un rapprochement. Il devinait qu'il plaisait aussi à Amanda, mais il ne voulait pas la brusquer. Elle n'était de loin pas comme ces filles qu'il ramenait chez lui d'un simple claquement de doigts. Et même s'il ne pouvait nier avoir envie de coucher avec elle, ce n'était pas son objectif. En revanche, il comptait bien réussir à l'embrasser, cette fois.

— Tes amis sont vraiment très éclectiques.
— C'est clair. Mais on partage de bons moments.
— Vous en avez l'air.

— Ils sont comment, tes amis, à toi ?

Amanda réfléchit un instant tout en se passant un doigt sur les lèvres, petit geste qui n'échappa pas à Laurent. Il déglutit avant de détourner les yeux.

— Un peu comme Jo, dit-elle après une seconde.

— Euh… Ils sont tous… ?

Laurent laissa sa phrase en suspens, hésitant sur le terme à utiliser. Mais Amanda n'attendit pas qu'il trouve les bons mots et répliqua :

— Oh, non, pas dans ce sens-là. Ce que je voulais dire, c'est qu'ils sont tous très proches, je les considère un peu comme ma famille. Je peux être moi-même avec eux, je n'ai pas besoin de jouer de rôle.

Laurent l'observa un instant. Plus il l'écoutait, plus il la trouvait touchante, sans même savoir pourquoi. Elle n'avait rien d'une femme vulnérable, bien au contraire. Elle était indépendante et affichait beaucoup d'assurance. Pourtant, il lui semblait déceler une fragilité dans certains de ses propos.

— Et avec moi, tu as l'impression de jouer un rôle ?

— Cela fait bien longtemps que j'ai arrêté de faire semblant avec les gens, ou avec moi-même d'ailleurs. Mais je pense qu'on ne peut pas non plus prétendre être totalement soi avec quelqu'un qui ne connaît que quelques facettes de notre personnalité. Et puis, c'est aussi ça, faire connaissance : trouver le moment où l'on pourra complètement laisser tomber le masque.

— Pas faux.

— Et toi ?

— Moi ? Si je joue un rôle ? Bah, c'est clair que j'me retiens la moindre de roter en buvant ma bière, mais j'appelle pas ça jouer un rôle, déclara-t-il sur un ton léger, faisant rire Amanda.

Malgré le sourire qu'il affichait en retour, le trouble s'empara de lui. Il y avait tant de choses dont il n'oserait peut-être jamais parler. Si cette histoire avec Amanda devait mener quelque part, se risquerait-il à lui dévoiler les secrets qu'il gardait au fond de lui ? Ou devrait-il tout occulter, arrêter la danse, s'enfoncer un peu plus dans le mensonge… ?

La discussion continua un moment, et Laurent s'assura encore une fois qu'Amanda avait eu du plaisir pendant la pièce de théâtre, ce qu'elle confirma avec enthousiasme.

— Quand j'ai pu développer mon côté artistique en m'associant avec l'atelier de couture dans lequel je travaille, je me suis rapprochée du monde du spectacle qui m'a toujours fascinée. On est régulièrement mandatés par des comédiens pour des réalisations de costumes. Il arrive aussi qu'on fasse des tenues de patinage ou pour des écoles de danse.

Une fois de plus, Amanda exprima son intérêt pour cette dernière discipline, et raconta son expérience lors d'une tournée en particulier avec une troupe d'amis chorégraphes.

— Tu… T'as l'air de beaucoup aimer la danse, déclara Laurent, qui tentait de paraître naturel et pas si intéressé que ça.

— C'est vrai, répondit-elle, pensive. C'est une forme d'expression véritablement complète. Quand on manque de mots, la danse permet d'extérioriser tout ce que l'on ressent, malgré tout.

Elle baissa les yeux, gênée.

— Tu dois trouver ça exagéré.

— Non, non, pas du tout, dit-il aussitôt, réalisant qu'il l'observait fixement.

Au contraire, il partageait totalement son point de vue. Et il mourait d'envie de le lui avouer. Mais il se contenta de se mordiller la lèvre et, le regard plongé au fond de son verre, il demanda :

— J'imagine que si tu as participé à une tournée, tu dois avoir un niveau professionnel… ?

— Je ne sais pas si on peut considérer mon niveau comme quoi que ce soit, mais j'ai effectivement accompagné des professionnels, donc j'ose croire que je me débrouille.

Laurent la contempla un instant, sous le charme. Puis, conscient qu'il restait silencieux depuis quelques secondes, il se racla la gorge et but une lampée de bière avant de changer à nouveau de sujet.

Le temps fila sans qu'ils s'en rendent compte. Après presque deux heures, un serveur vint les informer que le bar allait bientôt fermer et Amanda proposa :

— Et si on marchait jusque chez toi ?

— La nana qui raccompagne le mec chez lui ?

— Pourquoi pas ? Tu m'as bien dit que tu n'habitais pas loin, non ?

— Si tu veux, accepta-t-il en lui souriant.

Ils firent quelques pas en direction du lac et Laurent, pris d'un doute, se gratta la nuque et s'assura :

— Mais euh… ça veut pas dire qu'on va chez moi, ou que… ?

Amanda le regarda du coin de l'œil, un sourire pincé collé aux lèvres.

— Je ne coucherai pas avec toi ce soir, si c'est ce qui te préoccupe.

— Non, évidemment, j'pensais bien. J'voulais juste être sûr qu'on était d'accord.

Puis il releva, taquin :

— Pas ce soir...

Amusée, mais intimidée, elle l'étudia un instant avant de détourner les yeux. Ils arrivèrent vers le débarcadère. Le ciel s'était dégagé, la nuit était superbe. Et calme ; peu de gens se promenaient sur la rive la semaine, d'autant qu'il faisait encore frais en cette fin d'hiver, même si l'air s'adoucissait de jour en jour.

Amanda s'arrêta face au lac et observa la vue, bercée par le bruit des vagues qui venaient se jeter sur les rochers. À côté d'elle, Laurent détaillait son visage éclairé par les lumières de la ville. Et encore une fois, il ne put que constater à quel point il la trouvait belle. Alors qu'un frisson lui parcourait le corps, elle tourna les yeux vers lui. Il se raidit et fuit son regard, comme s'il craignait qu'elle devine ce à quoi il pensait.

— Avant d'aller plus loin, il y a certaines choses que tu dois savoir sur moi, lui dit-elle. Je n'ai pas encore pris le temps de t'en parler ; ce n'est pas toujours évident de se confier sur certains sujets...

Laurent lui refit face, troublé par la déclaration de la jeune femme. Elle était visiblement préoccupée.

Soucieuse.

— Tu peux me parler, là. On est tranquilles.

Amanda lui sourit, remerciant l'initiative, puis elle tourna la tête.

— J'ai… J'ai besoin de… J'aimerais mieux t'en parler samedi, je serai plus à l'aise. D'accord ?

— OK, si tu préfères.

Malgré sa réponse, son esprit s'emballa, échafaudant toutes sortes d'hypothèses sur ce qu'elle pouvait bien avoir à lui dire. Des pires scénarios aux plus anodins, son imagination explorait chaque possibilité à une vitesse vertigineuse.

— Rassure-moi, t'as tué personne ? tenta-t-il sur le ton de la plaisanterie.

Amanda lui lança un regard de défi et rétorqua :

— Ce serait le pire, à tes yeux ?

Laurent se figea, peinant à savoir si elle blaguait. Il s'efforça de ne pas laisser paraître son trouble, sans pour autant s'empêcher de bafouiller en répondant :

— Euh, bah, disons que… ça serait du lourd, ouais.

Comme elle continuait à le fixer sans ciller, Laurent écarquilla les yeux et se sentit obligé de demander :

— Mais… parce que t'as déjà… ? Vraiment… ?

Amanda éclata de rire et posa une main sur son torse pour ne pas perdre l'équilibre. Sa réaction permit à Laurent de relâcher un peu la pression, même s'il avait encore un léger doute.

— Tu as un petit côté crédule parfaitement adorable, souligna-t-elle avant de le rassurer. Non, je n'ai tué personne, ne t'inquiète pas. Il n'y a rien d'illégal dans ce que j'ai à te confier.

Laurent lui adressa une moue vexée avant de lui sourire, soulagé par la nouvelle. Malgré ça, elle semblait toujours un peu nerveuse.

— Dans ce cas, j'ai hâte d'entendre ce que t'as à me dire, répliqua-t-il dans l'espoir de la détendre.

Elle lui sourit, pourtant, cela manqua de conviction.

Ils continuèrent leur route en longeant les berges par le quai Maria-Belgia. De là, ils pouvaient voir la lune se refléter sur l'eau, ce qui offrait un spectacle magnifique pour cette balade nocturne.

Laurent invita Amanda à passer par une large rue joliment arborisée qui menait au pied de son immeuble.

— Bon... c'est hyper bizarre, mais... merci de m'avoir raccompagné.

— La galanterie ne vous est pas réservée, très cher.

Les mains dans les poches arrière de son pantalon, Laurent pouffa. Cette femme avait de la répartie, c'était agréable.

— Et puis, il n'y a rien de bizarre à vouloir prolonger un peu la soirée...

Leurs regards se croisèrent, juste assez pour qu'il comprenne que, malgré tout ce qu'elle pouvait bien avoir à lui dévoiler d'ici samedi, là, tout de suite, ici et maintenant, ils brûlaient de la même envie.

Sans réfléchir plus longtemps, il se pencha vers elle et l'embrassa, tout en gardant ses mains dans ses poches pour lui laisser le loisir de reculer si elle le désirait.

Mais elle n'en fit rien.

Bien qu'elle ne cherchât pas à approfondir le baiser, elle s'approcha un peu pour amplifier le contact.

Cela ne dura que quelques secondes avant qu'elle ne s'écarte, une main sur les lèvres.

— Ça va ? demanda Laurent, soucieux, en essayant de capter son regard.

— Oui, c'est juste que…

Elle laissa échapper un léger rire nerveux.

— Pardon, je n'ai pas l'habitude, c'est tout. Et… ça me fait peur, je n'ai pas envie que tu le regrettes.

— Regretter ça ?

Voyant le trouble dans les yeux d'Amanda, il abandonna le ton de la plaisanterie et ajouta avec douceur :

— OK… On va attendre samedi que tu aies pu me dire tout ce que tu voulais. Mais je pense pas que tu réussisses à me faire regretter.

7

Dans sa voiture, Laurent se rendait à Lausanne pour retrouver Lola, tiraillé par sa conscience. Il ne lui avait rien promis d'autre qu'une danse, pourtant, il appréhendait. Lola était belle, ils avaient déjà couché ensemble à plusieurs reprises, et lui n'avait plus touché une femme depuis bientôt deux semaines. Est-ce qu'il serait malhonnête de se laisser tenter une dernière fois avant d'officialiser avec Amanda ?

Il se gara à une rue de l'atelier d'où sortaient les élèves du cours du soir. Il alluma une cigarette en attendant que la salle se vide, puis s'autorisa enfin à rejoindre son amie.

— Hello, lâcha-t-il plus froidement qu'il ne l'avait souhaité.

— Salut, je suis tombée sur un artiste, j'avais envie de tester avec toi ! dit-elle, enthousiaste.

— Laisse-moi deviner : de la K-pop ou un truc du genre ?

— Non, t'inquiète, j'ai compris que Stray Kids, ça passait pas. Non, c'est même pas spécialement récent, écoute…

Alors que des notes de violoncelle emplissaient l'espace, Laurent observa Lola s'en imprégner et vibrer avec elles.

Elle avait cette capacité de rendre la musique visible.

Rapidement, Laurent se prit au jeu. Il déposa sa veste sur le sol et vérifia que les rideaux de la fenêtre qui donnait sur la rue étaient tirés. Puis il la rejoignit, accueillant un premier mouvement sans trop en faire, juste histoire de saisir l'élan qui l'animait. Bien que Lola se soit lancée sur quelques chassés-croisés classiques que Laurent maîtrisait moins, il sut s'adapter à ses pas. Doucement, il ajusta ses gestes, jusqu'à s'aligner à la perfection à chaque impulsion qui rythmait la danse de sa partenaire. C'était en cela qu'ils s'accordaient à merveille : ils parvenaient à improviser une chorégraphie comme s'ils ne faisaient qu'un.

Quand la musique s'acheva, les deux amis, légèrement essoufflés, s'adressèrent un sourire complice.

— Ça t'a plu ? demanda alors Lola en repartant vers sa petite chaîne hi-fi.

— Pas mal, c'est qui ?

— Adrián Berenguer.

Laurent fit une grimace signifiant que ce nom lui était inconnu. Il écoutait habituellement d'autres styles de chansons, mais c'était agréable pour innover avec quelques pas ; le rythme était égal et la mélodie semblait raconter une histoire.

— On s'en fait encore une ? proposa Lola.

— Allez…

Elle lança une playlist de plusieurs titres du même compositeur et Laurent découvrit que l'artiste savait varier les genres. Bien qu'il restât toujours dans un registre d'ambiance très orchestrale, il lui arrivait de glisser des sons plus country pop ou électroniques.

Ils réalisèrent aussi des chorégraphies qu'ils avaient répétées quelques fois sur des tubes plus anciens, dont celle remixée de Sia que Laurent aimait particulièrement, *Move your Body*, et sur laquelle il avait tendance à se déchaîner, oubliant tout autour de lui, libre de laisser s'exprimer son corps.

Au bout de deux heures, le duo était essoufflé et en nage.

— T'as vraiment ça dans le sang. Tu devrais t'inscrire aux cours, tu pourrais apporter beaucoup au groupe.

— J'le fais avec toi, c'est tout.

Lola n'en était pas à sa première tentative, mais Laurent s'obstinait. Alors elle rangea quelques affaires, puis s'approcha de lui, posa une main délicate sur son épaule et lui demanda :

— Tu veux monter ?

Laurent comprit ce que la proposition insinuait. Alors qu'une vague de chaleur le traversait et que son bas-ventre pulsait avec envie, il s'entendit répondre :

— Désolé, pas ce soir.

Son refus lui fit prendre conscience qu'il envisageait les choses plus sérieusement qu'il ne voulait l'admettre avec Amanda. Alors qu'il était encore en droit de profiter un peu de sa liberté et que son corps validait manifestement l'idée, son esprit le lui défendait.

— Ah oui, c'est juste, tu t'es trouvé une cavalière. Comment elle est ?

— Tu veux vraiment en parler ?

Lola haussa les épaules. Il pouvait effectivement lui en dire quelques mots, mais cela rendait la situation étrange.

— Elle est pas mal, et sympa.

— C'est un minimum, déclara Lola, le devinant sur la retenue. En tout cas, ce doit être un sacré coup pour devenir une exclusivité.

Tu parles, j'l'ai à peine embrassée… se dit-il, troublé par ses propres pensées.

Mais il ne laissa rien paraître.

— T'es jalouse ? la nargua-t-il.

— Toi et moi, c'est pour la danse, répondit-elle avec un sourire. La baise, c'était bonus.

— Pas faux.

— Tu prends quand même un verre ?

Laurent hésita une seconde, puis finit par accepter.

Cela faisait longtemps qu'il n'avait pas passé une soirée avec Lola sans terminer dans son lit. Il devait avouer que ça avait aussi du bon.

Sur le trajet du retour, il repensa à tout ce dont ils avaient discuté. Lola rêvait toujours de mettre en scène une comédie musicale. Elle voulait qu'il en fasse partie, mais c'était hors de question pour lui de danser devant qui que ce soit d'autre qu'elle.

Curieuse de savoir quel genre de femme pouvait le séduire, Lola l'avait interrogé sur Amanda. Et alors qu'il s'évertuait à minimiser leur relation, la réduisant à une simple attirance physique, la réalité devenait de plus en plus évidente ; son intérêt pour Amanda allait bien au-delà d'une histoire superficielle.

***

Dix-huit heures trente, samedi soir. Laurent avait encore un peu de temps devant lui avant de retrouver Amanda, mais l'appréhension le gagnait déjà. Cela faisait un bon moment qu'il ne s'était pas senti aussi nerveux.

Planté face au miroir, il s'observait d'un œil critique, soucieux que tout soit parfait. D'un geste méticuleux, il lissa ses sourcils, puis sa barbe. Il esquissa un large sourire pour vérifier la blancheur de ses dents qu'il venait de brosser. Deux fois, pour être sûr.

Menton relevé, il plissa le nez et attrapa une pince à épiler pour ôter un poil qu'il estimait disgracieux. D'ordinaire, Laurent n'accordait pas d'importance à ces détails. Ce soir, c'était différent. Ce soir, il voulait être irréprochable, à la hauteur de celle qui le troublait tant depuis deux semaines. Il avait tout fait pour ne rien laisser paraître, mais ses sentiments pour elle s'étaient intensifiés. Il n'osait définitivement pas parler d'amour après si peu de temps, mais il devait avouer que cela y ressemblait.

Amanda lui avait donné rendez-vous à Lausanne, pour y retrouver des amis à elle qui organisaient une fête privée. Il n'en savait pas plus, si ce n'était qu'elle aurait quelque chose d'important à lui dire.

Ça aussi, ça le stressait.

Il se passa encore une fois la main dans les cheveux, ajusta son col de chemise et se vaporisa un soupçon de parfum. Il était fin prêt.

Portefeuille, clefs, cigarettes, briquet, téléphone… Il en glissa une partie dans les poches de sa veste, l'autre dans les poches de son jean, inspira profondément et sortit de son appartement.

Tout en rejoignant sa voiture, Laurent réfléchissait à la manière d'aborder cette soirée. Lui qui d'habitude faisait confiance à son instinct et son sens de l'improvisation se sentit gagner par le doute à tenter de tout anticiper, de tout planifier. Il essaya malgré tout de se détendre et se persuader que les choses se feraient naturellement, comme d'habitude.

Fidèle à lui-même, il ne put résister à l'appel d'une cigarette sitôt sorti du parking, puis s'élança à travers la place de la Riponne d'un pas décidé. Il longea quelques ruelles animées jusqu'à l'adresse qu'Amanda lui avait envoyée, et s'arrêta face à une large porte en bois au-dessus de laquelle une arche de ballons multicolores avait été accrochée. Il attrapa son portable et la prévint de son arrivée, préférant patienter dehors plutôt que de débarquer seul à une soirée privée.

Debout, un peu à l'écart, il observa trois femmes habillées de façon assez excentrique entrer. Il n'eut pas à attendre longtemps avant de voir apparaître Amanda qui balaya les alentours du regard et l'aperçut enfin.

Le souffle de Laurent se bloqua un instant. Elle était sublime, les cheveux retenus sur le côté par un petit peigne argenté et vêtue d'une longue robe noire fendue sur la cuisse, dévoilant d'élégants bas bordés de dentelle. Le tissu, plissé sur sa poitrine, épousait ses courbes délicates et laissait son dos dénudé, dans un décolleté vertigineux. Rayonnante, elle referma la porte derrière elle et lui adressa un sourire chaleureux quand il la salua.

Il s'approcha, son regard ancré sur elle. Il avait terriblement envie de l'embrasser. Il se contenta de se mordiller la lèvre et détourna les yeux histoire de ne pas la dévisager de façon trop insistante. Amanda perçut son trouble, et ils se sourirent une nouvelle fois, conscients de cette attirance muette qu'ils ne cherchaient plus à dissimuler.

Amanda l'entraîna à l'intérieur et Laurent la suivit le long d'un petit couloir d'où s'échappait de la musique. Lorsqu'une porte s'ouvrit plus loin, les rires et les cris leur parvinrent pleinement, laissant présager l'ambiance animée qui les attendait.

Ils entrèrent dans un espace bien plus vaste que ce que Laurent s'était imaginé. Les murs peints en noir et l'absence de fenêtres créaient une atmosphère feutrée, comme coupée du monde extérieur d'où rien ne permettait de deviner qu'une telle soirée se déroulait dans le bâtiment.

Seuls d'aveuglants faisceaux de lumière éclairaient la pièce au rythme de la musique. Cela suffit largement à Laurent pour voir les longs rubans colorés qui traversaient le plafond de part en part, tandis que des grappes de ballons arc-en-ciel flottaient un peu partout.

D'un côté se trouvait un bar ; de l'autre, une scène où un animateur chauffait le public sous un grand écran qui diffusait des clips vidéo psychédéliques. Une centaine de personnes remplissaient la salle. Certaines étaient installées aux tables hautes disposées en marge de l'espace central qui servait de piste de danse, et où la majorité des gens se déhanchaient avec frénésie, créant, par leurs vêtements et maquillages extravagants, un tourbillon de couleurs et de paillettes.

En observant la foule, Laurent se mit à plisser des yeux. Était-ce bien deux hommes qui se frottaient l'un contre l'autre là-bas ? Et un peu plus loin, un couple de femmes qui s'embrassait avec ardeur ? Laurent jeta un nouveau regard circulaire sur la salle ; les décorations bariolées et les bandes multicolores omniprésentes prirent soudain sens.

— Oh, putain… OK, c'était *ça*, les arcs-en-ciel, lâcha-t-il dans un ricanement, réalisant l'évidence.

Amanda se tourna vers lui. Pour elle, l'ambiance était si commune qu'elle sembla surprise qu'il n'en prenne conscience qu'à ce moment, et lui demanda :

— Ça te gêne ?

Il n'y avait aucun reproche dans sa voix, son expression témoignait même d'une certaine appréhension.

Il faisait très chaud dans cette salle où les corps en sueur se retrouvaient collés les uns aux autres. Ça en plus du stress, Laurent déboutonna le haut de sa chemise pour ne pas étouffer et répondit, plus nerveux qu'il ne l'avait souhaité :

— Hein ? Euh, n-non, pas vraim… Enfin, non, pas du tout. Tu m'avais dit que t'avais des amis comme ça. Je pensais pas… à ce point, mais… c'est tout bon. J'vais essayer de pas faire de gaffes.

C'est à ce moment que Jo les rejoignit et les salua joyeusement. Laurent se figea un instant en voyant son look, paupières et lèvres maquillées de violet, cheveux laqués de jaune, coiffés en l'air et parés de perles scintillantes… Sa tenue était elle aussi assez déroutante. Ça ressemblait à un costard pourpre, couvert de paillettes sur le col, porté sans chemise et dévoilant un torse imberbe.

Ce dernier point laissa penser à Laurent qu'il était bel et bien face à un homme, mais son visage n'en était pas moins féminin ainsi grimé, malgré les poils plus apparents sur son menton. Il se rappela ce qu'Amanda lui avait expliqué à son sujet, mais l'information peinait à faire sens dans l'esprit de Laurent.

— T'as pas trop l'air dans ton élément ! s'exclama Jo, l'œil pétillant d'amusement.

Laurent cilla, réalisant qu'il l'examinait sans retenue. Mais il ne répondit rien, incertain d'avoir bien compris la remarque. Son froncement de sourcils dut être explicite, car Jo reformula :

— Ça va ? T'as l'air coincé…

Effectivement, Laurent se rendit compte qu'il était complètement crispé depuis cinq minutes. Il tâcha de se détendre, lança un coup d'œil à Amanda et se rappela pourquoi il était là.

— Non, ça va. C'est juste… Je crève de chaud, dit-il en tirant sur le col de sa chemise. Y a rien à boire ?

Bien sûr, il avait vu le bar de l'autre côté de la salle, il tentait seulement de noyer le poisson. Et puis, il avait besoin d'une bière. Ou d'un rhum… Non, d'une vodka. Il lui faudrait au moins ça.

— Y a le bar, au fond, viens, lui répondit Amanda et lui attrapant doucement le bras.

Laurent se laissa guider à travers la foule, le regard rivé au sol. Il évitait soigneusement de poser les yeux sur les corps masculins et luisants qui l'entouraient, craignant que son attention ne soit mal interprétée. Cependant, il ne pouvait s'empêcher d'envier tous ces hommes qui dansaient sans s'inquiéter de l'opinion d'autrui. Laurent sentait la musique vibrer dans sa poitrine et c'était une torture de ne pas s'autoriser à bouger. Mais il ne pouvait pas se le permettre, encore moins *ici*…

Une fois vers le bar, Laurent ne put se retenir de détailler le serveur avec une pointe d'étonnement. C'était un homme d'une trentaine d'années qui sirotait un mélange bicolore, vêtu d'une chemise et d'un jean très conventionnels, arborant une coupe de cheveux d'un brun naturel et sans fioritures. Il détonnait presque dans cette surenchère de looks extravagants.

Amanda héla le serveur, couvrant à peine le vacarme ambiant. Celui-ci leva les yeux et sourit en la voyant approcher.

— Amanda ! Ça fait plaisir que tu sois venue !

— Je ne pouvais pas rater ça !

— Qu'est-ce que je te sers, ma belle ?

Laurent releva un sourcil en entendant le serveur flatter Amanda, mais celle-ci interrompit cet élan de jalousie en lui demandant ce qu'il voulait boire. Il s'avança et commanda une vodka, peu enclin à laisser Amanda, une femme, le faire pour lui. Lorsqu'elle s'apprêta à régler, Laurent l'en empêcha d'un geste accompagné d'un clin d'œil.

— C'est pour moi.

Amanda le remercia d'un sourire. Il attrapa son verre, en avala une grosse lampée, puis réprima un râle quand sa gorge se mit à chauffer. Alors qu'ils attendaient le cocktail qu'Amanda avait commandé, un homme, qui s'agitait en tous sens, s'approcha et, sans faire attention à eux, s'adressa au serveur :

— Steve ! C'est quand que Gaël te relaie ?

— Encore dix minutes, répondit l'interpellé en regardant sa montre.

L'autre soupira comme un enfant contrarié avant de happer le serveur d'un geste vif et l'embrasser fougueusement.

— Grouille-toi, j'aime pas danser seul !

Puis il disparut à nouveau dans la foule.

Laurent n'avait pu détourner les yeux, pris au dépourvu par cet échange pour le moins explicite. Amanda, qui n'avait pas manqué son trouble, attrapa son verre sitôt qu'il fut prêt et entraîna Laurent un peu à l'écart.

— Tout va bien ?

Hésitant un instant, il finit par reconnaître :

— Hein ? Oui, non, pardon, c'est juste… J'avais jamais… C'est la première fois que je vois deux hommes se…

Il se racla la gorge, n'osant prononcer la suite.

— Sérieusement ?

— Disons, pas comme ça… Pas d'aussi près.

Jamais Laurent ne s'était senti si mal à l'aise. Le serveur ne correspondait pas du tout à l'image qu'il avait en tête d'un homosexuel. Loin d'être maniéré, Steve avait une carrure et une voix viriles qui ne laissaient rien transparaître de son orientation. Aucune allusion déplacée, aucun comportement stéréotypé. Voilà pourquoi Laurent ne s'était pas attendu à le voir embrasser cet autre homme avec tant de naturel et de spontanéité. Son attitude, à des années-lumière de ses certitudes, l'avait déstabilisé.

Laurent rigola plus franchement, il se sentait un peu bête.

— Eh bien… pour ma part, reprit Amanda, je fais partie de cet univers.

Laurent releva la tête et la regarda droit dans les yeux, sans trop savoir comment réagir, puis il lâcha :

— Oui, tu m'avais dit que t'avais des potes gays.

Elle l'observa un instant, puis lui sourit avec tendresse.

— Et si on allait prendre l'air ?

Laurent comprit qu'elle souhaitait plus de calme pour pouvoir lui parler. Peut-être allait-elle lui avouer avoir déjà couché avec des femmes ; idée qui ne déplaisait pas forcément à Laurent... Il préféra ne pas poser de questions et se laisser guider, éviter le faux pas. Et puis, il n'était pas contre s'en griller une petite.

Une fois dehors, il posa son verre sur le muret qui bordait les lieux et alluma une cigarette. Il recracha un large nuage de fumée, puis fit face à Amanda, un brin nerveux.

— J'veux pas que tu penses que je te juge, ou autre. Si tu me dis que toi, t'as des potes homos, alors très bien, c'est cool. Moi, tant que c'est clair que j'suis pas de leur bord, et qu'ils vont pas essayer de m'coller une main aux fesses...

Il s'interrompit. Face à lui, Amanda semblait plus nerveuse que jamais, se tortillant les doigts et n'osant plus le regarder en face.

— Ça va ? se soucia-t-il.

— Je ne sais pas trop...

— Qu'est-ce que tu voulais me dire ?

Amanda tenta de relever les yeux, mais cela ne dura qu'un bref instant avant qu'elle ne les détourne à nouveau. Elle soupira et commença :

— Écoute... Ce n'est pas quelque chose de facile à dire, tout comme j'imagine que ce ne sera pas facile à entendre.

— De quoi tu parles ? demanda Laurent, cachant mal sa nervosité.

— Quand je t'ai dit que je faisais partie de cet univers, ce que je voulais dire, c'était que je suis moi-même une personne queer.

Laurent tira longuement sur sa cigarette avant de l'écraser dans le cendrier. Il recracha sa fumée et supposa :

— Mais genre... t'as eu des histoires avec des meufs ? Ou alors tu t'es fait des plans à plusieurs ?

Amanda ne répondit pas, mais son silence était éloquent ; Laurent faisait fausse route. Celui-ci, les mains enfoncées au fond des poches, se tenait là, désorienté et agité, incapable de saisir la situation. À mesure qu'il écartait les hypothèses les unes après les autres, le champ des possibles se rétrécissait dangereusement et il se trouva à court d'explications. Du moins, de celles qu'il pouvait envisager.

Amanda prit une petite inspiration et se lança enfin :

— Laurent, je suis trans.

Il la fixa sans bouger. Soit l'information lui échappait complètement, soit il attendait qu'on lui dise que c'était une blague. Au bout de quelques secondes, il déglutit et se contenta de demander :

— Quoi ?

— Je suis trans, répéta-t-elle plus distinctement, sans le quitter des yeux, appréhendant sa réaction.

Bien que ces trois mots aient eu l'effet d'autant de coups de poing dans son estomac, Laurent resta immobile. Au bout de quelques secondes, il ouvrit la bouche. Amanda, pendue à ses lèvres, attendait une réponse, alors que, ne le voyant pas fuir, l'espoir grandissait en elle.

Que l'annonce soit surprenante, c'était concevable, mais quelle serait la suite ? Rejet, dégoût, insultes, moqueries, curiosité, fantasme, acceptation… Les possibilités étaient si nombreuses.

Alors qu'il restait figé et hagard, sans prononcer un mot, elle osa briser le silence d'une petite voix :

— Dis quelque chose, s'il te plaît…

Laurent eut l'impression que son esprit s'était absenté un instant, refusant d'assimiler l'information. Avait-il bien compris l'annonce qu'elle venait de lui faire ? Non, il avait dû mal entendre.

— Tu… ? Putain… !

Il se frotta vigoureusement la figure à deux mains et, enfin, réussit à articuler :

— T'es… ? T'es un mec ?

La question était douloureuse, mais Amanda prit sur elle et répondit, malgré tout, d'un ton assuré.

— Non. J'ai effectivement été assignée homme à la naissance, mais je suis une femme. Une femme trans, mais une femme.

L'incompréhension se lisait sur le visage de Laurent qui, perdant toute sa prestance, bafouilla :

— Mais que… Qu'est-ce que ça change ? J'veux dire, t'es… Putain, j'ai quand même pas… ? Merde, fait chier !

Il se détourna, mains sur les hanches pour éviter de les voir trembler. Son estomac se serra et ses poumons se comprimèrent. Pris de vertiges, il se plia en deux, prenant appui sur ses genoux ; il avait besoin d'air. Malgré sa respiration hachurée, il sortit une nouvelle cigarette de son paquet et la colla entre ses lèvres.

— Laurent, tenta-t-elle au bout d'une minute. Je… Je suis désolée si je…

— Ouais, putain, t'es désolée… Tu parles ! railla-t-il tout en s'énervant avec son briquet.

Amanda se figea et tous deux restèrent silencieux.

Qu'y avait-il à ajouter à tout ça ?

Dans l'esprit de Laurent, c'était l'explosion, mais rien qui ne pût s'exprimer en mots. Juste des images, des espoirs qui se brisaient en milliers d'éclats tranchants et douloureux. Et leur baiser… Ce baiser échangé deux jours plus tôt, et qu'il avait eu l'intention de réitérer.

Il avait désiré tellement plus avec elle. Contre elle.

En elle…

— Merde ! Merde, putain ! Fait chier… !

Il donna un violent coup de pied dans une poubelle, puis, pris d'un haut-le-cœur, attrapa sa tête entre ses mains, tentant de garder son équilibre.

Elle s'avança d'un pas vers lui, soucieuse qu'il tourne de l'œil, mais s'arrêta aussitôt, comme si elle craignait de l'indisposer en s'approchant davantage.

— Laurent… dit-elle d'une voix douce

Étrangement, il s'y raccrocha et retrouva quelque peu pied avant d'enfin relever les yeux vers elle. En lisant l'inquiétude et la tristesse sur son visage, Laurent réalisa qu'elle aussi devait avoir vu ses espoirs s'effondrer les uns après les autres, et que pour elle non plus, faire une telle annonce n'avait pas dû être facile.

Pour autant, il n'arrivait pas à s'empêcher de ressentir de la colère, ainsi qu'un profond sentiment de trahison.

— Je vais te laisser tranquille, dit-elle au bout de quelques secondes, la gorge serrée.

Se retenait-elle de pleurer ?

Il s'en fichait. Lui avait envie de hurler !

La silhouette d'Amanda disparut derrière la grande porte en bois, et Laurent resta seul avec cette révélation qui tourbillonnait dans son esprit jusqu'à lui en donner le tournis. Il voulait désespérément que tout ceci ne soit qu'un cauchemar dont il allait s'éveiller.

Pourtant, c'était réel. Et pour Laurent, cela ne signifiait qu'une chose : il avait été séduit par un homme.

Tout ce temps à désirer se rapprocher, à rêver de la toucher, la caresser… Il ne savait plus quoi penser.

Un frisson d'angoisse le parcourut lorsqu'il prit conscience qu'il avait sérieusement envisagé d'avoir pu tomber amoureux. Ses jambes se dérobèrent sous lui et il s'affala sur le muret où leurs boissons avaient été oubliées. Les coudes en appui sur ses genoux, le front enfoui dans le creux de sa main, il resta de longues minutes immobile, anéanti.

Le souffle court, il luttait pour ne pas céder à la panique. Est-ce que vraiment, c'était *ça* qu'il désirait, *ça* qui l'attirait ?

Comment j'aurais pu savoir ? Elle cachait bien son jeu, c'est elle qui s'est foutue de moi ! Je pouvais pas savoir !

Il avait beau se le dire, cela ne changeait rien ; il était tombé dans le panneau. Il n'avait rien vu. Il devait bien y avoir un truc qui clochait chez lui, pour s'être laissé avoir. Cette remise en question le terrifiait, et balayait les repères sur lesquels il avait construit son existence.

Le problème peut pas venir de moi, c'est pas possible ! Je suis pas comme ça !

L'angoisse s'emparait doucement de lui ; tout ce en quoi il croyait encore quelques instants auparavant s'était évanoui en un claquement de doigts.

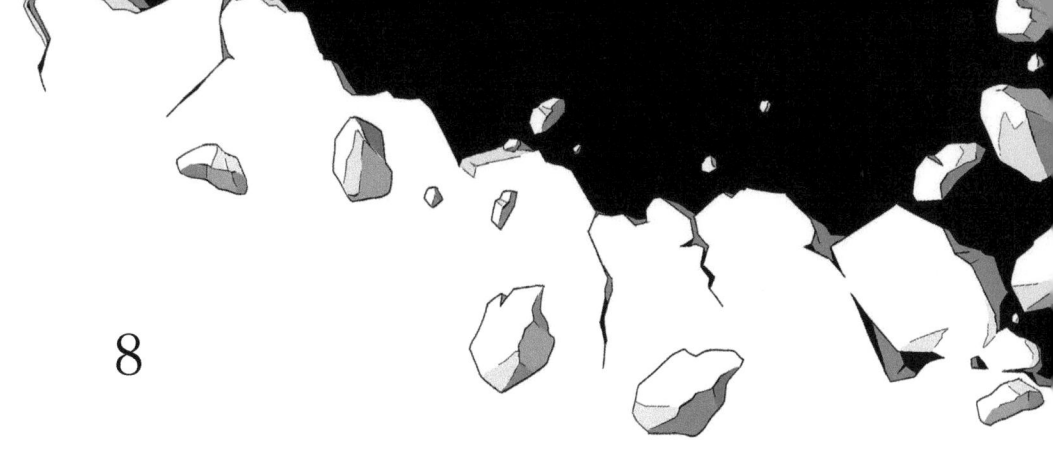

8

Laurent erra dans les rues, fumant cigarette sur cigarette, jusqu'à en avoir mal à la gorge. Il avait hésité à entrer dans un bar, pour se saouler jusqu'à tout oublier. Mais il n'avait aucune envie d'affronter la foule, ne serait-ce qu'un serveur auprès de qui passer commande. Il ne voulait voir personne, ne pouvait parler à personne.

Après plusieurs heures à tourner en rond sans savoir où aller ni quoi faire, il rejoignit sa voiture en mode automatique, l'esprit vide. De retour chez lui, Laurent accrocha sa veste sur le portemanteau et lança ses clefs sur le meuble de l'entrée. Puis il se dirigea dans sa chambre sans prêter la moindre attention à Nook qui l'avait suivi et vint se frotter contre ses jambes.

Il bascula sur son lit, épuisé, le visage perdu dans ses draps. Et, alors que toute sa soirée lui revenait à l'esprit, il eut envie de hurler sa rage ; il se sentait humilié.

Pourquoi il a fallu que ça tombe sur moi, merde ! Pourquoi il a fallu que je craque pour un… ? Non, je peux pas… ! Pas moi, putain ! C'est pas possible ! Elle ressemble à une nana, c'était pas ma faute !

Mais il n'arriva pas à se convaincre.

Il finit par laisser échapper un cri étouffé dans son oreiller avant de se retourner, les bras sur le visage. Une pensée pour ses parents et ce qu'ils pourraient dire s'ils découvraient cette histoire lui traversa l'esprit, et la honte le rongea aussitôt de l'intérieur. Il n'était pourtant pas responsable de ce qu'il ressentait, il s'était fait manipuler, rien de plus. Son attachement pour Amanda le renvoyait des années en arrière, à cet instant qui avait marqué un tournant dans sa vie d'homme, remettant en question la vision que son père pouvait avoir de lui.

Nook sauta sur le lit et, tout en ronronnant, vint frotter son museau sur le coude de Laurent avant de lui donner quelques coups de langue. Laurent déplia le bras et se retrouva face au nez rose et aux yeux plissés du petit chat.

Personne ne doit jamais savoir.

D'un geste réflexe, il se mit à caresser Nook qui continuait de se rouler contre lui, attrapant sa main au passage pour jouer avec ses doigts.

Personne ne peut savoir. Faut que j'me calme…

Mais il lui suffisait de se remémorer la scène, Amanda face à lui, ces quelques mots, et tout son équilibre s'écroulait à nouveau. La tête lourde, il glissa ses doigts tremblants dans ses cheveux avant de les agripper, et lutta de toutes ses forces pour refouler les sanglots qui lui nouaient la gorge.

Arrête tes conneries, putain ! T'es un homme ou pas ?

Paupières closes et mâchoires crispées, il cherchait désespérément à retrouver le contrôle. Il l'avait fait tellement de fois ; contenir ses larmes jusqu'à ce que la frustration et la colère viennent les remplacer.

Il suffisait d'être patient.

Il rouvrit les yeux et leva le regard vers le plafond. Sa lèvre inférieure tressauta, trahissant le nœud douloureux qui lui tenaillait l'estomac, un poids qui l'empêchait de respirer.

Ça allait passer, comme d'habitude.

Il devait juste attendre encore un peu…

Fait chier… !

Vaincu, Laurent roula sur le côté, plongea une nouvelle fois son visage dans son oreiller et laissa enfin sortir ces sanglots qui l'étouffaient, le corps parcouru de soubresauts. Il ne pouvait plus retenir ce trop-plein d'émotions.

Tout ce qu'il avait si durement refoulé ces dernières années explosait d'un coup, comme un barrage qui cédait et libérait un torrent de rancœur, d'espoirs brisés, de hontes, trop longtemps réprimé. Les années passaient, et il doutait de plus en plus. Et si son père avait raison finalement ? S'il était bel et bien la cause de tous ses propres échecs ? Laurent faisait honte à sa famille, et aucune femme ne pourrait vouloir de lui, lui qui n'était pas un homme digne de ce nom.

Épuisé, il finit par se figer, le regard perdu dans le vague. Il lui fallut un moment pour retrouver un semblant de calme et reprendre son souffle. Le visage rougi, il resta immobile de longues minutes à fixer le plafond d'un air absent, déconnecté.

Après vingt minutes sans bouger, il se leva et alla dans sa cuisine se servir une bière. Il la but d'une traite et en ouvrit une autre qu'il vida à moitié tout aussi rapidement. Il tourna sur lui-même, cherchant son téléphone, bien décidé à dire à Amanda ce qu'il pensait de son attitude, du fait qu'elle s'était payé sa tête. Il fut cependant coupé dans son élan lorsqu'il remarqua qu'elle l'avait devancé.

Amanda, 21 h 12 : Je ne t'ai pas vu dehors, j'imagine que tu as dû t'en aller. J'espère que tu ne m'en veux pas et que tu comprendras que je n'ai pas souhaité te faire de tort. J'aimerais croire que tout n'est pas perdu.

« … que tout n'est pas perdu… »
Laurent relut cette phrase en boucle. Qu'est-ce que ça pouvait bien représenter au final ? Il aurait aimé ne pas en tenir compte, mais ses espoirs réciproques ne faisaient qu'accentuer l'injustice de la réalité.

Il termina sa bière et se mit à pianoter sur son écran, puis envoya son message sans même réfléchir à l'heure qu'il pouvait être.

Laurent, 23 h 58 : Dispo pour un verre ?

Ce ne fut qu'en se relisant qu'il remarqua que c'était le milieu de la nuit. Si Damien ne dormait pas, il devait être plongé dans une partie de jeu vidéo quelconque en ligne et probablement occupé pour un moment. Laurent soupira et posa sa main froide sur son visage, quand son portable vibra.

Damien, 0 h 1 : T'avais pas une soirée avec Amanda ?

Il hésita sur ce qu'il devait répondre. Il ne voulait pas lui raconter ce qui s'était passé, mais il ne pouvait pas non plus prétendre que tout allait bien. Assis sur son canapé, téléphone à hauteur des yeux, il tenta une explication, puis l'effaça. Ses pouces effleuraient le clavier alors qu'il réfléchissait à plusieurs débuts de phrase ; il n'arrivait pas à trouver les mots.

Avant même qu'il ne parvienne à formuler une réponse, un nouveau message de son ami s'afficha :

Damien, 0 h 5 : Passe à la maison.

Laurent se mordilla la joue, hésitant. Il savait que Damien lui proposait de venir chez lui parce qu'il avait deviné qu'un truc n'allait pas et qu'il chercherait à le faire parler. Sauf que Laurent n'en avait absolument pas envie. En même temps, il ne pouvait pas non plus forcer Damien à sortir, comme ça, de but en blanc, alors qu'il était plus de minuit.

Contrarié, Laurent souffla tout en se laissant tomber au fond du canapé. Il lui faudrait bien, tôt ou tard, mettre des mots sur ce qui s'était passé, mais pour l'heure, il avait besoin de penser à autre chose. Et ne pas être seul l'aiderait au moins à ne pas ressasser.

Un quart d'heure plus tard, Laurent débarquait chez Damien. Il portait toujours ses vêtements de la soirée, si ce n'était qu'ils étaient froissés et que ses cheveux étaient en bataille, ce qui lui donnait bien moins fière allure que lorsqu'il avait retrouvé Amanda.

En l'accueillant, Damien le rassura : « Non, t'inquiète, on dormait pas, on était sur un gros raid, mais on vient de terminer. » Laurent ne put pour autant s'empêcher de soupçonner ses amis d'avoir coupé court à leur soirée de jeux en ligne pour lui.

Devinant au bruit que Damien prenait des bières dans le réfrigérateur, Laurent l'attendit, debout au centre du salon, pensif. Il observait les lieux, comme il appréciait le faire. Le couple avait l'habitude de couvrir les murs de photos des bons moments passés ensemble : les fêtes, les anniversaires, les voyages… Et Laurent aimait se replonger dans ces instants capturés. Il en restait même une sur laquelle Sonia apparaissait, une photo de groupe qu'ils avaient prise lors d'un week-end en camping sauvage où tout avait dérapé. Il avait plu, Mylène avait eu peur qu'ils se fassent attaquer par des loups, ils avaient eu froid, ils n'avaient mangé que des raviolis en boîte… Rien ne s'était passé comme prévu, et c'était un de ses meilleurs souvenirs.

— Qu'est-ce qui a foiré ? demanda Damien en débarquant dans le salon, bières en main.

Sortant de sa nostalgie, Laurent s'empara de celle que son ami lui tendait et s'installa sur le canapé à côté de lui. Après une gorgée, il répondit d'un ton égal :

— Rien… juste que… ça va pas le faire.

Damien le dévisagea, sans comprendre.

— Il s'est passé un truc ?

Les mains de Laurent se crispèrent sur sa bouteille. Il but à nouveau, pour se donner un peu de contenance, puis déclara, se forçant à rire :

— C'était une fête de tapettes.

— Sérieux ? Qu'est-ce que vous foutiez là-bas dedans ?

Laurent se racla la gorge. Il n'avait aucune envie d'évoquer sa soirée alors qu'il essayait encore de combattre les sentiments qu'il ressentait pour Amanda. Il tenta néanmoins de répondre à la question sans laisser paraître son malaise.

— Amanda a visiblement une ribambelle de potes pédés.

— Hé ben… Bon, et puis quoi ? C'est quand même pas ça qui t'a fait fuir ? À moins qu'Amanda soit gouine… termina Damien en ricanant.

Laurent jeta un regard de biais à son ami, mal à l'aise. Il avait espéré échapper à l'interrogatoire et ne trouva pas quoi répliquer.

Damien ne manqua pas l'embarras de Laurent et se redressa d'un coup sur son canapé.

— Merde, elle est gouine ?

— Mais non, putain, t'es débile ou bien ? Alors quoi ? Elle m'aurait pris pour une nana ? Tu veux mon poing dans la gueule ?

Damien gloussa bruyamment en entendant Laurent se défendre avec autant d'énergie. Il lui fallut un petit moment pour retrouver son calme et Laurent en profita pour changer de sujet :

— Et sinon, elle est pas là, Mylène ?

— Si, mais elle est encore connectée. Tu la connais, à batoiller[4] pendant des heures avec ceux de la guilde.

— Ouais, j'me souviens, sourit Laurent.

---

[4] Batoiller \ba.tɔ.je\ : patois suisse qui signifie « bavarder, parler beaucoup ».

Une nouvelle gorgée de bière lui fit prendre conscience que l'alcool commençait à lui monter à la tête. Après tout, c'était la troisième qu'il buvait en peu de temps. Le tout brassé par le tourbillon émotionnel qu'il traversait…

Avant qu'il ne puisse y réfléchir plus longtemps, la voix de Mylène dans son dos le surprit :

— Bah alors ? Qu'est-ce que tu fais là ?

Damien et Laurent se retournèrent d'un seul mouvement et le regard de ce dernier s'attarda sur les courbes généreuses de la jeune femme, mises en valeur par son short et son débardeur. Elle n'était pas du genre à se cacher, d'autant plus motivée par l'attitude subjuguée, et inchangée malgré les années, de Damien.

— J'allais pas manquer l'occasion de te voir en petite tenue, déclara alors Laurent.

— Eh ! Interdiction de reluquer ! lâcha Damien en lui claquant l'arrière du crâne afin de détourner son attention.

Laurent laissa échapper une plainte et ricana en se frottant la tête. Bien que Damien sût pertinemment que jamais Laurent n'aurait tenté quoi que ce soit envers Mylène – et qu'il avait aussi pleinement confiance en elle –, il ne pouvait s'empêcher de le remettre à sa place chaque fois que celui-ci le taquinait.

Mylène, de son côté, préféra ignorer ces allusions grivoises, les accueillit d'un vague haussement d'épaules amusé. Elle comprit le message : Laurent n'était pas là pour s'épancher.

La soirée se prolongea après l'arrivée de Mylène. Quelques parties de jeux vidéo rétro, un paquet de chips et un débriefing du *raid* que le couple avait mené un peu plus tôt : cela permit à Laurent de se changer les idées et d'évacuer sa nervosité. Du moins pour un moment. Éreinté, il regrettait l'époque où les nuits blanches ne semblaient pas avoir d'effet.

Il s'en alla au petit matin et gara sa voiture dans la rue, qui était plutôt calme le dimanche, à six heures et demie.

En approchant de son immeuble, Laurent avait les yeux rivés sur son trousseau, cherchant à en extraire la clef de chez lui. Absorbé, il ne remarqua pas tout de suite la présence d'une silhouette sous le couvert de l'entrée. Ce n'est qu'en relevant la tête qu'il aperçut une jeune femme qui lui tournait le dos, appuyée à côté de la porte. Elle portait un large pull coupé à la taille qui offrait à Laurent le plaisir d'apprécier l'effet moulant de son jean skinny. Bien qu'elle ait les cheveux bien trop courts à son goût, il ralentit le pas afin de savourer la vue un instant.

Ce n'est que lorsqu'elle se retourna que ses traits lui devinrent familiers malgré ses lunettes de soleil qui lui cachaient la moitié du visage.

— Ah, te voilà !

Elle s'approcha afin de sortir de l'ombre et s'arrêta juste en face de lui, où son identité ne fit plus aucun doute. Laurent se rappelait pourtant que, la veille, elle avait une moustache fine et une barbe naissante, il en était certain. Et là, plus rien. Au contraire, elle avait un visage lisse, et les lèvres légèrement ourlées de rose. Le plus étonnant se situait au niveau de sa poitrine ; bien que ses formes fussent discrètes, elles étaient bel et bien présentes.

— Tu sais que c'est pas poli de fixer les gens comme ça ? déclara Jo en replaçant son sac à main sur son épaule.

Ce n'est qu'à cet instant que Laurent se rendit compte qu'il ne l'avait pas lâchée des yeux, hagard et bouche ouverte.

— Quoi ? N-Non, j'ai pas... ! C'est pas... C'est juste que... bafouilla-t-il, le visage en feu.

Jo l'observa par-dessus ses lunettes. Cela arrivait souvent que les gens soient déroutés par ses changements de look soudains, mais qu'un homme d'un tel charisme se décompose de la sorte pour si peu restait pour le moins étonnant.

Dès qu'il fut remis de sa surprise, Laurent lui demanda :

— Qu'est-ce que tu fous là ?

— Amanda m'a donné ton adresse.

— C'est elle qui t'envoie ?

— C'est mal la connaître. Non, c'est moi qui voulais voir si t'étais chez toi.

— Visiblement, j'y suis pas.

— Comme quoi, j'ai du bol de te croiser.

Laurent soupira.

— Qu'est-ce que tu veux ?

— Discuter.

— Fous-moi la paix, j'ai pas envie d'parler.

Il s'apprêtait à mettre la clef dans la serrure, mais Jo lui attrapa la main, le forçant à s'arrêter.

— Faut *vraiment* qu'on parle.

L'injonction ne laissa pas de place à l'hésitation, alors Laurent acquiesça, agacé. La mâchoire crispée, il jeta un coup d'œil autour de lui et fit signe à Jo de le suivre jusqu'au parc qui se trouvait juste à côté de son immeuble. Après tout, que risquait-il ?

Tandis qu'il s'efforçait de regarder droit devant lui, ses yeux trahirent sa curiosité et glissèrent furtivement vers la poitrine de Jo, cherchant à confirmer ses doutes. Il se racla la gorge et demanda, l'air détaché :

— C'est de vrais nichons que tu caches là-dessous ?

Jo baissa ses lunettes de soleil et se tourna vers Laurent.

— Tu te fous de moi, j'espère ?

— Pardon, mais hier, y m'semble pas avoir vu de nibards déborder de ton costard ! J'pense avoir le droit de me poser la question.

— Oh, bien sûr, tu as le droit, ouais. Par contre, tes questions, tu te les gardes ; j'ai pas l'impression de te devoir une quelconque explication sur ce que cachent mes vêtements.

Laurent allait répliquer, mais se retint et grimaça de contrariété avant de détourner une nouvelle fois les yeux.

À cette heure matinale, le parc était relativement désert, à l'exception de quelques joggers qui passaient par là et propriétaires de chien qui laissaient leur compagnon gambader librement dans l'herbe.

Tous deux avancèrent jusqu'à la table de pique-nique, juste à côté du terrain de beach-volley. Mains dans les poches, Laurent s'assit sur le banc. Le soleil, dissimulé par les arbres, ne l'atteignait pas encore et un frisson le parcourut, accentué par sa fatigue. Avisant son costume froissé, il était impatient de rentrer, prendre une douche et dormir.

Il s'alluma une cigarette et demanda d'un ton las :

— On est là pour quoi ?

— Hier soir, Amanda m'a raconté que t'avais eu du mal à avaler son *coming out*, et que tu t'es barré sans rien dire. Mais au final, t'en penses quoi ?

Laurent toussa la fumée de sa cigarette. Il avait passé la nuit à éviter le sujet et voilà qu'on le lui balançait à la figure sans ménagement. Honteux, il était incapable de répondre.

Aucun mot ne pouvait exprimer ce qu'il ressentait.

— OK, concéda Jo. Donc… je lui dis que c'est mort, c'est ça ?

Laurent baissa la tête. Il crevait d'envie de confirmer ; ne plus jamais revoir Amanda, c'était la solution facile. Oublier tout ça, ne plus y penser et continuer sa vie comme avant. Mais il lui suffisait de se remémorer les moments partagés avec elle et cette apparente facilité devenait l'option la plus amère qui soit.

Jo s'apprêtait à s'en aller quand Laurent se décida enfin à parler :

— C'est pas rien, ce qu'elle m'a annoncé. Elle s'est bien foutue d'ma gueule ! Pardon, mais j'ai pas l'impression d'avoir surréagi !

Il releva les yeux sur Jo qui le fixait en retour et qui finit par dire, d'une voix posée :

— T'as raison, c'est pas rien de faire un *coming out*. C'est pas rien de dévoiler une part aussi intime de soi à une personne qu'on connaît à peine.

D'une main, Jo attrapa son téléphone et pianota un instant dessus, avant de tourner l'écran vers Laurent pour lui montrer une photo.

— C'est pas rien d'avoir peur pour sa vie à chaque fois qu'on s'apprête à annoncer qu'on est trans.

Laurent saisit le portable et son cœur rata un battement lorsqu'il comprit ce qu'il voyait. L'image dévoilait Jo penchée sur un lit d'hôpital, qui souriait, bien que son regard trahisse une profonde tristesse. Laurent constata qu'elle – ou il – avait bel et bien de la moustache et du poil au menton. Mais il ne s'attarda pas longtemps sur ce détail, car juste à côté se tenait une personne au visage tuméfié, la lèvre fendue, la moitié de la figure violacée, et un œil si gonflé qu'il restait clos. Un pansement cachait une partie du front jusque dans les cheveux et l'on devinait l'attache d'une attelle sur son épaule. Sans parler des perfusions et fils qui la reliaient à divers appareils.

Laurent ne parvenait plus à détacher son regard de l'image, une main sur sa bouche, horrifié.

— C'est Amanda ?

Jo, qui observait ses réactions avec attention, s'assit à côté de lui et acquiesça d'un léger mouvement de tête.

— Petit cadeau du dernier gars à qui elle a annoncé d'emblée être trans. Quarante-huit heures dans le coma, elle a bien failli y rester… Tu comprendras qu'elle hésite à en parler dès le premier *date*.

Laurent se rappela soudain l'histoire qu'Amanda lui avait racontée le jour de leur premier rendez-vous, à propos d'une prétendue amie trans qui s'était fait agresser… Et de ce qu'elle lui avait dit juste après : « J'ai besoin de savoir si tu es de ce genre de type. » Il comprenait mieux pourquoi elle avait tenu à s'en assurer.

Ces blessures étaient d'une violence extrême…

Il se frotta la mâchoire ; personne ne méritait ça.

— Heureusement, elle a aussi connu des mecs bien, mais quand on traverse un truc pareil, ça marque.

Une boule serra l'estomac de Laurent alors qu'il se remémorait les moments passés avec Amanda, et le plaisir qu'il avait ressenti en sa compagnie. Une vague de compassion ébranla ses certitudes ; il ne pouvait totalement nier les sentiments qu'il éprouvait pour elle, et ce malgré l'annonce qu'elle lui avait faite. L'idée qu'Amanda ait pu subir un traitement pareil le révoltait, il n'envisageait pas qu'elle puisse revivre une telle expérience et voulait pouvoir la protéger.

Jo ne manqua pas l'émotion qui traversait Laurent, tapant nerveusement du pied alors que ses mâchoires se crispaient. Elle posa sa main sur le téléphone et le récupéra, le forçant à relever les yeux. Il détourna le visage aussitôt et il renifla bruyamment avant de croiser les bras sur son ventre et prendre appui contre la table.

— Et… cet enfoiré… Il a… commença Laurent avant de se racler la gorge et refaire face à Jo. Il a eu droit à une condamnation ou quelque chose du genre ?

Jo lui lança son sourire le plus amer, le regard empreint de la même tristesse que celle visible sur la photo.

— Ouais, tu parles… Soixante jours-amende à trente francs, avec deux ans de sursis. Et trois mois de prison, mais *askip*[5], il aurait réussi à transformer sa peine d'enfermement en travail d'intérêt général. Autant dire qu'il s'en est bien sorti. Amanda faisait de grosses crises d'angoisse, à l'époque, à l'idée de le recroiser.

---

[5] Abréviation de « à ce qu'il parait ».

— C'était quand ?

— Ça va bientôt faire un an.

Constatant son air contrit, Jo lui souffla :

— Je crois que je commence à comprendre ce qui lui a plu chez toi. T'es un con, mais t'es pas méchant.

Laurent ricana doucement.

— C'est pas la première fois qu'on me le dit.

Ils restèrent silencieux un moment, ne sachant trop comment aborder la suite. Il était évident que l'esprit de Laurent fourmillait de questions, mais les réponses l'aideraient-elles pour autant à accepter une réalité qui se heurtait à sa conception du couple ?

Le craillement des corneilles vint rompre le calme qui s'était installé, et Jo se releva lentement tout en glissant la lanière de son sac sur son épaule.

— Écoute… Je vois bien que le fait qu'Amanda soit trans te bloque, mais j'ai aussi l'impression que tu tiens à elle, au moins autant qu'elle tient à toi. Alors… pose-toi les bonnes questions. T'es le seul à savoir si t'es prêt à vivre cette histoire, ou si tout se joue sur la nature de son sexe.

Laurent ne réagit pas, l'esprit perdu dans le vague. Il n'avait toujours pas de réponse à donner. Puis il tiqua sur les derniers mots que Jo avait prononcés.

— Attends, quoi ? Parce qu'elle a… ?

— C'est important ? Enfin… si t'envisages de tenter quelque chose avec elle, alors ouais, ça peut l'être. Sinon, ça te regarde pas.

— Comment tu veux que j'envisage quoi que ce soit si je sais pas ça ?

— Une relation de couple ne tourne pas uniquement autour du sexe.

Laurent souhaita protester, mais les mots lui manquèrent. Il se contenta d'ouvrir et fermer la bouche, impuissant.

— Vous passiez de bons moments avant qu'elle t'annonce être trans, et tu ne savais pas ce qu'elle a entre les jambes, j'me trompe ?

Cette vérité le contraria davantage. Avait-il réellement apprécié ces moments juste parce qu'il présumait savoir à quoi ressemblait son anatomie ?

— Tu l'as même embrassée, à ce qu'elle m'a dit…

Le visage de Laurent s'empourpra et il détourna le regard. Ressentait-il de la honte concernant ce baiser ? Devait-il considérer avoir embrassé un homme ?

— Je dois y aller, je suis en retard au boulot, annonça soudain Jo, interrompant les réflexions de Laurent. Juste… c'est peut-être pas elle qui te perturbe autant, mais plutôt ce qu'elle a éveillé en toi. Et si ça te contrarie, c'est peut-être parce que, malgré tout, tu tiens à elle.

Laurent serra les dents. S'il n'avait pas eu peur d'être trahi par un nouveau sanglot, il lui aurait certainement dit d'aller se faire voir.

Il se contenta de renifler, passant une main nerveuse dans ses cheveux. Alors Jo lui souhaita un bon dimanche et s'en alla, le laissant seul avec ses pensées.

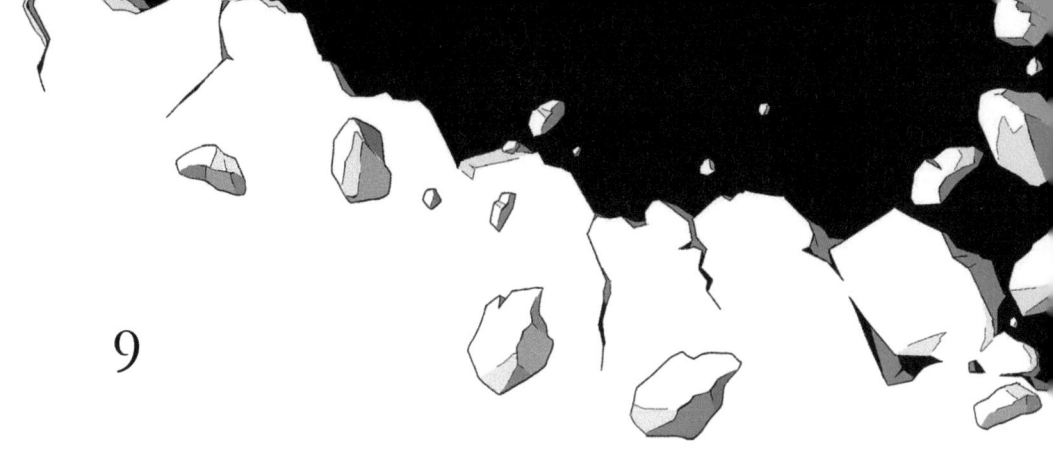

9

~ Mars ~

La semaine suivante, la reprise du travail fut compliquée. Laurent était distrait et préoccupé, si bien qu'il fit plusieurs erreurs : une légère différence de nuance dans un mélange de peinture, une bâche de protection mal fixée, des rouleaux inadaptés au type de surface à couvrir… Bien qu'il n'y eût aucune conséquence grave à déplorer, l'accumulation finit par attirer l'attention du chef de chantier.

Quand arrivait le soir, Laurent n'était pas d'humeur à voir du monde, ce qui n'empêchait pas Damien et Mylène de lui proposer de passer chez eux à la place. Après plusieurs refus, Laurent céda et accepta, mais le regretta rapidement lorsqu'il comprit le manège de ses amis.

— Vous exagérez ! J'vous jure, tout baigne !

— Tu parles, t'as plus envie ni de sortir ni de draguer… ni même de t'envoyer en l'air ! Si ça, c'est pas un signe de déprime !

Laurent soupira, agacé. Même s'il doutait que son humeur puisse véritablement être mesurée selon ces critères, il devait avouer qu'il y avait du vrai dans les propos de Mylène.

— Et comme tu veux pas nous dire ce qui s'est passé, faut bien te changer les idées, ajouta Damien.

— Il s'est rien passé, on s'est juste rendu compte que ça allait pas l'faire.

À force de mentir à ses amis, il réalisait à quel point ces réponses toutes faites allaient à l'encontre de ce qu'il ressentait. Plus il leur répétait que ça ne pouvait pas fonctionner, que tout était fini, plus il avait envie de la revoir, de tenter malgré tout.

Même si le souvenir de la révélation d'Amanda le replongeait constamment dans le doute, il y avait ces instants fugaces pendant lesquels il se surprenait à penser que tout cela importait peu, tant qu'il pouvait être avec elle. Et l'embrasser à nouveau.

Ça ne durait jamais, car rapidement, la honte le rappelait à l'ordre.

Comment tu peux vouloir partager quoi que ce soit avec quelqu'un comme ça ? Tu sais même pas si c'est une meuf ou un mec… !

C'était Amanda… et, quelque part, ça lui suffisait.

***

Une nouvelle semaine s'écoula, pas meilleure que la précédente. Poussé par la curiosité et l'envie de comprendre, Laurent s'était plongé dans des recherches en ligne sur la transidentité.

Lui qui avait vu Jo changer de genre juste en s'aidant de quelques vêtements et d'un peu de maquillage, il avait besoin de savoir si

Amanda n'était pas simplement un homme qui se faisait passer pour une femme au travers d'habiles artifices. Mais s'il y avait bien une chose sur laquelle la communauté queer semblait s'accorder, c'était qu'une femme transgenre était indéniablement une femme à part entière.

Cette révélation soulagea Laurent ; son attirance et ses sentiments étaient bel et bien dirigés vers une femme.

Mais où en étaient ses sentiments exactement ? Les paroles de Jo le travaillaient encore. C'était vrai, Amanda avait éveillé un truc en lui, quelque chose qu'il ne comprenait pas et qui l'effrayait. Ils n'avaient pas partagé grand-chose, il n'aurait pas dû avoir tant de mal à l'oublier. Pourtant, il ressentait le besoin de la revoir. Et peut-être aussi de mettre les choses au clair.

Lui dire au revoir en bonne et due forme, pour enfin pouvoir aller de l'avant ?

Il attrapa son téléphone, hésita…

Ne risquait-il pas de simplement remuer le couteau dans la plaie ?

… commença à écrire son message…

Non, il devait la voir.

… et il l'envoya.

Laurent, 19 h 23 : Je pense qu'il faut qu'on discute.

Les minutes passèrent. C'était vendredi soir, elle n'était peut-être pas chez elle.

Laurent tendit le bras pour caresser Nook qui dormait juste à côté de lui et qui se mit aussitôt à ronronner. Ce dernier ouvrit un œil, se déroula avant de s'étirer et venir s'installer sur les genoux de son humain. Attendri, Laurent l'observa se faire un brin de toilette, puis reformer une boule poilue et minuscule sur ses cuisses. Il soupira ; il n'osait plus bouger.

Il se laissa bercer par la respiration de son chat, s'assoupissant à moitié, quand son portable vibra. Il l'attrapa et lut le message aussitôt.

Amanda, 19 h 47 : Demain ?

Laurent esquissa un sourire inconscient en découvrant la réponse, brève et directe, fidèle au style d'Amanda. C'est donc de façon tout aussi succincte qu'ils organisèrent leur rendez-vous.

Il n'avait aucune idée de ce qu'il allait lui dire. La logique aurait voulu qu'il coupe les ponts, mais il n'arrivait pas à s'y résigner. Il avait tenté de peser le pour et le contre de cette relation, et la vérité était qu'il ne trouvait qu'un seul argument qui puisse être un frein.

Coucher avec Amanda était-il réellement plus important que tout ce qu'il avait ressenti en étant simplement avec elle ? Il refusait de penser que sa vision du couple se résumait au sexe, mais il ne pouvait pas non plus prétendre que ça n'avait pas de poids.

Complètement perdu, il avait besoin de la revoir, en connaissance de cause cette fois, et reconsidérer le regard qu'il portait sur elle désormais.

***

La matinée du samedi lui sembla interminable. Lola lui avait écrit pour lui proposer de passer à l'atelier plus tard dans la soirée, mais il n'était pas d'humeur et déclina poliment.

Il prit conscience qu'il n'avait pas dansé une seule fois depuis deux semaines. C'était pourtant un bon défouloir, d'ordinaire. Alors, il alluma sa chaîne hi-fi et lança la première chanson au hasard. Niveau musique, il aimait presque tout, en revanche, il était plus difficile en matière de danse ; il avait donc tendance à écouter les styles qui s'accordaient le mieux avec les mouvements modernes qu'il affectionnait le plus.

Il tomba sur le remix de *Just Dance* de Lady Gaga, et dès les premières notes, Laurent fut entraîné par le rythme ; d'un pied à l'autre, il se balançait tout en se déhanchant délicatement. Tandis que les basses pulsaient à travers la pièce, il ferma les yeux, laissant la chanson l'envahir et son corps bouger avec une liberté absolue. Ses pas se succédaient avec énergie et aisance, témoignant d'une connexion intime avec la musique. Le tempo l'emporta et Laurent oublia ses problèmes pour un temps. Il ne restait que lui, et ses enchaînements guidés par la passion.

Il s'abandonna totalement à la danse pendant un bon moment, occupant tout l'espace, sans réfléchir. Juste lâcher prise. Évacuer.

Ce n'est qu'au bout d'une heure, alors qu'il commençait à s'essouffler, qu'il pensa à vérifier l'heure. Midi passé ; il n'avait plus beaucoup de temps. Il fila sous la douche, sauta dans un jean et enfila un sweat à capuche qui irait bien pour cette grisaille de mars.

Pendant le trajet, il tenta de réfléchir à ce qu'il allait dire. Une fois encore, rien ne lui vint ; il jonglait entre « Je ne veux plus te revoir » et « Tu m'as terriblement manqué ».

Lorsqu'il arriva devant la bâtisse orange du bout de la rue, Laurent vérifia une dernière fois l'adresse qu'Amanda lui avait envoyée, puis arrêta la voiture face à l'immeuble.

Il avait besoin de se calmer. Portière ouverte, assis vers l'extérieur, il bataillait avec la brise pour s'allumer une cigarette et ses mains se crispèrent légèrement. Il aspira la fumée, puis souffla un large nuage opaque qu'il vit se dissiper dans l'air d'un œil absent.

Une fois sa cigarette terminée, il écrasa son mégot dans le cendrier de la voiture, puis se dirigea vers l'immeuble. C'était un lieu calme, entouré de verdure, qui dégageait une atmosphère paisible malgré la proximité des rails de chemin de fer. On entendait même le bruit de la rivière qui coulait en contrebas.

Laurent appuya sur l'interphone pour signaler sa présence à Amanda. Il était convenu qu'elle le rejoindrait dehors. Il retourna vers sa voiture pour l'attendre et s'y adossa, le regard fixé sur la porte du bâtiment. Quand enfin elle apparut, il détourna la tête et ne put retenir un rire nerveux.

C'est une blague ?

Amanda, habituellement très élégante, ne portait ce jour-là qu'un simple jogging, un gilet de sport cintré et des baskets, les cheveux relevés en une queue de cheval. Elle avait probablement cherché à éviter la carte de la séduction, cependant, cette tenue décontractée, péché mignon des fantasmes de Laurent, était loin de le laisser indifférent, au point qu'il en oublia un bref instant l'enjeu de leur rencontre.

Ils se saluèrent d'un mouvement de tête timide, puis, après un court silence, Amanda demanda :

— Comment tu te sens ?

Il pouffa. Là, tout de suite, il se sentait con. Bien qu'il eût du mal à l'accepter compte tenu de la situation, l'effet qu'elle produisait sur lui était incontestable. Fébrile face à cette réalité, il dut reprendre appui contre sa voiture et eut besoin d'une seconde pour se calmer.

— J'en sais rien.

— Jo m'a dit qu'elle était passée te voir.

— C'est « elle » maintenant ?

Laurent avait beau essayer de se maîtriser, son ton était mordant. Il sentait une colère monter en lui, sans vraiment comprendre ce qui la provoquait.

— La nana dont tu m'as parlé et qui a fini à l'hôpital… C'était toi ? demanda-t-il.

En remarquant l'étonnement sur le visage d'Amanda, il expliqua :

— Jo m'a montré une photo.

— Oh… laissa-t-elle échapper avant d'acquiescer.

Ils gardèrent le silence un instant, puis Laurent déclara :

— Tu croyais vraiment que j'allais te faire pareil si tu me le disais tout de suite ?

— Les gens pensent qu'ils sont tolérants tant que ça ne les concerne pas. Mais quand ça leur tombe dessus, c'est différent. J'ai vu beaucoup de gens changer une fois qu'ils étaient au courant.

Laurent siffla entre ses dents sans trouver quoi répondre. Il devait bien avouer que lui-même n'avait pas accueilli la nouvelle avec beaucoup de sang-froid. Mais de là à s'en prendre à elle, il y avait un gouffre.

— Tu voulais discuter, je suis là, devant toi, reprit-elle au bout d'un instant. Je ne sais pas ce que tu attends de moi. Si tu comptes m'annoncer que je te dégoûte, ou j'en sais rien, quoi, dis-le vite, ne t'amuse pas à me faire mariner.

Bien qu'une certaine tristesse fût lisible sur les traits d'Amanda, Laurent y décela également une sorte de résignation, comme une scène qui se jouait en boucle, et dont elle connaissait déjà le dénouement, douloureux à chaque fois. Cependant, il ne pouvait se résoudre à la repousser. Maintenant qu'il était face à elle, il en était incapable, trop conscient de ses sentiments. Il ne trouvait pour autant pas les mots pour lui répondre.

— Fait chier… jura-t-il entre ses dents.

Il souffla un coup avant de reprendre plus fort :

— J'aurais bien aimé être dégoûté, ça aurait été tellement plus facile.

Amanda le dévisagea, sourcils froncés.

— Tu me plais, putain ! Et c'est bien le problème !

Il se mit à chercher nerveusement ses cigarettes dans ses poches…

— Je suis complètement paumé !

… en glissa une entre ses lèvres et l'alluma fébrilement…

— J'ai jamais été attiré par les mecs, donc…

… recracha la fumée…

— J'ai bien compris que maintenant, t'es une femme. Ou plutôt que tu l'étais déjà avant, mais…

… tira encore une fois sur sa cigarette et prit une seconde pour se ressaisir. Tout en soufflant à nouveau la fumée, il termina :

— T'as quand même eu un corps de mec… Je sais même pas ce qu'il en est concrètement à ce niveau, aujourd'hui. Et ça me fout la trouille, parce que j'ai beau y réfléchir… C'est clair que je préférerais que t'aies le corps complet d'une femme, mais… même en imaginant le contraire, j'ai pas réussi à arrêter de penser à toi.

Laurent était terrifié par ce qu'il était en train d'avouer, et qui remettait en question tout ce qu'il était. Avait essayé d'être…

— Depuis que je suis ado, j'entends mon père me dire que je suis le raté de la famille, à pas savoir me conduire en homme, et… j'ai conscience que c'est con, mais… quelque part, j'ai l'impression de lui donner raison.

Amanda accusa les propos de Laurent. Il y avait beaucoup d'informations, mais rien qui exprimât clairement ce qu'il souhaitait.

— Qu'est-ce que je dois comprendre ?

— C'est un peu le bordel dans ma tête, là, tout de suite. La seule chose dont je sois sûr, c'est que tu me plais. Mais je sais pas comment gérer ça.

Il n'osait plus la regarder, craignant qu'elle puisse voir le tumulte d'émotions qui bataillaient en lui. Elle était d'une beauté si… pure. Comment aurait-elle pu être la source d'un tel mal-être ? Cela n'avait pas de sens. Cela ne pouvait pas venir d'elle.

— Ce serait vraiment un problème pour toi d'être attiré par une personne trans ?

La vérité, c'était qu'il mourait d'envie de l'embrasser. Il se contenta de détourner le regard et tirer sur sa cigarette.

— J'en sais rien. J'dis juste que j'ai beau imaginer le pire, j'arrive pas à te sortir de ma tête.

Les mots étaient mal choisis et il s'en rendit compte dès qu'il vit la mâchoire d'Amanda se crisper. Elle leva les yeux vers le ciel et lâcha :

— Je ne pense pas que ce soit le pire qui puisse t'arriver, mais je risque effectivement de ne pas correspondre à l'image de la femme parfaite que tu espères.

L'information mit un moment à faire son chemin. Il savait que c'était une probabilité ; à présent, c'était une réalité qui le laissa sans voix, bouleversé. Un frisson d'appréhension le parcourut alors qu'il s'efforçait de garder la tête droite, pourtant, son regard fut irrésistiblement attiré vers l'entrejambe d'Amanda.

— Écoute… commença-t-elle. Je comprends très bien que ce soit un problème pour toi, donc arrêtons de tergiverser et– …

— Attends ! coupa-t-il brusquement. C'est pas… J'ai pas dit que… Laisse-moi une minute, OK ?

Elle acquiesça et se tut, sans pour autant cesser de l'observer, apparemment déstabilisée par son attitude.

Les yeux fermés, Laurent termina sa cigarette d'une bouffée avant de jeter le mégot au loin. Puis il croisa les mains derrière sa tête et resta immobile. Le chamboulement était profond, son souffle haché et le mordillement nerveux de sa lèvre trahissaient ses réflexions désordonnées.

Lorsqu'enfin, il releva les paupières, il tomba directement sur Amanda qui attendait, troublée, qu'il lui dise quelque chose. Elle comprit que l'information faisait son chemin vers l'acceptation quand il baragouina quelques jurons entremêlés d'onomatopées.

— Est-ce que tout va bien ? s'enquit-elle, un peu inquiète.

— J'sais pas… Non. Si, ça va. En fait, non, je… Bordel… J'en sais rien…

Il s'éclaircit quelque peu la voix avant de déclarer, sans oser la regarder en face :

— OK, bon, par contre… Faut quand même que j'sois honnête ; je sais pas comment je risque de réagir face à… En te voyant… à poil, bref, tu m'as compris ! J'tavoue que… j'ai peur de flipper, de pas y arriver, enfin… Tu vois ?

Amanda, qui l'observait depuis quelques minutes, éclata d'un rire nerveux. Surpris par ce brusque changement de perspective, Laurent perdit le peu d'assurance qu'il avait rassemblé.

— Pardon, dit-elle aussitôt. Je ne me moque pas de toi, pas du tout. Je ne m'attendais juste pas du tout à ça. J'ai cru que tu aurais besoin de temps pour… Je sais pas… Et là… tu sautes carrément des étapes.

Elle s'interrompit et le regarda droit dans les yeux avant d'oser demander :

— Est-ce que tu es en train de me dire que tu veux tenter le coup ?

Laurent la considérait comme une femme, c'était pour cette raison qu'il avait du mal à intégrer qu'elle soit transgenre. Cependant, il était là, au courant de la vérité. Troublé, mais bien présent, juste à côté d'elle. Il était terrifié, pourtant, c'était bel et bien un oui qui s'imposait à son esprit.

— J'crois bien, ouais, répondit-il, la voix tremblante.

Il lui saisit la main, ferma les yeux et, tout en inspirant profondément, il l'attira doucement vers lui. Elle se laissa faire, acceptant l'invitation.

La tête d'Amanda sur son épaule, Laurent passa son bras autour d'elle, la serrant un peu plus contre lui, les paupières toujours closes. Alors que son cœur commençait à s'emballer, Amanda sentit le souffle tremblant de Laurent dans ses cheveux. Il glissa délicatement ses doigts le long de la mâchoire d'Amanda qui lui refit face. Le regard soudain rivé sur elle, il se rapprocha. Son pouls accélérait tandis que l'espace entre eux se réduisait, jusqu'à ce que, dans un élan de courage, il l'embrasse avec douceur.

En réponse, Amanda posa sa main sur la nuque de Laurent, transformant ce baiser timide en une étreinte plus profonde, soulagée.

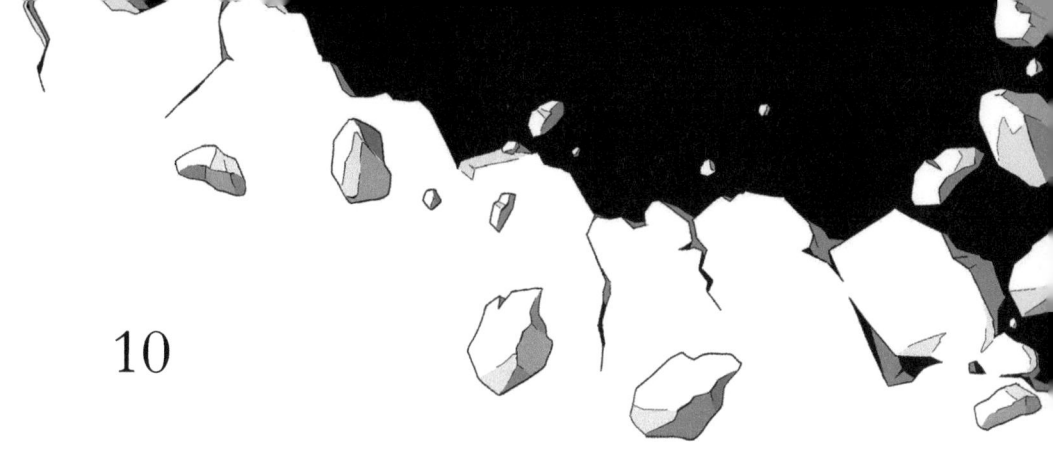

10

— Est-ce que tu veux passer chez moi ? proposa Amanda.

Laurent évalua un instant l'idée. Devinant aisément qu'elle ne l'invitait pas à faire autre chose que discuter, et comme il avait beaucoup de questions à poser, il accepta d'un hochement de tête.

Amanda s'avança la première jusqu'à l'immeuble. Laurent, juste derrière elle, observait son déhanché, si féminin qu'il avait encore du mal à assimiler la réalité.

C'est une femme, bordel ! Alors arrête d'imaginer le contraire !

Dans l'ascenseur qui les menait au cinquième étage, son regard continuait de se promener sur le corps d'Amanda. Un frisson glissa entre ses omoplates avant de s'échouer au creux de ses reins lorsque ses yeux survolèrent sa poitrine serrée dans son gilet cintré. Les poils hérissés, il détourna aussitôt le visage, l'air de rien. Il la désirait, ça ne faisait aucun doute. Il avait néanmoins l'impression de devoir faire cohabiter deux réalités, peinant à juste accepter les choses telles qu'elles étaient.

Une fois dans l'appartement d'Amanda, il scruta les lieux avec curiosité, presque étonné de découvrir un aménagement tout à fait commun. Il traversa un petit couloir qui menait au salon. On sentait qu'Amanda avait un goût particulier pour la décoration, car tout s'accordait et s'équilibrait parfaitement.

Elle lui proposa une bière, qu'il accepta, et disparut dans sa cuisine, laissant un instant Laurent seul qui en profita pour lire les titres des livres qui reposaient sur une étagère, principalement des ouvrages de couture et de mode. Il y trouva également quelques romans, un guide de voyage, deux ou trois essais féministes… S'il faisait abstraction d'un grand album sur l'histoire et l'art Drag, il était face à une bibliothèque tout à fait banale.

Quelques photos y étaient aussi exposées, dont une qui attira son attention. Alors qu'il la détaillait, Amanda revint avec les boissons. Il se pencha pour mieux observer l'image ; on y voyait Amanda souriante, face à un gâteau rose et bleu, et entourée d'une dizaine de personnes. Laurent reconnut Jo, ainsi que le serveur de la soirée queer à laquelle ils s'étaient rendus et son compagnon.

Amanda s'approcha, silencieuse, prête à répondre aux questions que cette photo allait probablement soulever.

— Cinq ? se contenta de dire Laurent en pointant la bougie au sommet du gâteau.

— Cinq ans de transition.

— De transi… ? Oh, que tu as changé de… Ça fait que cinq ans que t'es une… que t'es plus… que t'as commencé le changement ?

Amanda sourit. Laurent n'était visiblement pas très à l'aise avec le sujet, c'était compréhensible. Cependant, le fait qu'il montre de l'intérêt pour son parcours était enthousiasmant.

— Bientôt huit, cette photo date un peu. J'avais vingt-trois ans quand j'ai eu ma première prise d'hormones.

Laurent l'observa, légèrement perdu, jusqu'à ce qu'une prise de conscience le fasse bafouiller :

— Ce qui veut dire qu'avant ça, tu... Jusqu'à vingt-trois ans, t'étais... t'avais le physique d'un mec ?

Amanda hocha la tête, presque tristement.

— Ces gens sont devenus ma famille, ils m'ont aidée à me sentir légitime. Quand on passe autant de temps dans un corps, à vivre d'après les codes d'un genre qui n'est pas le nôtre, même si on se doute que quelque chose ne colle pas, on se dit que si on a tenu jusque-là, on pourra peut-être tenir encore, qu'il suffit de faire un petit effort.

Amanda l'invita à s'installer sur le canapé et continua son récit :

— Quand j'ai décidé de transitionner, ça a été un chamboulement, et pas uniquement pour moi. Dès qu'on réalise que notre famille éclate à cause de cette décision, on a besoin de savoir que c'était une nécessité.

Laurent ne mesurait pas du tout l'ampleur des confidences d'Amanda. Il n'avait aucune idée de ce qu'une transition représentait, pour elle ou son entourage. Il attrapa sa bière et but une petite gorgée, lentement, assimilant les informations. Puis il demanda :

— Pourquoi t'as attendu si longtemps ? Qu'est-ce qui a fait que, d'un coup, ça a été la solution ?

— Je sais pas trop… Mes parents ne m'ont jamais imposé de m'habiller de telle ou telle façon ou de m'inscrire à un club de foot. Je jouais à la poupée avec mon frère et je faisais des imitations de Madonna qui amusaient beaucoup ma famille. Je n'avais jamais imaginé que j'étais différente. C'est en grandissant que j'ai commencé à sentir que quelque chose n'allait pas, que je n'étais pas comme mes copains. Après mes premières relations, j'ai vu que je n'aimais pas les femmes, alors j'ai cru que j'étais gay et que le problème venait de là.

— Attends, coupa Laurent, sidéré. Tu veux dire que… t'as couché avec des femmes ?

— Entre seize et dix-huit ans, oui. J'ai eu deux petites amies, mais ça n'a pas duré très longtemps.

Laurent sentit ses oreilles chauffer et but une grande rasade de bière. Il ne savait pas s'il trouvait excitant d'imaginer Amanda coucher avec d'autres femmes, ou gênant qu'elle ait couché avec des femmes tout en ayant le corps d'un homme.

— J'ai rencontré mon premier petit copain à dix-huit ans, c'est lui qui a tout déclenché. Il se travestissait de temps en temps. Il disait que les vêtements féminins le mettaient davantage en valeur, ce qui était assez vrai… Et, un jour, il m'a proposé d'essayer.

Laurent se frotta la tête, mal à l'aise à cette évocation, concentré pour tenter de suivre. Cette histoire lui semblait complètement folle.

— Quand je me suis vue, habillée en femme, maquillée et coiffée comme une femme, pour la première fois, j'ai eu l'impression de découvrir qui j'étais réellement, je me suis sentie… *éclore*. J'étais enfin moi.

Elle tourna la cuillère dans son thé et en but une gorgée. Son récit remuait beaucoup d'émotions et elle eut besoin d'une seconde avant de poursuivre.

— Juste, t'as enfilé une robe et… ? Suffit quand même pas de porter une robe pour vouloir devenir une femme, non ?

Particulièrement troublé par cette histoire de travestissement, Laurent déglutit lentement, comme s'il craignait la réponse.

— Porter une robe ne m'a pas changée, ça m'a permis de mettre le doigt sur ce qui m'empêchait de me sentir bien, et j'étais terrifiée. J'avais déjà fait un premier *coming out* à ma famille, je leur avais dit que j'étais gay, que j'avais un petit ami. Mon père et mon frère avaient eu beaucoup de mal à accepter la nouvelle. Je savais que ma simple présence les mettait mal à l'aise. Ils m'évitaient, me parlaient le moins possible, sauf quand il s'agissait de m'humilier.

Laurent ne la quittait pas des yeux, attentif, alors qu'elle glissait une mèche derrière son oreille, du bout des doigts.

— Je me doutais que l'annonce de ma transidentité poserait problème. Ma mère m'avait soutenue jusque-là, mais je m'attendais à être mise à la porte par mon père. Au lieu de ça, lui et mon frère ont pris leurs affaires et sont partis. Et ma mère et moi, on s'est retrouvées seules.

Laurent resta un instant silencieux, mal à l'aise, se demandant comment il aurait réagi dans cette situation. Vu l'environnement dans lequel il avait évolué, il se dit qu'il n'aurait sûrement pas eu un meilleur comportement. Puis il releva doucement les yeux sur Amanda et réalisa qu'il était là, à l'écouter.

Qu'il n'était pas parti.

— Ma mère a été un pilier, de la première seconde jusqu'à aujourd'hui. Je n'oublierai jamais sa réaction quand je lui ai annoncé vouloir transitionner…

Elle sourit, se remémorant l'instant.

— Elle s'est laissée tomber sur une chaise, son regard fixé sur moi. Je me rappelle avoir eu peur de ce qu'elle allait répondre. Au bout d'un moment, elle a souri et m'a juste dit : « Dans ce cas, tu seras ma fille… » Elle m'a demandé comment il fallait qu'elle m'appelle. J'ai décidé d'utiliser le prénom qu'elle m'aurait choisi si j'étais née fille. Et à partir de là, elle ne m'a plus jamais considérée comme un homme.

Laurent prit une seconde pour assimiler ses propos, réalisant qu'à une époque, Amanda ne s'appelait pas Amanda. Tout en la regardant, il se demandait quel pouvait bien avoir été l'ancien prénom qu'elle portait et, évidemment, il mourait d'envie de le connaître. Malgré ça, il ne voulait pas donner de poids à ce passé au masculin qu'Amanda elle-même souhaitait voir disparaître. Alors il ne posa pas la question qui lui brûlait les lèvres.

— À quoi est-ce que tu penses ? s'enquit-elle au bout d'un moment.

— À tout et rien en même temps.

— Je comprends que tu puisses te sentir un peu dépassé. Je le suis encore moi-même parfois. Donc n'hésite pas à exprimer ce que tu ressens.

Laurent pouffa ; c'était bien la dernière chose qu'il savait faire. Même seul, il préférait ignorer ce qu'il ressentait, n'osant pas s'avouer qu'il lui arrivait de perdre pied, occultant les fois où c'était arrivé malgré ses tentatives de garder la tête froide.

— Ce que je ressens… ? J'ai aucune idée de c'que je ressens. J'ai un million de questions, mais…

— Mais quoi ?

Mal à l'aise, Laurent soupira avant de se mordiller les lèvres, les doigts croisés. Il se mit à taper nerveusement le sol avec son talon et déclara :

— Bah… Disons que c'est sûrement pas les plus pertinentes qui s'imposent en premier.

Amanda rigola doucement.

— Je me doute. Quand on parle de transidentité, les premières questions qui viennent à l'esprit des gens sont rarement de savoir si on est bien entouré, si on a trouvé des médecins *trans-friendly* ou si la prise d'hormones ne nous chamboule pas trop, mais plutôt portées sur le physique… ou la sexualité.

Amanda lui adressa une œillade et Laurent comprit qu'elle l'avait percé à jour. Il laissa échapper un rire gêné, conscient de ne pas avoir été très subtil concernant ses préoccupations, et Amanda l'encouragea à se lancer. Alors, tout en se frottant nerveusement la nuque, il demanda :

— OK, donc… Bon, pour commencer, comment on fait pour passer d'un corps de mec à celui d'une nana ? J'veux dire… tu… ? Je risque pas de me réveiller un matin à côté d'une femme à barbe ou je sais pas quoi ?

La question était si inattendue qu'Amanda ne put s'empêcher d'éclater de rire. Laurent, tout d'abord embarrassé, se retrouva à l'imiter, presque malgré lui, hilarité certainement accentuée par la tension qui se relâchait doucement entre eux. Une fois calmée, Amanda lui expliqua :

— Je n'ai plus la moindre repousse de barbe depuis bientôt cinq ans. Après, on n'est jamais à l'abri d'un poil qui tente de faire son malin, mais de la même façon que ça peut arriver à n'importe quelle femme.

Elle réprima encore un léger rire avant de préciser :

— Quand on transitionne, on prend plusieurs comprimés qui servent à modifier les taux d'hormones masculines et féminines. C'est un peu comme retomber en adolescence ; on voit sa poitrine qui commence à se développer, les hanches qui s'élargissent… ce genre de choses.

Laurent l'observait en hochant la tête, attentif et fasciné par ce qu'il découvrait.

— Pour la barbe… j'ai vécu un vrai calvaire, dit-elle en pouffant. Déjà, le traitement au laser est douloureux. Et même si on dit que les poils foncés sur peau claire sont ceux qui s'éliminent le plus facilement, j'ai longtemps eu des repousses sur l'angle de la mâchoire. J'étais hyper complexée, ça m'obligeait à m'épiler. J'étais irritée à force, alors je cachais tout sous du maquillage et c'était encore pire. Bref… comme je disais, il aura fallu trois ans pour enfin réussir à m'en débarrasser complètement. On peut faire ce qu'on veut, tant qu'il y a du poil au menton, ne serait-ce qu'une ombre, les gens nous appellent « monsieur ».

Au moment où elle terminait son explication, Amanda vit le regard de Laurent faire un rapide aller-retour sur sa poitrine. Elle comprit alors que ses interrogations étaient plus intimes.

D'habitude, elle n'aimait pas parler de tout ça, cela lui rappelait par quoi elle était passée, en particulier l'ignorance et le rejet, toutes les fois où, malgré ses efforts, on l'avait mégenrée, volontairement ou non. Tout ceci menant bien souvent à de violents épisodes de dysphorie…

Mais la curiosité de Laurent était naïve. Maladroite, mais sincère et impliquée. Et le voir ainsi se projeter dans leur relation et essayer de l'appréhender au mieux la touchait au plus haut point.

— Je n'ai pas voulu d'implants.

Laurent détourna le visage, faisant mine d'observer par la fenêtre tout en buvant la dernière gorgée de sa bière. Malgré un embarras évident, il la laissa poursuivre ; il n'allait pas nier s'interroger sur le sujet.

— Autant pour la poitrine que les hanches, je me suis contentée de ce que le traitement hormonal me permettait d'avoir, continua-t-elle. J'ai toujours eu très peur des opérations, donc je les ai évitées autant que possible. En revanche, j'ai dû faire un gros travail d'orthophonie, pour adoucir ma voix, et j'ai subi plusieurs petites interventions au visage.

— Au visage ? s'étonna Laurent.

— Je n'ai pas changé de tête, précisa-t-elle, toujours souriante. Mais disons qu'entre la pomme d'Adam et la mâchoire carrée, ça m'obligeait à garder des cols hauts et les cheveux détachés à l'année. Et l'été, ça tient beaucoup trop chaud.

Laurent se frotta la figure à deux mains avant de se laisser tomber au fond du canapé. Il resta un instant immobile et silencieux, les yeux fermés. Amanda n'osait plus dire quoi que ce soit. Elle mourait d'envie de savoir à quoi il pensait et se doutait bien que malgré toutes les explications qu'elle venait de lui partager, elle était loin d'avoir fait le tour du sujet. Laurent avait certainement encore beaucoup d'interrogations, notamment autour de ce qui semblait lui poser le plus de problèmes et dont il n'osait parler : son sexe.

Si par le passé, elle avait pu n'être qu'un objet de fétichisation, un fantasme ou une simple expérience, avec Laurent, elle espérait que les choses seraient différentes. Et que, lorsque le moment arriverait, tout se déroulerait naturellement.

— Pourquoi tu t'es habillée comme ça ? lança soudain Laurent, brisant le silence qui s'était installé.

Perplexe face à cette question inattendue, Amanda le considéra alors qu'il entrouvrait les yeux pour l'observer.

— Euh, c'est parce que… j'ai juste enfilé les premiers vêtements qui me tombaient sous la main, je n'avais pas la tête à faire particulièrement d'efforts. Je voulais qu'on ait une discussion sans arrière-pensées, expliqua-t-elle, déstabilisée.

Il se tourna vers elle. Un demi-sourire timide et résigné collé sur son visage trahissait ses pensées tandis qu'il sentait l'excitation monter à nouveau, devenant de plus en plus difficile à masquer. Alors il avoua :

— Tu pouvais pas faire un plus mauvais choix.

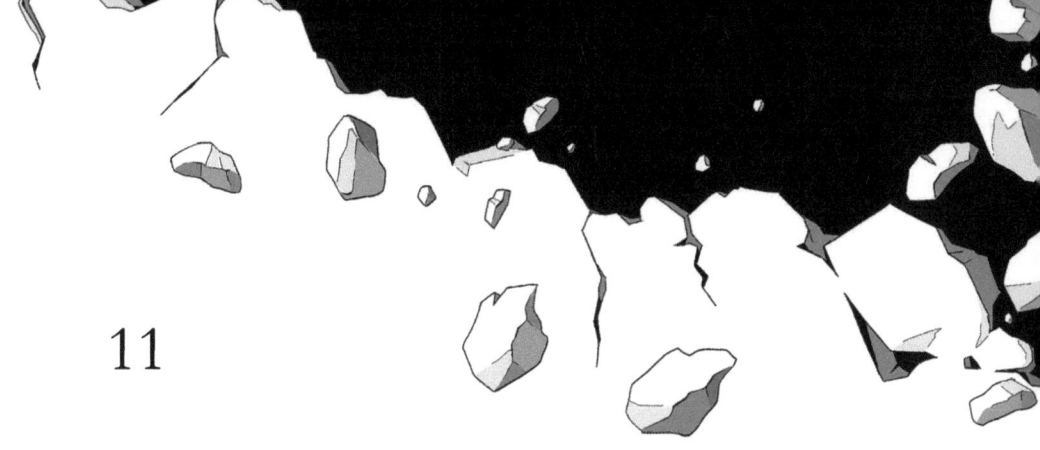

11

— Tout va bien ? demanda Amanda en voyant Laurent aller fumer sur son balcon pour la troisième fois en quarante-cinq minutes.

Certes, il fumait beaucoup, mais pas au point de terminer un paquet en une journée. Appuyé contre le cadre de la porte-fenêtre, Laurent se gratta nerveusement la barbe sans répondre, l'esprit embrouillé par plein de doutes. Amanda s'approcha tout en replaçant une bretelle de sa robe sur son épaule et tenta de capter son regard.

— Qu'est-ce qui te tracasse comme ça ?

Laurent soupira, relâchant un nuage de fumée. Il ferma les paupières et se mordilla les lèvres avant d'avouer :

— Non, rien… C'est juste que… j'me sens pas vraiment prêt à leur dire…

— Rien ne t'oblige à leur en parler, le rassura-t-elle en lui caressant le torse à travers sa chemise.

— Je sais…

Il tira encore une fois sur sa cigarette, cherchant ses mots. Il détourna les yeux avant de se lancer :

— Je sais que j'leur dois rien, c'est pas comme si je leur disais tout non plus, mais en général, j'évite de leur mettre sous le nez ce que je veux leur cacher.

— Je croyais que tu voulais juste éviter de leur annoncer que ta copine est trans.

Elle avait parlé d'un ton taquin, lui faisant prendre conscience de ce qu'il venait de dire.

— Merde, pardon, évidemment que j'veux pas te cacher, toi.

Il écrasa sa cigarette sans la terminer, et ferma la porte du balcon.

— Cette soirée, ça m'rend nerveux, et con.

Amanda l'observa un instant ; Laurent était encore en plein processus de *coming in*[6] et devait commencer par accepter intérieurement une nouvelle perspective de couple. Elle lui sourit tendrement et lui rappela :

— Je les ai déjà rencontrés. Ils nous ont vus ensemble, y a pas de raison qu'ils se rendent compte de quoi que ce soit ou qu'ils engagent le sujet.

Laurent hocha la tête à son tour avant de se frotter l'arrière du crâne avec énergie. Malgré les sages paroles d'Amanda, il ne pouvait s'empêcher de ressentir de la culpabilité. Et de la honte. Non pas dirigée contre elle, mais contre lui, contre cette phobie intériorisée, endoctrinée, qu'il tentait de combattre. En attendant, il avait

---

[6] D'un point de vue psychologique, désigne la prise de conscience de son appartenance à la communauté LGBTQIA+.

l'impression que son masque social s'alourdissait un peu plus, et supportait de moins en moins de jouer cette comédie face à ses amis.

— Et puis, tu es bien placé pour savoir qu'on ne se doute de rien si je n'en parle pas, déclara Amanda en lui jetant un coup d'œil espiègle.

Laurent ricana nerveusement et hocha la tête.

Depuis une semaine qu'ils sortaient ensemble, Laurent avait eu le temps d'en apprendre davantage sur toute la procédure qu'Amanda avait subie pour devenir celle qu'elle était à ce jour. De la prise d'hormones au changement d'état civil, en passant par les incertitudes, la dépression et la difficulté de trouver un emploi lorsqu'on est trans avec un *passing*[7] qui n'est pas parfait.

Et puis ils s'étaient rapprochés, aussi. Laurent avait découvert la douceur de la peau d'Amanda, parcourant avec tendresse et curiosité ses courbes féminines. Leurs caresses, bien que passionnées, étaient restées pudiques, s'arrêtant à la frontière de leurs vêtements. C'était à la fois excitant et terriblement frustrant, mais cela leur permettait de s'apprivoiser progressivement, sans pour autant franchir certaines limites et sauter les étapes.

Cependant, le désir grandissait chaque fois un peu plus, et Laurent savait qu'il ne tiendrait pas longtemps au jeu de la retenue.

Il attrapa Amanda par la taille, l'attira contre lui, puis frôla sa joue du pouce avant de l'embrasser avec tendresse. Il ne fallut que quelques secondes pour qu'il soit parcouru de frissons et sente l'excitation monter en lui. Avec une autre femme, il n'aurait pas

---

[7] *(Cis-)Passing* : capacité d'une personne à être considérée d'un coup d'œil comme appartenant au genre auquel elle s'identifie.

hésité, quitte à se mettre en retard et ruiner tous les efforts d'apprêtage de la demoiselle, mais avec Amanda, rien n'était pareil. Il ne voulait pas foncer tête baissée, sans savoir comment s'y prendre et se retrouver aussi gauche qu'un débutant face à elle.

Il s'éloigna donc et détourna les yeux pour tenter de se calmer un peu, malgré l'évidence de son désir. Puis, d'un ton faussement nonchalant, il lança :

— Y en a au moins un qu'a pas peur de s'exprimer…

— J'ai cru sentir, oui, répondit-elle avec malice.

***

Laurent se dandinait d'un pied sur l'autre en attendant que ses amis viennent leur ouvrir la porte. Il savait que ses craintes étaient irrationnelles et qu'il devait absolument les contrôler, ne serait-ce que par respect pour Amanda. Et puis, il n'était plus capable de le nier ; sitôt qu'il posait les yeux sur elle, ses sentiments, comme une évidence, lui explosaient à la figure, impensables, mais pourtant bien réels.

Amanda serra la main de Laurent, petit geste d'encouragement, alors que Damien leur ouvrait et les conviait à entrer. Mylène les rejoignit aussitôt, les saluant d'une embrassade chaleureuse, tellement heureuse de voir Laurent accompagné d'Amanda. Ils n'avaient pas compris ce qui avait motivé ce revirement, et Laurent n'avait pas été très loquace à ce sujet. Ils se contentaient donc de se réjouir pour lui.

Un apéritif les attendait sur la table basse du salon, les invitant à picorer avant de passer au repas principal. Damien servit le vin, et ils commencèrent à échanger quelques banalités.

— Ça change des réunions qu'on se fait habituellement avec Laurent, déclara Mylène. En général, c'est plutôt chips, pizza et *binge-watching* de séries.

— Vous faites ça souvent ?

— On se calait ça une fois par mois, quand on pouvait, précisa Laurent. Mais j'étais seul, donc on verra si– …

— Oh, non, je ne vais pas te faire annuler des rendez-vous entre amis, ne t'inquiète pas pour moi.

— D'autant que tu es la bienvenue, ajouta Mylène, les yeux pétillants. Je serais pas contre un peu plus de féminité à nos soirées.

— Dit celle qui gagne les concours de rots, la nargua Laurent.

— C'est pas faux. Mais c'était y a deux ans, faudrait voir si je mérite encore ma place… ou si Amanda me surpasse !

Cette dernière se mit à rire. Laurent l'observa un instant, conscient que les compétitions de rots n'entraient certainement pas dans son programme habituel.

— À tenter, déclara néanmoins Amanda, toujours souriante. J'avoue n'avoir jamais mesuré mes compétences à ce niveau.

Cette réponse sembla réjouir Mylène qui frappa des mains comme une enfant. Peu après, elle annonça que le civet était cuit.

— C'est toi qui as cuisiné ? lui demanda Laurent.

— Tu mets en doute ma capacité à préparer du lapin ? rétorqua Mylène.

Il l'observa un instant, effectivement dubitatif. Comme il ne disait rien, n'osant exprimer le fond de sa pensée, son amie finit par baisser les yeux.

— Et tu as entièrement raison, je suis incapable de réussir ce plat aussi bien que Damien.

Ils s'esclaffèrent en la voyant capituler si vite, cependant, elle fit un superbe service à l'assiette. Pendant le repas, la conversation se tourna vers Amanda, alors que Mylène et Damien ne cachaient pas leur envie d'en savoir plus sur celle qui était parvenue à calmer les ardeurs de leur ami.

— En somme, tu es couturière-costumière ?

— En quelque sorte, bien que ce ne soit pas officiel. Dans l'atelier où je suis embauchée, le gros du travail, c'est de la retouche, mais il nous arrive d'être mandatés pour créer des costumes sur mesure. J'ai même eu la chance d'imaginer une robe de mariée quand j'ai commencé ma formation. C'était un travail colossal pour une débutante, mais qui m'a appris énormément de choses ! Et sinon, j'ai aussi plusieurs amis qui performent en musique ou stand-up, pour qui je réalise certaines créations.

— Tu connais beaucoup de personnes qui font de la scène ? s'étonna Mylène.

— Oui, la plupart jouent dans de petits clubs, mais j'ai quelques connaissances qui ont eu l'opportunité de se produire à Paris, par exemple.

L'ambiance était de plus en plus détendue, et chaleureuse ; Mylène avait un véritable talent pour mettre les gens à l'aise. Amanda semblait aussi décontractée qu'avec de vieux amis et

Laurent finit par chasser ses appréhensions initiales. Leurs échanges étaient d'une banalité réconfortante. Ce qu'il oubliait, en revanche, c'était que ses amis avaient la formidable capacité de le plonger, lui, dans l'embarras. Arborant un petit air entendu, Mylène sortit d'une armoire un jeu de société qu'elle déposa bien en évidence au milieu de la table à moitié débarrassée.

Selon elle, il n'y avait rien de tel pour apprendre à se connaître.

— T'as vraiment envie de briser leur couple si vite ? lança Damien en voyant le jeu choisi.

— *Boîte à curiosités, spécial couples* ? lut Amanda en se penchant sur le couvercle.

— C'est le jeu parfait ! déclara Mylène, victorieuse. Les cartes sont rose pâle, pour les plus *softs*, puis rose bonbon, fuchsia, rouge, jusqu'à bordeaux, pour les questions plus *spicy*.

— C'est une blague ? s'exclama Laurent, qui commençait déjà à transpirer.

— T'es une vraie gamine, souffla Damien en ricanant, avant de se tourner vers Amanda. Elle attendait désespérément une occasion de le sortir, mais hésite surtout pas à dire si ça te branche pas.

— Ça ne me dérange pas… Et toi, Laurent ?

— Euh… ben… non, c'est juste que…

— Oh, s'il te plaît ! Clément et Maude sont trop prudes, Charlotte et Éline sont célibataires, et tu l'étais aussi jusqu'à maintenant. On n'a qu'à passer les questions si c'est vraiment perso, mais me fais pas croire que t'es trop timide.

— C'est quel genre de questions ? demanda Laurent, toujours un peu nerveux.

— T'as peur de devoir toutes les passer ? ricana Damien.

Laurent se contenta de grogner en guise de réponse tout en attrapant la boîte du jeu. Il en sortit une poignée de cartes et lut quelques questions au hasard.

— « Quel est le plus beau compliment qu'il/elle t'ait fait ? », « À quel endroit préfères-tu qu'il/elle te caresse ? », « Quel est ton plus beau souvenir à deux ? »...

Il reposa les cartes et se tourna vers son amie.

— Mylène... t'as conscience qu'on est ensemble que depuis quelques jours ? Donc « le meilleur souvenir de vacances » ou « qui cuisine les meilleurs biscuits de Noël », on n'a pas encore vraiment eu le temps d'expérimenter.

Amanda pouffa doucement. Il était évident que ce qu'il craignait réellement était de tomber sur une question compromettante.

— Je sais, mais y a pas que ça, et puis c'est marrant, insista Mylène. On va pas compter les points non plus, et on évite les questions sur les ex...

— Forcément, vous en avez pas, rétorqua Laurent.

— Précisément. Ce qui n'empêche pas de pouvoir répondre à d'autres questions. C'est aussi pour faire connaissance avec Amanda, donc si on tombe sur le plus beau souvenir de vacances, on peut chacun raconter un chouette souvenir, sans que ce soit nécessairement des histoires de couple... On s'adapte un peu.

Laurent abdiqua en constatant qu'il était le seul réticent. Mylène mélangea les cartes avant de les poser en tas au centre de la table, pendant que Damien servait à boire à tout le monde.

— Tu commences, Damour ?

Damien piocha la première carte de la pile, puis lut :

— « Comment définis-tu ta relation en un mot ? »

Il reposa la carte sur le côté, prenant le temps de réfléchir.

— Un mot… ? Euh… disons : solide.

Mylène lui jeta un regard plein de douceur, puis l'embrassa tendrement sur la tempe avant de répondre à son tour :

— Pour moi, ce sera… inébranlable.

— Et toi ? lança Damien à Laurent. Comment est-ce que tu définis ta relation avec Amanda ?

— Euh ben… naissante… ?

Il s'était tourné vers elle, comme s'il cherchait son approbation. Elle lui sourit, cela lui convenait apparemment. Puis elle proposa :

— Pour moi, ce sera : apprivoiser.

— Apprivoiser ? s'étonna Mylène.

Mais une fois de plus, Laurent grommela, pestant contre le jeu.

— Et si on se contentait des questions des cartes ? coupa-t-il.

Il attrapa la suivante, jeta un coup d'œil à la question qui s'y trouvait et la retourna. Constatant sa couleur rouge, il laissa échapper un soupir exaspéré.

— Mylène, je déteste ton jeu… !

Alors que son amie relevait un sourcil, curieuse de savoir quelle question le contrariait à ce point, Laurent lut à haute voix :

— « Quand as-tu été excité·e pour la dernière fois par lui/elle ? ».

Un sourire timide se dessina sur les lèvres d'Amanda.

— OK, bon, on va être fair-play, c'était… y a environ vingt minutes, déclara-t-il.

Amanda écarquilla les yeux, à la fois surprise et amusée par cette réponse. Laurent haussa les épaules avec un demi-sourire, bien décidé à assumer ses propos.

— On mangeait, y a vingt minutes, non ? demanda Mylène avec curiosité.

— La question n'oblige à aucune précision sur les raisons ou le contexte, je m'en tiendrai donc à « y a vingt minutes », conclut-il en posant sa carte à côté de la pioche. Et si tu nous disais à quand ça remonte, pour toi ?

Mylène cogita un instant, ce qui ne manqua pas de faire réagir Laurent.

— Bon, déjà, si elle doit réfléchir, c'est mal barré pour toi, Damien.

— Pardon, mais une nana n'a pas la queue qui remue dès qu'elle voit un bout de peau, alors oui, je dois réfléchir un peu.

Laurent ravala aussitôt ses commentaires, s'interrogeant sur ce qu'il en était pour Amanda, et s'il y avait un risque que cela se remarque si cela arrivait… puis la voix de Mylène le ramena au moment présent :

— Hier matin, quand tu sortais de la douche ; j'aurais pu te dévorer sur place, lança-t-elle en plantant son regard gourmand dans celui de Damien.

Ce dernier afficha un sourire bienheureux, puis rétorqua :

— C'est à se demander ce qui t'a retenue.

— J'étais à la bourre pour le boulot… avoua-t-elle tristement, faisant rire Damien et Laurent.

— Bon, et moi, c'était… réfléchit Damien. Tout à l'heure, juste avant que tu commences à cuisiner.

— Ah ? J'ai rien fait de spécial, pourtant…

— Mais si, tu sais, quand t'as…

Damien accompagna ses paroles d'un geste évasif très mystérieux pour Amanda et Laurent, mais qui sembla cependant très clair pour Mylène.

— Oh, ça ? dit-elle en ricanant.

Laurent fronça les sourcils, suspicieux, et balança :

— J'espère que ça n'a rien à voir avec la bouffe, sinon, j'aurai aucun scrupule à vous ressortir le civet sur la table, direct !

Mylène secoua la tête avec un petit rire.

— Non, non, t'inquiète, c'est quand je me suis attaché les cheveux…

— Mylène ! lâcha Damien, contrarié. On avait dit « pas de détails » !

— Attaché les cheveux ? s'exclama Laurent en faisant face à son ami. C'est n'importe quoi, Damien, tu te fous de nous ?

— Mais non, mais c'est parce qu'elle fait son truc, là… Oh, pis, j'ai pas à me justifier ! bougonna-t-il, faisant rire toute la tablée. Elle faisait pas grand-chose non plus, Amanda, y a vingt minutes. Pourtant…

Cette dernière pique déclencha un nouvel éclat de rire chez Laurent qui ne put qu'admettre que son ami avait raison.

— Ah, les mecs… soupira Mylène avec un demi-sourire, tout en buvant une gorgée de soda.

Puis elle fit face à Amanda.

— Bon, à ton tour ! Enfin… sans obligation…

— Pas de souci, je joue le jeu aussi.

Tous les regards se tournèrent vers la jeune femme, notamment celui de Laurent, pétillant d'un intérêt mal dissimulé. Intimidée d'être soudainement au centre de l'attention, Amanda prit quelques secondes avant de confier :

— Je pense que c'était en sortant de la voiture. Et pour satisfaire pleinement votre curiosité, il n'y avait pas de raison particulière, je me suis juste dit qu'il était… canon.

À ces mots, Laurent se rengorgea, visiblement flatté par cet aveu. Amusée, Mylène en profita néanmoins pour attraper une nouvelle carte et lut :

— Question suivante ! « Qui a fait le premier pas ? »

— Eh bah, pour le coup, ce sera pas difficile, c'était toi ! Pour nous, mais aussi pour Laurent, lâcha Damien.

Déçue d'avoir pioché une question si facile, Mylène reposa la carte, alors que tout le monde plaisantait de son rôle de Cupidon. Puis Amanda tira la suivante et lut directement :

— « Projetez-vous d'avoir des… »

Comme elle laissa sa phrase en suspens, les autres l'observèrent un instant, intrigués. Elle leur adressa un sourire légèrement crispé, s'excusa timidement, puis lut la question en entier :

— « Projetez-vous d'avoir des enfants, si oui, combien ? »

Elle déposa la carte à côté de la pile et, sous le regard fixe de Laurent, elle déclara :

— Euh, je… je ne peux pas en avoir.

Encore une fois, l'attention était portée sur elle, alors qu'elle tentait de garder le sourire. Laurent ne la quittait pas des yeux. Évidemment, c'était logique, mais il n'y avait jamais pensé.

Pour lui qui n'avait jamais souhaité d'enfants, cette prise de conscience avait un côté rassurant, mais il était clair que pour Amanda, c'était une réalité difficile.

— Tu aurais aimé ? demanda-t-il presque malgré lui.

— Pour être honnête, même si de nos jours, il existe plein de solutions pour devenir parent, j'ai fait le deuil depuis longtemps.

Il avait fallu quelques minutes pour lever le froid que la question d'Amanda avait jeté, mais cela avait également donné l'occasion à Laurent de la tranquilliser en évoquant le fait que lui-même n'avait jamais envisagé d'avoir d'enfants. Il était presque rassuré d'apprendre que ce ne serait pas un sujet de discorde entre eux.

Le jeu s'était poursuivi avec quelques autres cartes plus légères, qui avaient permis de détendre l'atmosphère à nouveau. Puis Laurent s'était éclipsé pour fumer sur le balcon. Au moment où il écrasait sa cigarette, il fut rejoint par Damien.

— Comment tu te sens ? demanda ce dernier.

— Pas trop mal. Et toi ?

Damien s'approcha en haussant les épaules.

— Ça va… J'me disais juste, t'as intérêt à mieux assurer si tu veux faire des cachoteries.

Laurent se figea, dévisageant Damien. Avait-il compris pour Amanda ? Non, rien ne laissait paraître sa transidentité, et Damien n'y connaissait rien. C'était impossible qu'il ait deviné.

Laurent pouffa, dissimulant son malaise en cherchant son paquet de cigarettes.

— Des cachoteries ? se contenta-t-il de répéter.

Sa voix légèrement chevrotante dévoilait son trouble. Il ne trouva rien de plus à ajouter sans craindre de se trahir. En voulant allumer sa cigarette, il réalisa que sa main tremblait. Alors il prit appui sur la rambarde métallique pour s'aider.

De son côté, Damien semblait s'amuser du spectacle que Laurent lui offrait, mais il préféra couper court et demanda :

— C'est qui Lola ?

Laurent s'attendait à tout sauf à ça. Il se mit à tousser alors qu'il arrivait enfin à allumer sa cigarette. Cela faisait une semaine qu'il n'avait pas donné de nouvelles à son amie, plus encore qu'il ne l'avait pas revue pour une danse. Cela ne posait pas de problème habituellement, elle n'était pas du genre à lui réclamer de l'attention. Mais il se souvint qu'ils avaient convenu de se retrouver ce soir-là.

Laurent se racla la gorge, mal à l'aise, puis répéta, la voix rauque :

— Lola ? Euh… c'est rien… Enfin, c'est personne. Pourquoi ?

— Tout à l'heure, t'as laissé ton téléphone sur la table, et j'ai vu qu'elle essayait de t'appeler. Comme tu nous as jamais parlé d'elle, j'me suis dit que c'était peut-être pas quelqu'un dont tu voulais parler à Amanda non plus, alors j'ai viré la notif.

Comme Laurent restait muet, Damien soupira avant de poursuivre d'un ton plus sérieux :

— Je sais que ça me regarde pas, mais… tu pourras pas jouer éternellement sur deux tableaux. Elles vont finir par le découvrir, et tout le monde sera malheureux. Toi le premier.

Laurent était presque fébrile en l'entendant parler. Damien était si loin du compte... Et malgré ça, il ne savait pas comment lui expliquer qui était réellement Lola sans dévoiler un autre secret.

Il soupira. Il n'en pouvait plus de tous ces non-dits.

— Je trompe pas Amanda, finit-il par avouer. Lola, c'est... c'était juste... une copine.

— Une copine ?

Damien haussa un sourcil, dubitatif.

— Ouais, confirma Laurent. On couchait ensemble de temps en temps, si c'est ce que tu veux savoir. Mais je lui ai pas redonné de nouvelles depuis un bail. J'imagine qu'elle se demandait si j'étais encore en vie, c'est tout.

— Si tu l'dis.

— Vraiment, Damien. Y a rien de plus... Ça va faire un mois que j'ai pas tiré un coup !

Damien écarquilla les yeux, surpris par la précision.

— Même pas avec Amanda ?

Ne réalisant qu'à cet instant ce que sa réponse sous-entendait, Laurent ne put prétendre le contraire et préféra jouer franc-jeu.

— Bah... en fait, non.

— Ça fait une semaine que vous sortez ensemble et... rien ? s'étonna encore une fois Damien, incrédule.

— Pas rien du tout non plus, on s'est... tripotés un peu, mais voilà.

— Comment ça se fait ?

Laurent réfléchit à toute vitesse, cherchant une excuse qui serait crédible pour son ami, mais ne trouva rien de mieux que :

— C'est... compliqué. Enfin, non, mais... disons qu'on prend notre temps.

— J'ai du mal à t'imaginer prendre ton temps, déclara Damien en riant. M'enfin, c'est peut-être une bonne chose. Fais juste gaffe à pas trop attendre, c'est un coup à partir avant d'avoir eu le temps de baisser ton futal.

Laurent grimaça en visualisant la scène.

— Merci pour tes précieux conseils.

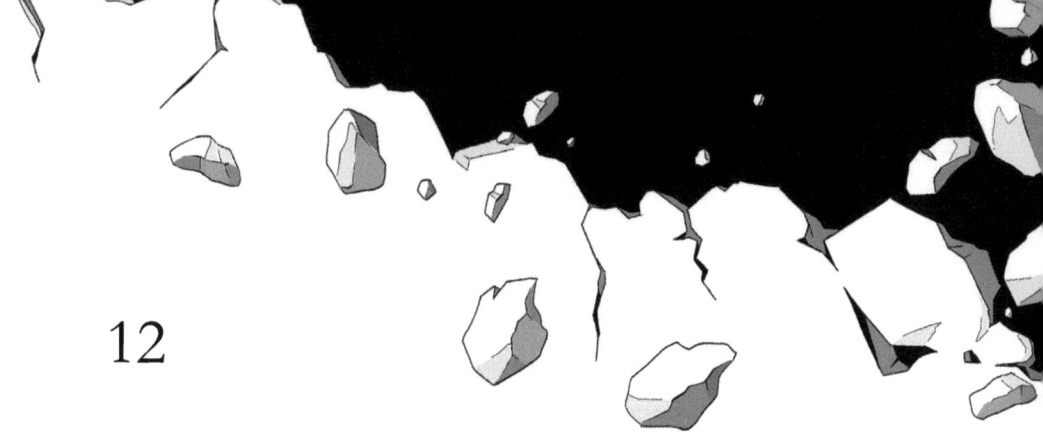

12

Ils quittèrent Damien et Mylène en les remerciant chaleureusement pour le repas et la soirée. Amanda avait passé un très bon moment à faire plus ample connaissance avec eux. Laurent, par contre, n'avait pas cessé de ressasser sa discussion avec Damien et une fois seuls, dans sa voiture, il suggéra innocemment :

— J'me disais… comme j'habite moins loin que toi, et qu'il est tard, tu pourrais peut-être… venir chez moi cette nuit. T'en penses quoi ?

Surprise par la proposition, Amanda accepta, ravie.

S'ils avaient déjà passé de longues soirées ensemble, aussi bien chez elle que chez lui, jamais encore Laurent ne l'avait invitée à rester toute la nuit. Il n'était pas pour autant persuadé d'être capable de franchir une nouvelle étape, même si tout son corps le suppliait de se lancer.

Arrivé à son appartement, Laurent était nerveux comme un adolescent qui ramenait sa copine à la maison pour la première fois. Il mit quelques secondes à trouver la serrure et ouvrir la porte, et fut soulagé de voir que ce n'était pas trop le bazar à l'intérieur. Il déposa ses affaires à l'entrée et invita Amanda à faire de même alors que Nook s'approchait timidement.

Tout en se déchaussant, celui-ci ne put s'empêcher de lancer plusieurs coups d'œil du côté d'Amanda qui caressait le petit chat, puis retira ses boucles d'oreilles et les rangea dans son sac.

— Je fais un rapide tour aux toilettes, dit-elle en filant au fond de l'appartement.

Il hocha la tête, penché à la fenêtre du salon, et alluma une cigarette. Il sentit son ventre se serrer d'appréhension. Il passait son temps à occulter l'idée qu'Amanda était trans, mais arriverait un moment où il ne pourrait plus faire semblant.

Debout au milieu de la salle de bain, Amanda ne bougeait pas. Elle s'était apprêtée, avant de sortir, afin d'être impeccable aux yeux des amis de Laurent, et avait replié son sexe de façon à le rendre invisible. Efficace, l'astuce restait malgré tout inconfortable. Douloureuse, même, au bout d'un moment, et son corps réclamait un peu de liberté.

Elle souleva sa robe, baissa sa culotte et, après s'être libérée, massa doucement son pubis, aidant ainsi son anatomie à retrouver sa position naturelle. Elle s'observa un instant, effleurant quelques cicatrices qui témoignaient d'autant de douleur physique que psychologique.

Alors qu'elle posait une main dessus, elle sentit son ventre se serrer d'appréhension. Cela faisait longtemps qu'elle n'avait plus souffert de dysphorie, ayant fait la paix avec cet attribut qui avait si souvent semblé se moquer d'elle en revendiquant sa place.

Aujourd'hui, elle l'acceptait.

Pourtant, à cet instant, elle était anxieuse ; elle ne savait pas ce qui l'attendait une fois de retour auprès de Laurent. Elle le désirait, et il la désirait. Mais désirerait-il aussi ce sexe ? En tant qu'homme hétérosexuel, il était tout à fait probable qu'il n'y arrive pas.

Ravalant ce mal-être, elle se pressa de se rhabiller, et remit sa culotte cette fois sans replier sa verge outre mesure ; cela serait bien suffisant pour la fin de soirée. Puis elle sortit des toilettes et rejoignit Laurent qui terminait sa cigarette.

Lorsqu'il la vit revenir, il écrasa son mégot dans le cendrier posé sur le bord de la fenêtre et lui proposa à boire, repoussant, l'air de rien, le moment fatidique où ils se retrouveraient l'un en face de l'autre, avec l'envie intenable d'aller plus loin.

Amanda accepta. Elle semblait détendue, pourtant Laurent se doutait qu'elle était tout aussi nerveuse que lui.

— Bière, soda ou café ? Ou eau… termina-t-il en pointant l'évier.

— Juste un verre d'eau, ça ira, merci beaucoup.

Laurent la servit, puis sortit une canette de soda du réfrigérateur. Il l'ouvrit, but une gorgée, puis s'exclama :

— Bon, on va pas tourner autour du pot… Je pense que c'est pas une surprise si je te dis que j'ai envie de toi…

Amanda baissa la tête, attendant la suite. Elle imaginait bien que si, malgré cette attirance, il n'était pas déjà en train de l'embrasser, c'était qu'il n'était pas à l'aise avec la situation.

Il souffla un coup tout en se frottant le haut du crâne et se lança :

— Je sais pas du tout comment je peux m'y prendre. Ou plutôt, si, et… C'est pas des choses que j'ai l'habitude de faire… que j'ai envie de faire ? Tu me plais beaucoup, mais j'ai jamais été tenté par… par les queues !

Il inspira nerveusement, puis enchaîna :

— Donc… Je sais pas comment je vais pouvoir te donner du plaisir si j'arrive pas à faire ce qu'y faut pour.

Il était rare qu'il partage ce qu'il ressentait. Et ce devait bien être la première fois qu'il dévoilait ses appréhensions avant de coucher avec une femme. Pourtant, il avait besoin de crever l'abcès, trop conscient d'être incapable de faire semblant de rien une fois dans l'action. Et il lui était inconcevable de perdre pied à un tel moment.

Amanda l'observa avec douceur. Elle appréciait qu'il ose lui parler franchement. Il lui fallait du temps, ou peut-être n'y arriverait-il jamais, elle devait l'accepter. Elle posa son verre d'eau sur le plan de travail et s'approcha de lui.

— Le tout est de savoir si ça te dégoûte, ou si ça ne t'excite simplement pas. Dans ce second cas, il existe mille façons de se donner du plaisir quand même. On n'est pas forcés de commencer par celles qui ne te tentent pas. Au contraire… essaie juste de te laisser aller. Et rien ne nous oblige à continuer si quelque chose ne va pas, te gêne ou te dérange.

Laurent l'observa, son regard longeant le corps de la jeune femme, et il s'arrêta un instant au niveau de son entrejambe. Il appréciait de ne pas être perturbé par une proéminence visible sous la robe, mais ne pouvait néanmoins s'empêcher de se demander quel était le secret d'Amanda pour que tout reste si discret. Même sans être excitée, il était difficile de croire qu'elle puisse ne rien laisser paraître.

Il releva rapidement les yeux pour faire face au visage amusé, mais un brin intimidé, d'Amanda. La situation ne prêtait pourtant pas à rire, toutefois, le regard intrigué de Laurent était tellement explicite qu'elle ne pouvait se retenir de sourire.

Elle s'avança vers lui, puisque apparemment, il n'arrivait pas à faire le premier pas. Il respirait de plus en plus fort.

Excitation ou nervosité ?

Dans le doute, Amanda bougea lentement ; sans s'imposer, elle lui attrapa les mains et les posa sur ses hanches, l'invitant à la caresser.

Laurent se laissa guider un instant, avant de se décider à prendre les rênes. Il s'approcha d'elle, l'obligeant à reculer jusqu'au mur. Face à elle, aussi près qu'il le pouvait sans pour autant la bloquer, il appuya ses paumes de chaque côté de son visage, avec douceur. Amanda ferma les yeux, comme un « oui » muet à ce qu'il souhaitait. Puis il se pencha afin de l'embrasser.

Alors que ses doigts se perdaient dans ses longs cheveux bruns, Laurent se plaqua contre Amanda. Il se frotta légèrement contre elle tandis que son désir recommençait à se manifester. Ses mains s'aventurèrent sur son corps, glissant sur sa nuque, derrière ses épaules, sur ses hanches, puis cherchant à passer sous sa robe. Amanda eut un petit hoquet de surprise, et le laissa faire, attendant de voir ce que cette prise d'initiative allait donner. Elle avait autant peur qu'elle voulait s'en réjouir ; elle n'avait encore jamais couché avec un homme qui ne connaissait pas la transidentité.

Laurent releva la robe tout en glissant ses mains sur les cuisses d'Amanda. Il ne regardait pas ce qu'il faisait, préférait ressentir, car sous ses doigts, il caressait bel et bien une femme, et rien ne venait perturber cette idée. Il passa ses pouces sous l'élastique de la culotte en dentelle, de chaque côté de ses hanches, la baissa légèrement tout en l'attirant contre lui, afin que leurs bassins s'embrassent à leur tour.

Et c'est à ce moment-là qu'il la sentit.

Il se figea, haletant, alors que cette bosse – réciproque, bien que très clairement réduite chez elle – lui rappelait la réalité de leur condition. Pendant un bref instant, il avait réussi à ne plus y penser. Et il se retrouvait là, immobile, la respiration tremblante. Son corps réclamait plus de rapprochements sans qu'il sache quoi faire. Il posa son front sur l'épaule d'Amanda, sans se reculer, rageant intérieurement contre la situation.

Amanda s'était doutée que cela ne serait pas facile pour lui. Elle s'attendait donc à ce qu'il s'éloigne, mais il n'en fit rien, tenant toujours fermement ses hanches contre lui, comme s'il cherchait à apprivoiser son malaise.

— Est-ce que ça va ? finit-elle par demander.

Sa question était aussi fébrile que Laurent l'était contre elle. Dissimulant mal ses inquiétudes, Amanda craignait tout ce qui pourrait se passer à partir de là.

Dans un souffle bredouillant, Laurent répondit :

— Ouais, ç… ça va aller… Faut juste que je… m'habitue.

Amanda acquiesça et resta sans bouger.

Elle avait expliqué à Laurent que les hormones qu'elle prenait depuis plusieurs années maintenant diminuaient quelque peu sa libido et sa capacité à avoir des érections, sans pour autant les faire totalement disparaître. Et la situation ne l'avait évidemment pas laissée de marbre.

Si ce détail déstabilisait Laurent, il devinait qu'Amanda se sentait tout aussi mal face à sa réaction. Il se reprochait de ne pas réussir à la rassurer ni même à lui exprimer à quel point il la trouvait belle, malgré tout.

Alors Laurent l'embrassa tendrement, tout en s'écartant.

— OK, ce n'est pas grave, souffla Amanda à contrecœur.

Mais il lui attrapa les mains et l'attira avec lui jusqu'à sa chambre. Intriguée, Amanda le suivit sans rien dire. Une fois là, il lui refit face et la questionna du regard tout en saisissant le bas de sa robe pour la soulever doucement. Amanda accueillit le geste en relevant les bras, l'autorisant à la retirer. En sous-vêtements devant lui, c'est elle qui entreprit de lui défaire sa ceinture pendant qu'il enlevait son t-shirt.

Alors qu'ils étaient presque nus l'un en face de l'autre, Amanda s'interrogeait encore sur les objectifs de Laurent, dont l'excitation avait visiblement diminué, tout comme la sienne.

L'ambiance n'était plus vraiment la même et pourtant, il lui ôtait ses habits. Amanda comprenait qu'il avait besoin de découvrir son corps en douceur, l'appréhender plus concrètement, avant de, peut-être, passer à la suite.

— Comment tu fais pour qu'on voie rien sous tes vêtements ? demanda-t-il soudainement, brisant la sensualité de l'instant.

Prise au dépourvu, et légèrement intimidée vu sa tenue, Amanda eut besoin d'une seconde pour trouver ses mots avant d'expliquer :

— Oh, c'est… une technique pour tout replier de façon à ce que rien ne soit visible. Mais c'est un peu douloureux, alors je ne le fais pas tout le temps ni très longtemps.

— Tout replier ? s'étonna Laurent qui grimaça en imaginant à quel point cela devait effectivement être inconfortable.

Amanda acquiesça, attendrie par sa réaction.

— Et sinon, ce sont mes sous-vêtements qui retiennent et compressent un peu.

Il s'assit sur le lit, se passa une main dans les cheveux avant de lâcher un long soupir. Ses pensées s'embrouillaient. Face à une femme magnifique, pratiquement nue juste à côté de lui, il se retrouvait incapable de baisser ce fichu tanga qui semblait ne demander que ça.

La question d'Amanda tournait dans sa tête… Était-il dégoûté ou tout simplement pas excité ? La réalité s'avérait qu'il était ni l'un ni l'autre, et ça le terrifiait. Il avait beau savoir ce que cachaient ces larges bandes en dentelle, il la voulait contre lui, il voulait la toucher, parcourir son corps avec ses mains, ses lèvres…

Il déglutit, effrayé par ce qu'il désirait.

Amanda vint s'asseoir vers lui, interrompant ses pensées. D'un geste délicat, elle l'invita à tourner la tête vers elle et l'embrassa. Elle se rapprocha de lui quand il glissa ses doigts sur elle, jusque dans son dos.

Elle passa une jambe par-dessus lui et une fois qu'elle fut à cheval sur son bassin, ils retrouvèrent la proximité de leurs corps. Puis ils se laissèrent tomber sur le lit, sans arrêter de s'embrasser, tout en offrant à leurs mains la liberté de se découvrir l'un l'autre.

Si Laurent n'osait pas les mettre entre les cuisses d'Amanda, il était nettement moins hésitant sur sa poitrine et ses fesses qui avaient droit à une grande part de son attention. Il embrassait en haut et malaxait en bas, le tout avec douceur.

Il eut un léger sursaut en sentant Amanda glisser ses doigts sous son caleçon, dévoilant un sexe qui avait retrouvé toute sa vigueur et ses espoirs de ne pas être oublié.

— Tu as des préservatifs ? le questionna-t-elle.

Surpris, il se contenta d'ouvrir la bouche, puis se tourna pour prendre la boîte dans sa table de nuit. Amanda se servit et se chargea de le lui enfiler elle-même, sous le regard déconcerté de Laurent. Il se demandait s'il n'était pas injuste qu'elle s'occupe de lui alors que lui n'osait même pas l'envisager pour elle.

Il oublia rapidement ses interrogations quand elle se mit à le caresser, aussi bien entre ses doigts qu'entre ses lèvres, lui tirant quelques gémissements qu'il tenta au mieux de retenir. Ses frissons se firent plus intenses lorsqu'elle lui chatouilla les tétons de sa main libre, les pinçant légèrement par moments, puis les titillant à nouveau.

Laurent se sentit fondre dans la bouche d'Amanda, frémissant sur sa langue, incapable de contrôler ses tressaillements. Il s'agrippa au matelas alors qu'elle resserrait ses lèvres autour de son gland. Au moment où elle glissa ses doigts sous ses testicules, le corps de Laurent s'électrisa d'un coup.

— Mh, attends ! Ça vient, ça– … !

Il se cabra brusquement, alors que son orgasme explosait sous la maîtrise des petites aspirations d'Amanda.

Essoufflé et encore fébrile, Laurent attira Amanda vers lui et la serra contre son torse. Il se trouvait minable. Il l'avait souhaité depuis tellement de temps. Tout s'était passé très vite. Trop vite même. Ils restèrent un instant sans plus bouger, puis elle demanda :

— Ça va ?

Laurent colla son front contre le sien, acquiesça sans un mot et l'embrassa avant de se reculer un peu pour pouvoir l'observer.

— Et toi… ? T'as pas eu–…

— Ne t'inquiète pas, coupa-t-elle. Tu trouveras comment t'occuper de moi la prochaine fois.

Il l'observa sans rien ajouter, puis l'embrassa à nouveau, espérant effectivement pouvoir se rattraper au plus vite.

***

Le lendemain matin, quand Laurent ouvrit les yeux, il découvrit Amanda debout à côté du lit, qui portait un de ses t-shirts.

— Putain, t'es hyper sexy dans mes fringues…

Amanda se retourna, surprise par le compliment lâché d'une voix rauque, et le remercia timidement.

— Je me suis permis… dit-elle en tenant le vêtement. Ma robe d'hier n'est pas très confortable au réveil.

— Permets-toi, dit-il en se redressant sur ses coudes.

Elle lui sourit avant de venir s'asseoir vers lui et s'enquérir :

— Comment tu te sens ?

Après l'orgasme qu'Amanda lui avait offert la veille, il n'avait pas tardé à s'endormir. Il faut dire qu'il n'avait plus rien partagé de tel depuis un moment et qu'il avait rarement ressenti autant de plaisir avec quelques caresses. Cependant, il était contrarié à l'idée de ne pas avoir pu lui rendre la pareille. Bien qu'elle lui ait assuré qu'elle n'en éprouvait pas systématiquement le besoin, il ne pouvait s'empêcher de remettre en question ses capacités à la combler. Encore plus dans cette situation où il aurait dû bien connaître le terrain.

Gêné de constater où sa réflexion l'avait mené, Laurent se racla la gorge et répondit simplement :

— Ça va...

Il avait conscience de ne pas être convaincant cependant, elle n'insista pas. Alors qu'elle s'apprêtait à se lever, Laurent l'attrapa par la taille et l'attira vers lui, la faisant tomber en arrière. Ainsi couchée sur le dos, toute sa morphologie se dessinait clairement à travers le t-shirt. Elle releva les yeux sur Laurent qui observait son corps allongé. Il ne laissait rien paraître sur ce qu'il pouvait penser à ce moment. Puis il dit :

— Hier soir, tu me demandais... si ça me dégoûte ou si c'est que ça m'excite pas...

Il s'interrompit un instant, pendant qu'Amanda se redressait légèrement pour lui refaire face.

— Tu me dégoûtes pas, reprit-il enfin. Pas du tout, même. C'est juste que...

Il se détourna et se frotta vigoureusement la tête à deux mains, ne trouvant rien de plus à ajouter. Il ne savait pas comment formuler ses pensées, trop peu habitué à exprimer ses ressentis. Encore plus dans une situation qui remettait totalement en question ses croyances, et qui il était. Mais s'il voulait qu'Amanda le comprenne, il faudrait bien qu'il ose parler.

— Quand j'étais ado, j'ai fait l'erreur de m'écarter de la vision que mon père avait du fils parfait et… disons qu'il me l'a fait payer à sa façon, en me défonçant la mâchoire.

Les détails de l'histoire, il les garda pour lui. Si tout le monde était au courant qu'il avait eu la mâchoire fracturée à seize ans, personne n'en connaissait la véritable raison, en dehors de son frère et ses parents. Et lui savait que tout était parti de là, que c'était cet instant précis qui avait marqué un tournant dans sa vie, une broutille qui pourtant avait été un déshonneur absolu pour son père.

Il prit une petite inspiration avant d'oser se lancer sur la suite, croisant le regard désolé d'Amanda dans lequel il put lire sa compassion.

Elle était bien placée pour comprendre ce que ça faisait de finir à l'hôpital pour ne pas avoir correspondu aux attentes d'une autre personne. Cependant, elle ne demanda pas plus de précisions ; s'il ne détaillait pas davantage son histoire, c'était qu'il n'était pas prêt à en dévoiler plus.

— Comme je te l'ai dit, je côtoie pas trop les homos et tout ça, ça fait pas partie de mon entourage. J'en connais aucun… Je sais pas comment les gens autour de moi pourraient réagir s'ils découvraient ce qu'il en est pour toi. Ou pour moi d'ailleurs, putain…

Il se passa nerveusement la main dans les cheveux, assimilant doucement ses propres paroles, puis reprit :

— J'ai pas envie qu'il t'arrive un truc… Enfin bref… Je sais pas trop où je voulais en venir. Mais voilà… ça me fait un peu…

— Peur ? proposa Amanda.

Laurent haussa les épaules, avant de grimacer légèrement.

— Peut-être bien, ouais.

Amanda s'allongea vers lui et enroula ses bras autour de son torse.

— Je te l'ai dit, c'est notre vie privée. Tu n'as aucune obligation d'en parler à qui que ce soit.

Délicatement, Laurent entremêla ses doigts à ceux d'Amanda avant de la serrer contre lui. Il se sentait soulagé d'avoir pu exprimer une part de ce qui lui pesait. Même s'il restait encore beaucoup de choses à confier, et qu'il ne savait pas du tout comment aborder ce qu'il gardait plus au fond de lui.

13

Tout va bien se passer… Ils savent même pas qu'elle existe. Et de toute façon, c'est pas en disant que j'ai une copine qu'ils pourraient deviner. Tout ira bien.

Même si la réunion familiale ne risquait pas d'être plus sympathique que d'habitude, il n'y avait aucune raison qu'elle vire au cauchemar, Laurent en était parfaitement conscient. Pourtant, il ne pouvait s'empêcher d'appréhender.

Il sortit de sa voiture après l'avoir garée dans l'allée, à quelques mètres de chez son frère. Il vérifia l'heure au moment où il sonna ; il était en avance. Il souffla. Il n'avait pas fumé avant d'arriver, afin d'éviter l'éternelle remarque de sa mère, « Tu sens la cigarette… », mais à présent, il le regrettait.

Quand Vanessa vint lui ouvrir, Laurent ne put manquer l'inquiétude lisible sur son visage.

— Tout va bien ?

Avant qu'elle n'eût à répondre, l'éclat de voix entre son père et son frère lui fit comprendre que non, tout n'allait pas. Les deux semblaient avoir une discussion plutôt animée, sur la terrasse.

— Sont où, les gamins ? demanda Laurent, réalisant que l'ambiance n'était pas au repas de famille prévu.

— Je les ai envoyés chez ma sœur, je ne voulais pas qu'ils voient Bernard.

Laurent releva les yeux vers celui-ci. La colère marquait ses traits, tandis que Frédéric avait l'air sur la défensive. C'était la première fois que Laurent voyait son frère dans cet état.

Non, la deuxième fois…

Chassant rapidement cette pensée, il se tourna vers Vanessa et redemanda :

— Et M'man ?

Sa belle-sœur haussa les épaules.

— Qu'est-ce qui s'est passé ?

Les bras croisés contre la poitrine, elle observait toujours la terrasse quand elle répondit :

— C'est… Tristan.

Surpris, Laurent la fixa, inquiet. Son regard insistant désarçonna Vanessa qui baissa la tête et se mit à contempler ses chaussures avant d'expliquer :

— On n'est pas sûrs… Frédéric est allé le chercher à l'école, jeudi dernier, et… il m'a dit que…

Vanessa mordilla ses lèvres, stressée, n'osant plus lever les yeux vers Laurent, puis annonça enfin :

— Il m'a dit qu'il l'avait trouvé main dans la main avec un ami à lui. Genre… proches… tu vois ?

Laurent sentit son souffle se bloquer.

— Et tu penses que… ?

— J'en sais rien, soupira-t-elle, aussi tendue que confuse. C'est possible…

Décontenancé, Laurent continuait à l'observer, navré, avant de jeter un nouveau coup d'œil vers la terrasse.

— Et visiblement, le paternel l'a appris.

— En quelque sorte…

Ils restèrent un instant silencieux, puis Vanessa raconta plus calmement, un sourire triste sur les lèvres :

— Dans un cahier, il a fait un cœur dans lequel il a écrit « *Sasha* ». J'ai pensé que c'était une fille. On n'a pas du tout tilté que c'était *le* Sasha de sa classe.

— Il a réagi comment, Fred, en le voyant avec son pote ?

— Il est devenu fou… Tu le connais. Il a ramassé Tristan par un bras, et l'a puni pendant une semaine. Il l'a désinscrit du club de foot ; il en faisait avec son ami. Il a évidemment le droit d'aller à l'école, mais Fred va le chercher dès la sortie, pour qu'il ne traîne pas.

— Putain, la vache…

Vanessa resserra ses bras autour d'elle et attrapa ses épaules. Elle regarda Laurent et sourit.

— Tu as toujours été plus ouvert que ton frère et ton père…

Un frisson de panique traversa Laurent. Bien qu'il fût clair que Vanessa lui faisait un compliment, il se sentit le besoin de se défendre et nier :

— Moi ? Oh, euh, je sais pas… Non, pas vraiment. J'ai reçu la même éducation que lui, c'est juste que… Sûrement que ça me touche moins parce que c'est pas mon gosse. J'imagine.

Vanessa n'en perdit pas pour autant son sourire et lui posa une main sur le bras.

— Peut-être, dit-elle comme si elle n'en pensait pas un mot.

À ce moment, la porte-fenêtre s'ouvrit à la volée, la voix de Frédéric éclatant d'un coup à travers le salon :

— J'ai vraiment pas besoin d'entendre ça !

Bernard sur les talons, Frédéric passa à côté de son frère sans lui adresser la moindre attention. Il fonça dans la cuisine et se versa un verre de vin qu'il but en quelques gorgées avant de se resservir.

— Tu penses peut-être qu'en te saoulant, tu vas régler le problème de ton fils ? déclara Bernard sur un ton calme, teinté de mépris.

Puis il se tourna vers Laurent.

— Tu es à l'heure pour une fois.

Laurent se contenta de bredouiller, confus. La remarque aurait presque pu sembler positive, venant de son père, mais la situation ne se prêtait pas vraiment à la relever.

— Vanessa t'a mis au courant ? continua ce dernier en regardant Laurent.

— Euh… ouais, plus ou moins…

— Donc tu seras d'accord avec moi ; il est important que Tristan suive une thérapie qui puisse le remettre sur le droit chemin.

Vanessa répondit avant Laurent qui resta pantois.

— Bernard, écoutez, je ne crois pas qu'il faille prendre les choses autant au sérieux. On n'est même pas sûrs d'avoir bien interprété la situation.

Frédéric grogna en reposant son verre qu'il vidait pour la deuxième fois.

— Je connais une personne très bien pour soigner ce genre de dérive, continua Bernard, ignorant sa belle-fille.

— Euh, P'pa, si Vanessa pense que c'est pas nécessaire… commença Laurent, hésitant.

— Je comprends bien que Vanessa souhaite protéger son fils, cependant… sans vouloir vous vexer, à force de le couver, voyez ce qu'il se passe.

Choquée par les propos de son beau-père, Vanessa en perdit ses mots et ne sut quoi répliquer. Ce fut Frédéric qui prit la parole en premier :

— Tu insinues quoi ? Qu'on n'est pas capables d'éduquer notre môme ?

— Je n'insinue rien, j'affirme que Tristan subit une très mauvaise influence.

Au moment où il termina sa phrase, Bernard tourna la tête du côté de Vanessa, et posa plus longuement encore son regard sur Laurent, avant de refaire face à Frédéric. Le sous-entendu était clair.

— Arrête de t'en prendre à lui, dit l'aîné.

Laurent ne s'était pas attendu à ce que son frère le défende. Celui-ci devait être particulièrement remonté contre leur père.

— Je dis ça pour le bien de tous, poursuivit Bernard. J'ai raté le coche avec Laurent, tu ne peux pas faire la même erreur avec Tristan.

— Quelle erreur ? demanda alors Vanessa en jetant des regards inquiets à Laurent et Frédéric.

— Rien, c'est rien, tenta Laurent.

— « C'est rien »… ? répéta Bernard. Voilà typiquement de quoi je veux parler. Tu minimises complètem– …

— Je minimise rien du tout, putain ! s'exclama Laurent, à bout de nerfs.

Bernard se tourna face à lui, menton relevé, ne retenant pas une grimace de mépris.

— Tu as vraiment besoin que je te rappelle tes penchants ?

Laurent se figea, tétanisé à l'idée que cette vieille histoire ne soit évoquée devant Vanessa. Incapable de réagir, il ne parvint même pas à émettre le moindre son pour empêcher son père de poursuivre.

— Papa ! lâcha Frédéric.

L'intervention de son frère sortit Laurent de sa stupeur. Frédéric soupira et, tout en se frottant les paupières, il déclara :

— Fous-lui la paix avec ça. C'était y a longtemps, il l'a fait qu'une fois, donc…

Mais il s'interrompit avant de se tourner vers Laurent.

— C'est juste, tu l'as jamais refait… ?

— Quoi ? Mais non, jamais, putain ! Tu vas pas t'y mettre, toi aussi ? s'emporta-t-il, agacé d'évoquer un passé qu'il aurait préféré oublier.

— Pardon, j'en sais rien, ajouta Frédéric en levant les mains devant lui.

— Si même ton frère a des doutes... relança leur père, satisfait.

Mais il fut à nouveau coupé par son aîné :

— J'ai pas de doute ! Je voulais juste... Bref !

— Laurent n'est pas responsable du comportement de Tristan, reprit enfin Vanessa. Ils ne se voient qu'une ou deux fois par mois... Si vraiment Tristan subit une influence, elle vient d'ailleurs. Dans tous les cas, je refuse qu'il suive une thérapie pour ça. Notre fils n'est pas malade !

Laurent n'osa plus rien ajouter. Préférant se faire oublier, il se contenta de serrer la mâchoire et d'attraper son paquet de cigarettes.

— Bon, bah en attendant, la mauvaise influence, elle va fumer.

— Et voilà que tu me donnes raison, une fois de plus, soupira Bernard sans le regarder.

— C'est un plaisir, P'pa.

Et il sortit sur la terrasse.

Isolé par le double vitrage, il entendait encore quelques éclats de voix sans pour autant saisir le sens de ce qui se disait, et il s'en fichait.

Au bout d'un moment, Frédéric le rejoignit et l'interpella avec une douceur qui contrastait avec son humeur d'un peu plus tôt. Laurent, qui avait terminé sa cigarette depuis quelques minutes, lui fit face.

— Il s'est barré ? s'enquit-il en jetant un coup d'œil à travers la vitre.

— Ouais, je lui ai dit de rentrer, c'était mieux.

Fred referma la porte derrière lui et s'approcha de Laurent, les mains au fond des poches. Ils restèrent un moment silencieux, puis Laurent demanda :

— Ça va, Vanessa ?

Frédéric hocha la tête de haut en bas, les yeux fixés au sol.

Nouveau silence.

— Super le repas de famille, pour changer, ironisa Laurent. Et toi, comment tu t'sens ?

Haussement d'épaules.

Laurent reprit une cigarette. Il aurait aimé rassurer son frère, mais ce n'était pas le genre de la maison, d'autant plus entre hommes. Il préférait donc ne pas s'enfoncer davantage en serrant Frédéric dans ses bras pour qu'il chiale un coup.

Puis ce dernier soupira et confia :

— Je crois que j'ai jamais vu mon fils pleurer autant que ce jour-là. Et moi, au lieu de le réconforter, je l'ai encore plus engueulé.

Il se frotta le visage avant de continuer :

— J'ai réagi comme un con, j'te jure, on aurait dit notre père. Je l'ai traité de tapette, lui ai balancé qu'il devait se conduire en homme et pas chialer. Putain, il a à peine onze ans ! Mais qu'est-ce que je pouvais dire ? Que c'était rien ? Que ça allait passer ? Des conneries, ouais !

Laurent tira sur sa cigarette sans même tourner la tête vers son frère qui, de toute façon, avait visiblement davantage besoin de vider son sac que de conseils.

— Je comprends pas ce que j'ai foiré. J'ose même plus le prendre dans mes bras… Pas que je veuille pas ni rien, mais… j'ai pas envie de… Je sais pas… aggraver les choses ?

— Ce serait vraiment si difficile, pour toi, que Tristan soit de l'autre bord ? questionna Laurent, sans lever les yeux de sa cigarette.

Frédéric laissa échapper un rire amer tout en se mordant la lèvre inférieure. Mains sur les hanches, il déclara :

— J'en sais rien… Je… J'y ai réfléchi. Je me suis demandé pourquoi j'avais réagi comme ça, quand je l'ai vu qui tenait la main de son pote. Et j'avais pas de réponse. C'était viscéral. Juste, c'était pas normal, fallait que j'intervienne.

Pris par la culpabilité, Frédéric se frotta le visage et soupira lourdement.

— C'était complètement débile.

Il détourna les yeux et fit quelques pas au-delà de la terrasse dallée.

— Mon fils est pédé… Bordel, fait chier !

Laurent s'approcha de lui tout en soufflant sa fumée, rapidement emportée par une petite rafale de vent. Une fois à la hauteur de son frère, il ajouta d'un ton taquin :

— Peut-être pas. Il aime peut-être les deux ?

Frédéric lui refit brusquement face et mit une seconde à comprendre avant de pouffer.

— Les garçons et les filles ? Merde, t'imagines ?

— C'qui est sûr, c'est qu'c'est juste un gamin de onze ans, déclara Laurent tout en terminant sa cigarette.

— Bientôt douze.

— Bref, dans tous les cas, laisse couler tant qu'y a rien de sérieux. T'auras tout le temps de te poser des questions quand il ramènera un pote pour... « étudier la biologie », finit-il en signant les guillemets.

Une fois de plus, Frédéric mit une seconde à comprendre le sous-entendu avant de s'esclaffer en bousculant son frère :

— La vache, t'es grave !

Laurent rigola avec lui, puis, lorsqu'il retrouva son sérieux, Frédéric reprit :

— Et désolé que Papa ait remis cette vieille histoire sur le tapis.

— Oh, euh... pas de souci, bafouilla Laurent, replongeant dans l'embarras. Par contre... si tu peux éviter de donner plus de détails à Vanessa, ça m'arrange.

Frédéric lui adressa un sourire pincé et déclara :

— T'inquiète, j'ai pas particulièrement envie d'en parler non plus.

Tout en se passant une main nerveuse dans les cheveux, Laurent le remercia, cherchant quelque chose à dire pour changer de sujet. Mais son frère fut plus rapide que lui :

— Bon, et sinon, raconte... Du nouveau de ton côté ?

— Eh ben, y se pourrait que j'me sois trouvé une nana.

— Vraiment ? s'étonna Frédéric en dévisageant Laurent. Depuis quand ? C'est du sérieux ?

Il n'avait pas particulièrement prévu de parler d'Amanda, mais il s'était soudainement senti le besoin de prouver quelque chose. Tant que son frère ne se doutait pas du caractère singulier de sa relation, cela lui convenait.

— Je l'ai rencontrée y a environ un mois. On est ensemble depuis quelques jours. Quant au sérieux… ça me plairait bien.

Frédéric lui envoya une tape bien virile sur l'épaule pour lui signaler son soutien, comme si savoir Laurent enfin casé le soulageait un peu. Ce qui ne fit qu'amplifier le poids du masque que Laurent portait depuis des années.

14

~ Juin ~

Les semaines se suivirent, et Laurent vivait sa relation en jonglant entre appréhension d'être découvert lorsqu'il était avec ses proches, et déni lorsqu'il se retrouvait face au corps d'Amanda qu'il peinait encore à dénuder dans son entier ; tant qu'il ne voyait rien, il pouvait se dire qu'il n'y avait rien à voir.

Il savait pourtant que ce blocage était ridicule ; il avait senti Amanda de nombreuses fois contre lui. Et il faisait des efforts pour tenter de passer le cap. Bien souvent, il saisissait la dentelle de son sous-vêtement dans l'idée de le baisser, pour en fin de compte ne pas trouver le courage de le faire.

Amanda, de son côté, renouvelait les façons qu'elle avait de donner du plaisir à Laurent, lui témoignant toujours plus d'attention. Ils avaient évoqué les options qui s'offraient à eux et Amanda avait glissé : « Il existe de très jolis *jockstraps*[8], tu sais… ? » Laurent avait mis une seconde à comprendre le sous-entendu avant de rétorquer qu'il allait y réfléchir. Et il n'en avait plus parlé. La vérité, c'était qu'il n'avait jamais tenté la sodomie. « L'anal, c'est pour les pédales… et les salopes ! » disaient régulièrement ses collègues, ce qui ne faisait que renforcer ses idées reçues.

Alors Amanda lui avait montré que tout ne passait pas forcément par la pénétration, mais rien ne pouvait se faire sans un minimum de contact, et Laurent se sentait incapable de lui rendre son plaisir. Même si elle ne s'en plaignait pas, il devinait que la situation commençait à lui peser. Pour autant, il n'osait pas avouer à Amanda que le problème venait de lui, qu'à ses yeux, franchir cette étape signifierait abandonner définitivement son identité d'hétéro bien dans la norme ; une perspective qui l'effrayait profondément.

***

L'été s'était installé depuis quelques jours. Amanda préparait des apéritifs et des verres à pied dans sa petite cuisine toute en longueur, pendant que Laurent débouchait le vin.

— Elle arrive dans combien de temps ? demanda-t-il.

— « Il », corrigea aussitôt Amanda en vérifiant la transparence de ses verres. D'ici cinq ou dix minutes.

— « Il », pardon, putain… !

---

[8] Sous-vêtement composé d'une poche avant qui soutient les organes génitaux et de trois bandes élastiques (autour de la taille et des cuisses) laissant les fesses découvertes.

— Tu vois, tu recommences.

— Non, mais non, c'est juste que… !

Il posa la bouteille ouverte et le bouchon sur le plan de travail, et reprit plus calmement :

— J'arrive pas à suivre, et je pige rien à sa façon de fonctionner. Toi, quand t'as compris que t'étais une femme, tu t'es pas mise à jongler entre les deux camps.

— À la différence que Jo n'est pas trans, donc ce n'est pas comparable.

— Ah oui, c'est juste, elle est… il ! est fluo-je-sais-pas-quoi.

— *Gender fluid*, corrigea Amanda, amusée. Et intersexué.

Laurent fronça les sourcils avant de s'exclamer :

— Inter-quoi ?

L'incompréhension était tellement marquée sur le visage de Laurent qu'Amanda pouffa avant d'expliquer :

— Pour faire simple, les personnes intersexuées naissent avec des caractéristiques sexuelles ni totalement féminines ni totalement masculines.

— C'est un genre d'hermaphrodite, en gros ?

Amanda grimaça avant d'expliquer :

— On n'utilise plus ce terme que pour les plantes et les animaux. Et puis, biologiquement c'est faux concernant les humains, donc… non.

Mais là encore, Laurent semblait complètement perdu. Il prit une seconde pour assimiler ce qu'Amanda venait de lui dire et finit par demander :

— Mais… Du coup, il a quoi… ? Enfin, il peut pas ne rien avoir !

— Tu te poses trop de questions, déclara alors Amanda en emportant le plateau vers le salon, Laurent sur les talons. Dans tous les cas, Jo fait selon son ressenti, et ses hormones, ce qui fluctue de masculin à féminin. Ces temps, c'est vrai qu'il change souvent, et d'autres fois, il reste dans le neutre. Mais ce soir, c'est « il ».

— Putain, je pige que dalle.

— Contente-toi de dire « il » et tout ira bien, lui assura-t-elle en l'embrassant au coin des lèvres.

Au même moment, la sonnette de l'entrée retentit.

— C'est lui, tu veux bien aller lui ouvrir, s'il te plaît ? proposa Amanda alors qu'elle terminait de tout déposer sur la table basse du salon.

Laurent se leva et s'exécuta. Cela faisait plusieurs semaines qu'il n'avait pas revu Jo et la dernière fois, son visage était totalement lisse, maquillé, et sa tenue lui marquait la taille et dévoilait la naissance de sa poitrine. Mais ce soir, il était plus masculin que jamais. Sa barbe et sa moustache étaient clairement visibles, pas aussi fournies que ce à quoi on pourrait s'attendre d'un homme de son âge, mais bien assez pour ne plus laisser de doute possible. Entre ça, les cheveux raccourcis sur les côtés, et son look, Laurent se dit qu'au moins, ça l'aiderait à ne plus se tromper de genre pour parler de lui.

— J'vais finir par t'appeler Ranma[9], lâcha-t-il après l'avoir salué.

---

[9] Personnage principal du manga *Ranma ½* de Rumiko Takahashi. Ranma Saotome est un jeune homme qui se transforme en fille lorsqu'il est en contact avec de l'eau froide.

Jo roula des yeux sans pour autant se retenir de sourire. Au fond, la référence lui plaisait bien.

— Je peux entrer ou tu vas me dévisager encore longtemps ? demanda-t-il, les index plantés dans les poches de son jean.

— Euh, ouais, pardon, viens…

Jo rejoignit Amanda qui l'attendait au salon, et lui fit la bise. Laurent, derrière lui, ne pouvait s'empêcher de s'interroger ; comment un corps pouvait-il ne pas être clairement genré ? Il continua à observer Jo et retrouva, malgré la barbe, les traits féminins qu'il lui arrivait de mettre en avant. Et que Laurent devait avouer trouver charmants. Il ravala rapidement cette pensée quand ses yeux retombèrent sur la pilosité qui entourait ses lèvres et cacha sa gêne dans son verre de vin.

Les discussions s'enchaînèrent et lorsque Jo évoqua la bisexualité d'une amie de sa nièce, Laurent ne put s'empêcher de faire le lien avec Tristan et confia ses inquiétudes concernant ce dernier.

— Dans tous les cas, faut pas que ton frangin le laisse suivre une de ces thérapies de conversion à la con ! renchérit Jo. La moitié des gens qui se retrouvent là-dedans finissent complètement traumatisés, avec des pensées suicidaires, ou passent carrément à l'acte ! C'est vraiment pas une bonne idée !

— Il a pas l'air de vouloir le faire, et sa femme non plus. J'crois pas qu'ils se laisseront convaincre. Mais je sais pas comment ça va se passer avec mon père. S'il commence à leur foutre la pression… Ce serait bien son genre.

— Montre à ton frère que tu es de son côté, ça l'aidera sûrement à tenir tête à votre père, suggéra Amanda.

Laurent acquiesça, pensif, avant de lui lancer un rapide coup d'œil. Il lui sourit.

— Bon, si on y allait avant que ça ferme ? déclara Jo en terminant son verre.

Le club n'était qu'à une vingtaine de minutes à pied de chez Amanda. Ils se glissèrent parmi les gens qui s'étaient amassés devant l'entrée du Mad. Le videur les jaugea une seconde, puis les laissa passer. À l'intérieur, la salle était pleine et il faisait terriblement chaud. Les basses des sons électros les prirent aussitôt au corps Après avoir quelque peu bataillé pour fendre la foule, ils purent commander à boire et trouver un endroit où poser leurs verres.

— Tu viens danser ? proposa Amanda.

— J'vais rester là, déclara Laurent avant de lui adresser un clin d'œil. Je te regarderai…

Amanda l'embrassa au coin de la bouche et rejoignit Jo sur la piste. Laurent l'observait disparaître, puis réapparaître entre les corps qui se balançaient, concentré sur sa chorégraphie pour oublier sa propre envie de se danser.

Les mouvements d'Amanda étaient souples et fluides, certains semblaient si maîtrisés que Laurent n'aurait pas su dire si elle improvisait totalement. Certes, elle n'avait pas l'assurance de Lola, qui était une professionnelle et avait grandi dans l'univers de la danse, mais elle bougeait très bien malgré tout. Vraiment très bien.

Se retenir n'en était que plus difficile pour Laurent alors qu'il contemplait Amanda. Ses ondulations naturelles et gracieuses s'accordaient parfaitement à la musique. Elle était hypnotisante. Elle ne l'aurait certainement pas jugé s'il s'était lancé, Laurent le savait. C'était lui-même qui se jugeait beaucoup trop sévèrement, prisonnier de ses propres inhibitions et de sa peur du qu'en-dira-t-on.

Il ne put réprimer une grimace envieuse en voyant de nombreux hommes se lancer sur la piste. Il se trouvait ridicule. Puis il se rappela l'image que sa famille se faisait d'un homme appréciant la danse. Jamais il n'avait vu son père ne serait-ce que remuer le pied, ni même son frère, pourtant plus ouvert sur beaucoup de choses.

Il se mit à battre le rythme d'un mouvement de tête discret, tout en sirotant sa bière, mais s'arrêta aussitôt qu'il aperçut Amanda et Jo, complètement essoufflés, le rejoindre.

— Je meurs de chaud ! s'exclama Amanda en attrapant son verre sur lequel Laurent avait veillé. Tu ne veux vraiment pas venir ?

Il refusa une nouvelle fois, prétextant qu'il fallait bien que quelqu'un surveille les boissons. Après s'être assurée qu'il ne s'ennuyait pas, la jeune femme retourna danser avec Jo. La soirée ne faisait que commencer, Laurent avait l'habitude de ce rôle qu'il maîtrisait à merveille depuis des années, malgré la frustration qui lui vrillait le corps dès que de la musique s'imposait.

Heureusement pour lui, ils finirent par se déplacer dans une zone un peu à l'écart de la piste de danse où ils purent s'asseoir et discuter sans y laisser leurs voix. L'esprit échauffé par l'alcool, Laurent se sentait bien, il relâchait doucement la pression qu'il s'infligeait chaque fois qu'il sortait.

— Je vais tenter ma chance aux toilettes, lança Amanda en se levant.

— Je t'accompagne ? proposa Jo par habitude.

— Ta compagnie du côté des femmes ne sera pas bien perçue ce soir, lui répondit-elle en lui caressant le menton.

— Pas faux… Fais gaffe.

Laurent observa la scène tout en terminant sa bière et, alors qu'Amanda s'éloignait, Jo annonça :

— Je retourne chercher à boire, tu veux quelque chose ?

— Volontiers la même, merci, dit-il en pointant sa chope.

Il aurait bien proposé d'y aller lui, mais il avait la flemme de se relever. Jo souhaitait jouer les bonshommes, il n'avait donc pas à faire preuve de galanterie.

Resté seul à la table, il contemplait le monde qui se bousculait autour de lui. Il y avait ce type qui avait retiré sa chemise et que les autres regardaient mi-amusés, mi-dépités, et ce groupe de femmes qui étaient certainement arrivées apprêtées à merveille avant d'être rattrapées par la dure réalité des boîtes de nuit, entre boissons renversées et transpiration. Le maquillage de l'une d'elles avait même salement coulé. Peut-être avait-elle pleuré ? Laurent ne s'en soucia pas plus que ça, car ses yeux croisèrent un visage qu'il reconnut aussitôt et qui le fit sursauter.

— Salut Laurent, ça faisait un bail.

— Putain, Lola, qu'est-ce que tu fous là ?

Les traits de la jeune femme se renfrognèrent instantanément. Autant elle ne lui en voulait pas de ne plus lui avoir donné signe de vie depuis plusieurs semaines, autant elle avait espéré un peu plus de sympathie de sa part.

— Je sors… se contenta-t-elle de répondre. Et toi ? T'es tout seul ?

— Je m'attendais pas à tomber sur toi, bafouilla alors Laurent, ignorant la question.

Il survola nerveusement la foule des yeux, craignant de voir revenir Jo ou Amanda.

— J'habite dans cette ville, contrairement à toi. Et puis, tu as horreur des boîtes de nuit.

— Comme quoi, on change… déclara-t-il, tout sourire, cachant au mieux son stress.

— J'ai essayé de te joindre plusieurs fois. Je m'inquiétais un peu de pas avoir de nouvelles… Est-ce que tout va bien ?

— Ça va, ouais, disons que j'étais plus trop libre pour… nos « activités ».

Lola comprit et acquiesça. Elle appréciait beaucoup Laurent et coucher avec lui avait toujours été un bonus sympa en plus de la danse. Mais il était un ami avant tout. Et des partenaires pour la nuit, elle pouvait en trouver facilement. En revanche, il était plus rare de tomber sur un si bon danseur. Alors elle tenta :

— Est-ce que c'est valable pour toutes nos activités ? Je dois t'avouer que ça me manque de plus avoir un cavalier qui puisse suivre le rythme. Et je sais que ça te plait, t'as ça dans le sang, donc je te lâcherai pas.

L'hésitation chauffait l'esprit de Laurent, il n'arrivait pas à se décider, encore moins là, alors qu'Amanda et Jo pouvaient revenir à tout moment et qu'il était légèrement imbibé d'alcool. Il préféra couper court et répondit :

— Écoute, j'en sais rien… J'ai une copine maintenant, et j'ai pas envie qu'elle découvre que– …

— Il va bien falloir que tu fasses un choix un jour ou l'autre. Tu peux pas continuer de mentir et te cacher toute ta vie.

— Je sais, mais pour le moment… C'est pas le moment. Je t'appellerai, OK ?

Elle ne pouvait pas le forcer à suivre telle ou telle voie. Résignée, elle répondit :

— D'accord. Mais si tu décides de tout arrêter, j'espère que tu m'accorderas au moins une dernière danse.

Elle lui avait lancé un regard profond qui n'invitait pas à refuser. Laurent baissa la tête en pouffant, puis releva les yeux sur elle.

— Promis.

Elle lui fit un clin d'œil et lui caressa l'épaule avant de continuer son chemin. Il la suivit des yeux un instant, puis refit face à la salle et vit Jo, juste devant lui, qui le fixait, bières en main.

Il y avait un monde fou aux toilettes et Amanda avait attendu son tour dix bonnes minutes. Dès qu'elle eut terminé, elle vérifia sa tenue, son maquillage, sa coupe… Il faisait tellement chaud, elle n'aurait pas été contre prendre l'air.

Elle se passa un peu d'eau sur la nuque et rejoignit les autres. À peine arrivée vers eux, elle fronça les sourcils en voyant la façon dont Jo et Laurent se dévisageaient.

— Tout va bien ? demanda-t-elle, un peu confuse.

— J'en sais rien, répondit Jo, tendu, sans lâcher Laurent des yeux.

Ce dernier ne disait rien, jonglant de l'un à l'autre, stressé.

— Qu'est-ce qui s'est passé ? relança Amanda en s'approchant de Laurent.

Laurent essayait de se convaincre que Jo ne pouvait pas les avoir entendus, il se tenait trop loin et n'avait probablement pas saisi de quoi Lola et lui avaient discuté.

— Rien, il s'est rien passé, tenta Laurent en plaçant nonchalamment son bras sur les épaules d'Amanda.

Mais elle n'accepta pas le geste. Ne comprenant pas pourquoi la situation était soudainement si tendue, elle espérait des explications, et se tourna donc vers Jo qui continuait à toiser Laurent.

— C'était qui, cette meuf à qui t'as promis une dernière danse ? balança-t-il.

Merde !

Il avait entendu et très mal interprété les choses, ce qui ne fit que contrarier Laurent davantage.

— C'est pas c'que tu crois, c'est juste une amie.

— Une amie très proche alors, vu comment elle se comportait, continua Jo.

— Non, c'est… Putain, c'est pas c'que tu crois ! se contenta-t-il de répéter, attrapant le regard d'Amanda au passage.

Elle tentait de se convaincre qu'il disait la vérité, que ce n'était rien. Après tout, Jo avait pu mal comprendre, dans un tel endroit, les gens étaient proches, alcoolisés, ils pouvaient avoir des gestes maladroits… Mais Laurent avait l'air particulièrement coupable.

— Y a rien, j'te jure.

— Si c'est rien, c'est quoi que t'as pas envie qu'Amanda découvre ? reprit Jo, voyant que son amie restait silencieuse.

— Putain, mais t'étais planté là depuis quand ? râla Laurent qui réalisait que Jo avait tout entendu.

— Laisse-le s'expliquer, coupa Amanda qui espérait encore qu'il dise la vérité.

Alors Laurent se tourna vers elle.

— J'te jure que c'est pas ce que tu crois. Lola, c'est une amie. Elle est... C'est une danseuse, professionnelle, regarde...

Il sortit son portable de sa poche et pianota rapidement une recherche sur Internet avant de le tendre à Amanda.

— Elle a créé sa propre école de danse. On s'est rencontrés à un festival, et...

Laurent se frotta le visage, de plus en plus nerveux. Il n'avait jamais dévoilé cette part de lui-même et, maintenant qu'il se retrouvait obligé de le faire, il se rendait compte à quel point c'était stupide. Si bien qu'il se demanda si elle le croirait.

— On s'est revus quelques fois pour danser ensemble.

— Juste pour danser ? osa Amanda.

Ce n'était même pas vraiment une question, plutôt un doute énoncé à voix haute.

Il hésita entre vérité et mensonge, une hésitation qui fit s'envoler les derniers espoirs d'Amanda. Elle détourna les yeux et s'éloigna, suivie par Jo qui ne se retint pas de jeter un regard noir à Laurent qui s'élança derrière elle.

— Attends, Amanda ! C'était avant toi, putain ! Ça comptait pas !

Il la rattrapa pour l'attirer contre lui, oubliant complètement Jo. Amanda se dégagea aussitôt, mais Laurent réussit à lui souffler à l'oreille pour se faire entendre :

— Laisse-moi t'expliquer, s'il te plait.

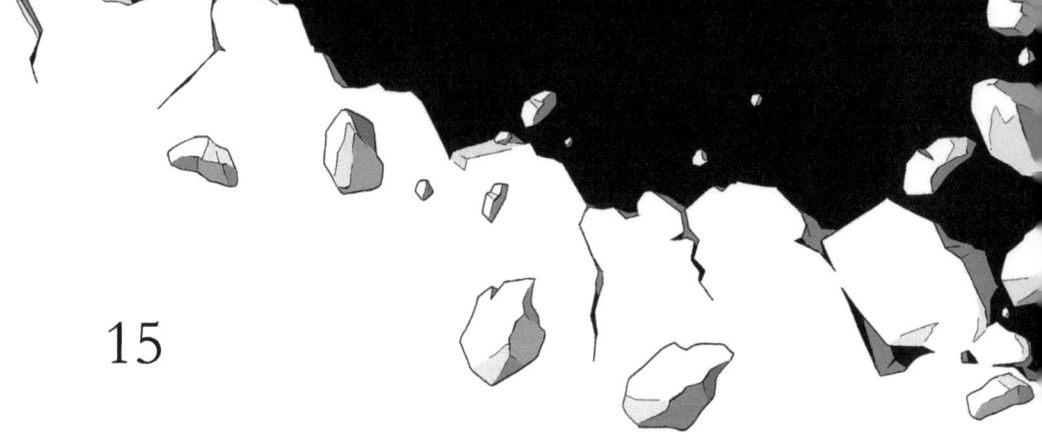

15

Jo avait fini par accorder le bénéfice du doute à Laurent et était parti de son côté, afin de le laisser s'expliquer. Amanda avançait en fixant le sol, alors que Laurent cherchait ses mots à côté d'elle.

— Je l'ai rencontrée au Festi'neuch, y a trois ans. J'étais célibataire, elle aussi, alors oui, on a… Bref.

Il reprit une petite inspiration et avoua difficilement :

— Avec elle, j'ai découvert que… j'aimais danser. J'ai jamais vraiment assumé, parce que… Putain, j'en sais rien, ça me semble tellement débile, maintenant.

— Pourtant, tu as refusé de danser toute la soirée, signala Amanda, sceptique.

Décontenancé, Laurent se retrouvait coincé dans son mensonge devenu trop convaincant.

— C'est c'que j'essaie de t'expliquer ; c'est pas un truc que les hommes font dans ma famille, alors j'ai jamais osé dire que je… que ça me plaisait. À personne. Danser avec Lola, c'était un secret. J'ai même jamais parlé d'elle à qui que ce soit pour pas avoir à raconter que je la voyais pour… pour apprendre à danser.

Surprise par cet aveu, Amanda releva les yeux sur lui, pendant que Laurent continuait son récit, le regard baissé.

— Lola savait qu'elle faisait partie d'une bulle que j'assumais pas du tout. Elle me donnait des cours en privé. Elle a jamais compris pourquoi je me cachais, parce que…

Il se frotta la nuque et confia, la voix peu assurée :

— Je suis bon, tu sais… Et… la vérité, c'est que je… j'adore ça. Mais j'ai jamais réussi à…

Avant qu'Amanda ne puisse dire quoi que ce soit, il reprit sans plus hésiter :

— J'me sens vraiment con, t'as pas idée. Et… en fait, Lola m'a souvent encouragé à oser être moi-même, oser exprimer qui je suis réellement, pourtant, j'ai jamais réussi. Au fil du temps, elle est devenue une amie. Et oui, on a couché ensemble quelques fois, mais y a jamais rien eu de plus entre nous !

Touchée par la confiance qu'il lui témoignait en dévoilant cette part de son jardin secret, Amanda tentait de calmer l'émotion qui lui tenaillait le cœur.

— On dit que les femmes s'attachent, glissa-t-elle malgré tout.

— Pas elle, répondit aussitôt Laurent en pouffant. En fait, elle m'a dit que ça lui était jamais arrivé. Elle en parle en disant qu'elle est dysfonctionnelle, qu'elle s'attache pas aux gens de cette façon. Et y a toujours eu cette distance entre nous. C'était presque rassurant de savoir que notre relation allait jamais changer et devenir plus compliquée.

Amanda lui sourit et hocha la tête, mais son regard trahissait sa tristesse. Peut-être même une déception.

— T'as pas l'air de me croire, remarqua Laurent, contrarié, alors qu'il venait de vider son sac.

— Ce n'est pas ça, lâcha Amanda dans un souffle.

— Alors quoi ?

Ils étaient arrivés en face de son immeuble et, le temps de chercher ses clefs, elle expliqua :

— C'est juste que… comme tu parles de cette fille, on dirait qu'elle est la femme parfaite. Elle a accès à ton jardin secret, t'a fait découvrir une passion commune, et tu pouvais t'envoyer en l'air avec elle sans te poser de questions sur la façon de procéder, le tout sans t'embêter avec des sentiments, donc… j'ai un peu de mal à avoir confiance en moi, là, tout de suite.

Laurent se rendit compte qu'il avait peut-être été un peu généreux en éloges sur Lola, oubliant à qui il parlait. Il s'approcha d'Amanda, lui prit les mains et chercha à capter son regard avant de souffler :

— Écoute… Lola est une bonne amie, oui, mais c'est tout. Je lui ai plus donné de nouvelles depuis que je t'ai rencontrée, c'est pour ça qu'elle est venue me demander si je laissais tomber la danse. Je te jure que j'ai jamais ressenti plus que de l'amitié pour elle. Alors que…

Il s'interrompit. Amanda releva les yeux vers lui, cherchant à deviner la fin de cette phrase, mais il fut plus rapide :

— Eh ben, toi, c'est différent…

— C'est devenu « une relation compliquée » ? le titilla Amanda avec un demi-sourire, l'esprit encore embrumé par l'émotion.

— Terriblement compliquée, confirma-t-il, essayant d'y mettre un ton d'humour.

Il l'attira contre lui et ajouta :

— Mais ça m'est égal.

Du pouce, il lui caressa la joue et, doucement, comme pour s'assurer qu'elle ne le repousserait pas, il se pencha vers elle pour l'embrasser. Tendrement pour commencer, puis plus intensément, entourant sa taille afin de la serrer contre lui. Elle suivit tout d'abord le mouvement, puis elle imposa son rythme, glissant son bras autour du cou de Laurent.

Leurs bouches se séparèrent, le temps qu'ils reprennent leur souffle. Et, d'une voix tremblante, qu'il aurait pourtant voulu assurée, Laurent confia :

— Je t'aime.

Amanda laissa échapper un hoquet ému avant de noyer son regard dans celui de Laurent qui tentait de garder son sang-froid.

— Dis quelque chose, finit-il par lâcher, face à son silence. J'te dis ça, et tu réponds rien ?

Réalisant qu'effectivement, elle n'avait pas eu la réaction attendue face à cette déclaration, Amanda se mit à rire nerveusement, ce qui plongea Laurent un peu plus dans l'embarras.

— Super, et maintenant, elle rigole… observa-t-il, préférant faire de l'humour plutôt que de sombrer dans sa gêne.

Amanda se reprit rapidement et s'excusa en s'essuyant les yeux. Elle se sentait rassurée et émue d'avoir enfin des mots à poser sur ce que Laurent ressentait pour elle.

— Moi aussi, je t'aime.

Alors Laurent lui adressa un large sourire. Il l'attrapa par la taille avant de la soulever juste un peu et l'embrasser de nouveau, plus sobrement cette fois. Grisé, il oublia la chape de peur et de honte qui étouffait le désir qu'il éprouvait pour elle. Il la reposa au sol, puis lui souffla :

— Viens…

Il lui prit ses clefs qu'elle tenait encore et l'attira jusqu'à l'immeuble.

Une fois chez elle, il la conduisit jusque dans la chambre, ôta sa chemise et invita Amanda à l'imiter. Dès qu'elle eut retiré son haut, Laurent embrassa sa poitrine tout en passant ses doigts dans son dos pour lui défaire son soutien-gorge. Comme il ne réussit pas du premier coup, il souffla contre son oreille :

— Tourne-toi.

Elle s'exécuta afin de lui offrir une meilleure vue. Laurent écarta ses cheveux d'un geste doux et déposa quelques baisers sur sa nuque dans la foulée. Tout de suite après, il posa ses mains sur ses hanches et glissa ses pouces dans son pantalon.

Elle se pencha en avant pour le retirer, collant ses fesses contre l'entrejambe de Laurent, qui ne put s'empêcher de les caresser. Il enleva à son tour son jean et, une fois les deux presque nus, il passa ses doigts sous l'élastique du sous-vêtement d'Amanda. Son geste redevint hésitant, tremblant, alors Amanda posa ses mains sur celles de Laurent pour l'arrêter.

— Tu n'es pas obligé, tu n'as rien à prouver…

Laurent ne lui répondit pas ; il ne voulait rien prouver, il voulait juste… la toucher. Il se contenta de reprendre son geste en l'embrassant derrière l'oreille. Amanda se laissa faire, sans bouger. Elle désirait cet instant depuis si longtemps qu'elle était terrifiée à l'idée que ça puisse mal se passer.

Une fois son sous-vêtement sur ses genoux, elle se tortilla légèrement pour le faire tomber au sol. Elle resta dos à lui, attendant qu'il lui propose de se retourner. Les mains de Laurent reposaient sur ses hanches à présent nues, tandis que sa respiration tremblante se heurtait à sa nuque. Amanda frissonna. Comme il ne bougeait toujours pas, elle se pencha un peu en avant, telle une invitation. Elle sentit l'excitation de Laurent enfler contre ses fesses à travers son caleçon alors qu'il lui saisissait la taille.

Mais ce n'était pas ce qu'il voulait. Alors il la redressa doucement et la retourna face à lui, lentement. Il avait les paupières fermées et le souffle court. Il était terrifié.

— Tu es sûr de toi ? glissa Amanda avec bienveillance.

Oui, il était sûr de lui. Plus que jamais.

Laurent ouvrit les yeux et vit l'inquiétude d'Amanda. Il lui fit rapidement oublier son malaise en embrassant son front, alors que ses mains parcouraient son corps, l'effleuraient délicatement.

Il s'approcha un peu plus, réduisant à néant l'espace entre eux. Sentir cet autre sexe tendu collé contre lui éveilla une vague d'excitation intense mêlée d'une pointe de confusion gênée, ce qui le troubla un instant. Il préféra ne pas y penser, pas cette fois. S'il était honnête, bien que la situation fût inhabituelle et l'expérience plutôt étrange, cela lui plaisait. Et il ne voulait plus se retenir par peur. Il tenait à franchir cette étape et montrer à Amanda qu'il l'aimait, tout entière.

Elle le sentait se gorger de désir, contre elle. Mais Laurent portait toujours son caleçon, c'est pourquoi à son tour, elle en effleura l'élastique, l'attrapa et le retira, doucement, lui laissant le loisir de l'arrêter s'il le souhaitait. Il n'en fit rien, alors elle continua son geste, et fit se rencontrer leurs sexes qui, pour la première fois, se touchaient librement.

Laurent se concentra sur la fièvre qui s'empara de lui à cet instant, et essaya de ne pas perdre pied. Ses mains avaient repris place sur les hanches d'Amanda et il en profita pour appuyer leurs bassins l'un contre l'autre, lâchant en même temps un petit gémissement intimidé.

— Ça va ? demanda Amanda.

Il était toujours incapable de parler, trop d'émotions se bousculaient en lui pour que quoi que ce soit de sensé sorte de sa bouche. Pour toute réponse, Laurent acquiesça en inspirant profondément et l'invita à s'installer sur le lit avant de se coller à nouveau contre elle. La fraîcheur des draps contrastait avec la chaleur de leurs corps.

Ils restèrent ainsi couchés pendant que Laurent continuait son exploration. Il posa plusieurs fois ses mains sur Amanda, la caressant doucement. Même s'il ne semblait pas chercher davantage que le contact de sa peau, il ne pouvait empêcher son propre corps de réagir.

— Tu trembles… remarqua-t-il en tentant d'attraper son regard.

— Je suis un peu nerveuse.

Il la serra plus fort…

— Moi aussi.

… puis glissa ses doigts le long des côtes d'Amanda qui frissonna de plus belle. Il continua son geste, contourna ses hanches pour longer sa cuisse qu'il remonta contre lui. Lentement, il avança sa main entre leurs corps, jusqu'à leurs sexes, les saisit et les emprisonna dans sa paume. Son rythme cardiaque s'emballa brusquement, troublé par ce contact aussi familier qu'inédit. Il s'arrêta, essayant de contrôler son pouls.

Amanda resta immobile. Elle l'observait, attendant la suite.

Paupières closes, Laurent se remit à bouger, caressant leurs verges comme s'il souhaitait en apprendre les contours, glissant de l'une à l'autre, découvrant leurs différences et similitudes. Quelque chose dans le fait d'être plus imposant qu'elle le rassura, bien que l'idée même de se comparer à sa compagne lui semblât absurde. En revanche, ils étaient tous deux aussi tendus, pulsant sous ses contacts timides.

La respiration fébrile, il jeta quelques coups d'œil rapides vers son ventre, sans pour autant se risquer à observer plus attentivement. Amanda se mit à remuer doucement le bassin, alors il demanda d'une petite voix :

— Tu veux que j'aille plus vite ?

Elle planta ses yeux sur lui sans oser répondre, cependant, ses pupilles dilatées par le désir parlaient pour elle. Laurent lui lança un regard entendu, alors que leurs corps brûlants se frôlaient avec une intensité croissante. Ne pouvant plus contenir son excitation, il roula au-dessus d'elle pour se placer entre ses cuisses, empoigna leurs membres et engagea un va-et-vient vigoureux et bien plus assuré.

Puis, sans arrêter son geste, il se pencha en avant afin d'embrasser Amanda qui gémissait contre ses lèvres.

Alors qu'elle lui caressait le torse et taquinait ses tétons, Laurent sentit l'orgasme monter à une vitesse folle et se raidit brusquement dans un râle à peine retenu. Il reprit son souffle un instant, puis recommença aussitôt son mouvement, de haut en bas, se concentrant sur elle, sans la lâcher des yeux. Jusqu'au moment où la respiration d'Amanda s'accéléra et ses jambes s'enroulèrent autour de lui, l'enserrant comme un étau. Dans un dernier élan, sa tête bascula en arrière tandis qu'elle laissait échapper son plaisir dans un soupir.

À cet instant, Laurent la trouva magnifique.

16

Dans sa voiture, Laurent était horriblement nerveux. Jamais il n'avait quitté un appartement aussi rapidement, s'habillant dans l'ascenseur, fuyant littéralement les lieux comme s'il avait commis un crime.

J'ai tripoté une queue, putain !

Il prit un virage sans même regarder si d'autres voitures arrivaient en face. Entre l'agitation et la fatigue, Laurent n'avait aucun réflexe. Par chance, ce dimanche matin là, les routes étaient calmes.

Non, ça comptait pas, c'est une femme ! J'ai pas pu aimer sentir sa… Putain !

Après un violent coup sur son volant, il réussit à sortir de la ville sans encombre et continua son chemin en mode automatique. Il avait l'habitude, il l'avait fait de nombreuses fois quand il revenait de chez Lola.

Faut que j'arrête mes conneries, je peux pas donner raison à mon père, pas comme ça !

Son téléphone tinta dans sa poche. Laurent l'attrapa et, découvrant un message, l'ouvrit mécaniquement pour le lire.

Amanda, 10 h 4 : Où es-tu ?

Les yeux collés sur l'écran, il sursauta en entendant quelqu'un le klaxonner. Il lâcha son portable sur le siège passager et se replaça sur sa piste, réalisant qu'il commençait à en dévier. Il tremblait de partout. Il n'était pas en état de conduire.

Dès qu'il le put, il s'arrêta sur une aire d'autoroute. Agrippé à son volant, il tentait de retrouver son souffle.

Merdemerdemerdemerde… !

Laurent essayait au mieux de contenir son mal-être ; il voulait être en colère, malgré ça, il n'éprouvait que de la tristesse et de la honte. Il frappa violemment son volant, jusqu'à s'arracher la peau des articulations, mais il ne sentit pas cette douleur ; celle qui l'envahissait de toutes parts était bien plus puissante.

À trop chercher à se retenir de pleurer, il se mit à ventiler, terrifié par ce que pouvait signifier cette nuit avec Amanda, et tout le plaisir qu'il avait ressenti.

J'avais sa queue dans ma main, bordel ! Contre la mienne ! Et on a…

Une remontée acide vint interrompre son flot de pensées et le força à ouvrir la porte, alors qu'il craignait de retapisser l'intérieur de sa voiture. Il toussa plusieurs fois, mais rien ne sortit. Il avait bu la veille, bien que pas assez pour ne pas avoir été totalement maître de ses paroles et de ses gestes. Il continua pourtant à tousser le dégoût qu'il ressentait pour lui-même, avant d'enfin se relâcher.

Mon père avait raison, je suis qu'une putain de fiotte…

Les pieds en appui sur le cadre de la portière, Laurent se tenait toujours assis sur le siège conducteur, la tête entre les mains, les bras sur les genoux. Il n'avait plus la force de lutter.

Il se mit à pleurer.

Prostré depuis plusieurs minutes, il fut rejoint par une voiture qui le sortit de son agitation intérieure. Il s'essuya la figure en observant l'autre véhicule s'arrêter à côté des toilettes et se redressa sur son siège avant de fermer la porte.

Son téléphone vibra, le faisant sursauter. Ce n'était pas Amanda, mais un numéro inconnu. Il préféra l'ignorer.

Le tourment de pensées continuait à tourbillonner dans la tête de Laurent, agrippé au volant. Il ne savait plus comment le stopper. L'air était plus lourd que jamais, pourtant, il avait froid. Le ciel était couvert à la suite des chaleurs de la semaine. C'était éblouissant. Laurent attrapa les lunettes de soleil qui traînaient dans la boîte à gants et aperçut son visage dans le rétroviseur ; il avait une mine affreuse avec ses cheveux hirsutes et ses cernes. Sa tenue débraillée et son haleine du matin n'aidaient pas.

Une nouvelle vibration sur son portable attira son regard ; cette fois, c'était un message. De Jo. Visiblement au courant de sa fuite.

Laurent n'était pas d'humeur à lire les reproches qui lui étaient envoyés, alors il effaça le texto sans l'ouvrir, réalisant au passage que c'était le même numéro que celui qui avait tenté de l'appeler un peu plus tôt.

Il finit par reprendre la route, sans savoir dans quelle direction ; il n'avait aucune envie de retourner chez lui ni d'aller nulle part. C'est donc dans un état second qu'il se retrouva à manœuvrer pour se garer devant chez Damien. Il prit une seconde, souffla un coup avant d'aller frapper à la porte de son ami.

Au moment où on vint lui ouvrir, il regretta son geste. Il n'avait pas envie de parler, encore moins devant Mylène. Il voulait repartir en courant, mais il était complètement figé, incapable de bouger.

— Laurent ? Qu'est-ce que tu fous là ?

Face à Damien qui semblait à peine réveillé, Laurent ne répondit rien. Il se contenta de l'observer, persuadé de faire une connerie.

— T'as une sale gueule, ajouta Damien. Qu'est-ce qui t'arrive ? On dirait que tu t'es fait agresser.

Laurent baissa les yeux sur lui. Il le savait déjà, et cela confirma l'impression qu'il avait eue dans la voiture : il faisait peur à voir. Toujours sans un mot, il s'autorisa à entrer, cherchant des signes de la présence de Mylène.

— Hey, qu'est-ce qui se passe ? relança Damien qui commençait à s'inquiéter.

— Mylène est là ? réussit à articuler Laurent.

— Non, elle est partie ce matin, elle retrouve sa sœur et sa mère pour la journée, pourquoi ?

À peine Damien eut-il terminé sa phrase que Laurent se laissa tomber sur le canapé, se plaqua les mains sur le visage, espérant masquer ses larmes sous le regard ahuri de son ami.

— Putain, Laurent, qu'est-ce qui va pas ? Tu me fais peur…

Celui-ci était incapable de parler. Il se remit à hyperventiler, terrifié à l'idée de dévoiler tout ce qu'il cachait au fond de lui. Il ne savait pas pourquoi il avait débarqué ici ni pourquoi il n'arrivait pas à faire marche arrière, mais il ne pouvait pas laisser Damien être témoin de son état sans lui expliquer un minimum ce qui se passait.

La nausée le reprit, il avait besoin d'air. Et d'une clope, de toute urgence. Dans un élan de panique, il fouilla dans ses poches, peu sûr d'y trouver ses cigarettes après tout ce qu'il avait fait vivre à ses vêtements. Rassuré, il mit la main sur un paquet, écrasé, et les trois cigarettes qui s'y trouvaient étaient légèrement tordues. Ça ferait l'affaire. Il fonça sur le balcon et en alluma une.

Damien le suivit, toujours aussi perturbé.

— Tu peux pas débarquer chez moi dans un état pareil et rien me dire !

La main tremblante, Laurent porta encore une fois la cigarette à ses lèvres, tira une grosse bouffée et détourna les yeux.

Ton meilleur ami est une pédale ! Voilà ce qu'y a !

Il grimaça à cette pensée, plus honteux que jamais. Il ne savait pas du tout comment Damien réagirait en apprenant un truc pareil. Il tenta de commencer autrement.

Il s'assit sur la petite chaise qui traînait sur le balcon depuis bien trop de saisons pour avoir l'air de tenir encore debout, et il lâcha :

— J'ai couché avec Amanda… Je… Je lui ai dit que je l'aimais…

Damien tiqua.

— Et alors ? C'est plutôt cool, non ?

Soupirant de plus belle, le visage caché par une main, Laurent poursuivit :

— Amanda… Elle est… trans…

Il fallut une seconde à Damien pour que le mot fasse son chemin et qu'il articule :

— Qu… Trans, c'est… ? Tu veux dire que c'est un mec ?

Laurent pouffa douloureusement avant de grimacer, contrarié, et déclara :

— J'ai dit pareil quand elle me l'a annoncé. Mais paraît que c'est quand même une femme… ! Sauf qu'elle a une queue ! Une nana qui a une putain de bite entre les cuisses !

N'entendant aucune réaction de la part de Damien, il releva les yeux et vit son ami le dévisager, pantois, immobile. Ce n'était peut-être pas plus mal. Aucune réaction, c'était plus facile à gérer que du dégoût ou de la moquerie.

— … Et hier, je lui ai dit que je l'aimais, et on a passé la nuit à poil, au pieu, répéta Laurent, en tirant encore une fois sur sa cigarette. Tu piges où est le problème, maintenant ?

Il se mit à rire nerveusement, mais son rire se mua en sanglots. Il ne savait même pas pourquoi il était triste, pourtant, quelque chose lui faisait atrocement mal.

— Bordel, mon père a toujours eu raison ; je suis juste une grosse fiotte.

— Attends, attends, du calme, intervint Damien. Tu peux pas être… Tu viens de dire qu'Amanda est quand même une femme, donc…

Laurent se remit à rire amèrement, tirant un grand coup sur sa cigarette qui brûla jusqu'au filtre. Il écrasa le mégot dans le cendrier à côté de lui et confirma :

— Femme ou non, cette nuit, j'étais collé à une autre queue, je l'ai attrapée à pleine main pour la branler, et j'ai kiffé comme la pédale que je suis !

Choqué, Damien n'en revenait pas de la violence des propos de Laurent. Et son histoire était invraisemblable.

— Calme-toi, OK ? Je comprends rien. Vous en êtes où ? Elle est où ?

Laurent soupira, se ralluma une cigarette tout en jetant un coup d'œil à la dernière qui lui restait.

Il faudrait qu'il en rachète en rentrant…

— J'en sais rien, chez elle sûrement. J'me suis barré pendant qu'elle dormait.

Sa voix ne laissait plus transparaître la moindre émotion. Comme déconnecté, il se trouvait ridicule ; peut-être même qu'il jugerait la situation comique à force.

— Tu t'es tiré sans rien dire ? Mais… je comprends pas, c'était la première fois que tu couchais avec elle ?

Oppressé par les questions de son ami, Laurent ne savait pas comment répondre. Il se contenta de rire un peu plus, réalisant que s'il n'en avait plus rien à faire, c'était parce qu'il venait de perdre le peu d'estime qu'il pouvait encore avoir de lui-même.

— C'était pas la première fois, non. Mais jusqu'à hier soir, c'était elle qui s'occupait de ma queue, et pas l'inverse.

Damien essaya de remettre ses idées en place, et de comprendre ce que Damien lui disait. C'était pourtant clair, mais il n'arrivait pas à l'assimiler, si bien qu'il demanda :

— Donc tu savais qu'elle était… trans ?

— Depuis le début, ouais.

— Et tu l'aimes…

Laurent planta son regard tremblant dans celui de son ami avant de le détourner. Il se passa encore une fois la main sur la figure, terrifié par cette vérité étouffante, tant elle était difficile à admettre. Puis il agrippa ses cheveux quand un nouveau sanglot rageur tenta de se frayer un chemin dans sa gorge nouée.

— Qu'est-ce qui va pas chez moi ?

— Calme-toi un peu, et explique-moi depuis le début…

Laurent soupira, épuisé, cependant, il comprenait la demande de son ami. Alors il lui raconta le *coming out* d'Amanda, ce qu'elle avait traversé pour en arriver là et le fait qu'elle avait toujours un pénis. La peur qu'il avait eue que ça se découvre, que malgré ça, il n'avait pas réussi à envisager de la quitter. Et que, la veille, il lui avait avoué ses sentiments, qu'il avait souhaité coucher avec, jusqu'à ce matin où, pris de panique, il avait fui comme un lâche.

Damien l'avait écouté sans l'interrompre, attentif, surpris, bouleversé. Une fois que Laurent eut terminé, Damien se leva et proposa :

— Tu veux une bière ?

Étonné, Laurent fronça les sourcils, puis accepta. Au stade où il en était, ça ne pouvait pas lui faire de mal. Et Damien aussi avait probablement besoin d'un petit remontant.

Celui-ci revint rapidement avec les canettes en main. Il en tendit une à Laurent qui l'ouvrit et en but une grande gorgée.

— Putain… lâcha alors Damien. C'est complètement dingue. Tu vas faire quoi ?

Laurent haussa les épaules, puis déclara :

— Je vais plus la revoir…

Sitôt qu'il eut prononcé ces mots, il sentit son ventre se tordre et son cœur se serrer, lui faisant perdre son souffle. Bien qu'il l'ait annoncé comme une évidence, il réalisa que son désir profond était l'exact opposé.

Laurent était resté chez son ami, s'était douché et lui avait emprunté un survêt. Même si Damien n'était pas du genre à encourager cette mauvaise habitude, il était allé lui acheter des cigarettes à la station-service qui se trouvait un peu plus haut, dans la rue, comprenant que Laurent n'était pas en état. Il avait également rapporté des bières et des chips, et ils avaient passé la journée comme deux adolescents, à jouer à des jeux vidéo. Si bien que Mylène fut quelque peu surprise par le spectacle qui s'offrit à elle à son retour.

— Vous êtes pires que des gamins. Elle t'en veut pas trop, Amanda, que tu passes ton dimanche à t'amuser avec lui plutôt qu'avec elle ?

Son sous-entendu aurait pu faire sourire s'il ne tombait pas si mal. Alors que Damien s'apprêtait à répliquer, Laurent l'en empêcha aussitôt, craignant qu'il vende la mèche, et déclara :

— On a rompu. Ce matin.

Mylène, qui déballait son sac et rangeait ses affaires, s'arrêta net dans son geste.

— Oh, non ! Vraiment ? Qu'est-ce qui s'est passé ? Ça avait l'air de tellement bien fonctionner entre vous.

Damien ne dit rien, laissant son ami gérer. Quand il le vit sourire, il comprit qu'il n'assumerait pas la vérité devant Mylène.

— Bah, comme d'hab. Elle était pas assez bien pour moi.

Il avait lâché ça avec un naturel déconcertant, pourtant, Damien savait combien sa réponse lui faisait mal.

— J'espère que c'est pas de nouveau à cause de ton père ? ajouta Mylène avant de s'emporter. C'est vraiment dommage. Vous étiez si complices, et fusionnels, ça avait l'air de super bien marcher entre vo– …

— Mylène ! l'interrompit Damien.

Elle releva enfin les yeux de ses affaires et remarqua Laurent, effondré sur le canapé, bien plus touché qu'il ne voulait le laisser croire.

— C'est pas à cause de son père, dit Damien.

— Alors quoi ?

Laurent se décida à répondre, histoire de couper court :

— C'est rien, d'accord ? Ça va très bien.

Il lança un regard noir à Damien, lui signifiant clairement de la boucler.

Laurent resta encore un moment avec ses amis, mais refusa leur invitation à souper. Il avait besoin de se retrouver un peu seul. Damien l'accompagna jusque sur le pas-de-porte et, une fois dehors, Laurent lui fit promettre de ne jamais parler de tout ça à qui que ce soit.

— À qui tu voudrais que j'en parle ?

— J'en sais rien, Mylène par exemple.

Damien haussa les épaules, comme si ça ne risquait pas d'arriver.

— Si jamais j'entends que t'en as parlé à quelqu'un, j'te jure que j'te– …

— C'est bon, fais pas de promesse que tu pourrais pas tenir, coupa Damien, essayant de détendre son ami. J'en parlerai pas.

Laurent fut à nouveau envahi par la gêne et n'osa plus relever les yeux. Il hocha la tête, acceptant de le croire, se passa une main dans les cheveux et prit une profonde inspiration.

La pluie commençait à tomber et l'air se rafraîchissait. Damien s'assura qu'il arriverait à conduire jusque chez lui.

— Ça va aller, t'inquiète pas.

— D'ac… Hey, Laurent !

Celui-ci refit face à Damien, l'interrogeant du regard.

— Je… Je sais pas comment te dire ça, mais… moi, je m'en fous. C'que t'as fait. Enfin, ce que je veux dire, c'est que ça change rien, OK ?

Laurent détourna les yeux aussitôt, embarrassé. Il acquiesça une nouvelle fois, remerciant silencieusement son ami.

17

Une fois de retour chez lui, Laurent s'écroula dans ses draps, l'esprit vidé. Et il avait faim. Il attrapa son portable qui affichait dix-huit heures trente passées, ainsi que trois appels en absence d'Amanda. Il ouvrit sa messagerie et retomba sur le dernier qu'elle avait envoyé. « *10 : 04 – Où es-tu ?* » Cela faisait plus de huit heures qu'elle attendait une réponse à cette question.

J'suis vraiment le dernier des connards...

Tandis que la honte le rongeait à nouveau, la culpabilité vint s'ajouter à son bouillon d'émotions. Il avait fui sans réfléchir, terrifié par ce qu'il avait partagé avec Amanda. Mais pas une seconde il n'avait songé à ses sentiments à elle. Que pouvait-elle bien ressentir ? Après sa déclaration de la veille, comment avait-il pu lui faire une chose pareille ?

Il lui avait dit l'aimer, et il le pensait. Il le pensait toujours. Il l'aimait, tellement qu'il avait envie de hurler. Parce qu'il ne pouvait pas l'aimer.

Il n'en avait pas le droit.

Cette fois-ci, il ne tint plus. Il courut à la salle de bain et, penché au-dessus des toilettes, rendit tripes et boyaux, jusqu'à en avoir la gorge en feu.

Quand il se remit debout, les jambes flageolantes, il était bien décidé à faire disparaître ces quelques mois de sa vie. Refoulant au plus profond de lui tout ce qu'il ressentait pour Amanda, tout ce qu'il avait partagé avec elle, tout ce qu'il avait confié à Damien.

Aussi merveilleux que cela ait pu être.

***

Pendant la semaine, Amanda tenta de l'appeler. Pris de panique, Laurent laissa son téléphone sonner, le regard fixé sur le prénom qui s'affichait à l'écran. Il mourait d'envie de l'entendre, mais il avait trop honte pour oser lui parler. Et il ne lui resta qu'une notification pour lui signifier qu'il avait manqué sa chance.

Les jours qui suivirent, il fit tout son possible pour occulter ce qu'il ressentait, mais rien ne semblait réussir à étouffer ses sentiments. Tout se mélangeait dans sa tête, cependant, il ne devait rien laisser paraître. Au moins, ses collègues étaient parfaits pour le remettre sur les rails. Avec eux, entre deux blagues salaces et une anecdote de soirée, il n'avait pas le temps de ressasser. Il se laissait porter, imitant ces comportements que même lui avait toujours trouvés un peu limites jusqu'alors. Avant qu'il ne connaisse Amanda, il participait sans pour autant nourrir particulièrement les échanges, tandis que les autres lui enviaient sa liberté de s'envoyer en l'air comme il le voulait. Il avait besoin de récupérer ce statut, pour se prouver qu'il était bel et bien cet homme à femmes que tout le monde avait oublié depuis qu'Amanda était entrée dans sa vie.

Quand arriva le vendredi soir, il se força à se rendre au King Size, afin de retrouver son rituel de drague. Mylène et Damien furent étonnés de le voir déjà en chasse d'une nouvelle conquête, plus maladroit et vulgaire que jamais. Il trouva néanmoins une proie à qui cela plut et quitta le bar avec elle, sans même saluer ses amis.

Une fois chez lui avec la demoiselle dont il ignorait complètement le prénom, bien trop éméché, il lui sauta dessus, glissant directement sa main entre ses jambes. Son empressement réjouit la jeune femme qui se mit à gémir et remuer le bassin en sentant ses doigts en elle. Pendant qu'il embrassait ses seins, elle voulut lui retirer son pantalon à son tour, mais il repoussa ses mains.

— Attends, lui souffla-t-il, comme s'il lui préparait une bonne surprise.

La vérité était qu'il ne parvenait pas à se motiver. Il avait beau la tripoter dans tous les sens, il ne bandait pas.

La jeune femme tenta une nouvelle approche, impatiente, posant sa paume directement contre sa braguette, où elle sentit que rien ne se passait.

— Qu'est-ce qui t'arrive ? T'as pas envie… ? lui demanda-t-elle, suave.

Laurent s'arrêta de bouger, retira sa main d'entre ses jambes, légèrement essoufflé par ses efforts inutiles.

Il leva la tête et plongea son regard dans le sien.

— Non…

Avec son pantalon à mi-cuisse et son pull relevé qui laissait apparaître sa poitrine, la brune face à lui aurait dû être plus que désirable, pourtant, il la trouvait ridicule ainsi débraillée.

— Comment ça, « Non » ? demanda-t-elle, vexée, tout en remettant ses vêtements en place. Tu te fous de moi ?

— Tu… Tu m'fais aucun effet, désolé.

Outrée, la jeune femme termina de se rhabiller et attrapa son sac posé au sol. Il ne releva même pas les yeux sur elle, alors qu'elle s'en allait, fâchée et probablement humiliée.

— T'as qu'à finir tout seul, du moins si t'arrives à bander, déclara-t-elle en claquant la porte, lui faisant soudainement prendre conscience de la situation.

Abattu, Laurent resta debout au milieu du salon, sans comprendre pourquoi il avait eu cette panne. Au bout de quelques minutes, il se dirigea vers la salle de bain, se passa les mains sous l'eau, puis se rinça le visage. Il tremblait, mais tenta de se rassurer : il aimait les femmes, il était certainement juste encore un peu perturbé par ce qu'il avait vécu.

***

Les semaines passaient, et Damien ne reconnaissait pratiquement plus son ami. Il lui avait toujours connu un petit côté bourrin, pourtant, là, ça dépassait tout ce qu'il avait pu voir jusqu'alors. Il n'avait plus aucun respect pour les femmes et se montrait plus vulgaire que jamais, à croire qu'il ne les considérait plus que comme des orifices rassurant son égo sur sa virilité. Il finissait la plupart des soirées complètement saoul, voire malade. La fête d'anniversaire de leur amie Éline n'avait pas fait exception et Laurent avait terminé tellement ivre qu'il ne tenait plus debout. Mylène n'avait pas été des plus enthousiastes à voir Damien lui proposer de le ramener, mais il ne pouvait pas le laisser se débrouiller alors qu'il ne tenait plus sur ses jambes.

Une fois chez Laurent, celui-ci sembla reprendre peu à peu ses esprits et demanda :

— Qu'est-ce qui s'est passé ?

— T'as vraiment envie de le savoir ?

Laurent maugréa dans son coin, et Damien lâcha, contrarié :

— T'étais à deux doigts de tomber dans les vapes, c'est Mylène qui a dû m'aider à te porter jusqu'à la voiture ! Tu t'es enfilé pratiquement toute la bouteille d'absinthe, à toi tout seul ! Qu'est-ce que t'essaies de prouver ? Que t'es un vrai mec, comme t'as pas arrêté de le balancer à Clément ? Heureusement qu'il est parti tôt, je crois pas qu'il aurait aimé ton couplet sur le fait que t'allais te taper Maude. Ils se sont séparés y a tout juste une semaine !

Laurent haussa les épaules.

— C'est lui qui l'a quittée, elle est libre, j'vois pas le problème.

Damien soupira encore une fois, puis ajouta :

— Laurent, je sais pas à quoi tu joues, mais ça fait pratiquement un mois que tu fais le con. Sérieusement, depuis que t'es plus avec Amanda, tu vas mal.

— Ferme-la, OK ! J'ai pas envie d'entendre parler d'elle !

— J'en ai rien à foutre ! s'emporta Damien. Tu dérailles, mon vieux !

Laurent se tut aussitôt. Il était rare que Damien perde son calme. Il ne se rappelait même pas la dernière fois que cela lui était arrivé. Mais il oublia rapidement l'état de son ami pour se concentrer sur le sien.

— J'vais gerber, lâcha-t-il en se précipitant aux toilettes.

Il ne cracha que du liquide et Damien l'engueula de plus belle :

— Tu peux pas boire autant et rien bouffer, t'as vraiment envie de te foutre en l'air ?

— T'occupes pas de c'que je fais, réussit à articuler Laurent qui se redressait en s'essuyant la bouche avec du papier toilette.

Damien ne pouvait pas l'ignorer et faire comme si tout allait bien. Après sa rupture avec Sonia, Laurent avait traversé une période de déprime et la remontée n'avait pas été facile, mais c'était la première fois qu'il avait un tel comportement autodestructeur.

— Pourquoi tu fais tout ça ? T'as vraiment pas à te prendre autant la tête ! Amanda ressemblait à une nana, elle était super canon. Y a pas de honte à avoir craqué.

— J'ai pas juste craqué, putain ! hurla Laurent à son tour sans pour autant oser le regarder. Tu comprends pas ? Je suis resté avec elle malgré tout. On s'est foutus à poil tous les deux, et… ! Bordel, Damien, tu peux pas comprendre à quel point j'suis dans la merde, OK ? Alors fous-moi la paix avec tes discours à la con !

Damien l'observa un instant, fronçant les sourcils.

— Laurent… tu l'aimes toujours, non ?

Celui-ci se figea en entendant son ami lui poser cette question. Les mots se bloquèrent littéralement dans sa tête, jonglant entre la vérité et le mensonge. Entre ce qu'il pensait avoir le droit de ressentir ou non. Au lieu de répondre, il détourna le visage alors qu'il sentait les larmes lui monter aux yeux, une main devant la bouche, trop troublé.

— OK, dit Damien qui comprit son silence. Alors dans ce cas… pourquoi tu l'acceptes pas, simplement ?

Laurent lui refit face aussitôt, presque choqué par la naïveté des propos de Damien.

— Tu t'entends parler, ou bien ? Tu l'accepterais *simplement*, toi, si tu découvrais que Mylène avait une bite ?

Damien baissa la tête ; il ne savait pas quoi répondre.

— Putain, lâche-moi un peu, assena Laurent. Merci bien, mais rentre chez toi !

— T'étais à moitié dans les vapes, je te laisse pas.

— Arrête tes conneries, je vais bien. J'ai juste besoin d'avaler un truc et me reposer, ça va.

Damien l'observa ; il avait effectivement l'air d'aller mieux. Physiquement du moins. Moralement, c'était toujours une belle catastrophe.

— Je te prépare à manger.

Il sortit de la salle de bain et Laurent entendit son ami fouiller dans ses placards et son congélateur. Il n'avait pas faim du tout, mais il devait avouer qu'avoir Damien auprès de lui lui faisait plaisir.

Concentré sur le bruit de papier qu'on déchirait, du fouet qui battait un liquide quelconque et des couverts qui se heurtaient dans leur tiroir, Laurent finit par rejoindre le salon. Il se laissa tomber sur le canapé tout en observant autour de lui ; rien n'avait changé depuis qu'il avait emménagé. Hormis un arbre à chat, au sommet duquel

Nook faisait la sieste, et quelques jouets improvisés avec des bouchons de vin ou de la ficelle, rien ne traînait, rien n'était affiché. Il y avait juste des meubles pratiques, le tout très impersonnel. On sentait qu'il ne faisait pas grand-chose chez lui.

Si Damien et Mylène aimaient bien que leurs murs soient tapissés de photos, c'était avant tout une idée à elle. Tout comme les figurines de personnages d'animés ou de jeux vidéo, les tableaux… Tout ça, c'était Mylène.

Laurent resta ainsi à se demander à quoi ressemblerait son appartement avec une touche féminine, jusqu'à ce que Damien s'approche.

— Viens, c'est prêt…

Laurent n'avait toujours pas envie de manger. Son ventre se mit néanmoins à gargouiller lorsqu'il sentit la bonne odeur de nourriture qui planait vers la cuisine. Encore plus en voyant le plat que lui avait préparé son ami : une sorte de poulet pané à la poudre d'amande accompagné d'une poêlée de légumes à l'huile de coco – qui traînait depuis une soirée bourguignonne organisée l'hiver précédent. Damien avait décidément un don pour réaliser des miracles avec ce qu'il trouvait dans les placards.

Ils s'installèrent au bar de cuisine qui servait de séparation avec le salon, et ils commencèrent à manger en silence. Au bout d'un moment, Damien demanda, histoire de parler :

— Tu fais un truc pour ton anniversaire ?

Laurent réfléchit un instant, haussant les épaules.

— J'en sais rien. C'est dans un moment.

— Tu pourrais organiser une petite soirée.

— On verra… C'est pas un âge important.

— Trente-trois, c'est symbolique. Ou sinon, tu peux fêter tes vingt-cinq ans pour la huitième fois, plaisanta Damien.

Il releva les yeux sur Laurent et fut ravi d'apercevoir un petit sourire au coin de ses lèvres avant qu'il ne réponde :

— C'est une idée.

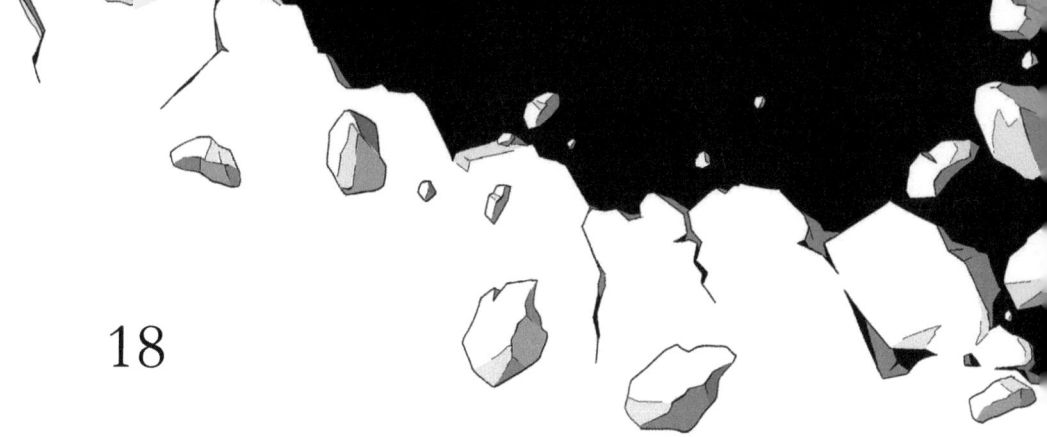

18

~ Septembre ~

Laurent, 19 h 39 : On va boire un verre ?

La réponse se fit attendre. Laurent imaginait parfaitement Damien discuter avec Mylène, celle-ci s'agacerait, alors Damien essaierait de la convaincre, elle finirait par se résigner, mais elle ne l'accompagnerait pas…

Damien, 19 h 43 : OK, mais pas tard, Mylène reste à la maison.

Laurent grimaça, contrarié, mais accepta malgré tout. Son ami se montrait de plus en plus réticent à lui accorder du temps. Il faut dire que Laurent sortait pratiquement tous les soirs. Mylène avait tenté de le raisonner, lui expliquant que noyer son chagrin dans l'alcool n'était pas une solution. Mais Laurent n'avait rien voulu entendre ; elle n'y comprenait rien. Et puis, tout allait parfaitement bien, il n'était pas triste. Il était presque parvenu à s'en convaincre lui-même. Il lui suffisait de persévérer un peu et il irait vraiment mieux. C'était certain. Il fallait juste qu'il se change les idées une fois encore, et tout s'arrangerait.

Il finirait par oublier…

***

Tirant sur sa cigarette, Laurent attendait son ami à quelques pas du Sunset Bar. Quand il le vit arriver, il lui fit signe tout en jetant son mégot au sol, sans prendre la peine de l'écraser. Damien s'en chargea tout en saluant Laurent.

— Prêt à faire la fête ? déclara ce dernier, trop heureux pour être convaincant.

— Pas vraiment, je suis mort. La journée a été longue, Mylène a la crève et elle m'en veut de te soutenir dans tes conneries.

— OK, bah, me gâche pas l'plaisir. Viens, j'te paie un verre.

Damien accepta à contrecœur et se laissa entraîner. Le bar était bondé, les clients s'étalaient jusque sur le trottoir, de chaque côté de la terrasse. Le temps s'était rafraîchi depuis quelques jours, on sentait l'automne arriver doucement, mais tant qu'il était possible de s'installer à l'extérieur, les gens en profitaient. Alors qu'ils demeuraient tous deux bloqués dehors par la foule, Laurent se pencha vers son ami et, le regard perdu parmi les clients, lui chuchota :

— Je vois pas grand-chose d'appétissant.

Damien jeta un coup d'œil autour de lui et repéra plusieurs femmes très jolies, tout à fait au goût de Laurent. Il n'était donc pas difficile de comprendre que ce n'était qu'une fausse excuse.

Damien soupira et déclara :

— T'as pas juste envie de boire un verre, entre amis ?

— Ça empêche pas de se trouver un trou pour la nuit, répondit Laurent sans aucune finesse, avant de se bidonner.

Exaspéré, Damien leva les yeux au ciel, les mains enfouies dans ses poches. L'attitude machiste et sexiste que Laurent affichait ces derniers mois lui semblait ridicule et avait tendance à lui taper sur les nerfs. Conscient que ce comportement n'était qu'un masque rassurant, il choisit de ne pas y prêter attention et poursuivit son propos.

— Éline m'a écrit pour me dire qu'elle et les autres se retrouvaient au Bachibouzouk. On peut les rejoindre, ça te tente ?

— Éline ? Pourquoi elle m'a pas écrit aussi ?

Damien lui lança un regard de travers avant de lui rappeler l'état dans lequel il avait fini le soir de son anniversaire. Laurent grogna et s'alluma une nouvelle cigarette. Il était contrarié de découvrir que même ses amis commençaient à l'éviter.

— OK, allons au Bachi, on verra s'ils sont encore là, dit-il sans cacher sa vexation.

Le Bachibouzouk était un petit bar alternatif qui se situait à deux pas de chez Laurent. L'ambiance y était beaucoup plus intimiste qu'au Sunset, et leur sélection de bières était impressionnante. Ce n'était pas le rythme de service effréné qu'on retrouvait dans les boîtes de nuit, où les gens avaient chaud sans pouvoir prendre l'air, et où d'autres ne cherchaient qu'à boire au maximum pour enfin se laisser vivre. Ici, au contraire, c'était un bar chaleureux et Laurent devait avouer qu'il n'était pas contre une telle ambiance.

Une fois devant le pub, ils virent à travers la vitrine Éline et Charlotte qui rigolaient et ils les rejoignirent.

— Hello, lança Laurent avant de se tourner vers Charlotte. Ton frère est pas là ? Maintenant qu'il est célibataire, j'imaginais qu'il sortirait plus souvent.

— Il est aux toilettes. Cela dit, je ne crois pas qu'il soit particulièrement fan des parties de drague à deux.

Laurent pouffa, puis s'adressa à Éline, aguicheur.

— Et toi, t'as pas envie d'une petite soirée, juste tous les deux ? Histoire de m'faire pardonner mon état à ton anniversaire.

Éline n'était pas du tout son genre. Mignonne, le visage lisse et doux comme une poupée de porcelaine, mais trop introvertie. Cependant, il ne lui avait jamais connu de relation, pas même une histoire d'une nuit. Il avait proposé plus pour s'amuser que par réel désir de coucher avec son amie. Et elle le savait parfaitement.

— T'inquiète pas pour moi, le recala-t-elle malgré tout, faisant ricaner Laurent de plus belle.

— J'vais commander à boire au bar, j'te prends une torpille ? demanda-t-il à Damien qui acquiesça.

Le service était rapide, les personnes accoudées au comptoir profitaient tranquillement de leur boisson. Laurent attrapa les deux bières qu'on lui tendit et rejoignit les autres. Damien semblait plongé dans une grande conversation avec Éline et Charlotte. Sans trop savoir pourquoi, il eut peur de ce qu'il pouvait être en train de leur dire, alors il accéléra le pas et leur sauta pratiquement dessus.

— Tiens, ta mousse ! s'exclama-t-il bien fort, interrompant la discussion.

Damien ne répondit pas, le regard perdu au-dessus de son épaule, sourcils froncés. Intrigué, Laurent se retourna et découvrit Clément qui s'approchait d'eux, accompagné du nouveau collègue de travail d'Éline, Julien, qui participait de plus en plus souvent à leurs soirées.

— Hey, Clem ! Bah alors, tu joues la gonzesse, tu vas aux chiottes en duo ?

Sans lui laisser le temps de répliquer, Laurent s'esclaffa et lui claqua sa main dans le dos en disant :

— Bon, je venais voir s'il y avait quelque chose à se mettre sous la dent. Mais en dehors d'Éline qui refuse obstinément de savoir ce que c'est une nuit avec un vrai mec, le stock est pas terrible ce soir.

— Je sais même pas si je dois être vexée ou flattée que tu ne m'aies pas citée, déclara Charlotte en secouant la tête, faisant rebondir sa coupe afro piquetée de fleurs.

— Toi, t'es sa frangine, répliqua alors Laurent en pointant Clément du doigt. Ça te rend inenvisageable.

— Oh, « inenvisageable », je suis étonnée de te voir utiliser un mot si compliqué, le taquina-t-elle.

Laurent pouffa doucement à la boutade ; il l'avait bien mérité. Pour autant, il ne se priva pas d'en rajouter une couche :

— Bref ! En attendant, si je peux éviter les cageots pour passer un peu de bon temps, ça m'arrange.

— Je crois bien que t'as viré le seul canon qui voulait bien de toi, balança alors Damien.

Laurent n'en revenait pas que Damien fasse une telle remarque, alors qu'il lui avait dit plusieurs fois ne plus vouloir en parler, encore moins devant les autres. Il tenta malgré tout de sembler détaché et répliqua :

— Tu parles d'Amanda ? Ouais, bah elle était peut-être belle, mais tu sais très bien qu'elle et moi, ça fonctionnait pas.

— On se demande bien pourquoi, d'ailleurs. T'as jamais voulu en parler, remarqua soudainement Éline, comme si elle espérait une explication.

Pris d'un coup de chaud, Laurent se sentit piégé, ne sachant comment réagir. Avant de se laisser submerger par la panique, il réussit à répondre :

— Qu'est-ce que vous voulez, j'étais trop bien pour elle, c'est tout.

Et il leva son verre avant d'en boire une grande gorgée.

— Et si on arrêtait de parler de moi ? Toi aussi, faut que tu te dégottes une nana, non ? déclara-t-il à Clément.

Celui-ci se crispa.

— Euh, moi, c'est bon. Je suis bien comme ça.

— T'es sérieux ? T'as pas envie de te trouver une minette, au moins pour la soirée ?

Laurent savait parfaitement que ce n'était pas le genre de Clément qui était bien plus posé que lui. Il s'était séparé de Maude près de deux mois auparavant, et ne semblait pas du tout vouloir se lancer dans une nouvelle histoire. Il passait au contraire beaucoup de temps avec sa sœur et ses amis du théâtre, dont Julien qui l'accompagnait de plus en plus souvent. Peut-être qu'effectivement, Clément avait davantage besoin d'un ami que d'une femme.

— J'ai déjà des plans pour la nuit, lâcha celui-ci sans réfléchir.

— Tiens donc ? Pour la *nuit* ? questionna alors Julien, amusé.

Clément sembla prendre conscience de ce que cela sous-entendait et il se corrigea vivement :

— Enfin, pour la soirée, juste ce soir. Je sais pas ce que je ferai cette nuit.

Laurent crut déceler de la gêne dans les yeux de Clément et ne put s'empêcher de sourire.

— Des plans chaud bouillants, visiblement ! Comme quoi, y a quand même de jolis petits culs en vue chez notre ami Clément ! lâcha-t-il.

Pendant que le concerné se décomposait sur place sous le regard amusé de ses amis, Laurent se tourna vers Julien et lui demanda :

— Et toi, t'as des projets ?

— Ce week-end, je m'isole dans le chalet de mon frère. Je pars ce soir. Je n'avais rien de particulièrement « chaud bouillant » au programme, mais... qui sait ?

Il avait terminé sa phrase en jetant un coup d'œil à Clément qui s'empourpra un peu plus. Ce dernier n'avait jamais été très à l'aise quand la discussion glissait en dessous de la ceinture, Laurent avait pu le vérifier à de nombreuses reprises. Déjà avec Maude, il n'était pas du genre à se vanter de ses exploits au lit. Depuis qu'ils s'étaient séparés, c'était encore plus flagrant ; impossible de parler de sexe en sa compagnie sans qu'il plonge dans un profond embarras. C'en était presque tentant de le titiller.

Laurent fut ramené à la réalité par Damien qui terminait sa bière. Il proposa de lui en payer une autre, Damien refusa, désireux d'être en état de prendre le volant et de ne pas rentrer trop tard pour retrouver Mylène.

— T'es sérieux ? Tu me lâches alors que la soirée commence à peine ?

— Laurent…

Damien l'observa un instant, le mettant presque mal à l'aise, comme s'il s'apprêtait à lui dire quelque chose d'important. Il se ravisa, laissa échapper un soupir et déclara :

— Tu devrais aussi rentrer, après cette bière. Juste… profiter de tes amis, te changer les idées, et ensuite, rentrer.

Laurent hésita une seconde avant d'être rattrapé par ses peurs. Il ne voulait pas se retrouver seul dans son appartement, à ruminer… Ce n'était pas pour rien qu'il avait eu besoin de sortir. Il adressa malgré tout un large sourire de façade à Damien et revendiqua haut et fort :

— Pas question de me faire une soirée de pédé à me branler tout seul !

En l'entendant s'exclamer de cette façon, ses amis le dévisagèrent, grimaçants et réprobateurs, lui reprochant ses propos. Cependant, Laurent les ignora et continua sur sa lancée.

— Par contre, c'est clair que c'est pas dans ce pub de coincés que j'vais trouver c'qui m'faut.

— Tu veux aller où ? demanda Damien, soucieux.

— À Lausanne, y a toujours de quoi se réchauffer, là-bas.

— Tu vas pas conduire après tout ce que t'as bu ?

— T'inquiète, j'vais prendre un taxi, j'suis pas suicidaire.

Damien l'observait, essayant de décrypter ce besoin de passer pratiquement toutes ses nuits accompagné, ramener le maximum de femmes chez lui, comme si ça pouvait faire disparaître tout ce qu'il avait partagé avec Amanda.

— Fais gaffe à toi… conclut alors Damien, réalisant qu'il ne pouvait pas chaperonner son ami toute sa vie.

Il finirait bien par se casser la figure et Damien se tenait prêt à le relever le jour où ça arriverait. En attendant, il semblait qu'il ne pourrait pas éviter sa chute.

***

Dans la plus grande salle du Mad, après avoir commencé doucement avec une ou deux bières, Laurent avait continué avec plusieurs Cuba Libre. Le troisième n'avait pas manqué de lui retourner la tête, et pourtant, il ne s'était pas arrêté là. Il avait enchaîné avec une vodka bien tassée qui lui avait définitivement fait perdre toute inhibition, avait fait tomber toutes ses barrières et s'envoler ses craintes. Il était seul au monde, sans plus personne pour le juger. Et il se trémoussait comme un possédé sur la piste de danse, son verre à la main, les yeux fermés, ses mouvements guidés par chaque vibration qui se répercutait entre les murs et son corps.

Il ondulait en parfait contretemps, alors que ses bras semblaient propulsés par les basses. Il fit un tour sur lui-même tout en buvant.

Sa tête aussi tournait, mais tant qu'il tournait plus vite, il arrivait encore à l'ignorer. Tout ce qui comptait, c'était que la musique ne s'arrête pas.

Il bougeait sans retenue, quelques pas sur le côté, puis dans l'autre sens. C'était comme si le monde lui offrait la place d'enfin exprimer celui qu'il voulait être. Sans plus réfléchir, sans plus avoir peur, il se sentait voler.

Au bout de quelques hits, Laurent fut rappelé à la réalité par sa vessie. Il posa son verre n'importe où, quitte à y perdre sa caution, se précipita aux toilettes et arriva juste à temps pour éviter l'accident le plus honteux de sa vie d'adulte. Penser à ce que cela aurait pu donner le fit glousser alors qu'il remontait sa braguette et tirait la chasse. Ce n'est que lorsqu'il voulut se retourner vers les lavabos pour se laver les mains qu'il réalisa à quel point son équilibre était précaire.

Il s'agrippa un instant sur la crédence qui entourait la vasque, et chercha autant sa stabilité qu'à ne pas vomir. Tout tournait autour de lui, si bien qu'il ferma les yeux, espérant que la sensation se calmerait.

— Hey, mec, ça va ? T'as besoin de dégueuler ?

Il fallut une seconde à Laurent pour comprendre qu'on s'adressait à lui. Il ne réussit pas à répondre, trop concentré sur son équilibre et les remous dans son estomac. Damien lui répétait pourtant souvent de ne pas boire autant le ventre vide. Mais si l'alcool descendait sans problème, Laurent n'arrivait pas à se forcer à manger.

Il ouvrit le robinet d'eau froide en tâtonnant, et s'aspergea la figure avant de boire une gorgée. Il crut un moment qu'elle allait remonter avec tout l'alcool qu'il avait ingurgité. Il réussit cependant à contenir le tout et s'apprêtait à répondre par la négative à la question qui lui avait été posée plus tôt quand il prit conscience que l'inconnu ne s'était pas attardé, et qu'il était seul.

Il prit une profonde inspiration tout en se redressant. La nausée passait doucement. Il fallait absolument qu'il se calme sur l'alcool, sans compter qu'il n'avait tenté aucune approche. Il ne passerait donc pas la nuit avec une jolie demoiselle et ne souhaitait pas particulièrement vomir dans le taxi qui le ramènerait chez lui.

Il attendit encore quelques minutes afin de s'assurer qu'il tenait debout et n'allait pas dégobiller au milieu de la piste de danse. Il releva la tête, tombant nez à nez avec ses cernes, son teint livide, ses cheveux en bataille et l'eau qui dégoulinait sur son visage.

Il est temps de rentrer, mon vieux…

Il but encore un peu d'eau, essayant de faire passer cette sensation de gorge sèche, puis quitta les toilettes, et le club.

Une fois dehors, l'air frais le fit frissonner. Il avait froid, mais après la chaleur de l'intérieur, cela faisait du bien. Il sortit son paquet de cigarettes écrasé du fond de sa poche et s'en alluma une.

Il toussa un peu, sentant une nouvelle fois l'alcool danser en lui. Malgré tout, il tint bon, se racla la gorge et, alors qu'il allait se mettre en route pour trouver un taxi, il changea d'avis ; il n'avait pas envie de rentrer.

Il laissa un moment le vent caresser son visage avant d'attraper son téléphone, comme foudroyé par une idée folle.

Il n'était pas très loin de chez elle, il lui suffisait de lui écrire, lui dire qu'il était désolé de ne plus lui avoir donné de nouvelles et qu'il allait passer… Elle ne pourrait pas refuser.

Il ouvrit sa messagerie, pianota quelques mots et appuya sur « Envoyer ». La réponse arriva rapidement. Il la lut. Sourit.

Elle l'attendait.

19

Sur le chemin, concentré pour ne pas tituber, il s'était persuadé que c'était la meilleure chose à faire, pour se rassurer et se convaincre que ce qu'il ressentait ne comptait pas. Mais maintenant qu'il était là, prostré devant chez elle, il avait l'impression de faire la plus grosse connerie de sa vie.

Il ne put donc retenir un sursaut quand la porte s'ouvrit et qu'il se retrouva face à Lola.

— Il me semblait bien que j'entendais quelqu'un… Pourquoi tu sonnes pas ?

Il ne dit rien, se contenta d'entrer dans le studio, comme poussé par un élan qu'il n'arrivait pas à contenir. Sitôt que la jeune femme eut refermé la porte, Laurent l'embrassa sans plus attendre, glissant ses mains sous la nuisette qui dissimulait à peine ses formes. Il se colla à elle, et aucune autre bosse ne vint troubler son désir, bien que cette prise de conscience fit s'immiscer Amanda dans ses pensées. Contrarié, il mit d'autant plus d'énergie à caresser les courbes discrètes de la danseuse tout en frottant encore et encore son bassin contre le sien.

— Pas que ça me déplaise, lâcha-t-elle dans un souffle, mais tu es sûr que tout va bien… ?

— Tout va très bien.

Sa réponse s'était mêlée à un gémissement rauque alors qu'une de ses mains se frayait un passage entre les cuisses nues de Lola. Elle ne portait pas de sous-vêtement. C'était une habitude chez elle, pour dormir. Elle avait certainement enfilé la nuisette pour venir ouvrir la porte… Dans tous les cas, elle ne dit rien quand Laurent entreprit de la lui retirer, la mettant totalement nue face à lui.

Très à l'aise avec son corps fin et élancé, Lola se laissa faire lorsque Laurent glissa ses pouces sur les os saillants de ses hanches visibles à travers sa peau claire. Il n'avait pas pris le temps d'observer s'ils étaient aussi apparents chez Amanda. Il les avait sentis, mais n'avait pas osé baisser les yeux sur elle, de peur d'apercevoir…

Il ferma les paupières pour ne pas y penser, et inspira avant d'embrasser à nouveau Lola. Sans s'arrêter, il ôta sa veste et son t-shirt qu'il laissa tomber au sol. Lola le caressa par-dessus sa braguette, mais il devina qu'il n'était pas encore très en forme de ce côté, alors il lui retira ses mains de là, peut-être trop brusquement. Il mit ça sur le compte de l'alcool, et il se baissa. À genoux face à elle, il posa ses lèvres entre ses jambes et commença à la lécher du bout de la langue, par petits coups, légers et délicats ; c'était quelque chose qu'il pouvait se vanter de maîtriser.

Heureux d'entendre Lola confirmer de quelques gémissements discrets, Laurent se sentit aussi rapidement suffisamment en forme pour passer à l'étape qui l'intéressait. Il embrassa encore une fois le pubis de son amie, se releva et entreprit de défaire sa braguette.

— Attends, arrête-toi, coupa soudainement Lola en le repoussant doucement. Tu peux pas faire ça comme ça.

— T'en as pas envie ? dit-il en se collant contre elle.

Elle l'interrompit à nouveau.

— Tu sais très bien que ça n'a rien à voir. J'ai pas envie de prendre de risques, et puis t'es pas le seul avec lequel je passe du bon temps…

— On s'en fout de ça, avança-t-il, insistant.

Il tenta de l'embrasser tout en la plaquant contre le mur, mais elle le repoussa encore une fois.

— Laurent, s'il te plaît ! Tu connais la règle avec moi.

Il se recula pour de bon, à contrecœur, frustré, et fonça chercher dans le tiroir de la table de nuit. Il ne trouva rien.

— Parfait ! Où t'as planqué tes capotes ?

Lola soupira. Elle resta plantée à l'entrée et récupéra sa petite robe de nuit pour se cacher. Pas par pudeur, mais parce qu'elle sentait que quelque chose n'allait pas.

— T'es pas dans ton état normal, qu'est-ce qui t'arrive ?

Elle l'observa faire ; il parcourut le studio de tiroir en tiroir, agité, puis disparut aux toilettes, fouilla dans les meubles qui s'y trouvaient. Il faisait comme chez lui. Il connaissait bien les lieux et Lola n'était pas du genre à avoir des placards pleins de secrets, pour autant, elle l'interrompit dans son manège.

— Laurent, calme-toi !

— Je suis calme, putain ! Tu veux pas qu'on baise sans capote ? D'accord, mais faudrait commencer par en avoir !

Lola enfila sa robe sans rien dire. Elle se dirigea vers le salon et ouvrit une petite boîte sur une des étagères, en sortit un préservatif qu'elle présenta à Laurent. Il traversa la pièce en trois enjambées pour s'en saisir, mais Lola recula sa main pour l'en empêcher. Il se crispa ; il n'avait aucune envie de jouer.

— OK, si c'est ça, pour moi, ça peut se faire sans.

Il l'attrapa par la taille et l'attira vers lui de façon plus insistante, alors qu'elle s'efforçait de le repousser. Cependant, il n'en tint pas compte. Il *voulait* coucher avec elle, il *devait* se prouver qu'il en était capable. Depuis des semaines qu'il essayait, c'était chaque fois le blocage au moment fatidique. Avec Lola, qu'il connaissait bien et avec qui il avait déjà couché à plusieurs reprises, il n'y avait pas de raison que ça ne fonctionne pas. Il voulait juste s'assurer qu'il pouvait encore le faire. Il le fallait.

— Arrête-toi, putain, Laurent ! s'exclama-t-elle alors, le repoussant plus brusquement.

Laurent fit enfin un pas en arrière et la relâcha. Il avait la tête embrumée, autant à cause de l'alcool qu'il avait ingurgité plus tôt que parce qu'il était troublé par ce qu'il était en train de faire.

— Qu'est-ce qui t'arrive ? T'es complètement dingue ?

Lorsqu'il vit la peur dans le regard de son amie, il détourna les yeux, nerveux et honteux.

— J'ai juste envie de tirer un coup, ça t'a jamais dérangée jusque-là.

Il était pleinement conscient d'être en tort, que son comportement était scandaleux et inacceptable. Malgré ça, il avait lâché cette réplique comme si elle pouvait justifier la gravité de ses actes.

— C'est vrai, mais je suis pas non plus à ta disposition. J'ai pas eu de nouvelles pendant presque six mois, tu débarques et je devrais écarter les cuisses sur demande ?

— Pourtant c'est ton truc, d'habitude.

Les mots lui avaient échappé. Et ce qui, en temps normal, aurait pu passer pour une petite boutade coquine résonna à cet instant comme une critique dégradante qui déplut particulièrement à Lola. Il était vrai qu'elle l'avait toujours accueilli sans rechigner, appréciant les moments qu'ils partageaient, mais jamais il ne lui avait manqué ainsi de respect.

Il était allé beaucoup trop loin.

Il en prit conscience au moment où son visage fut projeté sur le côté ; la douleur de la gifle lui remit aussitôt les idées en place. Lola avait frappé si fort qu'elle sentait son cœur pulser dans sa paume alors que lui restait prostré devant elle. Elle avait bien remarqué qu'il empestait l'alcool, mais ça ne l'excusait pas pour autant. Elle était remontée, et apparemment, les mots n'avaient plus aucun impact sur lui.

Laurent se frotta la joue et remua la mâchoire.

— La vache ! T'y vas fort !

— Tu crois ça ? T'en avais besoin, j'ai l'impression… Tu te sens mieux ?

Laurent maugréa quelques paroles inaudibles parmi lesquelles se glissa un « oui » alors qu'il s'éloignait, et il s'assit sur le lit tout en continuant de se masser la joue. Bien qu'il fût légèrement à l'étroit dans son jean, il savait qu'il n'aurait de toute façon pas été assez dur pour enfiler un préservatif. Il avait beau vouloir y croire, il n'y arrivait plus.

Il se laissa tomber en arrière et, étendu sur le matelas, posa ses mains sur son visage. Lola s'approcha et s'assit à côté de lui.

— Et si tu me disais ce qui te préoccupe plutôt que de me sauter dessus pour éviter d'y penser ?

Laurent grimaça, trop honteux de ce qu'il ressentait. Encore bien alcoolisé, il n'arrivait plus totalement à se contrôler et sentit des larmes lui couler sur les tempes.

— Merde, putain… Fait chier !

Lola fronça les sourcils, soucieuse de le voir dans un tel état. Elle posa une main sur son bras et tenta :

— C'est si grave que ça ?

Laurent prit appui sur ses coudes avant de renifler et reprendre son souffle. Il hésita, se frotta encore un peu la joue, puis se redressa complètement afin de tourner le dos à Lola et réussir à confier :

— J'crois bien que j'suis amoureux.

Lola laissa échapper un petit rire. Vu comment Laurent avait toujours dénigré l'amour au profit des relations sans lendemain, la situation avait un côté comique, contrairement à l'air grave qui assombrissait son visage.

— T'es sérieux… ? Pas de moi, j'espère, s'assura aussitôt Lola, taquine, mais également surprise par la déclaration.

Laurent pouffa, la remerciant intérieurement de réussir à le détendre, même si c'était involontaire. Et il répliqua :

— Non, t'inquiète, je parle pas de toi.

Lola remonta ses jambes sur le lit et s'assit plus confortablement avant de demander :

— Qu'est-ce que tu fous ici, dans ce cas ?

Laurent soupira. Pouvait-il lui confier toute l'histoire ? Elle ne l'avait jamais jugé, pour autant, saurait-elle comprendre ce qu'il en était cette fois ?

— … Elle est trans.

Lola resta silencieuse, comme si elle en attendait plus, comme si ces simples mots ne lui apportaient aucune information sur ce qui pouvait potentiellement poser problème. Alors Laurent précisa :

— Et… elle a toujours son…

N'osant le prononcer, il se contenta de pointer sa propre anatomie, et Lola releva le menton, saisissant enfin quel était le problème de son ami.

— Oh, je vois…

— Je sais plus quoi faire, lâcha Laurent tout en se frottant les tempes.

— Commence par ne plus la tromper avec moi, par exemple.

Repliant les genoux contre elle, elle y appuya sa tête et lui lança un clin d'œil.

— On s'est séparés.

Lola resta un instant pensive, puis souffla d'une petite voix :

— Je suis certainement pas la personne la mieux placée pour donner des conseils en amour, mais je crois que tu ne devrais pas te séparer de quelqu'un dont tu dis être amoureux.

Laurent digéra difficilement cette évidence, si bien que c'est amèrement qu'il répliqua :

— Tu parles… ! Je peux même pas coucher avec !

— Tu ne peux peut-être pas lui faire ce que tu me faisais, mais ça ne t'empêche pas de coucher avec. Et puis, il n'y a pas que le sexe.

Laurent releva les yeux sur elle. Lola constata que l'alcool était encore bien présent en voyant son air abattu, lui qui d'habitude faisait tout pour cacher ses faiblesses. La tête entre les mains, il laissa échapper un rire amer traverser ses lèvres.

— Putain, j'en ai marre. Pourquoi faut toujours que ce soit compliqué ?

Lola ne répondit rien et haussa les épaules. Elle connaissait l'amour sous bien des formes, mais jamais elle n'était tombée amoureuse. Cependant, elle tenta :

— J'en sais rien… C'est peut-être pas l'amour qui est compliqué, mais juste de lâcher prise et d'accepter qu'on ne contrôle rien.

Laurent et Lola avaient passé un bout de la nuit à discuter avant qu'il ne tombe de fatigue en travers du lit. Pour une fois, Lola s'était installée sur le canapé.

Au matin, alors qu'elle faisait chauffer de l'eau dans la petite cuisine ouverte, un râle s'éleva du tas de couvertures, juste à côté, la sortant de ses pensées. Elle attrapa la bouilloire et versa de l'eau dans les tasses qu'elle avait préparées et demanda :

— Bien dormi ?

Elle n'eut pour seule réponse qu'un nouveau grognement et quelques jurons.

— Mal au crâne ? continua-t-elle.

— C'est peu d'le dire.

— Viens, ça ira mieux après un café…

Et elle posa les tasses sur la table. Laurent se redressa lentement, se frotta la figure, grimaça en remarquant qu'il portait encore ses vêtements de la veille, et rejoignit son amie.

— T'as les idées plus claires qu'hier ? demanda Lola après quelques secondes de silence.

Laurent se leva pour prendre une cigarette dans le paquet resté à l'entrée. Il l'alluma et revint s'asseoir.

— J'avais les idées claires.

— Tu te fous d'moi ? lança-t-elle, abrupte. J'ai carrément dû te gifler pour que tu te calmes et que tu me lâches enfin !

Laurent écarquilla les yeux en y repensant, tétanisé par ce que lui rappelait Lola. Il avait effectivement oublié cette partie de la soirée et il eut soudain terriblement honte. Jamais il n'avait forcé aucune femme à faire quoi que ce soit, du moins jusqu'à la veille, et il avait fallu que ça tombe sur son amie. Il se passa une nouvelle fois la main dans les cheveux et lâcha un juron :

— Merde, j'suis désolé, t'as raison, j'ai déconné à fond…

Lola le jaugea un instant, s'assurant de sa sincérité, avant de soupirer.

— Tu sais, je t'aime beaucoup, mais t'as pas intérêt à me refaire un coup pareil !

Laurent acquiesça en promettant, honteux. Il avait complètement perdu le contrôle, ce qui ne lui ressemblait pas, et avait frôlé la catastrophe. Sa culpabilité était telle qu'il n'osait plus la regarder en face. Il ne risquait pas de recommencer, mais il devrait probablement lui prouver sa bonne foi.

Une fois assis en face d'elle, il but une gorgée de café qui lui fit du bien. Il se sentait encore un peu fébrile de sa soirée, pourtant, il n'aurait pu dire si c'était un reste d'alcool ou juste l'émotion de tout ce qui s'était produit.

— Bon… et sinon, tu sais ce que tu vas faire ?

La tasse en main, Laurent releva les yeux sur elle, sans comprendre.

— Pour celle que tu m'as dit aimer, précisa-t-elle.

Une seconde passa sans qu'il réagisse, puis il reposa son café, embarrassé.

— Putain, c'est vrai… on a parlé d'elle aussi…

— Beaucoup même. Tu vas l'appeler ?

Il se racla la gorge, se frotta les cheveux et détourna le regard, apparemment impassible, mais Lola comprit son manège.

— Non… Non, je vais pas la recontacter. J'préfèrerais… oublier toute cette histoire.

— J'veux pas avoir l'air défaitiste, mais j'ai l'impression que t'as du mal à te la sortir de la tête. Ça fait plus de deux mois, non ?

Laurent sirota son café, ignorant la question. Son amie soupira ; il ne lui dirait plus rien. Au bout d'une minute, elle brisa le silence :

— Je donne pas de cours aujourd'hui, t'as envie d'en profiter pour une petite danse ?

Enfin, elle eut une réaction de Laurent. Tout d'abord un microsourire qui s'agrandit en quelques secondes avant qu'il ne relève les yeux sur elle. Il secoua la tête en ricanant et, finalement, répondit :

— J'veux bien…

20

Confiant, Laurent remontait la rue en trottinant. L'air était doux, la soirée s'annonçait donc très agréable.

Il avait passé la semaine à repenser à son – gros – dérapage avec Lola, et prit conscience qu'il était urgent de se ressaisir. Voilà pourquoi il avait réservé une table sur la terrasse du Sunset Bar pour fêter son anniversaire, en toute simplicité, entre mecs. Juste quelques collègues et quelques potes. Damien l'avait d'ailleurs vivement encouragé à inviter Clément, ainsi que Julien qui s'était doucement intégré à leur groupe. Laurent n'avait pas encore eu le loisir d'apprendre à mieux le connaître, l'opportunité était parfaite.

Effectivement, depuis que Clément et Maude s'étaient séparés, les occasions de revoir son ami étaient devenues rares. Et il n'aimait pas penser que leurs vies différentes pouvaient les éloigner alors qu'ils habitaient à deux rues l'un de l'autre. Il avait donc fait un crochet par la librairie où travaillait Clément, un peu plus tôt dans la journée, pour l'inviter, l'obligeant presque à venir. Il espérait pouvoir compter sur lui, surtout que cela semblait aussi importer à Damien qui, lui, n'appréciait pas du tout les collègues de Laurent.

Il faut dire que son ami avait visé juste en lui signalant que ceux-ci ressemblaient beaucoup à son père. S'ils se montraient un peu plus respectueux que celui-ci, c'était uniquement parce que Laurent incarnait le fantasme du célibataire libre de coucher avec qui il voulait. Sauf que cette image ne correspondait plus à la réalité depuis un bon moment. Certes, Laurent avait enchaîné de nombreuses soirées très arrosées, et s'il lui était arrivé de ramener des inconnues chez lui, ces rencontres n'avaient jamais abouti à grand-chose.

Laurent inspira l'air du lac qu'il apercevait au bout de la place du Marché. Quelques goélands virevoltaient dans la brise du large. Peut-être devait-il se faire à l'idée qu'il n'aurait jamais la vie dont il rêvait, celle qui lui permettrait de vraiment être lui. Après tout, il avait vécu jusque-là avec un masque et c'était le lot de tellement de monde.

En attendant, il n'allait pas laisser ce genre de pensées gâcher sa soirée. Il voulait juste s'amuser et ne s'en priverait pas.

Il bifurqua et arriva à la hauteur du Sunset où il retrouva ses collègues, Loïc et Benoît. Déjà installés sur la terrasse, ils le saluèrent en braillant comme des animaux.

— C'est pas poli de commencer la fête sans l'invité d'honneur ! déclara Laurent en leur serrant la main.

Bien connu du personnel, il n'eut pas besoin d'avertir de sa présence, les serveurs savaient que c'était lui qui avait réservé. Laurent fit donc signe à ses collègues de le rejoindre là où plusieurs tables avaient été regroupées pour les accueillir. Bien que quelques tabourets de bar aient été disposés autour, personne n'en eut l'utilité.

— On sera pas aussi nombreux que prévu, annonça Laurent. Arnaud et Matthieu n'ont pas pu se libérer et j'ai deux ou trois autres potes pour qui y a rien de sûr.

À peine eut-il terminé sa phrase qu'il vit Damien débarquer, les mains dans les poches. Il l'accueillit avec une embrassade virile avant de demander si Mylène ne lui en voulait pas trop de l'accaparer.

— T'inquiète, elle t'aime trop pour t'en vouloir, mais elle tient à c'que tu viennes souper à la maison lundi soir.

— C'est toi qui cuisines ? s'assura Laurent.

— Évidemment, tu crois quoi ? C'est ton anniversaire !

— C'est toi qui prépares la bouffe ? s'étonna Benoît en entendant la conversation.

Damien et les collègues de Laurent s'étaient déjà croisés autour d'un verre. Peinant à supporter leurs discours sexistes, Damien faisait tout pour que ces rencontres restent rares.

— Je suis cuistot, donc pour les grandes occasions, c'est moi qui m'y colle. Sinon, c'est ma copine.

— J'espère pour toi qu'elle est plus douée que la mienne. L'est pas foutue de nous faire autre chose que des pâtes ou des salades. Je compte plus le nombre de fois où je me suis retrouvé à commander une pizza.

— Pourquoi tu cuisines pas, si ça te convient pas ?

Laurent savait que la question de Damien n'avait rien d'innocent, qu'il n'aimait pas ce genre de types qui se plaignaient de leur femme alors qu'ils n'étaient pas fichus de faire mieux. Ou de faire, tout simplement.

— J'ai jamais foutu les pieds derrière des fourneaux, c'est pas demain que j'vais m'y mettre, répondit malgré tout Benoît en riant.

Laurent devina sans aucune peine ce que Damien pensait de cette réponse, et sa tête suffit à le lui confirmer, si bien qu'il pouffa discrètement. Il attrapa le regard de son ami et lui fit une petite grimace pincée, le suppliant en silence de jouer le jeu pour la soirée. Damien soupira et leva les yeux au ciel avant de lui adresser un sourire forcé.

Tenté par une nouvelle vodka citronnée dont la serveuse vantait l'originalité et la fraîcheur, Laurent en commanda une tournée pour tout le monde. Au moment où les boissons arrivaient, Guillaume, une connaissance, approcha et les salua.

— Reste un peu avec nous, proposa Laurent. C'est ma soirée d'anniversaire, je t'offre un verre.

— Pourquoi pas, je sortais sans but particulier.

— Ben, t'as bien choisi ton soir ! lança Laurent en faisant signe à la serveuse d'apporter une autre vodka.

Guillaume habitait aussi dans le centre-ville et côtoyait les mêmes bars que Laurent ; ils s'étaient croisés régulièrement et avaient commencé à sympathiser. Malgré ça, ils laissaient le soin au hasard de se charger de leurs rencontres.

— Qu'est-ce que tu deviens ?

— Chômage… souffla Guillaume. J'suis en pleine galère de recherche d'emploi.

— T'es dans quel domaine ?

Il échangeait sans réel intérêt, écoutant d'une oreille les conversations de ses collègues. Damien tentait de garder son calme, puis le silence, au milieu de ces discussions ponctuées de rires gras. Ce n'était pas pour rien que Laurent avait proposé à Guillaume de les rejoindre, bien que ce ne fût pas un proche : il le devinait un peu plus subtil concernant les femmes.

Au bout d'une petite demi-heure, il aperçut Clément qui longeait le trottoir, accompagné par Julien juste derrière lui. Laurent ne put dissimuler son enthousiasme de voir ses amis.

— Ah, Clem ! Ça fait plaisir que tu sois venu ! Toi, tu nous lâches pas !

Clément et Julien firent le tour de la terrasse jusqu'à eux, tout en observant les autres personnes présentes, et le premier annonça :

— Je suis venu, mais ça veut pas dire que je vais boire autant que toi, j'ai pas envie d'être malade.

C'était ça, sa nouvelle réputation ? Celui qui se saoulait à s'en rendre malade à chaque occasion ? Certes, c'était son anniversaire, et il n'avait pas prévu de rester sobre, pour autant, il s'était promis de calmer le jeu et ne plus perdre le contrôle. Il déclara malgré tout, par fierté :

— Petit joueur ! Et ton pote, il veut suivre ?

Il observa Julien, l'œil taquin.

— Je pense pas non plus, répondit calmement l'intéressé.

— Ah, bande de lopettes ! lâcha-t-il avant de se tourner vers ses collègues. Bon les gars, vous, vous avez pas intérêt à me planter en route !

— Dit celui qui n'a pas touché à son verre depuis vingt minutes, souligna Damien en ricanant tout en pointant sa vodka.

Laurent avait conscience que son ami le titillait uniquement parce qu'il trouvait sa comédie ridicule. Damien savait qu'il ne comptait pas s'enivrer, ils en avaient discuté ensemble plus tôt dans la journée, et que ses propos n'étaient qu'une nouvelle mascarade face à ses collègues.

— Y a des alcools qui se dégustent ! se justifia Laurent avant de grimacer. Et puis… cette vodka est dégueu.

Il se mit à rire franchement, imité par les autres, avant de rappeler la serveuse. Il lui demanda quels alcools elle recommandait. Elle proposa à la tablée une sélection découverte de plusieurs marques et Laurent fut ravi de voir Clément se laisser tenter par un whisky, alors que Damien et Julien continuaient plus sagement avec de la bière.

Malgré sa vantardise, Laurent sirotait son verre tout en contemplant les personnes qui l'entouraient. Damien et Clément servaient à ses collègues des sourires crispés, et Julien, lui, restait discret, observateur, lançant quelques coups d'œil amusés à Clément. Sûrement que lui aussi trouvait Loïc et Benoit un peu lourds.

Damien n'avait jamais rien eu à prouver et il se foutait pas mal du jugement des autres. Ça ne l'empêchait pas d'avoir une certaine classe. Clément était certes plus délicat et maniéré, et même si aujourd'hui, il était célibataire, son côté précieux attirait le regard des femmes. Et puis, il y avait Julien. Laurent l'observait depuis un instant, alors que celui-ci buvait sa deuxième bière de la soirée. Il ne lui était pas nécessaire d'en faire des tonnes pour juste en imposer. Discret et souriant, il irradiait de sympathie sans même devoir parler.

Pas étonnant que Clément l'appréciât ; il devait avoir besoin de cette bonne humeur. Le décès de son meilleur ami, lorsqu'ils étaient adolescents, avait été un profond traumatisme qui l'avait enfermé dans un mutisme de plusieurs mois. Il ne s'en était jamais vraiment remis. Mais s'il avait eu l'air un peu éteint jusque-là, ce Julien semblait avoir rallumé un truc chez lui et ça faisait du bien de le voir heureux. Même s'il n'en avait pas pour autant perdu son petit air coincé. Laurent sourit en pensant à ce dernier point ; ils avaient toujours eu des tempéraments diamétralement opposés, Clément et lui.

En remarquant à quel point ses amis devaient retenir leur dépit face à ses collègues, Laurent se demanda pourquoi lui s'obstinait à jouer cette comédie. Pour qui est-ce qu'il le faisait ? Certainement pas pour lui. Son père avait-il réellement réussi à le faire douter de sa propre personne, même en son absence ?

— Pour ça, la bière, ça pardonne pas, lança Damien en indiquant à Julien la direction des toilettes.

Ce dernier se faufila au fond du bar, permettant à Laurent de deviner le sujet de leur échange. Dès qu'il eut disparu, Guillaume balança :

— Vous auriez pu me prévenir qu'il y aurait des tarlouzes à cette soirée.

Tout le monde se retourna vers lui, entre surprise et indignation, lui jetant des regards de travers. Et Laurent sentit son corps se couvrir de frissons. Il était impossible que ce mec se doute de quoi que ce soit le concernant. La seule personne au courant était Damien et jamais il n'en aurait parlé, encore moins à Guillaume. Pourtant, Laurent ne pouvait s'empêcher d'être inquiet, se demandant s'il s'était trahi d'une façon ou d'une autre, et réagit malgré lui :

— C'est qui qu'tu traites de tarlouze ?

En prononçant ces mots, il réalisa qu'il avait déjà bien bu. Il était loin d'être ivre, cependant, cette légère ébriété, qui le mettait de bonne humeur en temps normal, avait tendance à le rendre nerveux dans la situation présente.

— C'est clair ! renchérit Benoît. J'aime pas trop me faire insulter !

— Du calme, les gars, tenta Clément sans réussir à s'imposer. Il déconne…

— Tu crois ça ? le défia Guillaume en se tournant vivement face à lui. Toi qui traînes avec, ça m'étonne que tu sois pas au courant.

Le concerné le fixa un instant avant d'articuler d'une voix faible :

— De quoi ?

— Julien est pédé, balança Guillaume.

Laurent ne lâchait plus Clément des yeux ; quelle allait être sa réaction ? Est-ce qu'il le savait ? Il avait l'air choqué par la nouvelle, presque autant que les autres. Puis Benoît brisa le silence qui s'était installé :

— Merde, tu déconnes ?

Julien approcha à cet instant. Tout en l'observant, Laurent ne put s'empêcher de penser que c'était impossible ; ce mec n'avait rien d'un homosexuel, il était bien trop masculin. Puis il se rappela l'ami d'Amanda, Steve, le serveur qu'il avait aussi trouvé très viril, et qui pourtant avait roulé un patin à un homme juste sous son nez.

Dans tous les cas, il n'était pas question de lui, ce qui le soulagea. Au moins un peu. Alors, sans savoir pourquoi, il dit la première chose qui lui passa par la tête pour détourner toute l'attention sur Julien :

— Hey, c'est vrai que t'es pédé ?

Au moment où les mots sortirent de sa bouche, il s'en voulut. Encore plus en voyant l'étrange regard que lui lança Julien. Sourcils froncés, celui-ci observait le groupe, évaluant probablement les réactions des autres à son égard, puis il soupira et répliqua :

— Je préfère qu'on dise « gay »… mais oui, c'est vrai.

Laurent ne pouvait s'empêcher de jeter des coups d'œil du côté de Clément ; il se demandait s'il allait changer de comportement en découvrant l'homosexualité de son nouvel ami. La réponse ne se fit pas attendre : Clément était apparemment mort de honte, le regard fixé sur son verre. Il n'osait plus faire face à Julien. Il était clair que l'annonce le perturbait.

— Putain ! T'avais raison ! lâcha Loïc comme si Guillaume avait gagné un pari.

— Mais genre, tu suces et tout ? relança Benoît.

— Ferme-la, bordel ! Qu'est-ce que ça peut te foutre ? coupa Damien, agacé.

Laurent passait ses journées à jouer les machos avec ses collègues et à rire à leur humour douteux, il aurait été étrange qu'il les envoie balader. En même temps, la façon dont ils traitaient Julien était inacceptable.

Laurent se retrouvait coincé, terrifié à l'idée de laisser tomber le masque, prendre sa défense et être soupçonné d'être gay, lui aussi. Alors il relança un coup d'œil à Julien et tenta de détendre un peu l'atmosphère en déclarant plus sobrement :

— La vache, j'aurais jamais pensé que t'étais pédé.

Sans savoir pourquoi, il trouvait la situation très ironique.

— T'es plutôt du genre à faire le mec ou la gonzesse ? demanda alors Loïc avec une curiosité mal placée.

— Il alterne, histoire que chacun ait sa part ! répondit Guillaume.

Julien, étrangement calme, se contenta de lui jeter un regard assassin tout en recevant la remarque en silence. Laurent se surprit à envier son sang-froid.

— Ils doivent prendre cher, les enculés ! s'esclaffa Benoît en attrapant son verre et en le terminant cul sec.

Dépassé par la situation, Laurent observait la scène tout en se demandant à quel moment cela avait dégénéré. Incapable de trouver une solution pour apaiser les tensions, il se tourna vers Damien. Ce dernier s'efforçait de rester calme, mais semblait sur le point de perdre patience.

La place de Julien n'était pas enviable, à être ainsi humilié parce qu'on découvrait une part privée de sa vie. Laurent se félicita intérieurement d'avoir gardé son histoire avec Amanda secrète, cachée au fond de lui. Après tout, ce n'était qu'une erreur de parcours, rien d'autre. Ça ne pouvait pas être autre chose. Et certainement pas de l'amour. Il faudrait être dingue pour imaginer que lui, Laurent Manerra, ait pu aimer une…

Il déglutit. Qui cherchait-il à convaincre ? L'important, c'était que personne ne se doute de quoi que ce soit.

— Clément, tu le savais, que ton nouveau pote était une tapette ? questionna Guillaume d'une voix douce, et détestable.

Il devait certainement être conscient de ne rien arranger en posant cette question.

— Non, souffla alors Clément au bout de quelques secondes, relevant à peine les yeux sur Julien.

Jamais Laurent n'aurait imaginé que cela puisse mettre son ami si mal à l'aise. Depuis le temps qu'ils se connaissaient, ils n'avaient jamais vraiment évoqué le sujet, encore moins avec sérieux. Sans trop savoir pourquoi, il avait cru que Clément serait plus ouvert, ou peut-être indifférent, à ce genre de chose. Visiblement, lui non plus n'était pas très à l'aise à l'idée qu'on le mette dans le même panier qu'un homo. Alors Laurent tenta de venir à son aide afin de bien signifier à tout le monde que son ami était hétéro, et balança :

— Désolé si tu comptais te le faire, mais t'es pas le genre de Clem. J'crois qu'il les aime moins poilues !

Damien planta son regard sur Laurent et sembla lui hurler : « À quoi tu joues ? » Laurent fit de son mieux pour ne pas laisser paraître son insécurité et détourna les yeux.

— Il est peut-être pas contre une petite pipe ! ajouta Benoît. Après tout, ça fait un moment qu'il a plus de nana, à ce qu'il a dit.

Et enfin, Damien prit la parole :

— Vous avez fini ? On a compris, il est pédé, pas besoin d'en faire tout un plat !

Tout le monde s'arrêta de rire et se tourna vers lui. Damien était de toute évidence à bout de nerfs, et Benoît, Loïc et Guillaume ne semblèrent pas apprécier d'être interrompus dans ce moment d'hilarité. À nouveau pris au piège entre deux groupes, Laurent se sentit obligé de dire quelque chose pour détendre l'atmosphère, n'importe quoi pour briser le silence.

— Ça va, on rigole, c'est tout.

C'était débile. Et Damien le lui fit clairement comprendre en lui jetant un nouveau regard noir. Il n'était pas difficile de voir que ça n'avait rien de drôle pour Julien. Ni pour Clément, d'ailleurs.

Buté, Guillaume ne put s'empêcher de relancer, toujours de cette voix calme et insupportable :

— Bah alors, Damien, tu nous caches un truc ?

— Va chier, j'ai surtout rien à prouver ! Foutez-lui la paix, c'est tout.

— C'est gentil, mais je vais vous laisser, annonça malgré tout Julien.

Il se contenait de façon remarquable, ce qui ne fit que renforcer le malaise que ressentait Laurent.

— Oh, bah quoi ? Te vexe pas, on déconnait, tenta Loïc.

Cela n'arrêta pas Julien pour autant.

— Joyeux anniversaire, Laurent, dit-il amèrement tout en posant un billet sur la table.

Puis il s'en alla.

En accompagnant Clément à cette soirée, Julien ne s'était certainement pas attendu à être traité de cette façon. Ce n'était pas à lui de partir, même s'il aurait été inutile de le retenir pour qu'il continue à s'en prendre plein la figure.

Une fois qu'il eut disparu au coin de la rue, Guillaume en profita pour ajouter une couche :

— Bon, au moins, il a payé sa tournée…

Laurent lui lança un regard de biais avant de se tourner vers son ami, soucieux.

— Ça va, Clem ? T'as pas l'air bien…

— Tu m'étonnes qu'il soit mal de découvrir qu'il traînait avec une pédale. C'est un coup à ce qu'il te tombe dessus par surprise. T'imagines… ?

— Ta gueule, Guillaume, t'as complètement pété l'ambiance ! s'écria brusquement Laurent, agacé.

Face à lui, Clément semblait dévasté, et il se sentait d'autant plus coupable, conscient de la fragilité de son ami en matière de relations.

— Désolé, mais j'ai un peu de mal avec les fiottes… !

— Hey, Clem, tenta alors Benoît. Faut pas te mettre dans cet état pour ce gars.

Laurent cherchait en vain quelque chose à dire pour reprendre le contrôle de la situation et réconforter son ami. Son cerveau était trop embrumé par les évènements et semblait tourner dans le vide.

— C'est crade… T'imagines qu'il s'envoie en l'air avec des mecs ?

— Faut aimer en avoir une dans le cul !

— Ça m'fout la gerbe ! lâcha Guillaume tout en terminant sa bière.

Laurent fulminait. De quel droit ce mec s'autorisait-il à venir lui gâcher sa fête d'anniversaire en humiliant ses amis et en les faisant fuir ? Il aurait dû le remettre à sa place, ou même lui dire de s'en aller, il aurait dû… mais il fut interrompu par Clément :

— Faut que je rentre…

Ce dernier les contourna sans relever les yeux, déstabilisé, presque fébrile.

— T'es sûr ? tenta Laurent, sans grande conviction.

Clément ne répondit pas et passa tout droit, sans même les saluer.

— C'est un sensible, ce mec, se moqua encore Guillaume en le regardant s'éloigner. Il serait pas aussi péd– … ?

— Putain, mais c'est quoi ton problème ? s'emporta soudainement Damien. Tu débarques, tu profites des boissons et tu fous une ambiance de merde en balançant des saloperies à nos potes !

Laurent, dans un état second, avait sursauté en entendant son ami crier. C'était à lui de le faire, mais il n'osait pas, stupéfait, et il remercia son ami intérieurement.

— C'est clair, t'as un peu pourri la soirée, confirma Benoît, souriant à moitié. Et comment tu savais qu'il est pédé, l'autre, en plus ?

— C'est une amie qui bosse avec lui qui me l'a laissé entendre.

— Mouais, enfin, pas que j'aime les pédés, mais c'est vrai qu'il dérangeait pas, le blondinet, ajouta encore Loïc. Enfin bon, on va pas dire qu'il nous manque non plus. J'aurais pas voulu me retrouver avec une bite dans le fion avant la fin de soirée parce que j'ai trop picolé.

— T'es con, c'est pas le genre, tenta Laurent.

— Parce que tu t'y connais, toi ? lança Loïc en se bidonnant.

Damien se releva alors brusquement et balança :

— OK, j'en ai marre, j'me casse. Et Laurent, faudrait sérieusement que tu fasses du tri dans ta vie.

Et il s'éloigna d'un pas rapide par la rue où Clément avait disparu une minute plus tôt sous le regard affligé de Laurent. Une fois encore, ce dernier avait complètement foiré, et une fois encore, c'était ses amis qui en faisaient les frais.

Conscient d'avoir gâché la fête, Guillaume avait fini par s'en aller et ses collègues avaient tenu à offrir un verre à Laurent. Il avait accepté pour ne pas laisser paraître sa déception d'être si mal entouré et était rentré chez lui peu après.

Quelle soirée de merde...

Il alla se rincer la figure aux toilettes et observa un instant son visage, ou plutôt le masque qu'il s'obstinait à porter. Puis il se rappela le choc de Clément quand il avait découvert que Julien était gay. Il fit automatiquement un transfert sur sa propre situation ; ni ses amis ni sa famille ne pouvaient comprendre ce qu'il ressentait pour Amanda. Damien lui-même n'avait pas compris, il s'était contenté d'accepter.

Accepter quoi au juste ? Laurent était-il homosexuel ? Après tout, Amanda était une femme. Ou pas totalement... ? Elle lui avait affirmé qu'elle était une femme, que son genre était féminin du moins, malgré son sexe masculin. Comment les deux choses pouvaient-elles être contraires sans l'être ? Ça n'avait pas de sens... Et lui, il aimait les femmes ; ça, il en était certain. Aucun homme ne l'avait jamais attiré, il n'avait même jamais ressenti la moindre curiosité envers l'un d'eux. Il n'était pas attiré, et encore moins excité par l'anatomie masculine. Alors pourquoi... ? Pourquoi Amanda réussissait-elle à le mettre dans cet état ? Pourquoi avait-il trouvé excitant d'être collé à elle, et de la caresser ?

La tête entre les mains, Laurent n'en pouvait plus de ne pas comprendre ce qui lui arrivait, ce qui avait changé depuis qu'il l'avait rencontrée. Ni pourquoi il ne parvenait plus à désirer aucune autre femme.

Tout s'embrouilla dans son esprit, alors que ses questions se mêlaient aux souvenirs de la soirée, aux visages de Julien et Clément quand Guillaume avait balancé ses remarques dégradantes…

Quel connard !

Nook débarqua alors, trottinant du couloir jusqu'au canapé, et lui sauta dessus, usant de ses petites griffes pour ne pas tomber. Laurent grimaça en les sentant se planter dans son genou et l'aida à s'installer.

Damien avait raison, il était temps qu'il fasse du tri dans ses connaissances. Il ouvrit sa liste de contacts sur son portable, histoire de se faire une première idée des personnes qui ne lui apportaient rien de bon. Rapidement, il tomba sur Amanda. Sans vraiment réfléchir à ce qu'il faisait, il sélectionna le nom, créa un nouveau message et écrivit : « *Tu me manques.* »

Puis il l'effaça et s'allongea sur son canapé, un bras sur le visage.

— Tu m'manques, putain… !

Il soupira. Il était fatigué de cette vie. Pourquoi ne pouvait-il pas être normal, agir normalement, avoir des passions normales, aimer normalement ? Pourquoi n'osait-il pas être celui qu'il était, tout simplement ?

Au bout de quelques minutes sans avoir de réponses à ses questions, il posa son téléphone sur la table basse du salon, bouscula à regret le petit chat qui semblait avoir trouvé le sommeil, se leva et alla se chercher une bière dans son réfrigérateur. Il l'ouvrit et, tout en saluant le vide qui lui faisait face, il lança :

— Joyeux anniversaire… crétin.

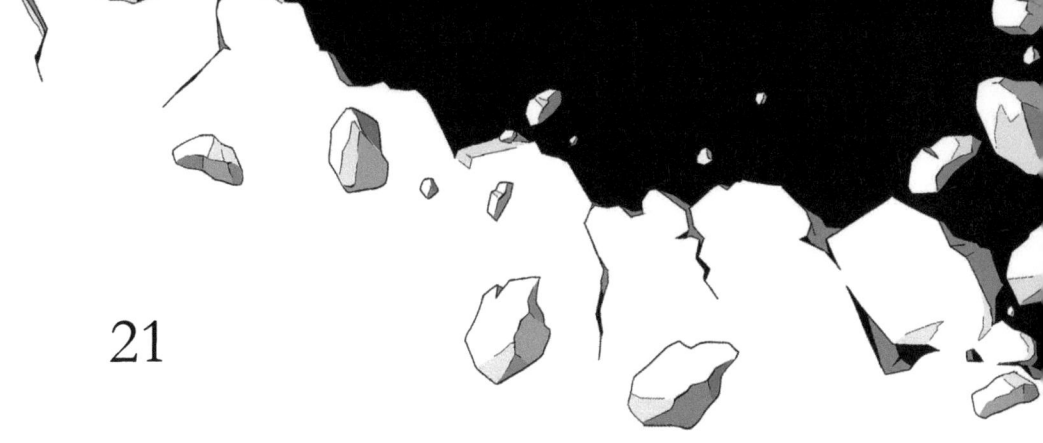

21

— Joyeux anniversaire ! lança Mylène en ouvrant la porte.

Laurent lui sourit et la remercia d'une embrassade. Il ne se sentait pas d'humeur à s'amuser, pourtant, il était heureux d'être avec ses amis. Il se doutait que Mylène et Damien n'étaient pas dupes. Mais par respect pour eux, et aussi pour fêter un peu plus dignement ses trente-trois ans que le samedi précédent, il ne s'était pas imaginé annuler.

— Damien m'a raconté, lança Mylène. Ils m'ont l'air bien gratinés, tes collègues. Et c'est qui ce Guillaume qui a pété l'ambiance ?

— Un connard que j'ai rencontré dans un bar. Il passait par là, je lui ai proposé de se joindre à nous ; j'aurais mieux fait d'éviter.

— C'est le moins qu'on puisse dire, souligna Damien.

— Au moins, maintenant, je sais à quoi m'en tenir avec ce type.

Ils s'installèrent autour de la table à manger décorée pour l'occasion et Laurent remercia une nouvelle fois ses amis de s'être donné tout ce mal.

— À part ça, j'aurais pas pensé que le collègue d'Éline était homo.

Damien se racla la gorge avant de déclarer :

— C'est sûr que c'est pas un truc qui se remarque…

— Non, c'est clair, mais quand même. C'est toujours… étrange de voir à quel point on peut se tromper sur les gens.

— Et c'est peu de le dire, souffla Damien, plus pour lui-même.

Laurent fonça les sourcils et jeta un regard de biais à son ami qui demanda :

— T'as eu des nouvelles de Clément ?

— Clem ? Pas spécialement. Enfin, si, il organise une fête avec Éline samedi prochain, et il tenait apparemment à ce que je vienne.

Il marqua une pause, puis termina avec un grand sourire :

— Ça prouve au moins qu'y m'fait pas la gueule.

Damien grimaça et relança :

— Sûrement… Il nous a invités aussi. Il t'a dit pourquoi il organisait cette soirée ?

— J'en sais rien, non, c'est une soirée. Ils ont jamais eu besoin d'excuse pour en organiser. Pourquoi ? T'as l'air préoccupé.

— Hein ? Non, pour rien… C'était juste pour savoir si j'avais manqué un truc. Donc y a rien à apporter, c'est déjà ça.

Il ne fallait pas être devin pour remarquer que l'apparente décontraction de Damien n'était qu'une façade. Cependant, ne connaissant pas la raison de sa nervosité, Laurent préféra ne rien dire. Pour l'instant.

La soirée continua comme chaque fois qu'ils se retrouvaient tous les trois. Laurent se sentit rapidement plus détendu. Sa vie était devenue un beau merdier et il ne voulait penser à rien d'autre qu'à l'instant présent.

Le gâteau que Mylène avait préparé était énorme. Elle expliqua qu'elle avait suivi la recette à la lettre pour être sûre de ne pas le rater. Il était effectivement délicieux, mais plutôt prévu pour une dizaine de personnes.

Après le repas, Laurent enfila son pull et alla sur le balcon fumer une cigarette. La température était agréable. Damien le rejoignit pour lui proposer une bière qu'il accepta. Il allait repartir, mais Laurent le retint.

— Qu'est-ce qui se passe avec Clem ?
— Rien du tout, pourquoi ?

Damien avait répondu un peu trop rapidement pour convaincre Laurent qui lui lança un regard qui sous-entendait clairement « Pas de ça avec moi ». Alors Damien s'éclaircit la voix et s'approcha.

— Samedi, à ta soirée… Je crois qu'il a vraiment pas apprécié la façon dont vous avez traité Julien.
— J'ai rien fait, moi ! C'est Guillaume, avec ses– … !
— Justement : t'as rien fait, Laurent. T'as rien dit pour soutenir Julien et faire fermer sa gueule à Guillaume !
— Clément non plus, tenta encore Laurent. Pourquoi c'est à moi de défendre son pote ?
— Écoute, c'est… On parle pas de Clément là !
— Ah bon ?

— Enfin, si, mais… pas seulement… Bref, je pense que tu lui dois des excuses, à lui comme à Julien. Et ce serait pas mal de profiter de la soirée de samedi pour le faire.

— OK, si tu veux.

— Il le mérite. T'as vraiment été con.

Laurent grimaça. Il le savait, ce n'était juste pas agréable de l'entendre confirmer par un ami.

— Dans tous les cas, Clément est un mec bien, reprit Damien. Et j'aimerais que tu en prennes conscience, quoi qu'il arrive.

— Pourquoi je penserais l'inverse ?

Damien haussa les épaules. Au bout de quelques secondes, il ajouta :

— Et tu devrais arrêter de fréquenter tes collègues hors du boulot, ces mecs sont vraiment débiles et…

— Et quoi ?

— Je serais pas surpris qu'ils fassent partie du problème.

— Quel problème ?

— Ton problème…

— Mon problème ?

Damien soupira lourdement avant d'avouer :

— Amanda.

— C'est passé, Amanda, ça existe plus. C'était une connerie et j'veux plus en parler !

— Tu l'aimes toujours, et tu te prives d'une belle histoire parce que…

— Putain, mais ferme-la ! Je te dis que j'ai pas envie d'en parler !

— OK… comme tu veux, capitula Damien en levant les mains devant lui pour tenter d'apaiser son ami.

Après un dernier coup d'œil, il quitta le balcon, et laissa Laurent avec ses pensées troublées.

La soirée prit fin un peu avant minuit. Laurent les remercia encore une fois chaudement pour l'invitation, le repas, le gâteau dont il récupéra la moitié, et le vieux whisky écossais qu'ils avaient tenu à lui offrir et qu'il aimait particulièrement.

Mais une fois chez lui, il ne put s'empêcher de ruminer à nouveau.

***

La semaine lui parut terriblement longue, il peinait de plus en plus à supporter ses collègues dont la bêtise lui sautait brutalement au visage, à l'exception de Matthieu qui avait toujours été plus délicat. Sans vraiment s'en rendre compte, il se rapprocha de lui et se retrouva à travailler sur la même partie de chantier. Cela lui fit un bien fou ; il constata à quel point les propos de ses autres collègues lui pesaient plus qu'il ne voulait bien l'admettre.

Avec Matthieu, il s'était autorisé à lâcher un peu prise sur le rôle de macho qu'il s'efforçait d'entretenir d'habitude. Il fut même flatté lorsque celui-ci lui signala avoir remarqué une différence dans son attitude, qu'il semblait plus ouvert et plus joyeux. Si Laurent ne se sentait pas forcément plus heureux, il était effectivement moins sur le contrôle constant et il devait avouer que cela le soulageait. Au point qu'il lui avait fallu quelques secondes pour prendre conscience qu'il s'était mis à remuer au son de la radio. Son collègue n'en avait pas fait cas, mais Laurent s'était malgré tout rapidement repris ; ça, il n'était pas prêt à le dévoiler.

Quand samedi arriva, Laurent était de bonne humeur, requinqué pour la soirée, et surtout, il voulait présenter ses excuses à Clément. Il sauta sous la douche et s'habilla tout en remuant sur une liste aléatoire de chansons. La danse lui manquait.

Il attrapa ses clefs et sortit de chez lui pour rejoindre à pied l'appartement d'Éline. La soirée commençait à 19 h, il était un peu en retard. Il tomba rapidement sur Damien et Mylène et leur demanda :

— Clem est pas là ? Il termine à 18 heures pourtant, non ?

— Tu le connais, il lui faut du temps pour se pomponner, déclara Mylène.

Laurent pouffa ; il était vrai que Clément avait toujours donné beaucoup d'importance à sa présentation, passant parfois des heures sur le choix d'une chemise. Quand enfin il arriva, il était effectivement tiré à quatre épingles, peut-être même plus que d'habitude. Alors qu'il se servait un verre de sangria, Laurent s'approcha de lui, les mains dans les poches, pas totalement à l'aise de revenir sur l'incident de la semaine précédente.

Après un salut timide, il amorça :

— Damien m'a dit que t'avais pas trop apprécié la façon dont on a traité ton pote, l'autre jour.

Clément continua de le regarder sans décrocher un mot. Laurent culpabilisait de plus en plus, réalisant que son ami lui en voulait bel et bien. Dans une tentative maladroite de dédramatiser, il lança :

— C'était juste pour blaguer.

— Tes copains sont des cons, t'en as conscience ?

La remarque était aussi douloureuse que vraie. Alors qu'il s'apprêtait à répliquer, il repensa à ce que lui avait dit Damien et à la semaine qu'il avait passée loin de ces personnes. Il se mordilla la joue, forcé d'admettre :

— Paraît, ouais…

Avouer ses torts était un réel défi pour Laurent. Il était débutant dans le domaine et peinait encore à ne pas se chercher des excuses, voilà pourquoi il se sentit obligé d'ajouter, malgré lui :

— C'est que, tu sais, avec les gars du boulot, on n'a pas trop l'habitude de côtoyer des homos. On était juste mal à l'aise…

Ce n'était pas totalement vrai. Simplement, il voulait éviter tout ce qui pouvait lui rappeler ses propres failles.

— Est-ce que je te mets mal à l'aise ? demanda alors Clément.

Laurent pouffa avant de déclarer :

— Toi ? Bah non, mais toi, t'es pas…

Mais il s'arrêta de parler dès qu'il croisa le regard un peu trop sérieux que lui lançait Clément. Il tenta de comprendre ce qu'il cherchait à sous-entendre. L'évidence était trop invraisemblable…

— Tu déconnes ?

Clément but une gorgée de sangria pour toute réponse avant de lui tourner le dos et se perdre parmi les invités, laissant le doute planer sur les épaules de Laurent.

C'est pas possible, il se fout de moi… Il veut me faire payer, mais c'est une blague… !

— Laurent ?

La voix de Mylène le ramena à la réalité, bien qu'il lui fallût une seconde pour faire face à son amie et Damien qui l'avaient rejoint.

— Tu vas bien ? On dirait que t'as vu un fantôme…

— Hein ? Je… Non, mais… c'est juste que…

Il ne savait pas s'il pouvait parler de ce qu'il avait cru comprendre concernant Clément. Tout ça lui semblait complètement dingue. Lui-même se sentait ridicule d'imaginer un truc pareil.

Avant qu'il ne puisse ajouter quoi que ce soit, Mylène écarquilla les yeux en fixant l'entrée et secoua le bras de Damien.

— Oh, regarde ! Maude est là ! Tu penses qu'elle va se rabibocher avec Clément ?

— Je doute qu'elle soit là pour ça, dit Damien.

— Qu'est-ce que tu en sais ? s'étonna alors Mylène. Regarde, ils parlent ensemble… !

— Hein ? Oui, non, c'est juste une intuition.

Mylène plissa les paupières, suspicieuse, poussant Laurent à faire de même. Que savait-il qu'ils ignoraient ? Laurent avait-il deviné juste, un peu plus tôt ?

Les mains au fond des poches, celui-ci ne pouvait que se résigner et tenter de faire mieux qu'aux précédentes soirées. Il n'avait pas été un ami des plus fiables ces derniers temps, si bien qu'il décida d'aller se chercher un soda.

L'air vibrait au son des mélodies, et Laurent avait du mal à se retenir de battre le rythme. D'autant que plusieurs chansons faisaient partie de celles sur lesquelles il s'entraînait la plupart du temps, avec Lola. Mais comme chaque fois, il tenait bon, restait stoïque et se contentait de danser mentalement, tout en discutant avec ses amis.

Une demi-heure plus tard, malgré la musique qui continuait de jouer, les invités, eux, s'étaient arrêtés de bouger et de parler, regardant tous dans la même direction. Laurent n'y porta pas particulièrement attention jusqu'à ce que Mylène s'écrie :

— Oh, j'y crois pas !

Laurent chercha ce que tout le monde observait et manqua de s'étrangler en découvrant Clément dans les bras de Julien, leurs visages bien trop proches pour laisser planer le moindre doute sur leur relation.

— Il a du cran, le Clément, ajouta Damien avant de se tourner du côté de Laurent. Tu trouves pas ?

La question était un peu trop appuyée pour ne pas cacher de sous-entendu. Cependant, Laurent ne répondit pas. Complètement hébété par ce spectacle, il n'arrivait plus à quitter Clément et Julien des yeux alors que ceux-ci, devenus le centre d'attention, s'embrassaient tendrement.

— Hey, Laurent ?

Ce dernier sortit de sa torpeur, refit face à Damien et bafouilla :

— Qu-Quoi ? Mais… i-ils sortent ensemble ?

— Apparemment.

Laurent ne releva pas, et se tourna une nouvelle fois vers Clément qui se tenait toujours aussi proche de Julien et essayait de traverser la foule qui lui tombait brusquement dessus.

— Tu l'savais ?

— Euh, pas vraiment… Enfin, si, oui. J'avais des doutes, et ça s'est confirmé à ton anniv– …

— Tu fais chier ! coupa Laurent. T'aurais pu m'le dire, au lieu de m'laisser passer pour un con !

Damien le dévisagea un instant avant de répondre, d'une voix posée :

— C'était pas à moi de t'le dire.

Laurent soutint son regard un moment avant de baisser les yeux. Damien avait raison. Et c'était justement parce que Laurent savait que son ami était quelqu'un de fiable qu'il lui avait confié son secret.

Au fond de lui, il admirait Clément, il l'enviait. Réussir à ne plus tenir compte des autres et afficher publiquement sa différence, sans s'inquiéter d'être jugé. Si seulement Laurent avait été capable de ça. Bien au contraire, le simple fait d'y penser le mit mal à l'aise, le replongeant dans sa propre honte d'avoir pu aimer Amanda.

De l'aimer, encore.

Il n'osa pas s'approcher de Clément et l'évita un moment avant que Damien le force à aller lui parler :

— Après c'que tu leur as balancé, c'est la moindre des choses.

Laurent baissa la tête et bafouilla :

— Je… Je peux pas, je…

— Laurent, c'est toujours Clément, qu'on connaît depuis qu'il a douze ans. À qui t'as fait fumer sa première – et sûrement dernière – clope. Le libraire au cul pincé, Clément.

Laurent pouffa en entendant la description que Damien faisait de leur ami.

— OK, je vais lui parler, c'est bon…

Il termina son soda d'une traite et s'avança vers Clément d'un pas hésitant. Ce dernier était entouré par Julien, Charlotte et Éline, ainsi qu'un inconnu apparemment très excité par la situation et qui leur tendait du champagne.

Il freina l'allure en croisant le regard, peu avenant, de Charlotte. Clément lui avait probablement expliqué ce qui s'était passé entre eux, quelques jours plus tôt. Il détourna les yeux au moment où Damien et Mylène le dépassèrent en le bousculant légèrement.

— Vas-y, quoi ! Ils sont pas contagieux.

Alors Laurent s'approcha et, une fois face à eux, les salua timidement. Tous les regards étaient braqués sur lui, comme s'ils attendaient des excuses. Nerveux, il se frotta la nuque et chercha ses mots. Une petite inspiration plus tard, il réussit enfin à articuler :

— Désolé pour l'autre soir. Vraiment. Je savais pas que… que tu… vous deux…

— Une minute, l'interrompit l'inconnu en secouant sa flûte de champagne. T'es pas le mec qui sortait avec Amanda ?

Laurent fit un pas en arrière et se mit à le détailler, sa chemise turquoise scintillante, son pantalon slim, ses cheveux châtains coiffés sur le côté, réfléchissant s'il l'avait déjà vu quelque part.

— T-Tu la connais ? finit-il par bafouiller, sentant le stress l'envahir lentement.

— Très bien même, dit l'autre, un sourire collé aux lèvres. C'est donc toi, le fameux Laurent dont elle me parlait sans arrêt ?

Ce dernier avait de plus en plus chaud. Craignant d'avance la réponse, il demanda :

— Et… tu la connais depuis longtemps ?

— Une bonne dizaine d'années. Pourquoi ?

Affolé, Laurent sentit son estomac se serrer et la peur l'envahir. Cet homme savait pour Amanda, il l'avait connue avant le début de sa transition. Donc il savait pour lui aussi. Pourquoi souriait-il comme ça ? Est-ce qu'il se moquait de lui ? Peut-être même qu'il imaginait des choses à son sujet…

Pris de panique à cette simple idée, Laurent ne réussit plus du tout à se contrôler. Il saisit le jeune homme par le col de sa chemise et l'attira jusqu'à lui en se mettant à hurler :

— Tu vas me virer ce petit sourire satisfait de ta face de pédé, compris ?

Damien lui attrapa les épaules pour qu'il recule alors que Clément et Julien tentaient de lui faire relâcher leur ami. Laurent n'opposa pas particulièrement de résistance, mais il tremblait de tout son corps, tendu.

— Calme-toi ! s'exclama Damien, faisant barrage entre eux.

— Alors, qu'il la ferme !

À côté d'eux, l'ami d'Amanda remettait sa chemise en place, tout en le regardant de travers. Penché vers celui-ci, Julien lui demanda si tout allait bien, pendant que Damien répliquait :

— Il a rien dit, Laurent ! Rien du tout, alors calme-toi !

— Qu'est-ce qui t'arrive, bordel ? intervint soudainement Clément.

Tout le monde avait les yeux fixés sur Laurent. Mort de honte, ce dernier était incapable d'expliquer son comportement. En voyant l'air réprobateur que ses proches affichaient, son cœur se serra.

Pourquoi toutes ses soirées tournaient-elles à la catastrophe ?

Alors que la douleur lui nouait la gorge, il fit appel à la colère pour ne pas perdre totalement ses moyens et, tout en pointant Clément, Julien et leur ami, il s'exclama :

— J'suis pas comme vous, OK ? Lâchez-moi !

— Personne n'a dit ça, lui répondit Damien d'une voix douce, pour tenter de le calmer.

Mais l'émotion était trop forte et Laurent ne tenait plus. Il voulait être seul, il avait besoin de hurler. Peut-être aurait-il souhaité qu'un de ses potes lui colle un poing dans la figure, ça lui aurait remis les idées en place.

Et c'était tout ce qu'il méritait.

22

Il descendit la rue et longea le bord du lac, sans trop réfléchir à l'endroit où il allait. Il avait besoin de s'aérer un peu la tête, alors il marcha jusqu'au débarcadère. Il n'y avait pas grand monde à cette heure-ci, avec les températures qui chutaient doucement.

Il s'approcha du grand arbre entouré de bancs, à côté du large ponton, et s'appuya sur le mur qui le séparait du lac. Il n'avait pas froid, pourtant, ses mains tremblaient.

Damien avait raison ; il déraillait complètement.

Qu'est-ce que tu comptais lui faire, à c'mec ? Lui péter la gueule ? Juste parce qu'il connaît Amanda ?

Il attrapa son paquet de cigarettes, hésita un instant, puis craqua et en alluma une. Il la fuma lentement, prenant le temps de savourer chaque bouffée dans l'espoir de se calmer.

Il ne savait pas du tout ce qu'il allait pouvoir dire à ses amis. Sans compter que son petit secret avait probablement été dévoilé dans la foulée. Il serra la mâchoire et écrasa son mégot qu'il jeta dans la poubelle, puis s'installa sur le banc juste à côté, les mains croisées, essayant de se vider l'esprit.

Il resta ainsi quelques minutes à peine avant d'entendre quelqu'un l'interpeller. Il releva les yeux et reconnut Clément, debout dans la pénombre.

— Casse-toi ! lui lança-t-il, la voix éraillée.

Clément l'ignora et vint s'asseoir à côté de lui.

— Putain, je t'ai dit de te barrer, fous-moi la paix !

Malgré ses protestations, Clément ne bougea pas, toujours silencieux. Laurent comprit rapidement qu'il n'était pas là pour le sermonner pour son comportement. Quelqu'un avait dû lâcher le morceau et il connaissait la vérité.

Et si Clément connaissait la vérité, alors…

— Ça y est ? Vous êtes tous au courant ? demanda Laurent, sa voix tremblant malgré ses efforts pour cacher son émotion.

Il appréhendait la réponse. Lorsqu'il vit son ami hocher la tête, un tel poids s'abattit sur ses épaules qu'il ne fut pas mécontent d'être assis.

Tout ce qu'il avait cherché à effacer de sa vie n'était plus un secret pour qui que ce soit. Il sentit son cœur s'emballer, il manquait d'air. Penché en avant, les coudes en appui sur ses genoux, il agrippa ses cheveux, jurant dans sa barbe, envahi par la honte.

— Et tout le monde s'en fiche, tenta Clément pour le rassurer.

— Ouais, tu parles !

Ses paroles avaient claqué dans la nuit. Clément avait beau le lui garantir, Laurent n'en croyait pas un mot. Comment ses amis pouvaient-ils réellement être indifférents à une annonce pareille ? Ils devaient surtout bien s'être foutus de lui.

— Moi aussi, j'avais peur qu'on me juge, confia alors Clément. Mais plus j'avance et plus je me rends compte qu'on a la chance d'être bien entourés.

Laurent ricana amèrement ; il ne pouvait s'empêcher de songer à sa famille. Comme s'il avait deviné ce qui lui traversait l'esprit, Clément poursuivit :

— Et quand bien même... s'il y a bien un truc que j'aie appris ces dernières semaines, c'est que tu devrais te foutre de ce que les autres pensent.

— J'suis pas pédé, Clem ! T'as l'air de l'oublier !

— Personne ne croit ça.

Son ami avait déclaré ça si brusquement que Laurent eut soudain un doute ; que savait-il exactement ? Et Clément continua :

— J'y connais rien, mais ce dont je suis sûr, c'est qu'une femme, même si elle est trans, c'est une femme.

OK, donc il était au courant de sa transidentité. Et pour le reste... ? Laurent soupira, il n'en pouvait plus, alors il lâcha sans réfléchir :

— Putain, Clem, tu te fous de moi ? Tu l'as pas vue à poil !

— Et toi ?

— M-moi ? Comment ça ?

— Tu l'as vue nue ?

— Euh, ouais, mais je...

Il ne voulait pas entrer sur ce terrain et que Clément se fasse des idées sur ce qu'il avait pu partager avec Amanda. Son hésitation l'agaça.

— Bordel, tu cherches à m'embrouiller ? Va te faire foutre !

Les poings serrés, Laurent était de plus en plus fébrile. La tension ne le quittait plus et il se sentait incapable de reprendre sa respiration sans que l'émotion s'exprime complètement. Puis la colère céda doucement sa place à l'abattement qui l'affligeait.

— Hey, Laurent… ?

— Lâche-moi, souffla-t-il en essuyant une larme qui tentait de s'échapper.

Clément n'insista pas. Il se contenta de rester à côté, comme un soutien silencieux. Laurent devait avouer que sa simple présence lui faisait du bien. Il se laissa aller un moment, ne tenant même plus compte de ce que son ami pourrait penser de le voir dans cet état.

L'avait-il seulement déjà vu aussi mal ?

— Tu sais… commença Laurent au bout d'un instant, peu sûr de lui. Quand on passait la nuit ensemble… avec Amanda…

Il s'éclaircit la gorge sans oser se tourner vers Clément. Il déglutit et reprit son récit :

— Elle retirait jamais sa culotte. C'était une culotte spéciale, le genre qui serre le paquet et qui cache tout entre les cuisses, tu vois… ?

Il se frotta rapidement le visage avant de poursuivre :

— Je la pelotais, ou alors c'était elle qui me suçait, ce genre de trucs. Ça n'allait jamais plus loin.

Il sentait toute l'attention de Clément posée sur lui, si bien qu'il n'osait plus détacher ses yeux de ses mains qu'il tortillait dans tous les sens et prit une inspiration pour se donner du courage.

— Un soir… je…

Il s'interrompit, nerveux.

Pourquoi est-ce que c'était si difficile ?

Laurent se redressa et fit quelques pas jusqu'au muret où il reprit appui, le regard perdu dans l'obscurité qui s'étendait sur le lac. Il repensa à la façon dont Clément avait réussi à s'afficher avec Julien et se trouvait encore plus minable. Il se retourna et, sans pour autant oser lever les yeux vers Clément, raconta enfin :

— Un soir, je lui ai retiré sa culotte. J'en avais marre de… Putain, j'en sais rien… Je voulais la voir. Tout entière ! Et quand je l'ai vue, à poil, face à moi… Je…

Dis-le, bordel !

— J'en avais plus rien à foutre qu'elle ait une bite ! J'avais juste envie de la serrer dans mes bras. Alors non, on n'a pas baisé cette nuit-là non plus, je pouvais pas… mais… je l'ai prise dans mes bras et… bordel, je sentais sa queue collée contre… J'la sentais, collée contre la mienne, et je l'ai…

Il s'interrompit, posa une main sur sa bouche sans oser en dire davantage. L'image de l'instant lui revenait à l'esprit. Cet instant si précieux, pendant lequel il s'était senti à sa place, en parfait accord avec lui-même. Avant que la peur et la honte ne viennent à nouveau l'assaillir.

Ce n'était plus à Clément qu'il s'adressait, mais à lui-même, essayant de se convaincre encore une fois :

— On était tous les deux dans le même putain d'état. Alors j'ai eu les boules ! J'étais complètement en panique. J'veux pas bander pour une bite. Pas moi ! C'est pas mon truc, bordel !

Il osa enfin tourner les yeux vers Clément qui ne cachait pas sa surprise, le mettant d'autant plus mal à l'aise.

— Vu comme tu en parles, commença celui-ci d'une voix calme, j'ai pas l'impression que ce soit sa bite que tu aimes. Par contre, tu es fou amoureux d'Amanda. Et malgré le fait que son sexe ne reflète pas son genre, tu as su aller au-delà et voir la femme qu'elle est vraiment.

Clément et ses belles paroles... se dit-il avec sarcasme.

Malgré tout, il ne pouvait pas nier que ça faisait son petit effet. Il renifla avant de balancer, presque plus pour lui-même :

— Merde, je sais pas si ça me rassure de penser que j'ai vu la femme en elle, ou si ça me fout encore plus les boules d'avoir zappé qu'elle a une queue !

Clément pouffa et Laurent ne put s'empêcher de l'imiter. La tension accumulée se dissipait, transformant leur rire en hilarité face à l'absurdité de la situation. Il leur fallut quelques secondes pour retrouver leur calme, après quoi, encore secoué par quelques gloussements, Laurent finit par demander :

— Fait chier... Tu crois que j'suis aussi un genre d'homo ?

Il reprit place à côté de Clément et tenta de masquer son inquiétude derrière un rire forcé.

— Je ne pense pas, non... En vrai, j'en sais rien du tout, on s'en fout, c'est qu'un mot. Ce que je crois, par contre, c'est que t'es toujours raide dingue d'Amanda. Et que t'es un imbécile de l'avoir plantée parce que t'avais peur de l'aimer. Entièrement.

Ému par les propos de Clément, Laurent lui donna un coup de poing affectueux sur l'épaule, ce qui fit grimacer son ami, puis il le remercia d'un regard.

— Tu devrais la rappeler, suggéra alors Clément.

— J'en sais rien…

— En plus, Vicky, le type que t'as empoigné par le col… Il nous a laissés entendre qu'elle ne serait pas contre.

Laurent était tiraillé entre la joie suscitée par la nouvelle et la honte due au rappel de l'incident avec le jeune homme. Il grimaça et déglutit avant de dire :

— Je crois pas que j'arriverai à m'y faire…

— À elle, ou au fait que sa queue ne te dérange pas autant que tu le voudrais ?

Laurent ricana doucement, peu habitué à entendre Clément parler vulgairement, et aussi un peu gêné par la teneur du propos.

— Les deux. Enfin, je sais pas… J'ai vraiment pas envie que des gens découvrent la vérité et s'imaginent que je…

Il grimaça à cette simple idée, et Clément éclata de rire.

— Tu me fais penser à moi, dit-il en reprenant son souffle. Tu te rappelles à quel point je m'assumais pas, à ta soirée d'anniversaire ?

Laurent arqua les sourcils en se remémorant la scène.

— Tu parles ! Monsieur J'en-sais-rien-que-mon-pote-est-pédé alors que tu t'envoies en l'air avec ! T'as aussi été un beau salaud, pour le coup !

Un nouvel éclat de rire les saisit, alors qu'ils réalisaient à quel point ils avaient été stupides.

Laurent avait longtemps vu en Clément l'incarnation de la stabilité et de la perfection sociale. Un roc imperturbable et irréprochable depuis qu'il était devenu adulte. Et voilà qu'il découvrait une facette inédite de son ami, les doutes qui l'avaient assailli pendant des mois, constatant que personne ne montrait totalement qui il était.

— Ma sœur m'a dit un jour que ça ne servait à rien de s'empêcher de vivre pour les autres. Ça m'a fait prendre conscience que je passais à côté de ma vie. Et que je risquais bien de perdre la personne qui comptait le plus pour moi si je laissais ma peur du regard des autres me dicter ma conduite.

Les paroles de Clément résonnaient en Laurent. Lola le lui avait aussi souvent répété, et cette vérité pouvait se reporter à beaucoup de choses le concernant.

Il se redressa, s'adossant au banc, puis, cachant sa gêne, déclara, blagueur :

— Mmh, elle raconte pas que des conneries, ta frangine, en fait.

— Je crois que ma sœur est la personne la plus sage que je connaisse. Elle a beaucoup ramassé quand elle était ado, mais elle a appris à faire abstraction du regard des autres.

Vu le charisme qu'elle s'était forgé, il était difficile de concevoir que Charlotte avait pu traverser une période pendant laquelle elle n'avait pas confiance en elle.

— Les gens ne peuvent pas deviner ce qui se passe vraiment dans ta vie privée, et puis, contrairement à Julien, Amanda est une femme, une femme magnifique ! Ce qu'elle a dans le slip, y a que toi qui le sais, donc personne n'ira s'imaginer quoi que ce soit.

— Vous le savez tous.

Clément lui répéta qu'ils n'en avaient rien à faire et Laurent se gratta la nuque, pesant une seconde les propos de son ami.

— Alors bien sûr, c'est possible que des gens le découvrent, continua Clément. Qu'ils te jugent, se foutent de ta gueule, t'insultent, toi ou Amanda… Est-ce que c'est pas ce que toi et tes potes avez fait avec Julien ?

Laurent grimaça, envahi une nouvelle fois par la culpabilité. Il était parfaitement conscient que leur comportement avait été inacceptable, mais se retrouver face à son ami et le confronter directement le mit profondément mal à l'aise, et il souffla :

— Ouais, putain, t'as raison, j'suis désol– …

— On s'en fout ! coupa Clément. C'est pas le sujet ! Au contraire, merci. Je sais pas si j'aurais fait ce que j'ai fait ce soir si c'était pas arrivé. Et j'en ai plus rien à cirer qu'on nous invente une vie privée débridée à Julien et moi. La seule chose qui m'importe, c'est de pouvoir être avec lui.

— Ah, putain, j'avais réussi à pas vous imaginer au pieu tous les deux jusqu'à maintenant ! T'es lourd, j'vais faire des cauchemars !

Clément se mit à ricaner avant d'annoncer :

— Et je suis sûr que t'es loin du compte !

— Ferme-la, j'vais vomir ! lâcha Laurent en le bousculant, faisant d'autant plus rire Clément.

Laurent commençait à se détendre et observa un instant son ami comme s'il le voyait pour la première fois. L'ayant toujours connu sur la retenue concernant ce qui touchait à son intimité avec Maude ou une autre de ses ex, Laurent avait du mal à le reconnaître. Cependant, il ne pouvait nier que Clément semblait effectivement bien plus heureux maintenant qu'il s'autorisait enfin à vivre tel qu'il le souhaitait : librement.

C'était encore un peu délicat pour Laurent d'évoquer le sujet, malgré ça, il finit par demander :

— Et du coup, ton pote, il pense vraiment qu'Amanda accepterait de… ?

Clément haussa les épaules avant de lui sourire.

— Essaie, tu seras fixé.

Laurent acquiesça, tout en se mordillant l'intérieur des joues.

— Mais ne la contacte que si tu es sûr de toi, histoire de pas lui briser le cœur une seconde fois.

Ces derniers mots semèrent le trouble dans l'esprit de Laurent. Il passa vigoureusement ses mains sur son visage, comme pour tenter d'effacer la confusion qui l'envahissait.

— Faut que je réfléchisse. J'en sais rien. Ça me fout les boules. Et en même temps…

— C'est normal. Mais ne tarde pas trop.

Laurent hocha la tête, réalisant qu'il ne pouvait pas rester indéfiniment dans l'indécision.

Mais pour l'heure…

— J'ai besoin d'un verre, lâcha-t-il brusquement.

— La soirée d'Éline n'est pas terminée…

— Bordel, t'as raison !

Laurent se redressa, revigoré, comme parcouru par une énergie nouvelle. Le poids qui l'accablait s'était allégé après cette conversation avec Clément. Il se demanda si le fait d'avoir vu ce dernier révéler son orientation à ses amis pouvait l'avoir mis plus à l'aise de se confier. En tout cas, il avait fait un peu d'ordre dans ses pensées et se sentait prêt à se confronter aux autres.

Tous deux remontèrent les rues jusque chez Éline et lorsqu'ils approchèrent de l'immeuble, Laurent retint Clément par le bras.

— Mais, on est d'accord : j'suis pas pédé.

C'était une question stupide, mais Laurent avait besoin d'être rassuré. Il peinait encore à déterminer son identité, conscient que son attirance pour Amanda ne correspondait pas à la définition classique de l'hétérosexualité. Cependant, il n'était pas prêt à se reconnaître homosexuel non plus. Après tout, comme Clément l'avait souligné, Amanda était une femme. Cela excluait donc la possibilité qu'il soit gay, non ? Il n'y connaissait pas grand-chose et préférait éviter toute étiquette pour l'instant, trop perdu dans ce spectre d'identités.

Puis la maladresse de sa question le frappa soudainement, surtout que Clément venait de faire son *coming out*. Laurent se sentit embarrassé, mais à sa grande surprise, son ami rigola et répondit simplement :

— On est d'accord.

Clément entra le premier dans l'appartement, Laurent caché derrière lui. Tous les regards se tournèrent à nouveau sur eux alors qu'ils traversaient la pièce jusqu'à leurs amis.

— Ah, tu as réussi à le ramener ! s'exclama Mylène dont l'inquiétude marquait les traits.

Elle le prit par surprise et se jeta à son cou, rassurée. Il osa à peine lui rendre son étreinte, tout d'abord intimidé. Mais rapidement, il réalisa à quel point Clément avait raison : il avait de la chance d'être si bien entouré.

Il serra Mylène contre lui et laissa échapper un sanglot.

Devant tout le monde, il s'autorisa à craquer, le visage enfoui dans la chevelure blonde de son amie. Il comprit qu'il ne pouvait plus se cacher longtemps derrière ce mur qu'il avait construit, source de tous ses problèmes, et qui l'empêchait d'être heureux.

Cela ne dura qu'une minute pendant laquelle ses amis s'étaient approchés, l'entourant avec bienveillance, et lui laissant la liberté d'être lui sans être jugé. Puis Mylène se recula, sécha une larme et l'observa un instant sans rien dire. Il essuya son visage et lui sourit, la remerciant en silence.

— J'espère que t'as pas morvé sur mon pull, déclara-t-elle pour cacher son émotion.

Clément fut le premier à rire, et Laurent et les autres suivirent aussitôt. Le jeune homme que Laurent avait agressé s'approcha alors de lui avec une coupe de champagne qu'il lui tendit et, avec une petite révérence, lui dit :

— Je crois que nous n'avons pas été présentés. Moi, c'est Victor, mais tout le monde m'appelle Vicky.

Laurent attrapa le verre et lui adressa un rictus embarrassé.

— Et moi, Laurent... J'suis vraiment désolé pour...

Il pointa son cou et Vicky lui adressa un large sourire.

— C'est rien, mon chaton, tu n'es pas le premier homme qui me saute dessus.

23

Tous ses amis savaient. Pourtant, personne ne lui avait fait la moindre réflexion ni ne lui avait posé la moindre question.

Tous ses amis savaient. Et ils avaient continué d'agir de la même façon avec lui, ça ne changeait rien, il était toujours le même à leurs yeux.

Tous ses amis savaient. Et tous avaient fini par lui montrer leur soutien malgré son comportement à cette soirée ainsi que ces derniers mois.

S'en était suivie une longue conversation avec Vicky au sujet des sentiments d'Amanda ; apparemment, un espoir subsistait. Cependant, Laurent se trouvait paralysé, tiraillé entre la peur de laisser passer cette chance et l'appréhension de la saisir.

Le lendemain, alors qu'il buvait son café, installé sur son canapé, il réfléchissait à ce qui l'empêchait encore d'oser être lui-même. Pourquoi est-ce que reprendre contact avec Amanda lui paraissait si difficile ?

Il y avait une part de culpabilité, pour la façon dont il l'avait abandonnée sans explication ni aucune nouvelle depuis des mois. Mais également la peur de ressentir la même angoisse s'il la revoyait nue.

À force de retourner le problème dans son esprit, il avait enfin compris ce qui l'avait réellement affolé ce jour-là. Lorsqu'il lui avait retiré son sous-vêtement et qu'il avait pu la découvrir intégralement, rien ne lui avait semblé anormal, ou dérangeant. Au contraire, il l'avait trouvée parfaite et désirable. Voilà pourquoi il s'était collé à elle, sans réfléchir plus longtemps.

Mais cet étrange sentiment de normalité avait fini par le faire paniquer.

Alors oui, tous ses amis savaient. Pour autant, il n'était pas évident d'accepter sa propre différence.

Félicitations, Papa, t'avais raison, ton fils est une tapette…

Son ventre se serra et un haut-le-cœur le prit par surprise. Il se plaqua une main sur la bouche, attendit une seconde, puis alla se rafraîchir le visage dans la salle de bain.

C'était donc ça, le problème : il refusait de donner raison à son père. Laurent avait passé son temps à essayer de prouver qu'il n'était pas un raté, qu'il était bel et bien un homme, un vrai, maîtrisant les femmes au pieu parce que c'était *lui* le mec… ! Et d'un coup, voilà qu'il trouvait normal de se retrouver collé à quelqu'un qui avait un pénis ?

Sa fierté en prenait un coup, son égo également.

Et il devrait probablement faire un choix : son père ou Amanda. Depuis le temps qu'il subissait cette manipulation toxique qui le rendait malheureux, la solution, évidente, lui semblait pourtant si compliquée.

Il s'aspergea encore un peu la figure, puis sentit son téléphone vibrer dans sa poche.

Mylène, 11 h 16 : J'espère pour toi que tu as écrit à Amanda, sinon je débarque pour te botter les fesses.

À peine eut-il terminé de lire le message qu'un autre s'afficha à l'écran.

Damien, 11 h 16 : Je crois que tu devrais prendre sa menace au sérieux…

Laurent sourit un peu tristement. Il réfléchit un instant à ce qu'il allait répliquer, puis envoya :

Laurent, 11 h 18 – J'lui ai pas écrit.

C'est Mylène qui lui répondit malgré tout.

Mylène, 11 h 19 : Pas encore, rassure-moi ?

Laurent savait que s'il lui partageait le fond de sa pensée, elle ne comprendrait pas. Il se contenta donc de dire :

Laurent, 11 h 19 : J'pense pas que ce soit une bonne idée.

Après quoi, son portable resta silencieux.

Laurent était fatigué, il n'avait pas beaucoup dormi et sa soirée de la veille l'avait pas mal chamboulé.

D'un geste agacé, Laurent chassa Nook qui avait entrepris de se faire les griffes sur le canapé, quand la sonnerie de l'entrée retentit. Laurent se figea, devinant sans mal qui lui rendait visite.

Il alla ouvrir et se retrouva face à Mylène, qui le contourna sans attendre d'être invitée, et Damien, qui l'observa d'un air navré.

— J'ai pas pu la retenir.

Laurent soupira en refermant la porte derrière eux.

— Entrez seulement, faites comme chez vous, ironisa-t-il. Vous voulez un café ?

Damien, qui accrochait sa veste au porte-manteau, répondit :

— Ah, ben oui, volont– …

— Tu sais où est la machine ! coupa Laurent. Qu'est-ce que vous foutez là ?

Il était conscient d'être dur avec eux, après le soutien qu'ils lui avaient témoigné. Mais il n'était pas d'humeur à recevoir des leçons. Il n'avait pas envie qu'on le presse ; au contraire, il avait besoin de temps pour faire le point sur ce qu'il ressentait. Il avait besoin de savoir s'il était prêt à chambouler toute sa vie, et évaluer le nombre de principes qu'il envoyait valser s'il tentait de vivre cette histoire avec Amanda. Les décisions précipitées n'étaient jamais les meilleures.

— J'aimerais juste comprendre, commença Mylène pendant que Damien se cherchait une tasse. On peut pas te forcer à la rappeler, mais hier, t'avais l'air si sûr de toi. Qu'est-ce qui a changé ?

La veille, il s'était ouvert comme jamais auparavant, peut-être même au-delà de ce dont il pensait être capable. Cette expérience lui avait montré que lorsqu'il s'autorisait à être sincère, aussi intimidant que cela puisse être, ses amis pouvaient lui apporter un soutien précieux.

Malgré ça, de nombreux sujets restaient difficiles à aborder pour lui, et il doutait que cela puisse l'aider à vraiment accepter cette part de lui qu'il refoulait depuis trop longtemps.

— Rien, justement. Rien n'a changé. Je suis toujours le même. Et j'suis paniqué à l'idée de pas réussir à assumer d'être avec Amanda. Alors j'vais pas la recontacter si c'est pour l'abandonner encore une fois !

— Même si tu l'aimes ?

— Encore moins, putain ! s'emporta Laurent d'un coup. T'as idée de c'que ça veut dire, si je sors avec elle ? Tu réalises que c'est confirmer le fait que je puisse peut-être pas être… hétéro ?

— Bordel, Laurent ! Tu t'entends ? s'exclama Damien en posant son café sur la table basse. Qu'est-ce que t'en as à foutre de confirmer ou pas, si ça change pas c'que tu es, au final ?

Laurent resta sans voix, déstabilisé par la question. Puis, sans prévenir, Damien lui agrippa le pull et l'attira vers lui. Laurent, surpris, n'eut pas le temps de réagir et se retrouva les lèvres collées à celles de son meilleur ami.

Cela ne dura que quelques secondes, mais ce fut suffisant pour que Laurent en ait le souffle coupé.

— Merde, t'es dingue ? explosa-t-il en se reculant, tout en s'essuyant la bouche comme s'il pouvait effacer ce baiser.

— Est-ce que tu penses que je suis gay, maintenant ?

— À toi de m'le dire, putain !

— J'en sais rien, comme t'as l'air de croire que nos actions peuvent changer qui on est réellement, j'suis peut-être devenu gay… ? Sauf que j'vais t'apprendre un truc : peu importe comment tu te comportes, ça va pas te changer. La preuve : j'suis toujours le même mec, hétéro, et fou amoureux de la même nana depuis bientôt vingt ans !

Stupéfait, Laurent l'observait, les yeux ronds, encore sous le choc.

— C'est pas refuser de sortir avec Amanda qui changera ce que tu es, ni même c'que tu ressens pour elle. Même en essayant de le cacher, tu es et resteras le même, que ça te plaise ou non !

Damien reprit son souffle avant d'ajouter :

— Tu peux prétendre le contraire autant que tu veux, le fait est que tu aimes Amanda. Elle a une bite, OK, c'est pas le top, mais tu l'aimes. Alors tu l'acceptes et t'apprends à te foutre de ce que pensent les autres. Parce que quoi que tu décides aujourd'hui, ça ne changera pas ce que tu ressens. Et tu l'aimeras dans tous les cas. Reste à savoir si tu veux le vivre à fond ou juste souffrir dans ton coin.

Un léger silence s'installa, pendant lequel Laurent baissa les yeux. Le discours de Damien lui avait fait l'effet d'une claque, le forçant à accepter une réalité qu'il refusait de voir.

Jouer un rôle ne le changerait pas.

Sans un mot, il acquiesça, résigné face à cette vérité.

— T'étais quand même pas obligé d'y foutre la langue, railla-t-il en s'essuyant encore une fois la bouche, ce qui fit rire son ami.

Soudain, la voix enthousiaste de Mylène brisa le moment.

— C'était. Hyper. Sexy ! s'exclama-t-elle, les yeux pétillants d'excitation.

Laurent et Damien se tournèrent brusquement vers elle, stupéfiés, et ensemble, ils répliquèrent :

— Oh non ! Plus jamais ! N'y pense même pas !

Après le départ de Damien et Mylène, Laurent resta longtemps à méditer, réfléchissant à ce que Damien lui avait dit. Aussi vrai que cela puisse être, c'était néanmoins difficile à entendre.

Assis sur son canapé, il effleura ses lèvres, repensant au baiser que Damien lui avait donné, et sentit son cœur accélérer. Non pas que cela représentât quelque chose ; il n'avait aucun doute sur le fait que les hommes ne l'attiraient pas. Mais son ami avait réussi à mettre en lumière une évidence qui lui échappait pourtant jusque-là ; on ne devenait pas quelqu'un d'autre en faisant semblant.

Cette mascarade s'était transformée en cage trop étroite pour Laurent qui suffoquait, poursuivi par l'image de son père ; la remise en question lui était difficile. Le souvenir de son adolescence remonta à la surface, cet instant fatidique où son père l'avait surpris en train de transgresser les règles. Il le lui avait fait payer si douloureusement que la peur de sortir à nouveau du droit chemin s'était ancrée en lui de façon viscérale.

Conscient que ce qu'il ressentait était absurde, il devait trouver le moyen de dépasser tout ça.

Puis il repensa à Amanda, et à cette fameuse nuit qu'il avait partagée avec elle, contre elle. Cet instant de perfection troublante qui l'avait complètement bouleversé. Leur connexion lui avait semblé si naturelle sur le moment, alors que leurs deux corps se rencontraient pour la première fois dans une intimité totale. Le désir était monté progressivement, ils avaient pris leur temps pour s'en libérer. Amanda avait plongé son regard noisette dans le sien, pendant que lui explorait sa peau du bout des doigts avec une tendresse infinie. Effleurant ses courbes, Laurent avait caressé son dos, ses cuisses, puis remontant jusqu'aux joues, il s'était efforcé de maîtriser son rythme cardiaque… Puis il avait déposé de nombreux baisers, du bout des lèvres, sur celles, pleines et irrésistibles, d'Amanda. Ce simple contact n'avait fait qu'affoler un peu plus son cœur déjà troublé par leur proximité.

Il soupira en découvrant que ses pensées avaient ravivé l'excitation qu'il avait ressentie avec elle.

Bordel, elle me rend dingue…

Il avait bien tenté de l'oublier, cherchant à remplacer son souvenir en se perdant entre les bras d'autres femmes. Il n'avait réussi qu'à mettre davantage en évidence le vide glacial de son absence.

Il attrapa la télécommande de sa chaîne hi-fi et l'alluma, sélectionna une musique au hasard, tomba sur Noha Kahan. Il monta le son alors que les premières notes de *False Confidence* se faisaient entendre, puis il se leva et commença à remuer les épaules tout en ouvrant sa messagerie. Il toucha le prénom d'Amanda, guidé par les paroles du refrain pour se donner du courage.

Et, emporté par la chanson, écrivit :

Laurent, 17 h 27 : Il faut parfois du temps pour prendre conscience des erreurs qu'on a faites. En t'abandonnant, l'autre nuit, j'ai probablement commis la pire erreur de ma vie. Je sais qu'il est un peu tard pour des excuses, mais j'espère sincèrement qu'il n'est pas trop tard pour nous. J'ai pas toujours été honnête, envers toi, comme envers moi-même, et jouer ce rôle devient pesant. J'ai besoin de te voir. Besoin de toi.

Il avait tapé son message à toute vitesse, et l'envoya sans prendre le temps de se relire. Comme le dit l'adage, il vaut mieux avoir des regrets pour avoir osé agir plutôt que de vivre avec le remords de ne pas avoir essayé.

Au moment où le refrain démarra, Laurent posa son téléphone et se laissa submerger par la mélodie. Toute sa frustration se déversa dans une danse passionnée, des gestes vifs et énergiques traduisant son tumulte intérieur. Ses mouvements dynamiques semblaient orchestrés par la musique elle-même, comme si chaque note dictait le rythme à suivre à son corps. Laurent n'était plus simplement en train de danser ; il devenait l'incarnation vivante de la chanson, transformant sa nervosité en une performance libératrice.

Quand enfin il se sentit soulagé de ses tensions, il se pencha sur l'écran de son portable pour vérifier ses messages.

Pas de réponse…

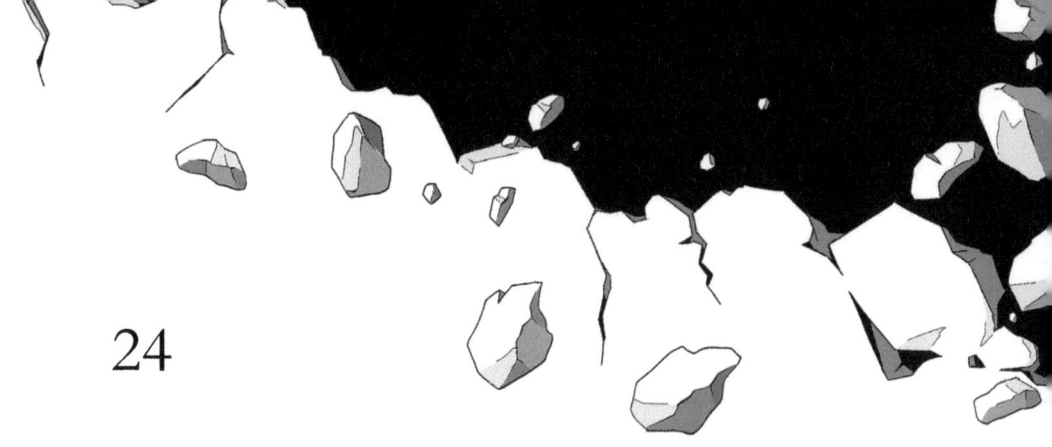

24

Deux jours passèrent sans nouvelles d'Amanda.

En dépit des signes évidents, Laurent se raccrochait à un ultime espoir qui se débattait dans sa poitrine, rejetant l'idée qu'il puisse être trop tard. Bien qu'il fût conscient depuis longtemps de son attachement envers elle, le silence qui suivait ses messages et ses appels lui révélait soudain la profondeur réelle de ses sentiments et l'espoir qu'il avait toujours eu de la retrouver.

Avachi sur son canapé, le front dans la paume de sa main, jamais il ne s'était senti aussi vide. Le chagrin qu'il avait ressenti à l'époque de sa séparation avec Sonia lui semblait ridicule comparé à ce qu'il endurait en ce moment.

Alors qu'il ressassait le souvenir de sa fuite, cet instant où tout avait basculé, un déclic se fit brusquement dans son esprit. Il attrapa son téléphone et fouilla dans ses appels manqués, remontant trois mois en arrière, priant pour qu'il n'ait pas disparu.

Son cœur rata un battement quand il tomba sur le numéro qu'il cherchait et appuya dessus, sans réfléchir.

Première tonalité.

Deuxième.

Laurent redevint nerveux ; ce n'était peut-être… certainement pas la bonne personne à contacter.

Cinquième.

Qu'est-ce qu'il pourrait bien lui dire de toute façon ? S'il ne se faisait pas simplement envoyer sur les roses aussitôt.

Neuvième…

Laurent s'apprêtait à mettre fin à l'appel lorsqu'il entendit décrocher.

— Jo ? Jo, putain, merci, raccroche pas, s'te plait !

— *Qu'est-ce que tu veux ?*

— Je…

Ce qu'il voulait… ?

Je voudrais faire mes excuses à Amanda, lui dire combien je tiens à elle, et à quel point je suis con. Je rêverais d'effacer le passé, ne jamais être parti comme un lâche. J'ai besoin de lui parler, lui avouer que j'ai paniqué, que j'ai eu la trouille de ce que cette nuit représentait. J'ai l'impression d'étouffer sans elle et, je me doute que c'est beaucoup demander après ce que je lui ai fait, mais j'aimerais qu'elle m'offre une dernière chance.

Les mots restèrent bloqués dans sa gorge alors que la peur lui nouait l'estomac. Il était incapable de prononcer le moindre son sans risquer de se laisser emporter par l'émotion. Mais il le devait, sans quoi Jo raccrocherait certainement.

— *Allô ?*

— J'ai…

La boule au ventre, Laurent renifla et s'éclaircit la voix avant d'énoncer :

— Il faut que je voie Amanda.

— *C'est une blague ?*

Laurent soupira et répondit :

— Je sais que j'ai merdé, OK ? Je l'sais ! Mais je… J'arrive pas à… J'ai besoin… !

Il bafouillait de plus en plus, sentait sa gorge trembler. À ce rythme, il n'allait pas tarder à craquer. Alors il prit une seconde pour respirer et se calmer avant de se lancer, les yeux fermés, le visage enfoui dans sa paume :

— J'veux juste lui parler…

— *De quoi ? De la façon dont tu t'es barré sans aucune explication, y a trois mois ? J'crois pas qu'elle ait besoin de ça.*

Laurent serra les dents tout en agrippant ses cheveux d'une main nerveuse. Il se retint de balancer tous les jurons qu'il connaissait à Jo, ou son portable à travers la pièce, et souffla un coup.

— S'il te plaît… J'ai besoin que tu m'aides.

Jo ne dit rien. Le temps sembla s'allonger, puis Laurent finit par avoir une réponse.

— *Écoute, je bosse là, donc… rejoins-moi au Saxo, à 19 h.*

Le maigre espoir auquel Laurent se raccrochait fut animé d'un nouvel élan. Le Saxo ? Il connaissait… C'était ce petit bar gay dans lequel il n'avait pas osé entrer le jour où Amanda avait voulu lui présenter des amis.

Il me teste, ce con… !

— OK, à ce soir, dit-il malgré tout. Merci.

Jo ne répondit pas et raccrocha. Fébrile, Laurent laissa tomber son téléphone et passa ses deux mains sur son visage. La respiration saccadée, il se sentait oppressé. Il se leva, ouvrit son balcon et inspira une grande bouffée d'air frais. Il pleuvait lourdement sur la ville et Laurent ne put s'empêcher de penser que le temps s'accordait plutôt bien à son moral.

Nook vint se frotter contre les jambes de Laurent qui le prit dans ses bras, en boule contre lui, et commença à lui gratter le ventre.

Le petit chat le regarda un instant, puis plissa les paupières avant de se mettre à ronronner. Laurent retourna à l'intérieur, s'assit sur le canapé et se laissa apaiser par le doux bourdonnement de Nook.

***

Une cigarette coincée entre les lèvres, Laurent tira sur les pans de sa veste alors qu'il approchait du Saxo. Tout en remontant la rue, il sentait la froideur du vent d'automne lui brûler les joues, la pluie ayant cessé depuis peu.

Il s'arrêta devant le bar, termina de fumer et envoya son mégot voler au hasard de la nuit. Son regard était fixé sur la vitrine à travers laquelle on pouvait voir des personnes discuter, rire et onduler au rythme d'une musique inaudible de l'extérieur. Ses yeux étaient constamment attirés par ce couple d'hommes qui ne cachaient pas leur affection l'un pour l'autre. Si bien qu'il ne réalisa même pas qu'il s'était mis à les observer franchement, jusqu'à ce qu'un inconnu vienne lui parler :

— Ça fait envie, non ?

Laurent sursauta et détourna le regard aussitôt pour faire face au jeune homme qui lui avait adressé la parole. Ses cheveux et sa courte barbe cuivrés s'accordaient parfaitement avec le reste de son visage couvert de taches de rousseur. Il n'était pas évident de deviner son âge, mais il devait certainement avoir quelques années de moins que Laurent.

— P… Pardon ? bafouilla-t-il.

Le roux lui adressa un sourire charmeur qu'il ne connaissait que trop bien pour en avoir usé trop souvent.

— Je t'ai jamais vu par ici, c'est la première fois que tu viens au Saxo ? demanda l'inconnu.

Laurent ne put retenir un rire gêné ; il n'en revenait pas de se faire aborder par ce mec avec les mêmes répliques qu'il utilisait quand il draguait dans les bars.

— Écoute, mon pote, t'as l'air sympa, mais…

Mais quoi ? Mais il n'était pas gay ? Est-ce que c'était bien vrai ? Il n'en savait plus rien. Il n'avait plus aucune idée de l'étiquette qu'il pouvait brandir. Dans tous les cas, il n'était pas intéressé.

— … J'ai rendez-vous avec quelqu'un, se contenta-t-il de répondre.

L'inconnu lui sourit.

— Si tu changes d'avis, je serai dedans.

Sans réfléchir, Laurent lui rendit son sourire, plus tendu que jamais. Puis ses yeux se posèrent sur une jolie jeune femme qui descendait la rue en balançant les hanches, le ventre à l'air, malgré la température. Il l'observa alors qu'elle passait devant lui, quelque peu rassuré de voir l'effet que lui faisaient de belles courbes féminines, mais manqua de s'étrangler quand elle bifurqua pour s'approcher de lui.

— Putain ! lâcha-t-il en détournant le visage.

— Sympa. Salut à toi aussi, railla Jo, le regard en biais.

Laurent ferma les yeux une seconde, le temps de se reprendre. C'était la deuxième fois qu'il se faisait avoir, davantage habitué à ce que Jo se présente à lui avec un style masculin.

— C'est « elle » ce soir ? se contenta-t-il de répliquer, mâchoire serrée.

— Exact, mais c'est pas grave si tu te plantes…

— Je risque pas, souffla-t-il entre ses dents, sans retenir un regard rapide sur le look de Jo.

— Viens, on va se mettre au chaud. J'ai pas beaucoup de temps, je prends le service à 20 h.

— Tu bosses ici ? s'étonna Laurent en la suivant.

— De temps en temps, je fais des extras.

Sa voix était moins grave quand Jo arborait une identité féminine, pas de grand-chose, si bien que Laurent le remarquait pour la première fois. Et ses cheveux étaient un peu plus longs ; Laurent doutait que trois mois suffisent à une telle repousse. Jo devait avoir une panoplie d'artifices pour afficher un genre féminin aussi convaincant que son genre masculin, lorsque le neutre ne l'emportait pas simplement.

À l'intérieur du bar, Laurent ne put s'empêcher de se crisper et resta collé à Jo, pareil à un enfant dans les jupes de sa mère. Comme si le fait d'être proche d'une femme, ou de ce qui s'y apparentait le plus à cet instant, pouvait éviter une nouvelle tentative de drague de la part d'un autre inconnu.

Une fois à l'étage, ils s'installèrent à une table au fond de la salle. L'ambiance y était plus calme, et Laurent se décrispa un peu en voyant des couples qui semblaient hétéros, en train de boire des verres et discuter.

— Faut te détendre, t'as peur de quoi ? Une contamination ? lui lança Jo en frictionnant ses cheveux pour leur redonner un peu de volume.

— Pas du tout, j'ai pas peur, se défendit Laurent, presque trop vite pour être crédible.

Jo roula des yeux avant de commander deux bières à la serveuse, puis demanda à Laurent ce qu'il attendait d'elle.

— Amanda ne me répond pas, commença-t-il.

— Je suis au courant. C'est moi qui lui ai déconseillé de le faire.

Laurent la dévisagea un instant, ne sachant pas comment interpréter l'annonce. Alors qu'il avait espéré que Jo pourrait convaincre Amanda de renouer le dialogue avec lui, il se retrouvait ironiquement confronté à la personne qui était à l'origine de son silence. Pourquoi avoir accepté de le voir dans ce cas ? Cette situation ne faisait qu'accentuer la frustration de Laurent et son sentiment d'impuissance face à l'impasse dans laquelle il s'était plongé.

Nerveux, il se mordilla les joues afin d'éviter de lui balancer ce qu'il avait sur le cœur, là, tout de suite, la concernant.

— OK, finit-il par souffler. Donc… en fait, elle aurait pas été contre me répondre, si t'y avais pas fourré ton grain de sel ?

— Possible, mais je pense quand même que je l'ai empêchée de faire une belle connerie. Pourquoi est-ce qu'elle accepterait de te revoir ? Pour que tu la repousses encore une fois parce qu'elle est pas comme tu voudrais ? Tu sais ce que ça fait de se sentir rejeté pour ce qu'on est ?

— Je sais exactement c'que ça fait ! Tu crois quoi, putain ? Que j'ai jamais été traité comme de la merde ?

Leurs bières arrivèrent à ce moment, l'obligeant à baisser d'un ton, ce qui lui permit de retrouver un semblant de calme.

— Bon, je veux bien, relança Jo. Admettons qu'en tant qu'homme cis, blanc, valide et pratiquement hétéro…

Laurent se crispa en l'entendant énoncer cette dernière potentialité.

— … tu puisses connaître ce sentiment, et alors ? En quoi ça excuse ce que tu lui as fait ?

— J'ai jamais dit que ça excusait quoi que ce soit, c'est toi qui as dit que… Bordel !

Il but une grande rasade de bière, essuya sa moustache et, après une inspiration, reprit plus calmement :

— J'aimerais juste pouvoir lui parler de ce que je ressens, de mes doutes, mais aussi lui dire que…

Il hésita.

— … qu'elle me manque.

Jo releva un sourcil et rapprocha son visage de lui.

— C'est pas ce que tu allais dire.

— Quoi ?

— « Mais aussi que » quoi ? Tu voulais dire autre chose…

Devinant que son regard s'exprimait pour lui, il le détourna et finit par admettre :

— Mais aussi que je l'aime.

Jo le scruta sans ciller. Laurent aurait tout aussi bien être nu devant elle, il n'aurait pas été moins à l'aise. C'est tout juste s'il ne sentait pas sa peau chauffer là où ses yeux se posaient.

— Tu l'aimes ?

— C'est une question ?

— De l'étonnement. Parce que… il me semble que tu l'aimes uniquement quand elle est habillée. J'vois mal comment tu pourrais l'aimer à moitié. Et c'est pas comme si t'aimais pas baiser, d'après ce que j'ai compris.

Laurent jonglait entre agacement et embarras. Grinçant des dents pendant que son pied tambourinait le sol, il grogna :

— C'est pas c'que tu crois.

— Alors c'est quoi le problème ?

— T'es sérieux ? … SérieuSE ! Putain… ! C'est avec elle que j'aimerais parler de tout ça.

Il commençait à perdre patience, convaincu que cette conversation ne mènerait nulle part.

— Écoute, relança Jo au bout d'un petit moment de silence. Ça me fait chier de l'avouer, mais c'est vrai qu'Amanda voulait te répondre et te revoir. Je sais pas c'que tu lui as fait pour qu'elle s'accroche à toi comme ça, mais c'est justement pour ça que je lui ai conseillé de pas t'écrire. Elle pourra pas supporter un autre rejet.

Silencieux, Laurent assimilait les paroles de Jo. Alors qu'une bribe de soulagement avait soufflé dans sa poitrine à l'idée qu'Amanda puisse encore avoir des sentiments pour lui, l'angoisse l'avait dégagée aussitôt.

— Amanda m'a dit que c'était la première fois que tu la voyais entièrement nue, quand tu t'es barré…

Sans un mot, Laurent dodelina de la tête, répondant par une affirmative penaude et crispée.

— J'peux concevoir un coup de panique, mais si tu te remets avec elle, y a de grandes chances que vous vous retrouviez à nouveau dans la même situation. Qu'est-ce qui lui prouve que tu vas pas t'enfuir encore une fois ?

Laurent n'avait aucune explication ni aucune excuse à offrir. Il savait juste qu'il était prêt à tout pour être avec Amanda, sans forcément avoir les mots à poser sur cette remise en question.

— J'veux pas avoir l'air intrusive, poursuivit Jo. Est-ce que t'as déjà souhaité coucher avec elle ?

— On n'est pas non plus restés trois mois sans se toucher, tu sais ?

— C'est bien joli de la peloter pendant qu'elle t'astique. Mais est-ce que t'as vraiment imaginé, désiré, aller plus loin ?

Laurent apprécia soudainement l'ambiance tamisée de la salle alors qu'un coup de chaud l'enveloppait. Il planta son nez dans son verre avant de répondre.

— P't-être bien, ouais.

— Et tu voulais lui faire quoi ? Juste la sauter, ou la branler, la sucer, être le passif… ?

Laurent s'étrangla d'un coup en entendant Jo énoncer sa liste et se mit à tousser en lâchant quelques jurons. Plus mal à l'aise que jamais, il bredouilla :

— Non, non, ça je… j'l'ai pas particulièrement imaginé, c'est vrai.

Jo se mit à rire en le voyant se noyer dans son embarras.

— Pardon, je voulais juste te bousculer un peu.

Reprenant doucement son souffle, Laurent lui lança un regard noir, mais retint une fois de plus tout le mal qu'il pensait d'elle à cet instant.

— Très marrant ! Et puis bon, ça prouve quoi ? Que j'ai envie de coucher avec elle comme avec une femme, et pas de lui faire c'qu'on fait à un mec ?

— C'est légitime, et ça peut sembler bienveillant, mais si Amanda et bel et bien une femme, elle a malgré tout des attributs masculins. Ça ne changera jamais. Et toi, tu pourras pas passer ta vie à l'ignorer parce que t'aurais préféré qu'elle soit autrement. Si elle avait pu, elle aurait fait sans, mais c'est comme ça. Elle a appris à vivre avec, et si tu veux être avec elle, faudra faire avec aussi.

— Putain, mais je *veux* faire avec ! s'exclama alors Laurent en frappant sur la table, avant de se braquer.

La respiration hachée, le regard perdu dans le vide, Laurent cherchait comment il pouvait convaincre Jo de sa bonne foi. Il avait parfaitement conscience qu'il lui restait du chemin à faire pour accepter le fait qu'il était bel et bien attiré par Amanda. Pour autant, il était résolu à ne plus se mentir. Cela demanderait du temps d'être détendu dans les actes, mais il ne souhaitait pas particulièrement sauter les étapes, encore moins avec Jo.

— Me faut une clope.

Il descendit l'étage. Ce n'est qu'une fois dehors qu'il vit que Jo l'avait suivi, lui apportant sa bière.

— 'Rci, souffla-t-il en saisissant le verre d'une main, son briquet dans l'autre, la cigarette déjà entre les lèvres.

Menton levé, il recracha un large nuage de fumée, puis il ferma les yeux. Jo ne disait rien non plus et se contentait de siroter la fin de sa propre bière, les bras croisés afin de se réchauffer un peu.

— J'ai paniqué… commença alors Laurent. Justement parce que j'ai ressenti aucun dégoût ni rien du genre. Parce que j'avais juste envie de la serrer contre moi. Et, oui, la toucher… partout. Vouloir faire ces trucs, ça m'a foutu les boules.

Laurent s'était confié en fixant le ciel. Comme Jo ne répondait pas, il osa un coup d'œil dans sa direction. Elle l'observait, une expression énigmatique collée sur le visage. Il soupira.

— Face à elle, j'ai l'impression de plus du tout savoir qui j'suis, alors c'est vrai que ça a tendance à me rendre un peu nerveux. Bien sûr que je risque encore d'avoir la trouille, mais je fuirai plus.

— T'arriverais presque à me convaincre.

— Putain, mais comment tu veux que j'te prouve que j'suis sincère ?

Jo réfléchit un instant avant qu'un coin de sa bouche se relève.

— J'ai bien une idée, mais à mon avis, elle va pas du tout te plaire.

Laurent déglutit ; au sourire qu'elle affichait, il s'attendait au pire.

25

Accompagné de Jo, Laurent se tortillait dans son jean trop serré, tout en rejoignant l'immeuble où habitait Vicky.

— C'était indispensable, le relooking ? railla-t-il en considérant sa tenue.

Alors qu'il essayait de boutonner sa chemise à manches courtes et aux teintes pastel et nacrées, Jo lui donna une tape sur les doigts. Sous ce vêtement multicolore, il ne portait qu'un simple débardeur blanc.

— Pas touche. T'es parfait.

Bien que traversant une phase plutôt féminine, Jo arborait un look masculin pour l'occasion. Ils se rendaient à une soirée privée dans un club gay, dont l'adresse n'était communiquée qu'à un cercle restreint d'initiés. Vicky faisait justement partie des privilégiés, et devait les accompagner là-bas.

— J'me les gèle ! déclara Laurent une fois devant chez Vicky.

— OSEF[10], on reste pas longtemps dehors.

Laurent maugréa tout en tirant sur l'entrejambe de son pantalon.

— Bordel, j'ai vraiment l'air d'une fiotte.

— Vocabulaire ! Et arrête de te plaindre, t'es BG[11].

Compliment peu convaincant, vu la situation.

Vicky les rejoignit à cet instant et se mit à siffler en découvrant Laurent. Alors qu'il roulait son regard sur lui, fixant sa braguette une seconde de trop, il lâcha :

— Eh ben, mon poulain, ça va être difficile de se retenir d'y toucher.

Agacé, Laurent se cacha avec sa chemise et souffla à Jo :

— J't'avais dit que ce froc me serrait beaucoup trop.

Mais Jo ne tint pas compte de la remarque et demanda à Vicky :

— Ça gâche pas trop tes plans ?

— T'inquiète, on me connaît un brin volage. C'est à lui de convaincre les autres qu'il est mon mec.

— Quoi ? s'exclama Laurent plus fort qu'il ne l'avait souhaité. Qui est le mec de qui ? Tu m'avais juste parlé d'une soirée gay !

— Je t'ai surtout dit que ça te plairait pas.

— Tu ne lui as pas expliqué ? s'étonna Vicky avant de pouffer doucement et se tourner vers Laurent. Je retrouve quelques amis, ce soir. Et l'idée, c'est que tu arrives à te décoincer suffisamment pour réussir à leur faire croire que toi et moi, on…

---

[10] Abréviation de « on s'en fout ».
[11] Abréviation de « beau gosse ».

Laurent se figea, ses yeux ronds fixés sur Vicky qui lui adressa un clin d'œil des plus explicites.

— C'est une blague… ?

Il tâtonna sa chemise pour y trouver le paquet de cigarettes qu'il avait glissé dans la poche sur la poitrine et s'en alluma une.

— Du calme, mon mignon, c'est juste un jeu.

— Et c'est surtout une bonne façon de t'affranchir du regard des autres, relança Jo. T'es complètement angoissé à l'idée qu'on puisse t'imaginer toucher une queue, ou pire, être le passif du couple, au point d'avoir abandonné Amanda. Ce soir, tu vas apprendre à t'en foutre… ! Donc du calme, et par pitié, décoince-toi un peu.

Laurent grommela quelques injures ; après tout, il avait accepté le défi proposé par Jo. Si rien ne pouvait concrètement l'empêcher de recontacter Amanda, et même s'il y avait une chance pour qu'elle veuille encore de lui, rien n'assurait non plus à celle-ci que Laurent ne paniquerait pas à nouveau. Pour regagner sa confiance, il devait faire ses preuves, et en passer par là.

Il prit une grande inspiration et hocha la tête, bien décidé à leur démontrer qu'il était capable de surmonter ses appréhensions.

— OK, souffla-t-il en essayant une nouvelle fois de faire un peu plus de place à ses bijoux de famille. J'vous suis.

Comme l'avait annoncé Jo, le lieu de la fête se trouvait à deux minutes de chez Vicky. Avec une entrée tout ce qu'il y avait de plus discret, suivi d'un long couloir, d'un escalier… C'est à ce moment que Laurent commença à transpirer.

— Euh, par contre, c'est quel genre de soirée ? demanda-t-il, perdant son assurance.

— Le bâtiment n'est pas très engageant, je te l'accorde, expliqua Vicky. Mais les locaux sont sympas. C'est une petite soirée, tout ce qu'il y a de plus banal, pour faire des rencontres, et plus si affinité. T'inquiète pas, ce soir, t'es avec moi, mon chaton ; je surveillerai tes arrières.

Laurent lui lança un sourire grimaçant, peu convaincu par le sous-entendu. Quand ils arrivèrent enfin à l'entrée de la salle, un videur salua Vicky et lui chuchota quelques mots à l'oreille.

Pendant ce temps, Laurent jeta un coup d'œil au lieu, découvrant des murs de pierres apparentes, un plafond voûté et des lumières tamisées. Des canapés élimés étaient disséminés ici et là autour de tables basses dépareillées. De la musique était diffusée assez doucement pour ne pas faire vibrer le bâtiment, et offrait une ambiance propice aux rencontres en laissant la possibilité à chacun de discuter sans se casser la voix.

Autour de Laurent, que des hommes. Ou ce qui y ressemblait, se dit-il en posant les yeux sur Jo. Il les observa, cherchant un point commun, un signe distinctif, qui dévoilait leur attirance pour le genre masculin, mais il ne trouva rien. Du jeune homme élancé au plus corpulent et poilu, rien ne semblait permettre de les différencier des hétéros.

Et eux prétendent se reconnaître entre eux ? Des conneries, ouais !

Il y avait certes ceux dont les manières efféminées ne laissaient pas planer tellement de doute, mais contrairement à ce que Laurent s'était imaginé, ils étaient assez rares.

Replaçant le col de sa chemise, il comprit qu'en le forçant à porter cette tenue, Jo avait simplement cherché à le confronter à ses propres idées reçues. Un rire bref et résigné lui échappa ; une fois de plus, il payait le prix de ses préjugés.

— Venez, ils sont de l'autre côté, déclara Vicky au moment où Laurent croisait le regard coquin d'un barbu.

Il détourna les yeux aussitôt et suivit Vicky de près. Il essaya de glisser ses mains dans ses poches trop serrées avant de laisser tomber.

— Saaaaaalut ! lança un grand frisé élancé.

Celui-ci était assis sur le dossier d'un canapé encore plus à plaindre que ceux qui se trouvaient dans la salle d'à côté.

— Hey Kim, ça fait plaisir de te voir ! répliqua Vicky.

Alors que celui-ci saluait ses amis, Laurent resta planté à côté du sofa sans savoir quoi faire. Il n'avait aucune idée de la façon dont se comporter vis-à-vis de ces personnes.

— Relax, lui chuchota Jo, ils vont pas te bouffer.

— N-Non, je sais, mais j…

Souffle un coup… Tout va bien se passer.

— Tu plaisantes, j'espère ? lança Kim en dévorant Laurent du regard, le tirant de sa rêverie.

— Eh oui, désolé, les filles, il est à moi ! minauda Vicky en attrapant Laurent par la ceinture pour l'attirer jusqu'à lui.

Celui-ci se laissa guider, préférant ne rien ajouter, et, d'un geste, Vicky le fit s'asseoir sur un fauteuil peu confortable. Ce détail passa au second plan dans l'esprit de Laurent lorsque son prétendu petit ami prit place sur ses genoux, lui arrachant un grognement gêné.

— Il a l'air timide, ton playboy.

Vicky se tourna vers Laurent. Constatant l'évidence, il soupira en levant les yeux au ciel avant d'expliquer :

— C'est sa première soirée gay, il est pas *out* depuis longtemps…

— Oh, te stresse pas, mon bichon, on va t'aider à te détendre, déclara un grand blond qui s'était rapproché.

Laurent lui adressa un sourire crispé, puis Vicky annonça :

— Je vais chercher des cocktails. Ils utilisent toujours le code couleur[12] ?

— Toujours, confirma Kim.

— Alors pour toi, ce sera un bleu ciel, susurra Vicky à Laurent en lui déposant un baiser au coin des lèvres.

Celui-ci se raidit et, tandis que son ami s'éclipsait dans la salle voisine, il demanda d'une petite voix :

— C'est quoi bleu ciel ?

— Le Cocksucker[13], répondit le frisé avec un petit sourire malicieux.

Laurent prit une longue inspiration, s'efforçant de conserver son sang-froid.

Une heure plus tard, Laurent avait toujours du mal à se détendre. Même si Vicky ne dépassait pas les limites de la décence, on pouvait dire qu'il n'avait aucun scrupule à les frôler de près.

---

[12] La communauté LGBTQIA+ fait depuis longtemps appel à des symboles et codes afin de se reconnaître entre eux, notamment un code couleur arboré à l'aide de foulards pour signifier le type de pratiques sexuelles recherchées et/ou préférées.

[13] Trad. « suceur de bite ».

— Je peux t'assurer qu'il se retient, souligna Jo en lui apportant un second cocktail, rose pâle cette fois-ci.

Laurent ne voulut même pas en connaître la signification, tant qu'il pouvait boire. Puis il sortit fumer une cigarette dans la petite cour intérieure, ce qui évitait d'attirer l'attention dans la rue. Surpris de s'y retrouver seul, il en profita d'autant plus pour se détendre tout en observant le ciel.

Après quelques bouffées, une voix lui lança :

— Comment tu t'sens ?

Laurent se retourna et fit face à Kim, le grand frisé.

— Tranquille.

— Tu as du mal à te laisser aller…

Ce n'était pas une question, juste une constatation. Laurent tira une nouvelle fois sur sa cigarette et se mit à rire.

— J'vais pas pouvoir te contredire.

Kim s'approcha et, de ses longues mains délicates, attrapa les cigarettes de Laurent, lui en vola une et lui rendit son paquet. Laurent la lui alluma et Kim le remercia d'un clin d'œil.

— T'as quel âge ? s'enquit celui-ci.

Laurent fronça un sourcil avant de répondre :

— Trente-trois.

— Mh… Pas facile de s'assumer après autant d'années à avoir joué l'hétéro, hein ?

Laurent baissa les yeux. Certes, il n'était pas concrètement gay, mais le discours lui parlait malgré tout.

— C'est clair…

Chassant une boucle de son visage, Kim sourit en le voyant shooter dans les herbes qui perçaient les dalles de la cour.

— Tu sais… Vick, c'est un type bien. Il a l'air de s'en foutre, mais quand on traverse plusieurs déceptions amoureuses, on préfère ne pas s'investir trop vite et éviter de souffrir.

Kim marqua une pause pour tirer sur sa cigarette, puis reprit :

— J'ai connu pas mal de mecs qui craquent. Ils essaient, mais ils n'arrivent jamais à assumer jusqu'au bout. Je te reproche rien, j'te connais pas, et on n'a pas tous la chance de pouvoir le vivre librement, mais t'engages pas trop avec Vicky si t'es pas prêt à tout donner.

Laurent se mordit la lèvre tout en baissant les yeux. Kim avait raison, même si la situation réelle ne concernait pas Vicky ; il devait jouer franc-jeu, ne pas rester en équilibre sur ses peurs à se demander de quel côté il tomberait la prochaine fois qu'il devrait les affronter. Il n'avait plus le droit d'hésiter.

— Je *veux* tout donner, répondit Laurent, pensant à Amanda. C'est juste que… j'apprends en même temps à accepter qui j'suis. J'essaie d'y aller doucement. Par contre, je compte pas faire marche arrière.

Kim l'observa un moment avant que son visage se fende d'un sourire réjoui.

— Alors lâche-toi ! Arrête de croire que tout le monde te regarde, t'es pas le seul gay avec un cul d'enfer à cette soirée. Et ici, les gens s'en foutent que tu t'enfiles un cocktail bleu clair ou bleu marine.

Laurent ricana tout en recrachant son dernier nuage de fumée, et demanda :

— C'est lequel, le bleu marine ?

— Le Bottom Fucker[14], répondit Kim avant de se mordre les lèvres avec gourmandise.

Laurent se mit à rire franchement, avant de lâcher :

— OK, j'vais goûter c'ui-là.

Il écrasa son mégot dans le cendrier et tous deux retournèrent à l'intérieur. Bien qu'ignorant la vraie nature de la situation de Laurent, Kim avait su trouver les mots qu'il avait besoin d'entendre pour avoir un déclic. Si même Vicky, qui semblait imperturbable, pouvait souffrir du manque de détermination de certains partenaires à s'assumer, Laurent n'osait imaginer à quel point Amanda avait dû se sentir blessée par son abandon. Il culpabilisa de plus belle, choqué par l'emprise que la société exerçait sur lui, ses actions et ses décisions.

D'un pas qui se voulait assuré, il s'avança jusqu'à Vicky et enroula ses bras autour de ses épaules avant de déposer un petit baiser sur sa tempe. Il le relâcha aussitôt et alla se chercher son cocktail.

Il était accoudé au bar à attendre sa commande quand Jo le rejoignit.

— C'était quoi ça ?

— J'ai... tenté un truc, souffla-t-il fébrilement.

— Ça t'est venu tout seul ?

— Euh, ouais... enfin, c'est Kim qui...

Il s'interrompit, ne sachant comment expliquer la prise de conscience que leur ami avait provoquée, et baissa les yeux.

---

[14] Trad. « baiseur du bas » : autrement dit, le passif.

— Ça va ? demanda Jo.

— Ouais, répondit Laurent en riant nerveusement. Hey, va pas croire que j'ai craqué sur Vick, hein ? Mais… c'était le *deal*, non ?

— C'était le *deal*, confirma Jo, surpris mais satisfait de ce revirement.

Il lui sourit et lui posa un bras sur les épaules, complice, avant de déclarer :

— En tout cas, il s'y attendait pas du tout, le Vick, tu l'as complètement déstabilisé. Il en a bafouillé pendant une bonne minute.

Laurent ricana de plus belle alors qu'on lui tendait son verre, et Jo lança un regard de travers sur un cocktail bleu marine, presque noir, qu'il récupérait.

— T'as commandé ça ?

— Ça avait l'air pas mal… souffla Laurent en haussant les épaules avant de retourner dans l'autre salle.

Après un Bottom Fucker et deux White Stroking[15], Laurent n'avait plus beaucoup de retenue et jouait son rôle de faux petit ami à merveille, sans pour autant oublier l'objectif de cette soirée.

Vers vingt-trois heures, le volume de la musique augmenta, incitant les gens à se lever et se coller davantage pour une danse. Alors que Laurent observait les autres, hésitant, envieux, il avait beau essayer de se motiver à oser, il n'arrivait pas à se décoincer.

---

[15] Trad. « caresse blanche », peut être interprété par le fait d'éjaculer sur la personne, et caresser pour étaler…

Vicky commença à se frotter contre lui au son de la reprise de *Wake Me Up* par Aloe Blacc. Laurent sentit une barrière s'effondrer en lui lorsque son ami l'invita à le rejoindre et qu'il saisit sa main. Une peur grisante lui noua l'estomac tandis qu'il se libérait enfin du fardeau de la honte.

Collé à Vicky, il l'accompagna le temps du premier couplet. Puis, quand arriva le refrain, il le fit tourner sur lui-même pour l'éloigner et se lancer dans une chorégraphie improvisée d'*urban dance* mêlée de shuffle. Les yeux mi-clos et néanmoins parfaitement conscient de l'espace qu'il occupait pour laisser s'exprimer son corps, il évitait instinctivement d'exécuter des mouvements trop amples. Laurent ne pensait plus à rien d'autre que la mélodie qui le guidait. Et il ne remarqua pas que certaines personnes s'étaient décalées afin de l'admirer.

Trois pas jetés, les genoux écartés. Un bras en l'air et la tête en arrière. Quelques balancements de hanches avant de tournoyer sur lui-même… Ce n'est que lorsque la musique s'arrêta qu'il constata que tout le monde l'observait, dont Vicky et Jo, particulièrement hagards.

— Un déhanché pareil dans un club gay, c'est clairement indécent ! s'exclama Vicky sans le lâcher des yeux.

Laurent se frotta la nuque, réalisant qu'il devrait se confronter à l'étonnement de ses amis. Il n'eut cependant rien le temps de répliquer que Jo enchaînait déjà.

— Quand tu as dit à Amanda que tu dansais… j'avais pas du tout imaginé ça !

Laurent se mit à rire d'embarras, résolu à assumer sa passion malgré la difficulté d'affronter un public. Jamais il n'aurait pensé que le simple fait d'oser pourrait lui apporter une telle satisfaction.

Il était fier. Et heureux.

Les compliments fusaient de part et d'autre, si bien que Laurent se retrouva obligé de retourner sur la piste, pour son plus grand bonheur, partageant plusieurs danses avec son faux petit ami d'un soir.

Quelques chansons plus tard, Laurent termina son cocktail et annonça :

— Bon, c'est pas tout ça, mais j'bosse demain.

Vicky grimaça sans rien ajouter, bien conscient que rares étaient les personnes qui, comme lui, ne travaillaient qu'en fin de journée. D'ailleurs, le club commençait à se vider, même s'il ne fermait pas avant deux heures du matin.

Ils saluèrent leurs quelques amis encore présents, dont Kim qui profita de faire une bise à Laurent pour lui attraper les fesses. Surpris, Laurent se crispa et le frisé lui rappela de se détendre, lui tirant un petit rire.

— J'tâcherai de m'en souvenir. Merci.

Une fois dehors, Laurent s'alluma une cigarette, histoire d'oublier le froid mordant qui l'avait brusquement saisi.

— Hey, les pédales ! On s'encule ? lança alors une voix de l'autre côté de la rue.

Laurent aperçut une silhouette qui semblait les observer, un homme, pas très imposant, juste assez loin pour ne pas vraiment prendre de risque. Levant les yeux au ciel face à cette lâcheté évidente, il répliqua :

— La pédale, elle va te réaligner les dents à sa façon si tu dégages pas ! Pauv' con !

Il n'en fallut pas plus pour que l'inconnu s'en aille, hilare. Laurent ne put s'empêcher de voir un reflet de lui-même dans cet imbécile qu'il venait de remettre à sa place. Comme s'il avait adressé sa menace à une ancienne version de lui-même qu'il espérait avoir dépassée.

— Quelle répartie, le taquina Jo. Et ça te fait plus rien qu'on te prenne pour un homo ?

Laurent tira sur sa cigarette, puis sur l'entrejambe de son pantalon pour la énième fois de la soirée, et déclara :

— Avec un futal pareil, j'dois dire que j'lui accorde la confusion.

Vicky gloussa avant de demander :

— T'as passé une bonne soirée ?

— Étonnamment, ouais, c'était plutôt sympa.

— Tu pensais que les gays ne savaient pas s'amuser ?

Souriant face à l'air faussement outré de son ami, Laurent répliqua :

— Non… C'était moi qui savais pas.

26

~ Octobre ~

Amanda, 17 h 59 : Passe chez moi ce soir, à 19 h.

Les mains tremblantes, Laurent sourit en lisant le message qu'il attendait depuis des semaines. Bien que ce fût un dimanche, il n'hésita pas une seconde avant de confirmer. Il jeta son téléphone sur le canapé et fila sous la douche.

Debout en bas de l'immeuble orange, Laurent appuya sur l'interphone et entendit rapidement le grésillement typique du déverrouillage de la porte. Il entra dans l'ascenseur, vérifia son allure dans le miroir de la cabine, tira sur le col de son pull, et débarqua devant l'appartement d'Amanda avec une minute d'avance.

Le doigt tendu devant la sonnette, il s'arrêta une seconde. Il n'hésitait pas, il était exactement là où il sentait qu'il devait être. Mais il était terrifié. Et si elle le repoussait ?

S'il était habituel qu'Amanda réponde de façon succincte, cela n'aidait en rien à savoir ce qu'elle pensait ou ressentait. Peut-être voulait-elle juste lui balancer ses quatre vérités avant de le mettre à la porte ?

Laurent prit une petite inspiration tremblante et regarda l'heure sur son téléphone. Dix-neuf heures une.

C'est malin…

Et enfin, il sonna.

Les quelques secondes qu'il fallut à Amanda pour ouvrir la porte semblèrent s'étirer sur une éternité à Laurent. Et il se sentait transpirer, ce qui ne l'aidait pas à se détendre.

Puis Amanda apparut, toujours aussi belle et plus féminine que jamais.

Malgré les mois passés, Laurent remarqua qu'il n'avait oublié aucun détail de son visage.

— Et t'arrives les mains vides ?

Pris au dépourvu, Laurent écarquilla les yeux.

— Qu… Quoi ?

La panique l'envahit ; aurait-il dû apporter quelque chose ? C'était vrai qu'une bouteille de vin aurait fait son petit effet. Ou des fleurs… Il n'y avait pas pensé une seule seconde, il n'avait réfléchi qu'à ce qu'il souhaitait lui dire.

Il hésita à faire demi-tour pour aller chercher une bricole à la station qui se trouvait juste en bas de la rue, mais Amanda se mit à rire, laissant Laurent pantois sur le palier. Alors qu'il craignait qu'elle puisse être vraiment en colère, elle était au contraire rayonnante, et semblait loin de toute rancune.

Avant qu'il n'ait pu ajouter quoi que ce soit, elle l'invita à entrer.

— Pas de bière ce soir, désolée. Je n'ai que du thé ou du café.

Laurent la remercia malgré tout et accepta une tasse de café. Il la suivit jusqu'à la cuisine, sans se retenir de la détailler. Elle portait un simple jogging et un petit pull noir, et c'était bien suffisant pour le troubler.

— T'es pas fâchée ? lui demanda-t-il, perplexe, pendant qu'elle préparait les boissons.

— Bien sûr que si, répondit-elle sèchement. Mais j'avais aussi besoin d'entendre tes explications.

Laurent déglutit, essayant de se raccrocher au fait que, si elle lui en voulait, c'était peut-être qu'elle était toujours attachée à lui. Du moins, c'était ce qu'il espérait.

— OK, je… C'est normal, j'ai sérieusement merdé.

Il avait tant de choses à lui dire, et pourtant, là, enfin face à elle, il ne trouvait plus les mots, trop intimidé, terrifié à l'idée qu'elle se referme complètement s'il commettait la moindre maladresse. Alors qu'il attrapait la tasse qu'elle lui tendait, elle déclara :

— En tout cas, Mylène avait raison ; tu es doué pour te donner des airs de connard.

La réplique tomba lourdement sur les épaules de Laurent qui ne put soutenir son regard plus longtemps, rouge de honte.

— Mais on savait aussi que j'étais du genre à faire fuir les hommes, ajouta Amanda sur un ton plus posé.

Laurent releva la tête vers elle et se demanda s'il pouvait raccrocher ses espoirs sur ses dernières paroles. Elle but une gorgée de café, les yeux perdus dans le vague, avant de lui faire signe de la suivre dans le salon.

Une fois qu'ils furent installés sur le canapé, Laurent bien à distance d'Amanda afin de ne pas s'imposer, cette dernière reprit :

— Je suis consciente qu'il n'est pas forcément facile de se projeter avec une femme telle que moi. D'autant plus lorsqu'on est un homme qui a été forgé par une éducation conformiste. Et machiste. Ça m'a pesé toute ma vie d'être née dans un corps qui ne correspondait pas à celle que j'étais, et je sais que ça peut faire peur de voir sa normalité basculer.

Elle but une gorgée de café et reprit :

— Ce matin-là, j'ai d'abord cru que tu étais allé, je sais pas, chercher des croissants… Je ne me suis pas posé de questions. Je t'ai attendu, j'étais sur un petit nuage, persuadée d'avoir trouvé le mec qui arriverait à m'accepter comme je suis. Surtout après ce que tu m'avais dit la veille.

Laurent déglutit, prenant de plein fouet la nouvelle vague de culpabilité qui l'étouffa un peu plus.

— Au bout d'une heure, j'ai commencé à m'inquiéter, je t'ai écrit, j'ai vu l'accusé sur le message, et je n'ai jamais reçu de réponse. Alors j'ai compris.

Elle releva les yeux sur lui ; un regard sombre et blessé. Laurent baissa la tête aussitôt, trop honteux pour réussir à le soutenir.

— Tu n'es pourtant pas le premier mec qui fuit sans rien dire, mais… je sais même pas pourquoi, avec toi, j'y croyais.

Laurent voulait lui hurler qu'elle avait eu raison d'y croire, cependant, il était peu probable qu'il arrive à la convaincre ainsi.

— Pendant des semaines, j'ai espéré te voir revenir. Mes amis me disaient de laisser tomber, Jo m'a conseillé de ne plus essayer de t'appeler, et plus le temps passait, plus je devais accepter le fait que… tu n'étais peut-être pas différent des autres. Une fois ça en tête, je pensais que j'allais enfin pouvoir avancer. Jusqu'à mercredi passé…

— Mercredi ? s'étonna Laurent.

Amanda fit une recherche rapide sur son téléphone et le tendit à Laurent qui l'attrapa d'une main molle en découvrant l'image qui y était affichée. Médusé, il s'y reconnut, portant sa chemise multicolore, son marcel et son jean trop serré, tout sourire. D'un doigt, il relevait le visage de Vicky pour le regarder dans les yeux.

Craignant le malentendu, il s'exclama :

— Attends, c'est pas du tout c'que tu cro– … !

— Je sais, Jo m'a expliqué.

Laurent se sentit soudain très mal à l'aise, verrouillant le téléphone avant de le rendre à Amanda.

— C'est ell… lui, enfin, c'est Jo… qui t'a envoyé la photo ?

Amanda acquiesça, le regard rivé sur Laurent.

— Et une vidéo où tu danses, avec Vicky. Elle m'a raconté que tu en avais mis plein la vue à tout le monde…

Embarrassé et à court de mots, Laurent opina sans trouver où poser les yeux, évitant résolument de croiser ceux d'Amanda.

Après quelques secondes de silence, elle reprit :

— Quand Jo m'a dit que tu voulais me parler, je dois avouer que j'ai hésité. J'avais terriblement envie de savoir comment tu allais te justifier, mais j'avais aussi peur de souffrir encore une fois. Et j'ai réfléchi… Si j'ai accepté de te voir ce soir, c'est avant tout pour que les choses soient claires : je refuse de m'engager à nouveau avec quelqu'un qui n'est pas sûr de ce qu'il veut. Je ne suis pas une poupée qu'on prend et qu'on jette, comme bon nous semble. Mais surtout, je ne mérite pas de voir de la honte dans le regard de la personne qui prétend m'aimer.

Il était évident que Laurent devrait faire ses preuves, sauf qu'il n'avait pas la moindre idée de comment procéder ni par où commencer ; il lui restait encore tellement de défis à surmonter. Il se mordit la lèvre, essayant de réprimer un tremblement, puis déclara :

— T'as raison… Tu mérites pas du tout c'que je t'ai fait. Et surtout pas que ça se reproduise.

Il renifla, prit une profonde inspiration, puis se frotta la figure d'un mouvement fébrile.

— J'ai l'impression d'avoir grandi derrière un mur, sur lequel on avait peint les stéréotypes de l'homme et de la femme pour être sûr que ça soit bien ancré dans ma tête. Je m'y suis fié toute ma vie, j'ai calqué mon comportement et ma façon de penser sur ce schéma, en me disant qu'y avait que ça de juste et d'acceptable. Je savais, pourtant, qu'il y avait tout un monde de l'autre côté de ce putain de mur, mais je m'interdisais d'y jeter le moindre coup d'œil.

Amanda se redressa face à lui et lui souffla :

— Sauf que je fais partie du monde qui se trouve de l'autre côté. Et il n'y a rien de mal à ce que tu en fasses partie toi aussi…

Amanda avait terminé sa phrase avec une douceur inattendue, comme si elle appréhendait la réaction de Laurent. Cependant, il resta impassible.

Ces derniers jours lui avaient apporté de nombreuses prises de conscience qui ébranlaient ses certitudes, le laissant à court d'arguments pour maintenir l'illusion qu'il s'était évertué à entretenir pendant des années. Il savait à présent qu'il n'était pas celui qu'il s'était efforcé d'être.

— Ça me fout la trouille, lâcha-t-il d'une petite voix.

— C'est normal… C'est impressionnant de voir à quel point le monde est vaste, diversifié… complexe et… sans repères. On se sent perdu, jusqu'à ce qu'on se rende compte qu'on n'est pas seul.

Elle se mordit la lèvre, comme si elle hésitait à continuer. Elle soupira et finit par ajouter :

— Ça ne tient qu'à toi de faire un pas de plus pour ne plus devoir faire semblant. Parce qu'en définitive, je crois que tu es celui à qui cette mascarade fait le plus de mal.

Les paroles d'Amanda bouleversèrent Laurent. Il posa les yeux sur elle, puis se leva, troublé. Il sortit son paquet de cigarettes de sa poche et pointa le balcon. Amanda comprit sa demande et accepta d'un hochement de tête.

En appui contre le cadre de la porte, Laurent observa l'extérieur. La nuit tombait doucement, la rue était calme. C'était apaisant. Il alluma sa cigarette et, après avoir tiré dessus, commença :

— Tu t'souviens que… je t'avais raconté que mon père m'avait pété la mâchoire quand j'étais ado ?

Amanda confirma d'un mouvement de tête et attendit la suite. Laurent aspira une nouvelle bouffée et, nerveux à l'idée d'évoquer cette histoire, se mit à rire amèrement.

— J'ai jamais osé dire à personne ce qui s'était passé…

Il s'acharnait sur sa cigarette sans réussir à en dire davantage.

— Laurent… tu n'es pas obligé si tu– …

— Je sais. Et c'est d'ailleurs pour ça que j'en ai jamais parlé à personne. J'étais pas obligé. Alors j'ai gardé ces conneries au fond de moi, à me persuader que c'était mieux comme ça. Sauf que ça l'est pas. Faut que j'arrive à en parler. À t'en parler, à toi…

Il aspira encore une fois sur sa cigarette et, sans oser relever la tête, il raconta :

— À seize ans, je sortais avec une nana un peu… Elle était spéciale. Enfin, maintenant, j'me dis qu'elle était juste moins coincée qu'moi, mais… Bref, elle avait toujours des idées pour tester des trucs au pieu. Et un coup, elle…

Encore une bouffée…

— C'est tellement con en plus, putain, dit-il en pouffant, plus nerveux que jamais.

Amanda l'écoutait attentivement, sans l'interrompre, sans réagir. Ce que Laurent apprécia particulièrement. Il avait besoin de se livrer, se libérer, que quelqu'un lui fasse comprendre qu'il n'était pas celui qui avait mal agi.

— Elle m'a proposé qu'on… qu'on échange nos rôles. Tu sais… ? Qu'elle fasse le mec, et moi… Sur le coup, j'ai refusé, c'était complètement dingue comme idée. Mais elle a commencé à me mettre au défi, à me taquiner et, de fil en aiguille, j'me suis retrouvé avec ses fringues sur le dos. String, soutif, robe, la totale.

Il racontait son histoire en regardant le vide, tirant sur sa cigarette de temps en temps, comme s'il était seul. Malgré tout, l'exercice était très difficile. C'était une part de sa vie qu'il n'avait jamais évoquée à personne. Si son père et son frère étaient au courant d'une partie, il n'avait jamais expliqué le reste en détail, et encore moins ce qu'il avait ressenti.

— Je sais même pas comment, elle a réussi à me convaincre, et j'me suis pris au jeu. On s'amusait, on était gamins. Et… j'avoue que ça m'excitait aussi un peu. Je sais pas pourquoi. J'aime pas me travestir, j'suis pas du tout attiré par les mecs non plus. Mais le contexte, la laisser prendre les rênes… J'arrive pas à expliquer… Je crois que c'était juste l'idée de faire un truc… différent. Pas dans la norme.

Laurent se rappelait précisément la scène. Pauline s'était approchée de lui, l'air fier et aguicheur. Elle avait caché ses cheveux dans la capuche de son pull, les mains dans les poches de son baggy. Elle n'était pas très crédible en garçon, du moins, pas plus que lui ne devait l'être en fille, avec sa coupe courte et sa barbe, encore fine à cet âge.

L'excitation de Laurent, alors qu'il était appuyé contre son bureau, était clairement visible à travers la petite robe d'été violette qu'il portait en cette fameuse fin d'après-midi là. Sa petite amie s'était approchée, avait caressé son torse, glissé sa main sur sa taille, ses hanches et ses fesses jusqu'à atteindre le bord de la robe. Puis elle l'avait relevée, juste un peu, histoire d'attraper le string qui lui sciait la peau.

Ce simple contact avait tiré à Laurent un léger soupir troublé. Pauline avait alors descendu le sous-vêtement et libéré Laurent, tout en le poussant pour qu'il s'asseye sur le bureau. Il avait obéi, avait écarté les cuisses pour la laisser s'approcher et elle avait faufilé ses deux mains entre ses jambes. Là, elle avait entrepris un va-et-vient sur son sexe, ce qui, caché par la robe, lui offrait le même spectacle que lorsque lui glissait ses doigts en elle.

Il s'était mis à gémir, les lèvres serrées, pour ne pas se faire entendre par son père qui se reposait dans la pièce d'à côté. Les mains agrippées au bord du bureau, sans oser réagir, Laurent avait plongé son regard dans celui de Pauline qui le contrôlait totalement. Le plaisir qu'il avait ressenti à cet instant avait été si brutal, presque douloureux, qu'il n'avait pu retenir un éclat de voix.

— Mon père a débarqué alors qu'elle avait encore ses mains sur moi. Avant qu'il réalise ce qui se passait, j'ai attrapé mon caleçon, j'ai tout juste pu l'enfiler, mais j'ai rien eu le temps de dire qu'il m'a foutu un coup. En tombant, j'me suis cogné la mâchoire contre une commode.

Laurent avait perdu connaissance quelques minutes. Quand il était revenu à lui, Pauline n'était plus là, son frère se tenait à genoux à côté de lui et suppliait leur père d'appeler une ambulance, mais ce dernier avait refusé. Malgré son état second, les paroles de son père s'étaient gravées dans sa mémoire : « J'ai pas élevé une tapette, cette chose n'est pas mon fils. » Et c'était Frédéric qui l'avait amené à l'hôpital.

— J'ai débarqué aux urgences la joue noire, en petite robe d'été, le bide encore couvert des traces de l'orgasme d'un peu plus tôt. Autant dire que mon frère est pas resté longtemps. Dès qu'il a su que j'avais la mâchoire fracturée et que c'était « pas trop grave », il s'est barré. Il m'a juste dit qu'il me rapporterait d'autres fringues. J'ai pleuré comme une gamine, et pas à cause de la douleur, mais parce que j'me sentais comme une merde, mort de honte.

Laurent écrasa sa cigarette et vint s'asseoir sur le fauteuil, en face d'Amanda. Il n'osait pas relever les yeux, craignant ce qu'il pourrait voir sur son visage.

— Mon père m'a plus adressé la parole pendant des mois après ça. Ma mère me parlait juste pour ce qui était important. Et mon frère… Lui me regardait comme si j'étais une créature étrange, et dégoûtante. C'est à cette époque que j'ai commencé à aligner les soirées et les plans cul… Et j'ai viré cette meuf de ma vie.

Plus il parlait et plus il se sentait méprisable. Et son cœur pulsait de plus en plus fort dans sa poitrine, tellement l'émotion était forte.

— Si j'te raconte tout ça, c'est parce que… ça n'a jamais été toi le problème. Au contraire, putain ! C'est juste que… j'avais réussi à mettre tout ce bordel dans un placard. Cette histoire, et tout ce que je suis et pouvais pas être, je l'avais enfermé et j'avais jeté la clef, loin. Sauf que, quand je t'ai rencontrée, c'est comme si quelqu'un avait rouvert la porte de c'placard, et tout c'que j'avais cherché à faire disparaître se déversait devant moi, sans que j'arrive à rien maîtriser. J'me suis retrouvé face à moi-même, et j'ai pas réussi à accepter ce que je voyais.

Sa voix commençait à se faire chevrotante, mais il voulait aller au bout, car pour la première fois, il parvenait à mettre des mots sur ce qu'il ressentait.

— L'autre matin, c'est de moi que j'ai eu peur, c'est moi que j'essayais de fuir. Sauf qu'on peut pas échapper à soi-même. Et j'ai fini par m'en rendre compte, mais… peut-être trop tard, j'en sais rien.

Pris par l'émotion, il se frotta la figure et garda sa main sur ses yeux, cherchant à retenir ses larmes. Son cœur, déjà bien secoué, se mit à battre d'autant plus fort quand les doigts d'Amanda se posèrent sur lui pour découvrir son visage. Elle était si près de lui qu'il pouvait sentir son odeur, pourtant, il n'osa pas la regarder tout de suite.

Elle s'approcha encore un peu et Laurent se laissa embrasser, relâchant la tension dans un souffle tremblant tant il l'avait espéré. Il l'entoura de ses bras et la serra contre lui, alors qu'elle venait s'accroupir sur ses cuisses.

Leur baiser était telle une rencontre timide, deux êtres qui avaient tout à apprendre l'un de l'autre, ainsi que d'eux-mêmes.

Front contre front, yeux clos, ils mêlaient leurs respirations tandis que leurs cœurs s'emballaient. Laurent entrouvrit les paupières et observa le contour délicat du visage d'Amanda. Il passa sa langue sur ses lèvres, comme pour goûter au souvenir de leur baiser, et murmura :

— Est-ce que tu es en train de me dire que tu veux tenter le coup ?

Amanda sourit en reconnaissant la question qu'elle lui avait posée plusieurs mois plus tôt. Elle répondit donc de la même façon :

— J'crois bien, ouais…

27

Ils avaient passé la nuit à parler, d'eux avant, d'eux ensemble, de ce qu'ils ressentaient, leurs espoirs et leurs doutes. Puis ils avaient fini par s'assoupir, l'un contre l'autre, et Laurent avait entouré Amanda de ses bras comme s'il craignait de la perdre à nouveau.

Le lendemain matin, il se réveilla alors qu'Amanda dormait encore, et l'admira un instant, détaillant chacune de ses courbes. Puis s'attarda sur son visage. Elle était d'une beauté rayonnante. Il effleura sa joue, puis retira une mèche de cheveux qui tombait devant ses yeux au moment où elle les ouvrit. Et elle lui sourit.

— Tu restes avec moi, cette fois ?

Sans un mot, Laurent se retourna et attrapa son téléphone qu'il avait posé sur la table de chevet, composa un numéro avant de coller le combiné à son oreille.

— Hey, Benoît, comment va ?… Non, pas top. Écoute, j'vais pas venir au boulot aujourd'hui… Ouais, sûrement ! Enfin, dis pas ça au chef, j'préfère l'excuse de la gastro que la gueule de bois… OK, j'te laisse gérer, merci !… À demain.

Il raccrocha avant de se tourner vers Amanda et l'attirer contre lui.

— J'te quitte plus.

Elle tenta de retenir sa joie en se mordant la lèvre, mais sa figure se fendit malgré tout d'un large sourire. Elle se plaça au-dessus de Laurent et se mit à l'embrasser tendrement.

— Si tu continues comme ça, je réponds plus de rien, souffla-t-il entre deux baisers.

Alors qu'il lui donnait un petit coup de bassin, Amanda s'aperçut de son excitation et se laissa retomber sur le côté, le visage brusquement fermé.

— Est-ce que tu penses pouvoir t'y faire ? demanda-t-elle.

— Me faire à quoi ?

Elle lui attrapa la main et la déposa tendrement entre ses jambes, le forçant à faire face à cette réalité qu'il semblait toujours tenter d'occulter.

Laurent eut un peu de mal à reprendre sa respiration, pourtant, même si Amanda avait parfaitement senti ses doigts se crisper, il ne bougea pas, le temps de calmer un peu son émotion. Au bout de quelques longues secondes, il s'approcha, caressa ses lèvres avec les siennes et lui souffla :

— Est-ce que je peux… te regarder ?

Amanda hésita.

— Entièrement, précisa-t-il, le rose sur ses joues trahissant sa gêne.

Intimidée, Amanda accepta, retira tout d'abord le t-shirt qu'elle avait mis pour la nuit, et laissa apparaître sa poitrine ; deux petits seins ronds que Laurent adorait embrasser. Il en dessina les contours du bout des doigts qu'il fit ensuite glisser sur ses côtes, tourna autour de son nombril puis avança jusqu'au bord de sa culotte, l'incitant à continuer son effeuillage.

Amanda la baissa, tout en gardant les cuisses serrées et son sexe caché entre elles. Laurent l'invita à s'allonger et passa doucement sa main sur ses hanches et son pubis.

— T'es magnifique.

Amanda gloussa, toujours aussi troublée d'être ainsi à sa merci.

— Déshabille-toi aussi, lui ordonna-t-elle avec tendresse. Il n'y a pas de raison que je sois la seule…

Laurent s'exécuta sans se faire prier et lança ses vêtements au pied du lit. Plus aucune excitation n'était visible chez l'un ou chez l'autre. Ils n'étaient que deux corps nus qui se découvraient, s'apprivoisaient. Il l'embrassa encore une fois, longea doucement sa gorge avec sa bouche, puis sa poitrine, son ventre… osa le pubis, mais un léger sursaut entre les jambes d'Amanda le coupa dans son élan.

Du moins, c'est ce qu'elle crut et s'apprêtait à s'excuser quand Laurent l'interrogea :

— Qu'est-ce que c'est, toutes ces cicatrices ?

Amanda se redressa, réalisant qu'en plein jour, les marques étaient effectivement très visibles, sur et autour de son sexe. Fines pour la plupart, mais nombreuses, dont une qui parcourait presque toute la longueur.

— Oh… c'est… une vieille histoire.

— Raconte-moi, demanda Laurent en posant sa main sur sa cuisse.

Alors Amanda s'assit, songeuse, et commença :

— À une époque, je faisais de grosses crises de dysphorie. Je trouvais les changements trop lents, je… je n'en pouvais plus de voir un homme chaque fois que je passais devant un miroir.

Elle marqua un temps, se remémorant la suite avant de poursuivre :

— Un soir, j'ai pris un couteau, je n'ai pas réfléchi aux risques, je voulais juste… faire disparaître ce qui m'empêchait d'être considérée comme une femme. C'est ma mère qui m'a découverte, couchée dans une flaque de sang, dans la salle de bain.

Elle parlait d'une voix calme, comme si le souvenir ne lui appartenait plus. Laurent, lui, était horrifié par ses propos et il ne put retenir un frisson en imaginant ce qu'elle s'était infligée.

— Je pensais que si je me mutilais suffisamment, les médecins seraient obligés de tout retirer, et que j'allais enfin pouvoir être moi. Mais au lieu de ça, ils m'ont soignée. Et ont minutieusement reconstitué et imposé ce sexe dont je ne voulais pas.

Ses yeux ancrés sur elle, Laurent déglutit lentement, choqué. Comme si le poids de la douleur d'Amanda l'atteignait de plein fouet, il se sentit perdre pied.

— C'est en partie pour ça que je n'ai pas pu me faire opérer, précisa-t-elle. Ce n'était pas impossible, mais risqué. Alors j'ai commencé à avoir peur. J'ai toujours eu peur de la chirurgie, de manière générale. En parallèle de ça, j'ai rencontré d'autres femmes trans qui n'avaient pas subi d'opération et le vivaient très bien. Elles m'ont appris à m'accepter, à me dire que ce que j'avais entre les jambes ne me définissait pas. Que j'étais une femme malgré tout.

Inconsciemment, Laurent s'était recroquevillé sur lui-même, les mains crispées et plaquées sur le bas-ventre, l'horreur de la scène s'imposant malgré lui à son esprit.

— Putain… souffla-t-il dans un râle avant de redresser la tête vers elle. Mais t'aurais pu crever !

— Sur le moment, ça m'était égal.

Amanda avait raconté son histoire d'un air détaché, presque comme si cela ne la concernait pas. Mais Laurent, qui n'avait cessé de l'observer, remarqua sans peine l'éclat particulier dans ses yeux qui trahissait une émotion profonde. Malgré les années passées, le souvenir de cette période, sa souffrance, aussi physique que psychologique, restait gravée en elle à jamais.

— Je sais que pour une relation, ça peut représenter un frein, mais…

Laurent posa sa tête sur la cuisse d'Amanda et se mit à caresser chaque cicatrice avec douceur. Ce n'était pas un geste suggestif, juste une déclaration silencieuse de tendresse. Puis il se pencha et effleura son sexe d'un baiser timide, réalisant qu'il pouvait s'autoriser ce geste d'amour sans en avoir honte.

— Pas pour moi…

Ils restèrent ainsi un moment, sans rien faire de plus que glisser leurs doigts l'un sur l'autre. Vers neuf heures, ils se rhabillèrent, répondant à l'envie d'un café.

— J'ai vraiment du mal à me dire que… en fait, je suis un genre de bi… déclara Laurent en suivant Amanda jusqu'à la cuisine.

— Oh, tu as fait des recherches ? interrogea-t-elle, curieuse.

— Euh, non, pas vraiment. Mais comme je suis pas complètement hétéro, et clairement pas gay non plus, bah, je prends c'qui reste.

Amanda l'observa avec les yeux ronds avant d'éclater de rire, laissant Laurent dans l'incompréhension la plus totale.

— Qu'est-ce qui t'arrive ? J'ai dit une connerie ?

— Non, c'est pas ça, expliqua Amanda entre deux rires. Enfin, pas vraiment, c'est juste… Ton innocence est tellement touchante.

— Touchante ? Jolie façon de dire que j'suis pitoyable. Très bien, alors vas-y, éclaire-moi.

Amanda attrapa des tasses et deux capsules de café, dont une qu'elle glissa dans sa machine, et développa :

— Il existe bien plus d'orientations que ces trois-là. C'est un spectre très large, sans parler du fait que la manière de se définir est propre à chacun.

— Et donc ? J'suis quoi, d'après toi ?

— C'est une question délicate. Les personnes bisexuelles sont attirées par au moins deux genres différents ; je ne crois pas que ce soit ton cas. Donc, en ce qui te concerne, je dirais…

Amanda le jaugea de la tête aux pieds comme si elle s'apprêtait à lui confectionner un costume qui se devait de lui aller à la perfection et, au bout de quelques secondes, déclara :

— Peut-être légèrement variorienté[16], hétéro, mais aussi demi-finsexuel[17] ?

Laurent éclata de rire en entendant cette dénomination à rallonge.

— Putain, la vache ! Et qu'est-ce que ça veut dire ?

— Globalement, que tu aimes les femmes, mais que si tu tombes amoureux, tu peux tolérer un pénis.

— Mouais, c'est pas mal, mais ça m'semble quand même beaucoup trop compliqué. Et je vais jamais retenir.

— C'est toi qui cherchais une étiquette, rappela-t-elle, amusée, en haussant les épaules. Tu trouveras peut-être autre chose qui te définit mieux.

Il attrapa le café qu'elle venait de lui servir, glissa un bras autour de sa taille et lui souffla d'une voix douce :

— Et si on disait simplement que je t'aime, toi ?

Debout dans le salon, sa tasse à la main, Laurent regardait d'un œil absent la photo d'Amanda fêtant sa cinquième année de transition. Il ne voyait aucune différence avec aujourd'hui ; elle était déjà belle et terriblement féminine.

Il but une gorgée de café et leva les yeux sur les autres clichés qui ornaient le meuble, dont une où Amanda serrait sa maman dans ses bras. Laurent attrapa le cadre et, alors qu'il le soulevait, une autre

---

[16] Désigne une personne dont les attirances sexuelle et romantique diffèrent (ex. homoromantique/assexuel·le ou homoromantique/pansexuel·le).

[17] Contraction de « demisexuel » (l'attraction sexuelle ne se développe qu'une fois qu'un lien émotionnel s'est créé) et « finsexuel » (attirance pour la féminité, qu'importe le genre – homme, femme, non-binaire, gender fluid…).

photo s'en échappa et tomba à l'envers sur le sol. Il la ramassa sans vraiment y prêter attention, mais fut interpellé par les inscriptions qui se trouvaient au dos. Il s'agissait de prénoms : « *Erika* », « *Raphaël* », « *Thierry* », « *Armand* » barré, suivis de « *Amanda* ».

Intrigué, Laurent la retourna et reconnut la maman d'Amanda, qui devait être la fameuse Erika. Elle était entourée de trois hommes, dont l'un d'eux semblait être son mari. Il regarda une nouvelle fois l'arrière de l'image pour relire les prénoms et comprit enfin : l'un des hommes de la photo était Amanda, *avant*.

D'une main fébrile, il retourna encore une fois le cliché et observa les garçons les plus jeunes, debout derrière le couple. Il hésita une seconde, mais finit par deviner lequel des deux était Amanda.

Il déglutit difficilement en la découvrant sous cette apparence, le torse plat, les épaules carrées, une barbe bien taillée, les cheveux courts lui retombant sur le front… C'était très perturbant.

— Laurent ?

Reconnaissant la voix d'Amanda, il se retourna, la photo toujours entre ses doigts. Lorsqu'il fit face à sa compagne, il ne put s'empêcher de baisser les yeux une dernière fois sur l'image et comparer.

C'était bien elle.

Constatant le trouble de Laurent, elle s'approcha pour voir ce qu'il regardait.

— Oh… Je l'avais presque oubliée. Je suis désolée que tu sois tombé dessus.

Elle prit la photo d'entre ses mains et la replaça à l'arrière du cadre, là où elle était cachée.

— Je la garde parce que… c'est la dernière photo que j'aie où on est tous réunis, avec mon frère et mon père, heureux. Mais je n'étais pas moi à cette époque.

Le regard de Laurent vacilla légèrement alors qu'il posait les yeux sur elle.

— À quoi tu penses ? demanda-t-elle, soucieuse.

Il prit une seconde avant de répondre. Il ne pouvait pas nier que cette vision d'Amanda au masculin le perturbait. Elle avait énormément changé et, paradoxalement, elle se ressemblait toujours beaucoup. C'était peut-être ce dernier détail qui le troublait le plus. Cependant…

— Je me disais…

… c'était son parcours. Et il devait accepter qu'à une époque, sa petite amie ait pu avoir pas mal de points communs avec lui.

Alors à quoi pensait-il concrètement à cet instant ?

— … que t'es vachement mieux maintenant, lui dit-il avant de l'étreindre pour l'embrasser.

Puis il s'écarta, un rien brusquement.

— Attends, j'ai une idée.

Laurent abandonna sa tasse sur la table basse. Sous le regard curieux d'Amanda, il sortit son téléphone de sa poche et, après une recherche rapide, lança *Eye to Eye*, l'un des derniers titres de Sia. Il monta le volume, déposa son portable près de son café, puis tendit la main vers Amanda, qui l'accepta en souriant.

Elle disait ne plus avoir dansé depuis des années, mais Laurent l'avait vue bouger ; il l'avait trouvée envoûtante et avait longtemps espéré partager une danse avec elle.

Enlacés, leurs corps se balançaient en rythme, leurs hanches se frôlant. Laurent posa sa main sur la taille d'Amanda et la fit glisser jusqu'à ses fesses, la guidant délicatement pour qu'elle se penche en arrière. Il attrapa sa nuque, la ramena vers lui et se colla à elle, joue contre joue.

Leurs talons effleuraient à peine le sol, leurs jambes suivant la cadence en douceur et s'entrecroisant légèrement lorsqu'elles se pliaient. Les yeux clos, ils restèrent ainsi, bercés par les notes qui s'élevaient autour d'eux. Laurent caressait avec tendresse le dos d'Amanda, au rythme de la mélodie. Quand le refrain arriva, il lui saisit le poignet et la fit tournoyer devant lui. Elle appréhenda parfaitement le mouvement, et se laissa glisser sur la pointe des pieds avant de se rapprocher et se balancer à nouveau, s'adaptant au rythme imposé par Laurent, les mains posées sur ses reins.

Admirant l'aisance d'Amanda à improviser ses pas, Laurent ressentit la même passion en elle que celle qui l'animait lui. Elle réalisait instinctivement le geste juste, sans avoir besoin d'y réfléchir. Ce moment ne dura que le temps d'une chanson et fut malgré tout d'une puissante intensité. Laurent serra une dernière fois Amanda contre lui, plongeant son visage dans son cou.

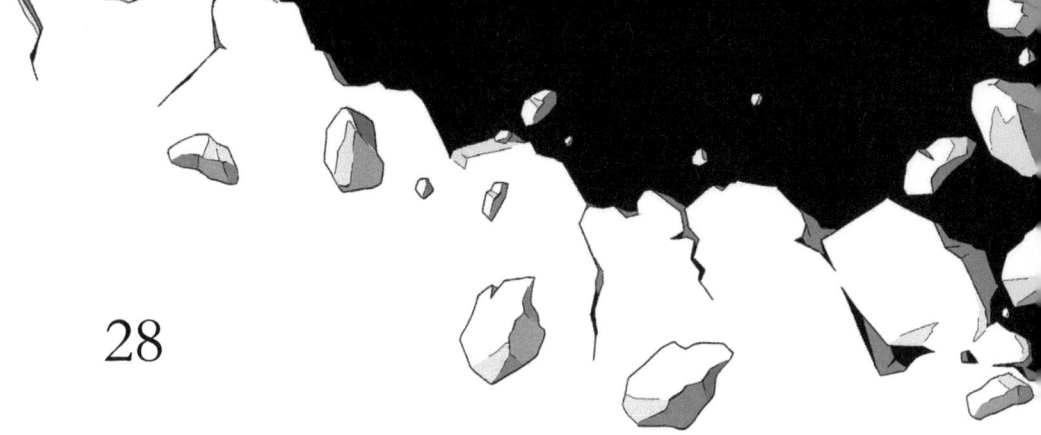

28

~ Novembre ~

— C'est quoi cette nouvelle cachoterie ? s'exclama Mylène, pendue au bras de Damien.

— C'est pas une cachoterie, se défendit Laurent, je veux juste vous présenter quelqu'un.

Il avait terminé sa phrase en faisant un petit clin d'œil complice à Amanda. Mylène se pencha alors vers Jo, qui les accompagnait, et tenta encore :

— Tu sais qui c'est, toi ?

— Je l'ai aperçue y a quelque temps, mais sans plus.

— Et Damien a vu son prénom apparaître sur mon portable, ajouta Laurent, titillant la curiosité de son amie.

Le concerné fronça les sourcils en cherchant sans sa mémoire, pendant que Mylène, impatiente, resserrait les pans de son manteau et accélérait le pas. Longeant l'esplanade du Flon, au cœur de la ville de Lausanne, le groupe se rendait au Mad. Le froid avait mis du temps à s'installer, s'imposant pour la semaine avec un vent glacial qui annonçait déjà l'hiver.

Une fois dans le club, ils déposèrent leurs vestes au vestiaire et rejoignirent la salle principale. Ils ne s'étonnèrent pas de sentir la température monter, alors que la foule se déchaînait sur la piste de danse au rythme des remix électros que diffusait le DJ.

— Bonjour la cohue, railla Damien en jetant un regard autour de lui, les mains au fond des poches.

Ils s'approchèrent d'une table libre et Laurent annonça :

— J'vais chercher à boire, vous voulez quoi ?

— Bière pour moi, panaché pour Mylène.

— Margarita, s'il te plait, lança Jo en tapotant le rouge sur ses lèvres afin de vérifier sa tenue.

— Je t'accompagne, glissa Amanda.

Laurent acquiesça et lui tendit une main qu'elle attrapa. Une fois vers le bar, il sortit son téléphone de sa poche et écrivit un message. Il releva les yeux sur sa petite amie et l'informa :

— Je l'ai avertie qu'on était arrivés…

Puis il martela le comptoir du bout des doigts, sans rythme particulier.

— Nerveux ?

Laurent prit alors conscience de son geste et se mit à rire.

— Un peu, ouais…

— Dis-toi que ce sera une libération. Pour toi, et moi aussi. Je n'aurai plus à me retenir de t'inviter.

Et elle l'embrassa pour lui donner un peu de courage.

Une fois servis, ils tentèrent de ne pas renverser leurs boissons en traversant la foule pour rejoindre leurs amis.

— Mes chouuuux ! Ça fait plaisir de vous croiser !

Laurent eut à peine le temps de lever les yeux et de reconnaître Vicky que celui-ci lui sauta au cou, puis serra Amanda et Jo dans ses bras. Laurent les observait, amusé de voir sa compagne si grande à côté de Vicky, particulièrement petit, et toujours habillé de façon aussi excentrique avec sa chemise rose pailletée et ses mèches assorties.

— Tu es seul ? lui demanda Jo.

— Tu me connais, ma belle ; je sors seul, et je rentre accompagné.

— Ah, bah ça me rappelle quelqu– … commença Damien avant de se prendre un coup de la part de Mylène.

Toute la tablée en rigola alors qu'il chercha à se défendre :

— T'es gonflée, c'est toi la première à avoir balancé à Amanda que Laurent était un flambeur !

— J'avoue, mais c'était y a un moment, et… il a changé, non ? dit-elle à l'intention de l'intéressé.

— J'étais bien obligé, déclara Laurent, faussement dépité, les faisant rire de plus belle.

Il avait fallu du temps à Laurent pour oser évoquer son intimité en public. Il en avait longuement parlé avec Clément qui, lui aussi, avait dû apprivoiser le regard des gens depuis son *coming out*. Cela avait beaucoup aidé Laurent à se détendre sur le sujet, trouvant au passage un nouveau confident qui partageait certaines de ses appréhensions.

Au fil des jours, Laurent s'était habitué à la nudité d'Amanda. Il avait pris le temps de l'observer, jusqu'à ne plus rien considérer comme hors norme. Elle était ainsi, elle était belle, c'était tout. Même s'il n'était pas particulièrement excité à l'idée de voir un pénis en érection, il aimait sentir le désir d'Amanda grandir contre lui.

Jusque-là, ils s'étaient contentés de se caresser mutuellement, s'apprivoisant l'un l'autre, et l'envie de franchir une nouvelle étape faisait son chemin. La confidence sur ses cicatrices n'avait que confirmé à Laurent que lui était loin de détester cette partie de son corps, et qu'il était important qu'il l'affirme enfin. Pour lui, mais également pour elle. À partir de là, la toucher était devenu aussi naturel que cela avait pu l'être avec n'importe quelle femme, alors les gens pouvaient bien s'imaginer ce qu'ils voulaient.

— Non, non, j'y crois pas une seconde, mes loulous, relança Vicky après quelques échanges, défiant Damien. On peut pas être amis depuis si longtemps sans qu'il se soit passé au moins un truc à un moment. Une connerie, un dérapage, un pari, peu importe.

— Il est en couple avec Mylène depuis qu'il a quinze ans, ça laisse peu de place au dérapage, déclara Laurent pour sa défense.

— C'est clair, j'vois pas pourquoi j'me serais frotté à c'crétin alors que j'avais un canon qui m'attendait.

— Pourtant, tu l'as embrassé, déballa Mylène, à la surprise générale.

Tous les regards convergèrent vers elle, qui ne put retenir un petit sourire en coin en se remémorant la scène. Puis ils se tournèrent vers Damien et Laurent qui essayaient de nier en bafouillant et gesticulant :

— Non, non, on n'a… On s'est pas… !

— Enfin, si, mais c'était pas… !

— Oui, non, voilà, on n'a jamais… Bordel, Mylène !

Alors que tout le monde pouffait à les écouter tenter de nier, celle-ci ajouta :

— Et c'est bien l'un des trucs les plus torrides que j'aie vus.

— Zéro dérapage, hein ? relança Vicky en regardant Damien, les yeux pétillants d'amusement. On peut savoir ce qui s'est passé ?

— J'en sais rien, c'était y a plus de deux mois.

— Damien voulait prouver que Laurent n'était peut-être pas si hétéro que ça, il me semble ? se rappela Mylène, son petit sourire toujours collé aux lèvres.

— Eh ben, j'ai l'impression que toi non plus, mon mignon, le nargua Vicky en caressant le torse de Damien.

— Non, mais… c'est pas ça, râla-t-il en repoussant cette main baladeuse. Mylène, tu peux arrêter de m'enfoncer ?

Celle-ci rit de plus belle avant d'expliquer :

— J'avoue, je suis mauvaise langue, d'autant que j'ai eu droit à une jolie déclaration juste après. N'empêche que c'était quand même vachement sexy.

— Eh ben, si y a qu'ça, on s'roulera une galoche pour ton anniversaire, proposa Laurent en se bidonnant.

Il but une gorgée de bière et sentit son téléphone vibrer. Il lut le message au moment où Mylène relançait :

— Bon, et alors ? Elle arrive quand, la personne que tu veux nous présenter ?

— Elle est arrivée, répondit Laurent.

Il replaça son portable dans sa poche et Amanda acquiesça lorsqu'il lui fit signe qu'il revenait tout de suite. Une minute plus tard, Laurent était de retour en compagnie de Lola. Plus il approchait, plus il sentait la tension l'envahir. Il avait de plus en plus chaud. Dès qu'il fut assez proche de ses amis, il inspira doucement pour se donner du courage et déclara :

— Alors, euh… je vous présente Lola. Une amie… On s'est rencontrés y a un peu plus de trois ans, au Festi'neuch et…

Comme il n'en disait pas plus, celle-ci prit le relais et salua ses amis :

— Depuis le temps que j'entends parler de vous, je suis heureuse qu'il se décide enfin à nous présenter.

— J'ai terriblement peur d'être impolie, dit alors Mylène. Mais… on n'a jamais… Laurent, pourquoi tu nous as jamais parlé d'elle ?

Lola se mit à rire alors que Laurent masquait son embarras dans son verre.

— Oh, ne t'inquiète pas, je sais que Laurent ne parlait jamais de moi. Il avait trop honte de ce qu'on faisait ensemble.

Hormis Amanda, tout le monde lui lança un regard perplexe. Lola se dépêcha donc de rectifier le malentendu :

— Il prend des cours de danse dans mon atelier.

— Pardon ? s'étonna Damien en plissant les yeux.

Mylène, quant à elle, s'écria :

— Oh ! C'est dingue ! Vraiment ? Mais c'est génial ! Depuis quand ?

— Plusieurs années, répondit Laurent d'une petite voix, peinant à réaliser qu'il ouvrait enfin la porte sur une part de sa vie qu'il avait bien trop longtemps gardée dans l'ombre.

— Laurent est un danseur incroyable, commenta Lola. Il a ça dans le sang, j'ai jamais compris pourquoi il ne voulait pas en parler.

— Non, mais attendez, on parle bien de Laurent ? s'étonna Damien, sceptique, en dévisageant la nouvelle venue. Il a horreur de danser. Sitôt qu'il y a de la musique, il se cale à une table, une bière à la main.

— Oui, exactement. C'est bien de lui qu'on parle, affirma-t-elle, amusée. Il cache bien son jeu, non ?

— Je confirme, ponctua Vicky. Parce que son déhanché est à se damner.

— Tu l'as déjà vu danser ? s'étonna Mylène.

— Il nous a fait un show dans un club gay, détailla-t-il en y repensant, rêveur.

Laurent faillit avaler de travers et déclara en souriant nerveusement :

— Euh, Vick... te sens pas obligé de tout balancer, ça m'arrange.

Mylène, complètement ahurie, planta son regard sur lui et répéta :

— Un club gay ?

— Voilà ; c'est pour ça que j'préférais pas en parler. Et toi, ajouta-t-il à l'intention de son amie, va pas imaginer des trucs ! J'y suis pas allé d'mon plein gré.

— Personne t'a forcé à danser, par contre... souffla Jo en dégustant sa margarita. Et j'dois dire que quand il s'est lancé sur *You*

Gotta Not, j'ai aussi eu un coup de chaud. Je me suis sentie obligée de filmer pour montrer ça à Amanda.

Vicky ouvrit de grands yeux suppliants.

— Tu l'as en vidéo ? Faut absolument que tu me l'envoies !

— Vous déconnez ? cracha Laurent avant d'être interrompu par Mylène.

— Moi, j'ai bien envie d'une démonstration !

— Oh oui, je vote pour ! encouragea Vicky en frappant dans ses mains.

— Euh, j'avais pas vraiment prévu de… Je voulais juste vous présenter Lola. Pas forcément faire une démo.

— Allez, mon chaton, tu vas pas nous priver de ça ? J'veux revoir ton p'tit cul se trémousser !

Sous les regards enthousiastes et curieux de ses amis, Laurent se sentit pris au piège et se mit à rire nerveusement.

— Tu en crèves d'envie, lui souffla Amanda, l'œil malicieux.

Et il ne pouvait nier. Comme à chaque fois qu'il y avait de la musique, son sang bouillonnait et rester immobile avait toujours été une torture. Peut-être était-ce effectivement l'occasion de se libérer totalement ?

— Tu viens avec moi ?

Amanda se mordilla la lèvre, hésitante, et se laissa attirer sur la piste. Commençant par de petits déhanchés accompagnés par quelques pas souples, Laurent et Amanda s'accordèrent rapidement, et il passa une main autour de sa taille avant de se coller contre elle, son bassin contre le sien. Ils échangèrent un sourire complice, puis la musique les enveloppa. Bientôt, ils s'abandonnèrent au tempo, littéralement connectés l'un à l'autre.

Laurent avait pris l'habitude de danser avec Lola qui avait toujours été une partenaire formidable. Mais avec Amanda, il avait découvert une synergie presque fusionnelle, un contact qui n'était plus seulement physique et technique, et où l'émotion ne naissait plus exclusivement de la mélodie ou des paroles. Avec Amanda, tout lui venait des tripes.

Elle tourna sur elle-même tandis que Laurent la guidait d'une main assurée. Ils se rejoignirent dans un pas synchronisé, leurs doigts s'effleurant avant de se séparer à nouveau. Chaque mouvement était pareil à un flirt audacieux, un jeu dont le but était d'apprivoiser l'espace entre eux.

Ils enchaînèrent les chorégraphies, s'essayant à quelques figures plus risquées. Laurent souleva légèrement Amanda pour la faire virevolter et elle se laissa porter, le cœur battant au rythme de la musique. Puis, dans un geste doux et délicat, elle glissa ses doigts sur son bras avant de s'éloigner à nouveau, créant une tension palpable.

La danse devenait un langage à part entière, chaque foulée racontant leur histoire. Laurent se sentait enfin vivre entièrement, alors que le mur s'effritait un peu plus à chaque mouvement. Il vibrait de cette liberté nouvelle qui s'offrait à lui.

Soudain, Amanda prit le contrôle. Ses mains se posèrent sur les hanches de Laurent qui se laissa guider, admirant les enjambées complexes qu'elle improvisait avec aisance.

Quand la musique se fit plus douce, ils se rejoignirent dans une étreinte intense, essoufflés et heureux.

De retour vers leurs amis, Amanda ne put se retenir de rire en voyant le regard ahuri que leur jetait Damien.

— Eh ben, mon mignon, si ça, c'est pas un appel à la luxure, je sais pas ce que c'est ! lança Vicky à l'intention de Laurent.

— Putain, c'est clair, répliqua Damien sans lâcher son ami des yeux.

Surprise, Mylène se tourna vers son compagnon qui ne réalisa qu'à cet instant ce qu'il venait de dire.

— Non, mais pas… C'est pas que j'le trouve, lui, particulièrement… Mais, je sais quand même reconnaître un mec qui sait bouger. Et… merde, c'est Laurent, quoi !

— T'aurais eu l'air plus crédible en prétendant juste que tu parlais d'Amanda, se moqua Jo.

Damien tiqua, embarrassé. Vicky lui lança une œillade pleine de sous-entendus, avant de laisser échapper :

— Sois pas timide, mon chaton, j'ai vu les poils de tes bras se dresser quand tu le regardais danser. Y a peut-être rien entre vous, mais ça reste une *bromance* très électrique à mon goût.

Alors que Damien grommelait sa contrariété, Mylène se tourna vers Amanda :

— Vous étiez magnifiques. Vous vous entraînez depuis longtemps ?

— Ça ne fait que quelques semaines, mais il a un don pour guider.

— Toi aussi, tu es douée. Tu dansais par le passé, non ? Pourquoi avoir arrêté ?

— Je suis grande et trouver un partenaire à ma taille n'a jamais été facile. D'autant que la danse demande souvent à ce qu'on soit très proches ou qu'on mette des costumes que je ne pouvais pas porter sans que ma transidentité soit évidente. Donc j'ai fini par abandonner l'idée, et me suis contentée d'accompagner des amis de temps en temps. Puis Laurent m'a proposé de danser avec lui.

De son côté, Lola posa sa main sur l'épaule de Laurent et lui sourit.

— Tout va bien ? Tu dis plus rien.

— Si tu veux tout savoir, j'ai encore les jambes qui tremblent, tellement j'avais la trouille.

Il laissa échapper un souffle amusé quand, en prenant sa bière, il vit que le stress faisait aussi trembler ses mains.

— Je suis fière de toi. Et j'espère que tu réfléchiras à ma proposition. Tu sais que je te garde une place, et Amanda serait évidemment la bienvenue. Vous formez un duo incroyable.

Laurent haussa les épaules et grimaça, intimidé.

— J'en sais rien. J'me sens vraiment pas prêt pour un truc pareil.

— Tu as encore un peu de temps pour y penser…

Laurent acquiesça et elle s'éloigna un peu afin de discuter avec les autres, laissant sa place à Amanda.

— Ça va ? lui demanda-t-elle à son tour.

— Ouais. Merci de m'avoir accompagné.

— Toujours là pour te soutenir.

— Merci, souffla-t-il encore une fois en l'embrassant.

Une main sur sa taille, l'autre sur sa nuque, il s'autorisa à approfondir ce baiser, grisé par l'euphorie du moment.

— Vous dites si on vous dérange, lâcha alors Vicky.

Tout en retenant Amanda contre lui, Laurent adressa un doigt d'honneur à Vicky qui renchérit :

— Avec toi, c'est quand tu veux, mon poulain.

Et Laurent se mit à rire, se détachant enfin des lèvres d'Amanda qui l'imita aussitôt.

29

— Alors ?

— *Il a confirmé...*

— Il va bien ?

— *Je crois, ouais.*

Assis sur le canapé de son salon, Laurent acquiesça, même si son frère ne pouvait pas le voir à l'autre bout du fil. Puis il demanda :

— Et toi, ça va ? Tu le vis comment ?

— *J'en sais rien, c'est hyper bizarre. Anna et Vanessa sont allées chez sa mère. On n'était que lui et moi, à se tourner autour, sans savoir quoi se dire. Et d'un coup, il s'est mis à pleurer en s'excusant... Il s'excusait d'être ce qu'il était, putain... C'est mon fils ! Il a pas à s'excuser de ça !*

Il y eut un court silence avant que Frédéric n'enchaîne :

— *Et... j'me suis mis à chialer aussi, tu sais... ?*

Il laissa échapper un rire gêné, puis continua :

— *J'l'ai pris dans mes bras et j'ai tout lâché. C'est con, mais... ça m'a fait du bien.*

Laurent ne disait plus rien, soulagé pour son neveu. Stressé malgré tout par ce que lui-même s'apprêtait à faire.

— *Laurent ?*

Après une petite inspiration, il déclara :

— Tu sais… je… En fait, moi aussi.

— *Toi aussi quoi ?*

Laurent se crispa. Il avait imaginé que ce serait plus facile et commençait à sérieusement admirer Tristan.

— *T'es gay ?*

— Quoi ? Non, pas… pas gay. Je… Juste pas cent pour cent hétéro. Enfin… C'est compliqué.

Laurent se passa une main sur le visage. Il ne se rappelait plus du tout le terme qu'Amanda avait utilisé pour le définir. Quand bien même, son frère ne l'aurait certainement pas mieux compris. Il aurait dans tous les cas été obligé d'expliquer les choses.

— *T'as une copine, non ?*

— Oui… oui, oui, mais…

Laurent prit une seconde pour souffler, chercher ses mots. Au bout d'une minute, il conclut qu'il ne les trouverait pas et qu'il était préférable de faire au plus simple.

— *Laurent ? Ça va ? Mais quoi ?*

— Ça vous dit que je vous la présente ?

***

Amanda avait passé la semaine à tenter de rassurer Laurent, et essayer de le persuader que tout irait bien. Au départ, elle lui avait même signalé qu'il n'y avait aucune obligation à ce qu'il fasse son *coming out* à son frère, mais Laurent en ressentait le besoin. Malheureusement, le courage de sauter le pas s'était amoindri au fil des jours qui avaient défilé jusqu'à la rencontre entre Amanda et sa famille.

— Rappelle-moi pourquoi j'ai voulu faire ça ?

— Je n'en ai aucune idée, chantonna Amanda en guise de réponse, alors qu'elle se choisissait une tenue dans sa grande armoire.

— C'est bien c'qui m'semblait.

Amanda vint enrouler ses bras autour du torse de Laurent, encore humide de la douche prise un peu plus tôt, et le caressa doucement.

— Tu m'as bien dit qu'il n'était pas comme ton père ?

— Fred est pas du tout comme lui. Mais bon, il a quand même grandi avec ses principes, donc…

Il attrapa la serviette qui traînait sur le lit et se frotta les cheveux et les aisselles avant de l'étendre pour la faire sécher.

— Donc quoi ? T'as eu la même éducation, et pourtant, ça va, t'es pas un monstre.

Laurent pouffa nerveusement avant de préciser :

— J'ai pas non plus toujours eu les meilleures réactions, j'te rappelle…

Amanda pencha la tête sur le côté en haussant les épaules, lui concédant ce fait.

— Et puis, j'ai jamais vraiment discuté de ce genre de trucs avec mon frangin…

— Commence peut-être en lui parlant de ton neveu.

— Mouais… soupira-t-il tout en enfilant un pull.

Il se tourna alors du côté d'Amanda qui retira le débardeur qu'elle portait pour dormir, se retrouvant presque nue. Il s'approcha lentement, la serra contre lui, lui faisant pousser un petit cri de surprise.

— Ce n'est vraiment pas le moment ! déclara-t-elle en riant à moitié alors qu'il commençait à se frotter doucement derrière elle.

— Ils ont l'habitude que j'arrive en retard, lui souffla-t-il à l'oreille pendant que ses doigts glissaient déjà sous la culotte d'Amanda.

Alors qu'il la caressait délicatement, elle laissa échapper un soupir qui en disait long sur son envie réciproque. Pourtant, elle lui saisit sa main baladeuse et lui lança un regard faussement désapprobateur.

— On va vraiment être en retard !

Laurent recula, quelque peu frustré, mais conscient qu'elle avait raison. Elle s'écarta également à contrecœur tout en pestant :

— C'est malin ! Comment est-ce que tu veux que je fasse mon *tucking*[18] dans cet état ?

Laurent se mit à rire.

***

---

[18] Technique de compression des parties intimes dites « masculines » afin de les dissimuler sous les vêtements.

La voiture garée à une centaine de mètres du locatif, Laurent et Amanda marchaient d'un pas tranquille le long de la route. Frédéric leur avait donné rendez-vous à midi, et le peu de circulation leur avait permis d'avoir un peu d'avance.

— Qu'est-ce qu'ils savent déjà ?

— À peu près… rien…

— Tu ne m'avais pas dit avoir entamé la conversation avec ton frère ?

— Si, mais… J'ai juste laissé entendre que… j'étais peut-être pas complètement hétéro. Mais il sait toujours rien à propos de toi.

En effet, Laurent s'était abstenu d'en dire davantage par téléphone concernant Amanda. Il voulait être sûr de ce qu'il pouvait dévoiler, sans lui faire de tort. Alors ils en avaient discuté ensemble afin de s'assurer d'être sur la même longueur d'onde une fois le moment venu. Ils avaient convenu de ne pas aborder le sujet tant que Laurent ne se sentirait pas prêt. De son côté, Amanda lui avait laissé la liberté de parler d'elle, à condition qu'il ne perçoive pas d'hostilité de la part de sa famille, lui laissant le choix de confier ou non des détails plus intimes.

Ils continuèrent d'avancer en silence, et plus ils approchaient, plus Laurent était stressé. Ce n'est qu'une fois arrivé à la hauteur de la bâtisse qu'il sentit l'angoisse lui serrer la gorge.

— Hey, souffla-t-elle tendrement. Ça va aller. Et je te l'ai dit, tu n'es absolument pas obligé de leur en parler, pas tant que ça te rend si nerveux, en tout cas.

Laurent acquiesça tout en sortant machinalement une cigarette de son paquet. Il l'alluma et essaya de calmer sa respiration.

— Pourquoi ça te tient tellement à cœur de faire ça aujourd'hui ?

Laurent haussa les épaules, le regard posé au sol.

— J'ai l'impression que si j'le fais pas là, j'le ferai jamais.

— Et ce serait mal ?

Laurent recracha sa fumée, hésitant sur la réponse à donner, puis expliqua simplement :

— J'en ai marre de jouer la comédie et de serrer les dents à chaque réflexion. J'veux pouvoir… J'en sais rien.

— Être toi-même ? suggéra Amanda.

Il acquiesça, assimilant ces mots, puis sourit, réalisant à quel point Amanda était la mieux placée pour comprendre ce qu'il traversait. D'un geste tendre, il glissa son bras derrière sa nuque et l'attira doucement vers lui pour l'embrasser.

— Voyons déjà comment ça se passe… conclut-il en avançant vers la porte du bâtiment.

Vanessa vint leur ouvrir. Après de chaleureuses accolades, elle les invita à entrer et déposer leurs vestes sur la penderie. Anna, comme à son habitude, sauta au cou de Laurent en hurlant « Tonton ! », avant de se tourner vers Amanda pour la saluer timidement.

Tristan, quant à lui, lisait sur le canapé et leur adressa distraitement un « Bonjour ».

— Ah, Laurent ! s'exclama Frédéric en débarquant du couloir.

Puis il ajouta, étonné :

— T'es en avance ?

— Euh, ouais, ça roulait pas trop mal.

— On sent déjà l'influence féminine !

Puis il se tourna vers Amanda et la salua en lui faisant la bise :

— Enchanté, moi, c'est Fred. Frédéric, le grand frère.

— Et moi, Amanda. Enchantée aussi.

Tout le monde était de bonne humeur et accueillant, pourtant, Laurent ne pouvait s'empêcher de sentir la transpiration lui couler le long du dos. La tête ailleurs, il n'entendit pas Vanessa lui proposer à boire.

— Laurent ? Tu rêves ? le taquina Frédéric.

— Hein ? Non, c'est pas… Quoi ? bredouilla-t-il.

Sourcils froncés, Frédéric lui tendit une bière décapsulée et déclara :

— Suis-moi.

Laurent lança un rapide coup d'œil à Amanda qui lui signala d'un geste qu'il pouvait la laisser.

— Je vais faire connaissance avec Vanessa.

Et il sortit sur la terrasse avec son frère qui enchaîna :

— Alors ?

— Alors quoi ?

Frédéric le regarda du coin de l'œil avant de ricaner doucement.

— Pas complètement hétéro ?

Laurent s'étrangla avec sa première gorgée et se mit à tousser. Les joues brûlantes, il détourna le visage tout en essayant de reprendre son souffle. Il ne s'était pas attendu à une attaque aussi frontale.

— Hey, ça va ? demanda Frédéric, ne réalisant pas l'embarras dans lequel il avait plongé son cadet.

Ce dernier secoua maladroitement la main pour lui signifier que tout allait bien, sans pour autant lui faire face. Il but une grande rasade de bière avant de laisser échapper un râle.

— Ah, putain, au moins tu tournes pas autour du pot.

— Tourner autour du pot ? Tu t'es surtout bien foutu d'moi.

— Quoi ? Pourquoi ?

Frédéric lui lança un regard rieur et avala une gorgée de bière, puis observa l'horizon. Laurent le dévisageait, sourcils froncés, sans comprendre ce que son frère avait voulu dire. Avant qu'il puisse lui demander d'être plus clair, celui-ci reprit :

— J'ai commencé à me renseigner…

— À propos de… ?

— Tristan… les gays, tout ça. J'ai vu qu'à son âge, c'est surtout du questionnement. Alors bon, je vais pas me voiler la face, s'il se questionne déjà dans les bras d'un garçon, c'est qu'il a une idée de la réponse. Mais j'ai lu pas mal de témoignages, et je suis allé sur des forums. Ça me fait relativiser.

— C'est une bonne chose. Vous arrivez à en parler avec lui ?

— Pas trop… Il a avoué à Vanessa qu'il avait embrassé son pote, mais rien de plus.

— C'est pas facile à confier, en même temps.

Frédéric haussa les épaules, conscient de ce fait.

— Tu sais c'que m'a dit Papa ?

Laurent hocha la tête négativement.

— Je lui ai confirmé que Tristan était gay et que si ça ne lui convenait pas, il ne devait plus espérer revoir son petit-fils. Et il m'a balancé : « Je n'ai plus de petit-fils. »

— Putain… Quel con ! souffla Laurent entre ses dents.

— C'est clair…

Ils restèrent silencieux quelques secondes, à méditer ces dernières paroles. Comment en arrivait-on à rejeter les membres de sa propre famille ? Laurent ne s'était jamais fait d'illusions concernant son père et il regrettait que les choses se passent ainsi pour Tristan ; pour autant, il se réjouissait de voir que son frère s'avérait bien différent. Sans doute grâce à l'influence de Vanessa, dont l'entourage était bien plus ouvert sur ces sujets.

Puis Frédéric brisa brusquement le calme en demandant plus joyeusement :

— Bon, pis toi ? Pourquoi tu me balances des conneries pareilles pour, ensuite, nous ramener une top model ?

Laurent sursauta avant de relever, étonné :

— Tu la trouves canon ?

— C'est une belle femme, c'est certain.

Le visage de Laurent se fendit d'un sourire allant d'une oreille à l'autre, heureux de voir son frère sous le charme d'Amanda – et ne pas hésiter à en parler comme d'une femme. Si bien qu'il fut tenté de continuer un peu sur ce chemin.

— J'aurais dit « une nana hyper sexy »…

— Du calme, j'suis marié. J'peux pas balancer n'importe quoi.

— J'vois pas ta femme, signala Laurent en faisant mine de la chercher des yeux.

Amusé, Frédéric arbora une petite moue dépitée et abdiqua :

— Très bien : Amanda est une bombe. C'est ça qu'tu veux entendre ?

Laurent releva fièrement le menton avant d'opiner, satisfait, faisant rire son frère. Puis il attrapa une cigarette, histoire de se donner un peu de contenance et de courage pour ce qu'il allait annoncer.

— Par contre… amorça-t-il en l'allumant.

Il tira dessus aussi fort qu'il put avant de recracher lentement la fumée, comme s'il cherchait à gagner du temps. Mais il avait commencé et Frédéric attendait la suite.

— J'ai pas menti. On peut plus vraiment dire que j'sois totalement hétéro.

Il avait lâché ça d'une voix neutre, pourtant, il se sentait fébrile. Sur le point d'annoncer que son père avait toujours eu raison à son sujet, il était à deux doigts de s'écrouler. Puis il se remémora les paroles qu'Amanda lui avait soufflé la veille : « Ton père cherchait juste à t'humilier en utilisant ces termes… Tu es qui tu es, tu es amoureux. Et tu n'as pas à avoir honte. »

— Qu'est-ce que tu racontes ? s'étonna Frédéric, sceptique.

— Amanda est bien une femme, ça, ça change pas. Mais… elle est née avec un corps de garçon, lâcha-t-il enfin, sans regarder son frère.

Ce dernier éclata de rire, croyant toujours à une blague. Lorsqu'il vit l'air grave et tendu de Laurent, il se calma aussitôt.

— Attends, quoi, t'es sérieux ?

Laurent devait faire des efforts surhumains pour ne pas laisser s'exprimer sa panique. Il acquiesça sans un mot, alors qu'il portait sa cigarette à ses lèvres, et eut du mal à cacher le tremblement de sa main.

— Qu... ? Mais alors c'est... elle peut pas être un mec ?

Laurent afficha un sourire pincé, contrarié.

Décidément... y a un gros boulot d'information à faire... !

— Non, j't'ai dit... Elle avait un corps de garçon à la naissance, mais *c'est une femme*, répéta Laurent, tendu, mais tenant à ce que son frère saisisse la nuance.

Au bout d'une minute, comme celui-ci restait silencieux, Laurent releva les yeux sur lui et le vit le regard tourné vers l'intérieur, à travers la porte vitrée, hagard. Bien que chamboulé par son propre aveu, Laurent comprit qu'il observait Amanda et ne put retenir un ricanement nerveux.

— Ça t'fait chier parce que t'as dit la trouver canon ?

Frédéric lui refit finalement face, embarrassé, et bafouilla :

— M-Mais quoi, « née dans un corps de garçon » ? C'est... enfin, c'est... ?

Puis il écarquilla brusquement les yeux et s'exclama :

— Ah oui ! J'ai lu des trucs là-dessus, les... quoi, déjà ? Les transsexuels[19] !

— Non, c'est... Ça se dit plus, ça. On dit transgenre, corrigea Laurent.

— Ouais, trans-quelque chose, des gens qui naissent pas dans le bon corps[20] et... putain, c'est de la science-fiction, ce truc. Mais alors... Elle a un corps de... ? Non, mais non, c'est pas possible.

---

[19] Terme introduit dans les années 50 par les psychanalystes qui considéraient la transidentité comme une psychose, de ce fait, il n'est plus utilisé. De plus, il engendre une confusion en laissant penser qu'il s'agit d'une forme de sexualité.

Tandis que Frédéric tournait une nouvelle fois la tête vers l'intérieur pour tenter d'y repérer Amanda, Laurent n'en revenait pas de le voir aussi enthousiaste face à cette annonce. Certes, il alignait les maladresses et le sujet lui échappait complètement, cependant, pour Laurent, c'était davantage cette réaction inattendue qui relevait de la science-fiction que le concept de transidentité. Il ne put retenir son soulagement qui s'exprima dans un rire.

— Quoi ? J'ai dit quoi ? s'étonna alors Frédéric en le regardant.

Tout en tirant encore une fois sur sa cigarette, Laurent avait du mal à contenir son émotion. Il déclara :

— Je crevais de trouille de t'le dire !

— T'avais peur ?

Laurent haussa les épaules, avant de se gratter l'arrière du crâne, la tête basse, puis il jeta un coup d'œil furtif à son frère. Celui-ci prit alors conscience que certaines de ses remarques au sujet de son fils avaient pu laisser planer le doute quant à sa possible réaction.

— Ah, déconne pas, merde. J'vais finir par croire que j'suis aussi con qu'le père, déclara-t-il, les mains sur les hanches.

Laurent se remit à rire, soulagé d'avoir pu se confier si facilement.

— Et donc... Amanda, c'est *vraiment* une nana ?

— Exactement.

— Mais si elle avait un corps de mec, avant... elle est comment... ? Enfin, j'veux dire... Tu vois ?

---

[20] « Pas dans le bon corps » : expression stigmatisante. Les difficultés liées à la transidentité viennent de l'assignation à la naissance, et non du corps en soi. Une personne trans peut tout à fait se sentir bien dans son corps et se contenter d'afficher une apparence qui lui corresponde davantage en société.

En entendant Frédéric hésiter à poser sa question, Laurent l'observa un instant, sourcils relevés.

— T'es sérieusement en train de me demander à quoi ressemble l'entrejambe de ma copine ?

Prenant conscience du côté déplacé de son interrogation, son frère s'excusa timidement, en se grattant la nuque. Il n'avait effectivement pas à connaître ce genre de détail, cependant, Laurent s'était douté que le sujet finirait par s'inviter dans la discussion. Il en avait parlé avec Amanda et elle lui avait fait comprendre que c'était à lui de savoir s'il était assez à l'aise pour le dire ou non.

Il soupira. Le moment était parfait pour mettre en pratique les conseils de Kim et se rappeler que ce qu'il partageait avec Amanda n'avait rien de honteux. Et ça, même s'il se confrontait à de l'incompréhension. Alors il confia :

— Mais cette partie a pas changé, non…

Il n'en dit pas plus. Frédéric n'en eut pas besoin. Hébété, ce dernier déglutit lentement en dévisageant Laurent, puis demanda :

— Mais euh… du coup, tu… ? Enfin, on est d'accord qu'on n'est plus sur le même type de rapports que ceux d'enfants de douze ans qui se bécotent dans la cour d'une école ?

— Hein ? Oui, non, mais je fais pas… !

— Oh, mais tu fais c'que tu veux.

— Je fais pas *ça* !

— Je juge pas.

— Bien sûr que tu juges.

— OK, un peu…

Laurent considéra un instant son frère avant d'ajouter :

— Cela dit…

— Quoi ?

Laurent haussa les épaules et écrasa son mégot dans le cendrier.

— J'en sais rien… Je crois que… j'suis pas totalement contre l'idée, en vrai.

Voyant Frédéric le fixer, les yeux écarquillés, il s'empressa de développer :

— Enfin, quand je dis « pas contre », j'veux pas dire que… Mais je sais pas, ça me travaille. Et puis bon… j'arrive pas à expliquer, mais à la longue, on s'habitue, et… bah, on s'ouvre aux possibilités. Tu vois ?

— Non. Non, pas du tout, répondit Frédéric du tac au tac.

Pourtant, il l'observait, attentif, essayant sincèrement de concevoir ce que son petit frère partageait avec lui, mais ça le dépassait complètement.

— Laisse tomber…

— Écoute, j'y comprends rien, c'est clair, lui dit-il en lui envoyant une tape sur l'épaule. Mais si ça te plait de te faire sauter par ta nana, alors kiffe ! Kiffe à fond !

— J'ai pas dit que j'le faisais ! lâcha Laurent, mal à l'aise. J'ai dit que j'étais pas forcément fermé à l'idée… Mais le faire, c'est autre chose.

Frédéric acquiesça. Laurent voyait bien qu'il n'arrivait pas du tout à suivre son cheminement de pensée ; ceci dit, ce n'était pas l'important.

— Par contre… y a pas de risque que… ? Tristan va pas vouloir aussi devenir une fille, ou un truc dans le genre ?

— Ça l'ferait redevenir hétéro, ironisa Laurent, un peu vexé par la question.

— Te fous pas d'moi !

— Mais non ! T'es con ? C'est pas un truc contagieux. Sinon, j'serais le premier à porter des robes.

— Euh…

Frédéric lança un regard de biais à son cadet qui s'emporta aussitôt :

— Bordel, c'est arrivé qu'une fois ! Y a longtemps. Et, merde, c'était le délire de Pauline ! J'vais devoir le répéter combien d'fois ?

— OK, OK, pardon, s'empressa de conclure Frédéric en levant ses mains devant lui.

Alors que Laurent continuait de grommeler sa contrariété, son frère se mit à rire et déclara :

— J'te trouve bizarre… mais j'aime, frangin.

Ce fut au tour de Laurent de se figer et considérer Frédéric, complètement hagard ; c'était la première fois qu'il entendait ces mots sortir de la bouche d'un des membres de sa famille – à l'exception d'Anna qui n'hésitait jamais sur un « Je t'aime, Tonton ».

Le temps que Frédéric réalise ce qu'il venait de dire, il baissa la tête, quelque peu gêné.

— La vache, t'es en train d'me transformer en lopette.

Laurent éclata de rire.

— T'es c'que t'es, mon vieux ! J'y suis pour rien.

C'est à ce moment que la porte vitrée s'ouvrit, laissant apparaître Vanessa.

— Les garçons, le repas est prêt.

— On arrive.

Une fois que sa femme fut retournée à l'intérieur, Frédéric retint Laurent et lui demanda doucement :

— Est-ce que tu veux que je garde tout ça pour moi, ou… ?

— Oh, euh… non, tu peux en parler, mais peut-être pas là, pendant le repas.

— Ce serait bizarre.

— Carrément.

Frédéric glissa ses doigts le long de ses lèvres, signifiant qu'il saurait tenir sa langue. Une fois rentré, Laurent fit un clin d'œil soulagé à Amanda, qui s'approcha de lui, ravie.

— Il a super bien réagi, lui souffla Laurent.

— J'ai vu ça, je te signale que vous discutiez devant une vitre. On aurait dit deux gamins.

Les yeux pétillants de bonheur, Laurent lui embrassa le front, après quoi elle lui chuchota à l'oreille :

— Par contre, j'espère qu'il ne va pas me jeter ses petits coups d'œil pas vraiment discrets pendant tout le repas.

Laurent croisa le regard de son frère. À peine eut-il le temps d'esquisser un froncement de sourcils que Frédéric baissa la tête, visiblement confus d'avoir été pris sur le fait, faisant glousser Laurent.

— Je pense qu'il va finir par s'y faire…

30

Debout devant la porte de la chambre de son neveu, Laurent frappa doucement contre le battant entrouvert, conscient de l'importance de respecter l'espace privé d'un adolescent.

— J'peux entrer ?

Tristan l'y autorisa, se redressant sur son matelas où il jouait à la console.

— Salut bonhomme...

— Salut.

— Comment tu vas ?

Tristan grimaça, pencha la tête et haussa les épaules. Laurent se doutait que le pauvre gosse se sentait complètement perdu. Il s'assit à côté de lui tout en observant la décoration. Des posters de foot au mur, des figurines de *One Piece* et *Star Wars* dans la bibliothèque, des peluches *Pokémon* sur le lit...

Pas encore tout à fait un ado, en vrai...

— Tu veux que j'te confie un secret ? commença Laurent.

Sans attendre de réponse, il poursuivit :

— Mon meilleur ami et moi, on s'est embrassés.

Tristan se tourna vivement vers lui, le regard presque admiratif de découvrir cette facette cachée de la vie de son oncle.

— Vraiment ? Ça t'a fait quoi ?

— Euh, eh ben… pour être franc, ça m'a surpris. Mais j'dois avouer qu'il embrasse bien, ce con, ricana Laurent.

Il fut imité par son neveu, bien que ce dernier retrouvât rapidement son sérieux pour demander :

— Mais toi, tu l'aimes pas, ton ami ?

— Non, c'est vrai, on n'est pas amoureux, lui et moi. Mais j'ai un autre ami qui est amoureux d'un garçon et…

— Et c'est pas normal, souffla le gamin en se grattant le front.

Cette notion de normalité, Laurent en avait bouffé toute sa vie. Il frissonna, prenant conscience qu'il ne supportait plus ces injonctions arbitraires. Les yeux posés sur son neveu qui gardait le visage baissé et qui jouait avec les plis de son duvet, Laurent déclara :

— Y a rien d'anormal à aimer un garçon. Ou plutôt, l'amour, c'est pas un truc qu'on met dans une case. L'amour, c'est… c'est irrationnel, c'est incontrôlable, ça suit pas de règles… ! Et surtout, ça entre dans aucune norme. Si y a pas de norme, alors y a rien d'anormal.

— Bernard, lui, il dit que je dois être soigné.

— Soigné ? Eh ben putain… Ton grand-père, il dit beaucoup de conneries, tu sais…

Tristan avait beau être habitué à la vulgarité de son oncle, il ne put se retenir de rire en l'entendant jurer avec autant de naturel pour évoquer Bernard. Laurent pouffa à son tour, réalisant qu'il n'avait pas fait preuve de retenue, puis passa une main réconfortante sur les épaules de son neveu, prenant un instant pour rassembler ses pensées.

C'était la première fois qu'ils avaient une discussion aussi sérieuse tous les deux. La veille, Amanda l'avait encouragé à parler avec Tristan, estimant crucial que le garçon sache qu'il n'était pas seul dans sa situation et qu'il pouvait compter sur leur soutien. Laurent avait malgré tout appréhendé ce moment, incertain de sa capacité à aborder un sujet qu'il maîtrisait encore mal lui-même. Il fut cependant rassuré par l'attitude de Tristan, visiblement heureux d'avoir trouvé un allié.

Alors Laurent se lança, tentant d'expliquer ce qu'il avait appris sur la diversité des genres et la nature complexe de l'attirance. Ses mots, bien que parfois hésitants, semblaient faire écho à Tristan, mettant son oncle plus à l'aise qu'il ne l'avait craint.

— … Il existe plein de façons d'aimer, et plein de gens différents à aimer. Ça peut être un garçon ou une fille. Il arrive même qu'ce soit quelqu'un qu'est pas tout à fait un garçon ni vraiment une fille, ou l'un alors qu'on dirait que c'est l'autre…

Tristan fronça les sourcils, perdu. Conscient d'avoir un discours confus, Laurent se mordilla la lèvre en souriant, puis reprit :

— Ce que j'veux dire, c'est qu'on choisit pas de qui on tombe amoureux. Y se peut que la personne qu'on aime corresponde pas aux attentes des autres. Mais l'important, c'est qu'elle te corresponde, à toi. Et que tu lui correspondes aussi, évidemment. Tu comprends ?

— Amanda… elle correspond aux « normes », elle ? demanda Tristan d'une petite voix presque chargée d'espoir, tout en signant les guillemets.

— Pas vraiment, non, répondit Laurent, sans donner plus de détails. Mais elle me correspond, à moi.

Et cela sembla suffire à Tristan qui se sentit alors libre de confier son histoire. Cela avait commencé dans les vestiaires, après un entraînement de football, avec de simples taquineries et des bousculades encore très innocentes, à leur âge. Puis était survenu ce moment de bascule : un échange de regards entre lui et Sasha chargé d'une tension qui dépassait l'amitié. Leur premier bisou avait été partagé sous prétexte d'un défi, renouvelé en secret, jusqu'à enfin laisser s'exprimer l'évidence.

— Sa famille, elle sait qu'il aime les garçons ? demanda Laurent.

Tristan hocha la tête de haut en bas, sans un mot.

— Et comment ça se passe entre vous ? On vous embête pas à l'école ?

Un peu gêné, Tristan haussa les épaules, puis avoua :

— Y a quelques copains qui savent. Ça se passe bien. Papa voulait plus que je traîne avec lui, mais il m'a laissé reprendre le foot.

— Ça doit être sa façon à lui de te dire que ça lui va. Ton papa a un peu de mal, mais il fait de son mieux. Il a envoyé chier notre père pour toi. J'peux te jurer que c'est pas rien.

Tristan gloussa doucement, ému.

— Tonton ? appela alors la voix d'Anna derrière la porte.

— Oui, Pimprenelle ?

— Maman dit que je dois vous avertir qu'elle sert le café et que y a des biscuits, si Tristan veut venir aussi.

Laurent lui sourit tendrement.

— On arrive.

Il ne fallut pas longtemps à Frédéric avant de mettre les pieds dans le plat, annonçant entre deux gorgées de café qu'ils défiaient les statistiques, avec cinquante pour cent de personnes hétéro-cis et autant de personnes LGBT autour de la table.

Vanessa avait eu besoin d'une seconde pour considérer et intégrer l'information sans avoir à poser de questions embarrassantes. Un bref regard échangé avec Laurent, un acquiescement – entre gêne et dépit – de la part de celui-ci, et c'était réglé. Elle avait néanmoins ajouté : « Et encore, on ne sait pas ce qu'il en est pour Anna. » Une remarque qui, elle s'y était attendue, n'avait pas manqué de faire sourciller son mari. Mais par ces mots, Vanessa avait surtout tenu à affirmer son ouverture d'esprit et son soutien aux concernés.

Quand l'après-midi toucha à sa fin, Frédéric hésita un instant sur la façon de dire au revoir à Amanda. Sa gaucherie fut rapidement reprise par Vanessa qui lui fit les gros yeux, lui rappelant qu'il lui avait fait la bise sans se poser de questions à son arrivée.

— Désolé pour mon frangin, dit Laurent une fois installé dans la voiture.

— Au contraire, je l'ai trouvé très bien, lui répondit Amanda en prenant place derrière le volant.

Elle retira sa veste et la lança sur les sièges arrière avant de souligner :

— Il ne faut pas oublier qu'il part de loin.

Laurent ne put qu'acquiescer face à cette réalité. Il se frotta un instant la barbe et, alors qu'Amanda démarrait, il ajouta :

— Par contre, je m'attendais pas à cette réaction, de la part de Vanessa. Elle est restée si calme.

— Elle a le flegme d'une maman qui veut faire entendre à ses enfants qu'elle les aime tels qu'ils sont, dit Amanda en souriant.

Laurent ne quitta pas la route des yeux et ne décrocha pas un mot de tout le trajet jusque chez Amanda. Ce n'est qu'une fois devant l'immeuble qu'il lâcha :

— Je sais pas si j'vais réussir à le dire à mon père.

Amanda l'observa un instant, silencieuse, le laissant aller au bout de sa pensée, même si elle se doutait des raisons.

— Fred m'a raconté comment ce con avait réagi avec Tristan. Je comprends pas qu'on puisse repousser un gamin comme ça. Tu me diras, il a bien fait pareil avec moi quand j'étais ado, avec détour aux urgences en bonus. Mais… justement, j'ai pas… J'me sens pas de revivre ça, son regard méprisant, son dégoût. Je sais que c'est débile, je devrais pas donner autant d'importance à ce qu'il pense… J'arrive juste pas à m'en empêcher. Et savoir que ma mère suivra, docile comme un putain de clébard… Alors qu'à côté de ça, t'as Vanessa qui– …

— Attends, calme-toi, coupa Amanda en le voyant déblatérer sans reprendre son souffle.

Elle s'arrêta face à lui et lui releva le visage pour le forcer à la regarder, puis elle le rassura tendrement :

— Hey, tu n'as aucune obligation d'en parler à tes parents.

— Je sais… C'est juste… J'en sais rien. J'aurais aimé…

Ses traits se crispèrent. Yeux fermés, lèvres pincées, il ressentait quelque chose qu'il ne pouvait exprimer avec des mots. Amanda lui prit la main et lui dit doucement :

— Rentrons…

Il inspira, acquiesça et la suivit. Une fois chez Amanda, toujours préoccupé, il retira lentement ses chaussures et sa veste, le regard perdu dans le vide.

— Je vais me changer. Et faire du thé, tu en veux ?

— Mmh… marmonna-t-il sans vraiment avoir entendu la question.

Il s'installa dans le salon et Amanda le rejoignit avec deux tasses fumantes. Elle avait également troqué son jean pour son jogging d'intérieur, et elle s'assit à côté de Laurent.

— Dis-moi, l'encouragea-t-elle.

Laurent l'examina du coin de l'œil. Il savait qu'elle ne s'habillait pas ainsi pour l'aguicher, que c'était simplement une tenue qui lui permettait de se sentir plus à l'aise, sans rien avoir à cacher. Cela ne l'empêcha pas de glisser son regard sur elle, avant de se racler la gorge et se recentrer sur leur discussion.

— Je crois pas que mes parents aient déjà été fiers de moi un jour, ou même juste heureux pour moi. J'ai essayé au mieux de correspondre à leurs attentes. Et malgré ça, c'était jamais assez bien.

Amanda aurait aimé lui dire qu'il se trompait, que ses parents étaient fiers de lui, qu'ils avaient peut-être seulement un peu de mal à exprimer leur amour, ou quelque chose de ce genre.

Malheureusement, elle savait que la réalité n'était pas toujours aussi simple. Elle se contenta donc de l'écouter.

— J'aurais tellement aimé qu'il puisse juste une fois se réjouir pour moi, mais ça arrivera jamais. J'serai jamais celui que mon père voudrait qu'je sois ! Au lieu de ça, il me crache continuellement son mépris à la gueule. Et j'ai plus envie d'entendre son avis, j'veux plus qu'il traîne dans la merde tout c'que j'aime.

Il plongea son regard dans celui d'Amanda et ponctua :

— Je refuse qu'il s'en prenne à toi…

Émue, Amanda se rapprocha de Laurent et se blottit contre lui, enfouissant son visage dans son cou. Il l'enlaça à son tour, la serrant tendrement au creux de ses bras. Son cœur battait si fort qu'il le sentait pulser dans tout son corps.

Au bout de quelques minutes, Amanda se redressa et déclara :

— Je sais de quoi tu as besoin…

Elle se leva et, sous le regard interrogatif de Laurent, alluma la radio sur la première chaîne musicale qu'elle trouva.

— … Danser avec une femme en jogging !

Il lui adressa un sourire, amusé par sa manière de lui remonter le moral, puis s'avança vers elle et glissa ses doigts sur sa taille pour suivre ses pas latinos. Jouant des genoux et se déhanchant avec sensualité, Laurent se rapprocha progressivement jusqu'à se retrouver collé à elle, juste assez pour qu'Amanda devine ce qu'il avait en tête. Le combo jogging et danse était effectivement imparable pour lui changer les idées. Et lui en donner d'autres toutes particulières.

Une main posée sur la joue de Laurent, elle l'embrassa tendrement. Il répondit à son baiser avec une passion qui plut particulièrement à Amanda et elle se laissa emporter lorsqu'il la souleva pour l'allonger sur le canapé. Un rire lui échappa quand Laurent, penché au-dessus d'elle, prit l'initiative de relever son pull, dévoilant son ventre qu'il effleura du bout des lèvres.

Il tira sur le bord du jogging et du sous-vêtement d'Amanda dans un même geste, puis continua de déposer de petits bisous sur ses hanches, jusque sur sa verge légèrement gonflée, sans plus aucune gêne ni retenue. Il embrassa son sommet lorsque cette dernière pulsa discrètement.

Laurent ne la mit pas davantage en bouche. Il n'osait pas. Pas encore. Ça viendrait… Il n'était pas pour autant avare en caresses ; entre effleurements et fermeté, ses doigts jouaient sur sa peau, se baladant de l'aine au sexe de plus en plus tendu d'Amanda. Il chemina le long de sa cuisse, mordillant parfois sa chair jusqu'à y laisser quelques marques ténues, avant de remonter vers son ventre, les mains agrippées à ses fesses. Amanda s'abandonna à lui et frissonna en sentant le souffle de Laurent frôler son nombril. Elle empoigna ses cheveux lorsqu'il y introduisit sa langue, lui arrachant un soupir qui se mua en gémissement.

— J'ai l'impression que t'es sensible, par ici, dit-il, amusé par la réaction qu'il avait provoquée.

Il ne lui laissa pas le temps de répondre et recommença, ses mains passant de ses fesses à sa poitrine qu'il dévoila en soulevant un peu plus son pull jusqu'à l'ôter complètement.

Amanda tendit les bras vers lui et entreprit de lui retirer ses vêtements. Il l'aida maladroitement, veillant à ne pas l'écraser de son poids. Gêné par un coussin qu'il jeta plus loin, Laurent manqua de perdre l'équilibre. Il se rattrapa de justesse et Amanda gloussa doucement.

— Et ça t'fait marrer ? railla-t-il, amusé, en se replaçant correctement au-dessus d'elle.

— Te voir dégringoler en pleine action, j'avoue, y avait de quoi.

— Ah ouais ?

Dans une fausse tentative de riposte, il se pencha sur elle et, alors que ses lèvres effleuraient à nouveau son cou, juste sous l'oreille, il lui intima :

— Tourne-toi.

À ces mots, le cœur d'Amanda s'emballa. Laurent se redressa, un genou appuyé sur l'assise, tandis qu'elle se retournait lentement. Incertaine quant à ce qui allait se passer, elle garda son regard ancré au sien et lui demanda :

— Tu veux un préservatif ?

— Pas encore…

Elle frissonna et patienta. Laurent se rapprocha, pressant son torse contre son dos. Tout en l'embrassant, il glissa sa main droite sous la gorge d'Amanda, puis jusqu'à sa poitrine, pendant que la gauche contournait sa taille pour atteindre son entrejambe.

Le corps de la jeune femme tressaillit légèrement au moment où il amorça quelques caresses sur son sexe, sans refermer complètement ses doigts autour, effleurant un côté, puis l'autre. Elle appuya ses fesses contre le bassin de Laurent, et sentit son excitation tendre vers elle alors qu'il laissait échapper un petit soupir impatient.

— Penche-toi un peu.

Amanda apprécia la douceur avec laquelle il s'était exprimé, si bien qu'elle s'exécuta, désireuse de découvrir ses intentions. Laurent glissa alors son membre entre les cuisses d'Amanda qu'il maintint serrées en les emprisonnant entre ses propres jambes.

Il empoigna ses hanches et se balança, réalisant de lents va-et-vient contre son intimité. Puis il suça son index et le passa délicatement entre ses fesses.

— Je peux… ?

Devinant ses intentions, elle se pencha davantage, arquant son dos afin de lui offrir un meilleur accès.

— J'attends ça depuis bien trop longtemps.

Laurent ne cherchait plus à contenir ses envies, encouragé par Amanda qui l'accompagnait et le guidait dans ses expérimentations. Ils étaient tous deux conscients des limites que leur couple rencontrerait. Cependant, Laurent découvrait de nouvelles possibilités, d'autres options, tout aussi agréables. Et il devait reconnaître qu'avoir une petite amie qui connaissait si bien l'anatomie masculine avait ses avantages ; son plaisir en était largement décuplé.

Il caressa un instant les bords de l'orifice encore serré qui se dilata rapidement sous la pression de son doigt. Il le glissa en elle, lentement, guidé par la respiration haletante d'Amanda, puis entreprit un tendre va-et-vient. Excité par la vue qui s'offrait à lui,

Laurent avait le souffle court. Au bout de quelques secondes, il proposa :

— Je tente un deuxième ?

Amanda rigola doucement.

— Si tu veux pouvoir y mettre autre chose ensuite, il va falloir plus que deux doigts.

Laurent déglutit, désarçonné face à son ingénuité. Il grommela de contrariété, et cracha entre les fesses d'Amanda avant d'y ajouter son majeur, suivi de près par son annulaire. Elle gémit d'autant plus fort en le sentant prendre l'initiative d'un troisième doigt, intensifiant son excitation.

Tandis que Laurent s'appliquait à s'y prendre en douceur, elle remua ses hanches pour imposer sa vitesse. Il se retira alors de l'intimité d'Amanda et lui caressa le dos, relâcha la pression qu'il maintenait sur ses cuisses afin qu'elles se desserrent et libèrent son membre. Amanda laissa échapper une plainte tout en se retournant pour planter son regard avide sur lui. Il rigola.

— Maintenant, je veux bien une de tes capotes…

Amanda se mordilla la lèvre et se pencha vers son jogging pour en sortir un préservatif de la poche.

— T'avais tout prévu ? s'étonna Laurent.

Amanda haussa une épaule.

— Je l'ai mis là le jour où tu m'as confié ton fantasme… Au cas où.

Laurent ricana, puis il saisit le petit emballage qu'elle lui tendait sans pour autant le lui donner. Chacun tira dessus ; il reviendrait à qui arriverait à faire lâcher l'autre en premier. Et enfin, Laurent réussit à l'avoir. D'un air bienheureux, il déchira le plastique et dit :

— J'te laisserai gagner un jour…

Amanda lui sourit et répliqua doucement :

— Et à ce moment-là, je ne ferai plus semblant de perdre.

Il releva les yeux sur elle, tout d'abord surpris par la confidence, puis il lui fit un clin d'œil, tel un accord tacite. Il enfila le préservatif, fébrile, puis s'allongea sur le dos. Lui qui d'habitude menait la danse invita Amanda à le chevaucher, désireux de la voir prendre les rênes. Il sentit son excitation enfler à cette simple idée.

Mais elle ne voulait pas se presser et glissa à plusieurs reprises le membre de Laurent contre ses fesses, sans pour autant le laisser la pénétrer. Elle se contentait d'appuyer, chaque fois un peu plus fort, se préparant lentement à sa venue. Elle jouait littéralement avec ses sens, et ça fonctionnait. L'impatience le fit frissonner.

Elle lui caressa le torse, taquinant plus vivement ses tétons, ce qui tira à Laurent de légers gémissements qu'il n'assumait pas totalement, mais qui plaisaient terriblement à Amanda. Elle lui attrapa une main qu'elle posa sur son sexe et souffla :

— Montre-moi comment tu te donnes du plaisir…

Leurs regards accrochés l'un à l'autre, Laurent attrapa la verge d'Amanda et la serra doucement dans sa main. Il pressa son pouce sur toute la longueur, puis joua du bout du doigt sur son gland qui perlait de désir. Amanda accompagnait chaque caresse d'un soupir aussi impudique que troublant.

À son tour, Laurent eut beaucoup de mal à retenir un râle lorsqu'enfin, elle le laissa glisser en elle d'un balancement de hanches lascif. Puis tous deux restèrent immobiles : elle, s'habituant doucement à sa présence, et lui, cherchant à calmer l'effervescente excitation qui envahissait son corps.

— La vache, lâcha-t-il, haletant. T'es brûlante.

Elle ondulait avec la même grâce que lorsqu'elle dansait, sachant exactement quel mouvement faire pour leur apporter un maximum de plaisir à tous les deux. Savourant chaque va-et-vient, Laurent prononça d'une voix rauque :

— Je t'ai déjà dit que tu m'rendais dingue ?

Le souffle court, et les yeux plissés de désir, Amanda lui sourit.

— Possible…

Elle titillait le torse de Laurent et remuait à la force de ses cuisses, se maintenant en équilibre au-dessus de lui, pendant que lui pétrissait doucement ses seins.

Après une nouvelle plainte trop aiguë à son goût, Laurent sentit qu'il ne tiendrait pas longtemps et reprit ses va-et-vient sur le sexe d'Amanda, qui se dressait sur son ventre.

— Je te donne le rythme ? proposa-t-il en intensifiant ses caresses.

Elle acquiesça et calqua la vitesse de son déhanché sur ses mouvements.

Laurent était de plus en plus à l'étroit en elle, et entre ses cuisses qui se contractaient sur lui. Puis Amanda chassa sa main d'un petit geste pour se toucher elle-même tout en continuant de se balancer au-dessus de lui. Laurent l'observa faire, subjugué par le spectacle qu'elle lui offrait. Une normalité inhabituelle qu'il n'aurait jamais imaginé apprécier autant, et qu'il ne regrettait pas un instant de s'être autorisé à oser.

Il aurait pu prétendre que cette expérience n'était pas si différente de ses nombreuses aventures passées. Après tout, les gestes étaient les mêmes, les sensations familières… Cependant, une distinction majeure s'imposait : il aimait Amanda.

Chaque moment partagé avec elle se chargeait d'une émotion incomparable à tout ce qu'il avait vécu, devenait unique et précieux. Et prenait une dimension d'une intensité vertigineuse.

Amanda se crispa. Secouée de spasmes et le visage partiellement caché par ses cheveux bruns, elle se libéra sur Laurent, poussant un gémissement qui l'électrisa. Il lui saisit alors les poignets et l'invita à se coucher contre lui, faisant peu de cas de l'état dans lequel elle avait mis son ventre. Il la serra entre ses bras et prit en main le mouvement, devinant qu'il n'en aurait plus pour longtemps. Il attrapa les fesses d'Amanda et put d'autant plus facilement se glisser en elle, claquant leur peau l'une contre l'autre et bouillonnant un peu plus à chaque nouveau coup de reins.

Amanda ne se retenait plus d'exprimer le plaisir qu'elle ressentait à le savoir en elle. Il l'embrassa, frissonnant de la tête aux pieds. Il n'en fallut pas plus pour qu'il se sente enfin partir.

***

Assise sur le lit, Amanda observait Laurent qui tentait de retrouver un t-shirt qu'il avait laissé exprès chez elle pour ce genre d'occasion.

Elle se sentait soulagée et heureuse. Ils avaient franchi une nouvelle étape dans leur intimité et, à l'évidence, Laurent avait beaucoup apprécié. Cependant, elle demanda :

— Tu penses que ça te manquera, un jour ?

— Quoi ? s'enquit Laurent, plié en deux, la tête au fond du placard.

Sa question était davantage motivée par la curiosité, cependant, Laurent avait toujours été un homme à femmes. En s'engageant dans cette relation, il avait tacitement accepté de renoncer à quelque chose qui lui plaisait.

— Les vagins… précisa-t-elle alors.

Elle avait lâché ça sans détour, si bien que Laurent arrêta net sa recherche, se redressa pour lui faire face et planta son regard dans celui d'Amanda.

— Pardon ?

— Au pire, si ça arrive, on pourra toujours s'offrir un *fleshlight*[21]…

En voyant le visage de Laurent se décomposer, Amanda se mordit la lèvre pour tenter de se retenir de rire, mais l'hilarité fut la plus forte.

— Marre-toi ! railla-t-il en lui lançant le vêtement qu'il tenait. Tu feras moins la maligne si un jour j'te demande un de ces trucs !

Alors qu'Amanda retrouvait doucement son calme, Laurent reprit :

---

[21] Marque de sextoys réalistes avec un orifice en forme de vagin, de bouche ou d'anus.

— Plus sérieusement… c'est vrai que j'adore le sexe, et… un vagin, c'est bien sympa. Mais ça va, j'ai fait le tour.

Il attrapa un t-shirt et l'observa rapidement : trop petit, il n'était pas à lui. Il le replia et, tout en le rangeant, ajouta :

— Pour être honnête, la seule chatte qui me manque parfois, c'est Nook…

Amanda pouffa en entendant cette réponse, puis concéda :

— OK, j'ai compris ; ce soir, on dort chez toi.

Elle l'embrassa furtivement, et après un dernier regard, elle s'éloigna vers la salle de bain.

— Je vais me préparer.

De son côté, Laurent, resté pensif, médita sur la question qui lui avait été posée, et la réponse qu'il avait donnée.

Peut-être bien que ça allait lui manquer ; comme beaucoup d'autres choses qui faisaient partie de son passé, d'ailleurs, mais rien ne lui interdisait de fantasmer de temps en temps. Est-ce que ça allait pour autant l'empêcher de profiter du présent et d'être heureux avec Amanda ? Absolument pas. Il avait largement de quoi pallier ce manque avec tout ce qu'il s'autorisait enfin à vivre et découvrir, grâce à elle.

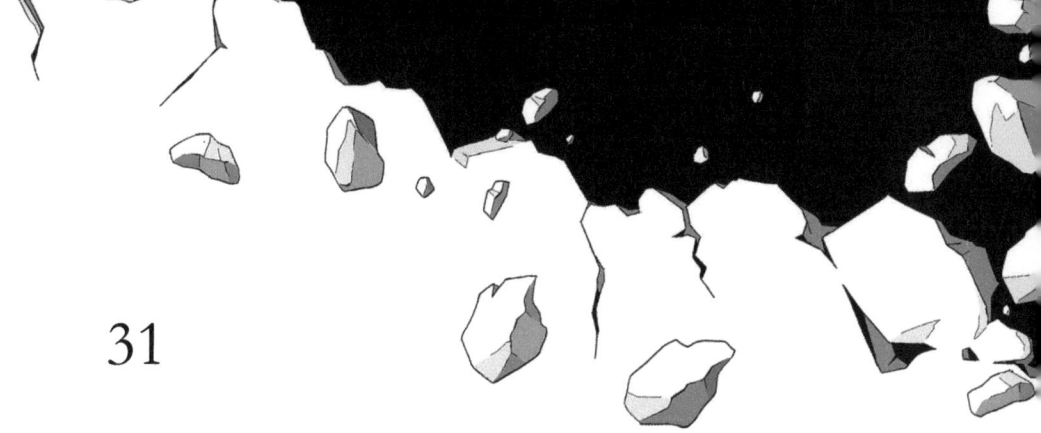

31

~ Dix-huit mois plus tard ~

Laurent courait dans tous les sens à travers les coulisses, plus nerveux que jamais.

— Personne n'a vu mon foulard ? Le bleu…

Les deux jeunes femmes qui s'étiraient dans la loge hochèrent la tête négativement en haussant les épaules, l'air navré.

— Chier !

Il repartit le long du couloir et répéta sa question à chaque personne qu'il croisait, jusqu'à tomber sur Amanda.

— Tu l'as retrouvé ?

— Oui, c'est bon, il est là, répondit-elle en lui tendant un petit tissu bleu ciel.

Il l'attrapa et lui sauta dans les bras.

— Oh bordel, merci, tu me sauves la vie !

— À ce point ?

Nerveux, Laurent eut du mal à l'accrocher à son costume et jura de nouveau.

— L'appel de la nicotine ? demanda-t-elle en l'aidant.

— T'as pas idée, je crève d'envie d'en griller une.

Il lui lança un regard suppliant, et elle répondit :

— Tu sais que je ne t'en voudrai pas si tu craques. Mais ça fait trois semaines que tu n'en as plus fumé, ce serait dommage de repartir à zéro. Et puis c'est tellement plus agréable pour faire ça, finit-elle en l'embrassant.

Il se calma légèrement, lui sourit et dit :

— Ouais, non, t'as raison. Et ce sera un bon test. Si j'arrive à pas fumer ce soir, alors je pense que j'en aurai plus jamais besoin.

Amanda lui rendit tendrement son sourire tout en ajustant son propre costume.

— En même temps, ça fait quatre fois que tu essaies d'arrêter, et tu choisis toujours de te lancer quelques semaines avant un évènement hyper stressant.

— J'admets pour le déménagement et la rencontre avec ta maman, mais tu peux pas m'en vouloir d'avoir été surpris quand Damien m'a demandé d'être son témoin. Plus personne s'attendait à ce qu'ils se marient, ces deux-là !

— Tiens le coup cette fois, lui dit-elle en l'embrassant à nouveau. Je vais finir de me coiffer, Lola t'attend pour le maquillage.

Laurent grogna et se rendit dans la loge de Lola.

— Tu as retrouvé ton foulard ?

— Ouais, c'est bon, annonça-t-il en le lui montrant.

Il s'assit sur le petit fauteuil tournant, face au miroir encadré d'ampoules.

— Comment tu t'sens ? lui demanda-t-elle.

— Terrifié ! T'as d'autres questions ?

Elle pouffa. Il fit de même et relança :

— Et toi ? C'est ton rêve qui se réalise, ça te fait quoi ?

Lola observa un instant le vide avant de regarder son reflet ; la joie illuminait son visage.

— Je sais pas, je crois que je me rends pas vraiment compte. Je suis hyper heureuse, mais encore trop stressée par les préparatifs. J'ai peur que quelqu'un oublie des paroles, que la musique plante, que le décor tombe, que personne ne vienne…

— Hé, oh, du calme, tu vas nous porter la poisse ! Et puis les potes ont fait de la pub partout et on a pratiquement vendu toutes les places, donc à ce niveau, t'es tranquille. C'est plutôt moi qui devrais avoir la trouille.

— Et tu m'as dit que c'était le cas, non ?

— J'essaie d'occulter ! Allez, tartine ton maquillage, avant que je change d'avis.

Lola ricana tout en attrapant une éponge de fond de teint. Cela faisait des mois qu'ils répétaient une adaptation de la comédie musicale *Hair* qu'elle rêvait de mettre en scène depuis de nombreuses années.

Après une longue hésitation et de nombreux encouragements d'Amanda, Laurent avait fini par accepter d'y participer. Il s'était beaucoup moins attendu à avoir l'un des rôles principaux. Et

Amanda avait également beaucoup aidé à la conception des costumes.

Ce soir, c'était leur première à la grande Salle Del Castillo qui se trouvait au cœur de la ville, au bord du lac. Tous leurs amis avaient prévu de venir, tout le monde allait le voir danser. Et même l'entendre chanter.

Mais Amanda ne serait pas loin, à danser et chanter avec lui.

— J'ai terminé.

Laurent ouvrit les yeux et se regarda dans le miroir. Le maquillage ne servait qu'à unifier son teint et rehausser quelques zones de lumière. Il souffla un coup, la remercia et repartit dans le couloir.

J'ai tellement envie d'une clope, putain !

Mais il devait tenir bon. Aucun de ses amis ne fumait et ils n'avaient jamais manqué de lui signaler sa mauvaise habitude. La situation était idéale pour ne pas se laisser tenter.

Il s'installa dans un coin et essaya de répéter ses chansons. Ce n'était pas lui qui chantait la première, mais il avait hérité de la suivante : *Sodomy*. En lisant les paroles[22], Laurent avait compris que la raison pour laquelle Lola l'avait choisi pour l'interpréter était un peu plus subtile que le titre lui-même, même s'il se serait bien passé de cette attention.

— Laurent ?

Il releva les yeux, et ne put retenir sa surprise :

— Fred ? T'es venu ?

---

[22] Paroles (Sodomy) : courte chanson qui appelle à la liberté sexuelle, elle évoque diverses pratiques et proclame *« Father, why do these words sound so nasty ? »* (trad. « Père, pourquoi tous ces mots sont-ils si vilains ? »).

Celui-ci hocha la tête positivement, puis précisa :

— On a fait garder les enfants exprès.

Laurent observa un instant son frère qui restait en retrait, apparemment intimidé par la situation.

— C'est Vanessa qui t'a forcé ? demanda-t-il, cherchant à le détendre.

— Euh... Pas vraiment.

Frédéric joua un peu avec le col de sa chemise avant d'avouer :

— En fait... l'idée venait de moi.

— De toi ?

Il n'en revenait pas. Tout comme lui pendant longtemps, son frère n'était pas du genre à apprécier le théâtre, et encore moins les comédies musicales qui avaient mauvaise réputation dans la communauté des « vrais mecs virils ». Il était donc particulièrement étonnant de penser que Fred avait souhaité assister à la première.

— Euh, ouais... J'voulais voir c'que tu... enfin... te voir, quoi.

Les mains sur les hanches, il se mit à observer ses chaussures avec attention.

— Et les parents ? demanda Laurent.

— Eux ? Non...

Laurent hocha la tête.

— Désolé, ajouta Frédéric malgré tout.

Laurent lui sourit, cachant au mieux sa déception, même s'il s'y était attendu. Il se retrouvait propulsé des années en arrière, avec un père qui feignait d'ignorer son existence et une mère qui ne l'appelait plus que pour des questions pratiques. Une fois que la transidentité d'Amanda avait fuité, la communication était devenue impossible. Mais Laurent ne pouvait pas en vouloir à Anna, elle était bien trop jeune pour se rendre compte des conséquences de cet *outing*. Après tout, c'était lui qui s'était embourbé dans ses explications quand sa nièce lui avait demandé pourquoi lui et Amanda ne souhaitaient pas avoir d'enfant.

Contrairement à leur père, Frédéric n'avait jamais estimé que Laurent méritait un tel mépris simplement parce qu'il suivait un chemin de vie qui leur semblait surprenant. Il ne comprenait pas toujours les choix de son cadet, et il était vrai qu'il se sentait parfois maladroit face à lui. Cependant, il avait fini par prendre conscience que Laurent ne lui demandait pas de le comprendre, juste de ne pas le juger. Et l'accepter malgré tout.

Frédéric l'observa un instant, comme s'il n'osait pas exprimer le fond de sa pensée, puis il se lança enfin :

— Tu sais, je… J'suis content de te voir épanoui, comme ça. Bon, moi, la danse… j'y pige rien. Mais… on m'a dit que t'étais doué, alors…

— On t'a dit ça ?

Frédéric haussa les épaules, puis fit une petite grimace avant d'avouer :

— Euh… Plus exactement, on m'a dit que… t'avais « un déhanché à faire virer sa cuti à n'importe quel hétéro »…

Laurent éclata de rire en reconnaissant le style de Vicky. Son frère l'imita, un brin plus sur la retenue, et Laurent le rassura : il ne risquait rien en assistant à la représentation.

— Merci d'être venu. Ça compte beaucoup pour moi.

— Euh, ouais… bah…

Tandis qu'ils étaient tous deux troublés, Frédéric fit le premier pas en donnant une tape nerveuse sur l'épaule de Laurent. Ce dernier attrapa la main de son frère et l'attira contre lui pour le prendre dans ses bras.

— Euh, d'accord… Hey… Tu vas me foutre du maquillage partout, marmonna l'aîné en acceptant timidement l'embrassade.

Laurent relâcha son frère, devinant qu'il cachait son émotion derrière des remarques futiles, comme lui le faisait encore parfois.

Lorsque Lola appela tout le monde pour se placer vers les entrées latérales de la scène, Frédéric l'encouragea une dernière fois avant de rejoindre Vanessa dans les gradins.

Laurent avait les mains moites, les jambes molles. Il aurait aimé qu'Amanda soit vers lui, mais elle arrivait par l'autre côté. Il se redressa, vérifia rapidement son costume, le foulard…

Alors que les premières notes de musique s'élevaient dans la salle et que les chorégraphes entraient en scène, Laurent sentait l'appréhension monter en lui.

Il fit un pas. Les sièges étaient tous occupés.

Encore un pas. Amanda apparut au public ; elle était superbe dans sa robe bohème et avec ses cheveux tressés.

Puis le tour de Laurent arriva. Il s'était entraîné si souvent, il savait qu'il était capable de faire cette roue.

Il s'élança enfin, en rythme, exécutant son acrobatie à la perfection. Il atterrit à côté d'Amanda, comme prévu.

Il la regarda. Elle lui sourit.

Tout était parfait.

Remerciements

Comme pour chaque projet, je remercie mon mari, toujours là pour m'épauler, et grâce à qui j'ai pu trouver le temps qu'il me fallait pour aller jusqu'au bout.

J'ai une fois de plus été encouragée et soutenue par plusieurs personnes incroyables qui m'ont redonné confiance en moi et en mon histoire quand je commençais à douter :

… Ma merveilleuse alpha-lectrice, Alix Kane, qui n'a jamais peur de me dire quand ça coince dans mes histoires et avec qui j'apprends énormément,

… Mes bêta-lecteurices, Cyril Destoky, Emily Mary, Manon Dube, Julie Montoisy, Alicia Lambert et Stéphanie Manitta, qui m'ont redonné confiance en mon projet,

… Ma correctrice, Marina Lombardi, à qui j'ai confié tous mes romans, mon indispensable avant publication,

… Et Ma. L. Gautier, illustratrice de talent qui a su mettre en scène mes personnages avec ses superbes dessins ; elle est tombée juste à chaque fois.

Et évidemment, merci aussi à vous, d'avoir donné sa chance à mon troisième roman ! S'il vous a plu, n'hésitez pas à (me) partager votre avis sur les plates-formes de diffusion et parmi les communautés de lecteurices.

Vos impressions et recommandations sont un soutien important pour les auteurices et aident à faire vivre leurs histoires ! C'est également grâce à vous qu'elles trouvent leur public.

Si vous souhaitez échanger avec moi, c'est avec grand plaisir que je vous retrouve sur mon compte Instagram @rossiersophie.

So'

Mes autres romans et nouvelles :

« Il avait promis » – 2021

« Souvenirs enfouis » – 2022

« De l'autre côté de la fenêtre » – 2022

TRANSCENDANCE
© 2025, Sophie Rossier
Tous droits réservés.
1re édition

Toute représentation ou reproduction intégrale ou partielle de l'œuvre, faite sans le consentement de l'auteure, est illicite. Ce texte est une fiction.
Toute ressemblance avec des personnes ou des situations existantes ou ayant existé serait fortuite et indépendante de la volonté de l'auteure.